KB086008

마지막 첫날밤 1

마지막
첫날밤 1

임효정 장편소설

Vol. 1

Vol.2

Chapter 1

마지막 첫날밤

"우리, 이혼해."

오늘따라 지독한 병원의 소독약 냄새가 코를 찔렀다. 그리고 이혼을 말하는 그의 사무적인 목소리가 심장을 난도질했다.

그래, 분명 애정 없이 한 정략결혼이었기에 그가 마음을 쉽게 내어줄 거라고는 생각지 않았다. 그래도 묵묵히 옆을 지키면 최소한 허울뿐인 아내로라도 남을 수 있을 줄 알았다. 하지만 그의 눈빛이 이렇게 말하는 것 같았다. 그것조차 사치라고.

말을 끝낸 재하가 굳어버린 은안을 지나쳐 문 쪽으로 향했다.

"재하 씨……."

살짝 떨리는 은안의 목소리에 문을 열던 그의 손이 잠시 멈칫했다. 무관심으로 얼룩진 3년간의 결혼 생활 끝의 이 이혼이 그에게는 마침표겠지만, 은안에게는 물음표였다.

혹여나 아직 그 여자를 잊지 못한 건가. 아니면 아직도 내 마음이 닿지 못한 건가. 은안의 마음이 실타래가 엉키듯 헝클어졌다. 그래서 다시 입을 열 수밖에 없었다.

"꼭…… 해야겠어요, 이혼?"

하지만 은안을 등지고 있던 재하의 얼굴은 놀라울 정도로 차분했다. 마치 이날만 기다린 사람처럼, 모든 행동과 말에 한 치의 오차도 없었다.

억지로 정략결혼을 한 그에게 은안과의 이혼은 식장에 들어서는 순간부터 정해진 수순이었다. 모든 게 시간문제였을 뿐.

"대원제약도 꽤 정상화가 됐다고 들었어. 그럼 우리 관계도 더는 유지될 필요 없는 거 같은데."

사랑이 아닌 필요에 의해 이 결혼이 성사됐다고 믿는 그에게, 대원제약이 정상 궤도로 올라선 지금이 이혼을 말하기에 최상의 적기였다.

그의 여유로운 표정에 비해, 은안의 심장은 쥐가 난 듯 저렸다. 그때, 관계를 마무리 짓자는 의도가 확실히 드러난 문장이 그의 입을 타고 흘렀다.

"우린 여기까지가 맞아. 각자 앞으로의 인생을 생각하면."

여전히 그의 표정에선 아무런 생각도, 감정도 읽히지 않았다.

서로 다른 곳을 바라보던 두 사람은 3년 전의 첫 만남을 떠올렸다. 마지막을 정해둔 관계, 그 시작점이 되었던 순간을.

3년 전, 재하가 은안을 처음 만난 건 자옥이 주선한 선 자리에서였다. 남들처럼 평범한 선 자리가 아닌, 결혼으로 가는 하나의 관문쯤 되는 자리.

재하가 싫어하는 것을 군이 강요하지 않는 자옥이었지만, 이 결혼은 과하다 싶을 정도로 강하게 밀어붙였다.

처음이자 마지막 부탁이니, 제발 이 결혼을 했으면 좋겠다고 몇 번이나 얘기하던 자옥의 목소리가 계속해서 그의 귓가에 맴돌았다. 하지만 재하는 부모님이 차례로 세상을 떠나고 연인이었던 유라가 사라진 뒤, 세상과 통하는 감정의 통로를 모두 차단한 상태였다.

누구도 옆에 두고 싶지 않았고, 누구의 옆에 있고 싶지도 않았다. 감정은 결국 상처만 남기고 떠난다는 게, 인생을 살며 체득한 결론이었다.

그런 제가 결혼이라니. 픽, 하고 실소를 뱉은 그가 목을 꽉 조이는 넥타이를 풀었다.

"하……."

또각또각―.

그때, 네이비 계열의 단정한 투피스를 입은 여자가 제 앞으로 걸어왔다.

중단발의 머리에 새하얗다 못해 투명한 피부, 갸름한 얼굴, 그리고 살짝 처연해 보이지만 또렷한 눈매.

"안녕하세요. 유은안이에요."

"남재하입니다."

23살의 은안에게선 제 나이에서 찾아볼 수 없는 성숙한 분위기가 풍겼다.

순간적으로 그런 생각이 들었다. 어쩌면, 앞날이 창창한 제 앞의 이 여자도 결혼 따위를 원하지 않을 수도 있다는 생각. 아직 하고 싶은 일이 많을 나이일 테니까.

통성명 후 감돌던 적막을 먼저 깬 건 그였다.

"난 할머니 때문에 이 자리에 나온 겁니다. 진짜 마음을 주고받는 일도, 그런 척할 의지도 없습니다, 나한테는."

"……."

"이 결혼, 깨도 되겠습니까?"

"그건 어려울 거 같아요. 전 이 결혼을 꼭 해야만 하니까."

몇 마디의 대화가 끝나고, 뜻밖에도 얼굴에 균열이 일어난 건 재하 쪽이었다. 대화가 잘 통할 거라 여겼던 상대가 생각보다도 견고해 보였던 탓이었다.

"꼭 해야만 한다……."

그가 은안의 말을 되새기며 읊조렸다. 균열이 간 얼굴은 좀처럼 원상태로 돌아오지 않았다.

"대원제약을 위해서입니까."

대원제약이 최근에 신약 개발 실패로 사정이 어렵다는 것은 그도 잘 알고 있는 부분이었다.

은안은 재하의 날카로운 눈빛을 피하지 않고 있는 그대로 받아 들이며 대답했다.

"아니라고 하면, 믿으실 건가요?"

결혼을 원하는 이유를 당장 드러낼 수는 없었다. 먼저, 그에

10

게 천천히 스며들고 싶었다. 아니, 그래야만 했다. 다짜고짜 그에게 제 마음을 내비친다면, 그는 더 먼 곳으로 숨어버릴지도 몰랐다.

은안의 당당함에, 잠시 생각에 잠겼던 그가 생각을 정리한 듯 입술을 움직였다.

"글쎄요."

썩 듣기 좋은 목소리였지만, 여전히 감정은 들어 있지 않았다.

성은병원은 대한민국에서 가장 큰 대형 병원 중 하나였다. 자신이 아닌 집안만을 위한 결혼이라면, 그만큼 좋은 상대는 없을 터. 한편으로는 결혼을 꼭 해야겠다는 그녀의 의지가 이해되기도 했다.

이해는 되지만, 제 계획과 다르게 흘러가는 흐름에 그가 미간을 살짝 좁혔다.

부모님이 돌아가신 후 자옥에게 그는 하나밖에 없는 자식이나 마찬가지였다. 그래서 군말 없이 이 선 자리에 나왔지만 그것이 얌전히 식장에 들어가겠다는 소리는 아니었다. 웬만한 부탁이라면 들어주고 싶었지만, 결혼은 무리였다.

재하는 이 자리에서 상대방이 저를 거절하게 만든 뒤, 자옥에게 어쩔 수 없이 결혼을 깨야 할 것 같다고 말할 생각이었다. 오늘 나올 상대가 누구든, 저 같은 놈과 결혼을 하는 건 딱히 행복하지 못한 일이 될 테고. 그런 부분을 잘 전달하면 상대도 충분히 결혼을 포기할 것이라 짐작했다.

그렇게만 된다면, 맞선 상대와 저, 그리고 자옥 모두에게 나름 괜찮은 결말이라고 생각했다. 하지만 견고한 은안을 마주한 순간, 제 계획은 실천될 수 없다는 걸 깨달았다. 꺾일 것 같지 않은 은안과 꺾을 수 없는 자옥. 차라리 식장에 들어갔다가 이혼을 하는 게 더 쉬울 것 같았다.

여러 가지 가능성을 계산한 그의 입이 열렸다.

"그래요, 합시다. 결혼."

"……."

"대신, 우리의 결혼은 비즈니스 그 이상도 이하도 아닌 겁니다. 그 말은, 나한테 남편으로서의 무언가를 기대하지 말라는 거고."

결혼 승낙에 기뻐한 것도 잠시, 따라오는 부가 조건에 은안이 잠시 움찔했다.

지금의 그는 마치 거칠게 메말라버린 겨울 같았지만, 결국엔 봄이 올 거라 믿었다. 아니, 제 손으로 봄이 오게 할 거라고 굳게 다짐했다. 그에게 감정을 심고 싹을 틔우고 꽃을 피우게 하는 것. 그것이 제가 부탁 받은 일이었으니까.

그때, 마치 꽃을 피우는 일이 쉽지만은 않을 거라는 듯 차가운 그의 목소리가 테이블 위를 가득 채웠다.

"그래도 괜찮겠습니까? 이 결혼."

"괜찮아요."

'이미 그쪽을 많이 좋아하고 있어요. 그리고 그쪽에게 빚을 갚을 일도 있고.'

속마음과 다른 말을 뱉어내야 하는 거짓말쟁이가 되는 것 따위는 두렵지 않았다. 사랑의 힘으로 결말을 바꿀 수 있다고 믿은 은안은 겁 없이 이 결혼 속으로 뛰어들었다.

하지만, 몰랐다. 저를 기다리고 있는 건 아름다운 환상이 아니라 차가운 현실이라는 걸.

옛 생각에 젖었던 은안이 조용히 두 손을 꽉 쥐었다.

대원제약이 어려운 건 사실이었지만, 아빠는 저를 볼모로 회사를 살리고 싶진 않다고 했었다. 하지만 그런 건 상관없었다. 어차피 회사를 살리는 건 제 입장에선 부수적인 것이었으니까.

결국, 저는 아빠의 만류에도 결혼을 강행했다. 하지만 그는 늘 제게 눈길 한 번 주지 않았다.

3년의 세월을 쭉 되뇌어 보던 은안의 머릿속에 또 하나의 생각이 스쳤다. 어쩌면 그가 아직 그 여자를 잊지 못했을 수도 있겠다는 그런 생각이.

만약 그런 거라면…… 그를 놓아주는 게 맞는 거겠지. 아니, 그 여자 때문이 아니더라도 그가 저와 사는 게 힘들다면 떠나주는 게 맞았다.

은안은 쓴웃음을 겨우 삼킨 뒤 결심했다. 그를 위해 이혼을 해주기로. 제가 사라져주는 게 그의 행복을 위한 마지막 선물 같았으니까.

은안이 겨우 머리를 주억이며 말했다.

"⋯⋯알았어요. 이혼해요, 우리."

"그럼 당신도 동의한 걸로 알고 준비하지."

고개를 끄덕인 그는 볼일이 다 끝났다는 듯 먼저 방을 나섰고, 은안은 그가 나간 문을 하염없이 바라보았다.

제 사랑이 그에게 닿을 거라고 착각한 제 잘못이었다. 그를 바꿀 수 있다고 믿었던 오만했던 제 불찰이었다. 그리고 이제는 현실을 바라봐야만 했다. 그가 제 쪽으로 고개를 돌릴 가능성이 없는 현실을.

4시간 후, 한성호텔 지하 1층 한식 레스토랑.

깊숙한 프라이빗 룸에 들어서자마자 은안이 방 안을 훑으며 의아한 표정을 지었다. 분명 매년 자옥의 생일 때 식사를 하던 익숙한 공간인데, 있어야 할 사람들이 없었다.

문득, 은안의 등줄기 뒤로 불안함이 스쳐 지나갔다.

　─곧 결혼기념일이지? 할미가 선물을 준비했는데 어떨지
　모르겠네.

며칠 전, 자옥이 했던 말이 은안의 귓가를 스쳤다.

은안은 그제야 그 말에 숨겨진 속뜻을 깨달았다. 자옥이 준비한 선물이 재하와 보낼 이 시간이라는 것을.

"하⋯⋯"

14

은안의 잇새로 깊은 한숨이 흘러나왔다.

그때, 재하가 가쁜 숨을 몰아쉬며 룸 안으로 들어왔다.

시선을 돌리자, 단정한 남색 슈트를 입은 재하가 서 있었다.

방 안을 살피던 그가 의문이 가득한 얼굴로 입을 열었다.

"할머니는 어디 가셨어?"

띠링―.

그때, 대답을 듣기도 전에 재하의 휴대폰에서 문자 알림이 울렸다.

도망칠 생각하지 말고
은안이랑 같이 보내. 오늘.

띠링―.

곧이어 하나의 메시지가 더 도착했다.

도망치면 좌천이다.

앞의 문자는 할머니로서의 당부였지만, 뒤의 내용은 병원 이사장으로서의 협박이었다. 한다면 하는 제 할머니의 성격을 알기에, 재하는 미간을 잔뜩 구겼다.

자옥의 성격상, 심복을 심어두고 저를 관찰하고도 남을 테니 무작정 발길을 돌릴 수도 없는 노릇이었다. 앉을 수도, 그렇다고 떠나기도 애매한 상황.

그때, 은안이 휴대폰을 본 후 미동도 않는 그를 올려다보았다. 한국인은 밥을 같이 먹어야 정이 든다던 자옥의 잔소리가 귓가에 맴돌았다.

생각해 보니 결혼 생활 내내 그와 단둘이서 마주 앉아 밥을 먹었던 적이 손가락에 꼽을 정도였다. 그마저도 자옥의 손에 이끌렸던 것이고.

오늘도 별반 다르지 않았다. 자옥은 생일 파티도 포기한 채 제게 시간을 만들어주었다.

저를 위한 자옥의 노력에 은안의 입매가 씁쓸함을 가득 머금은 채 늘어졌다. 새삼 부질없는 희망으로 가득 찼던 지난날의 제가 우스웠다.

그 순간, 은안이 무언가를 다짐한 듯 눈을 느릿하게 감았다가 떴다. 이혼 전 마지막 용기였을까, 오기였을까. 얕게 숨을 들이켠 그녀가 저도 모르게 입술을 달싹였다.

"가지 마요."

그리고 입 안에 맴돌던 말을 뱉고서야 깨달았다.

"부탁이에요."

이것은 용기도 오기도 아닌 그저 순도 100%의 진심일 뿐이라고.

"마지막인데, 밥 한 끼는 같이 먹을 수 있죠?"

은안의 돌발 행동에 잠시 멈칫했던 재하가 의외로 순순히 고개를 끄덕였다.

"……그러지."

그녀의 부탁 아닌 부탁에 감겨버린 건 '마지막'이라는 단어 때문이었다. 어떤 상황에서도 '마지막'이라는 단어는 이상하게 사람의 벽을 허물어버리는 힘이 있었다.

3년이라는 세월을 마무리하며 밥 한 끼 정도는 할 수도 있다는 생각과 좌천을 들이민 자옥의 협박이 그의 고개를 끄덕이게 만들었다.

결혼의 시작은 엉망이었지만, 마무리는 깔끔하길 바라며 그는 자리에 착석했다.

똑똑―.

그때, 노크와 함께 문이 열리고 웨이터가 들어왔다.

"이사장님이 준비하신 술과 케이크입니다."

재하가 고개를 까딱이자, 웨이터는 가벼운 묵례와 함께 술과 케이크를 내려놓은 뒤 사라졌다.

곧, 은안의 시선이 자옥이 준비한 케이크에 닿았다.

결혼기념일 축하한다.

심플한 레터링 케이크의 문구에, 심장이 쓰라려 왔다. 하지만, 그를 위해 이혼을 해주겠다는 결심은 무뎌지지 않았다. 오히려 끝이 정해져 있다고 생각하니, 지금까지와는 달리 과감해질 수 있었다. 그에게 가지 말라는 말을 할 정도로.

탕―.

자옥이 준비한 소곡주의 마개를 따자, 청량한 소리와 함께 달큰한 알코올 향이 은안의 코로 번졌다. 달면서도 목 넘김이 좋아 자옥이 자주 즐기는 전통주였다. 하지만, 앉은뱅이 술이라고도 불러, 앉은 자리에서 한번 마시기 시작하면 취하지 않고선 일어나기 쉽지 않은 술로도 유명했다.

순간, 은안의 입 안이 술도 마시지 않았는데 쓴맛으로 물들었다. 힘들었던 이 결혼에서 제게 버팀목이 되어준 자옥에 대한 생각 때문에. 이혼 사실을 알게 될 자옥의 표정을 떠올리니, 술이라도 마시지 않으면 견딜 수 없을 것 같았다.

은안이 2개의 잔에 찰랑이는 맑은 액체를 가득 채워 재하에게 내밀었다.

"할머니께서 가장 좋아하는 술이에요."

혼자 마시기는 싫다는 마음에, 저도 모르게 자옥까지 들먹이며 또 돌발 행동을 해버렸다.

은안이 잔을 건네자, 재하의 눈썹이 치켜 올라갔다. 그는 술을 못하는 편이었다. 아니, 정확히 말하면 술을 마시고 필름이 잘 끊기는 주사 덕분에 술을 멀리한 지가 오래였다.

"나, 술 잘 안 하는 거, 당신도 알 텐데."

"오늘 하루만."

"……."

"마지막인데, 술 한 잔 정도는 괜찮잖아요. 이별의 의미로 깔끔하게."

또 마지막. 그 단어가 이상하게 그의 심장에 쿡 박혔다. 어차피 자옥의 생일이라 내일로 오프를 맞춘 차였다. 그리고 취하기 전에 호텔의 객실로 올라가서 자면 아무 문제가 없을 거라는 생각이 들었다.

잠시 고민하던 재하는 술잔을 받아 들었다.

이 결혼의 깔끔한 마무리를 위해서라면, 술 한 잔쯤이야 별것 아니라는 생각이 들었다. 그녀의 술잔을 받아 들인 것은 결혼을 끝내기 위한 마무리. 그래, 그 이상 그 이하도 아니었다.

늘 그렇듯 무감한 목소리와 함께 재하가 술잔을 비스듬히 기울였다.

"그래, 마지막이니까."

제 입 안으로 들어간 그 술이 앞으로의 인생을 어떻게 바꾸어놓을지는 상상도 못 한 채.

마시다 보니 소곡주 1잔이 2잔이 됐고, 2잔이 5병이 됐다.

의외로 재하보다 술이 센 은안도 알딸딸한 정도로 취해 있었다.

"……난……."

중요한 말이라도 하려는 듯, 연신 망설임으로 움찔거리던 입술이 제자리를 찾았다.

"당신이 행복하길 바랐어요."

나긋하면서도 쓸쓸한 그녀의 목소리가 계속해서 그의 귓가를 파고들었다.

행복이라는 감정이 누군가에게는 비교적 쉬운 감정이겠지

만, 제겐 아니었다. 애석하지만, 행복은 그녀의 말처럼 '행복하길 바랐다' 같은 말 한마디로 가질 수 있는 게 아니었다.

"지금부터라도 행복해져요. 당신과 당신을 걱정하는 사람들을 위해서라도."

어쩐지 천진난만하게 느껴지는 말에, 그의 입가에 쓴웃음이 피어올랐다.

'행복'이라는 단어를 들으면 대부분의 사람은 행복했던 기억을 떠올리겠지만 그는 행복하지 않다고 느꼈던 순간들이 먼저 생각났다.

저보다 일이 먼저인 부모님 덕분에 사랑에 목말랐던 어린 시절. 어머니가 교통사고로 떠난 뒤, 아버지까지 병에 걸린 걸 알게 된 날. 가장 힘들었던 시기에 제 세상에서 흔적도 없이 사라져버린 연인까지. 그때부터였다. 다시는 누군가를 사랑하지 않겠다고 다짐한 게.

사랑이 남기고 간 짙은 상처는 쉽게 아물지 않았다. 그리고 그제서야 깨달았다. 사랑은 잠깐이지만 상처는 오랫동안 사람을 괴롭힌다는 걸. 사랑으로 인해 상처를 받고 싶지도 않았고, 상처를 주기도 싫었다. 그런 마음을 가지고 시작한 결혼 생활이었으니, 당연히 은안을 멀리했다.

그러던 어느 날, 일이 있어 성북동 본가에 잠시 들렀을 때 제 할머니와 충주댁 아주머니가 은안의 칭찬을 하는 걸 우연히 듣게 됐다.

―작은 사모님이 이번에 홍삼을 사다 주셨다니까요? 저번에

는 제가 지나가는 말로 허리가 아프다고 했는데, 병원까지 직접 데려가주시고……!

─하하하하! 내가 진짜 손주며느리 하나는 잘 봤다니까?

은안이 자옥에게 잘한다는 건 알고 있었지만, 본가에서 오래 일한 가정부인 충주댁에게까지 지극정성인 것을 알게 된 날. 돈이 필요해 저와의 결혼을 밀어붙인 그녀지만, 그래서 첫인상이 좋지만은 않았던 그녀지만 왠지 모르게 제가 아는 모습이 다는 아니라는 생각이 들었다.

그렇게 그녀의 첫인상은 어느 순간부터 조금씩 희미해졌고, 제 마음속 은안의 이미지는 조금씩 변해갔다. 제게 인식됐던 은안의 인상이 달라지긴 했지만, 그와 그녀 사이에 다른 큰 변화는 없었다. 제 머릿속 은안의 이미지가 변한 것이지, 사람을 곁에 두지 않겠다는 제 의지가 변한 건 아니었으니까.

하지만 은안은 그런 그의 모습에도 개의치 않다는 듯, 묵묵히 아내의 자리를 지켰다. 그가 늦을 때도 늘 집에서 그를 기다렸으며, 제가 바빠 조부모께 찾아뵙지 못할 때도 은안은 혼자서라도 성북동에 찾아갔다.

그렇게, 계절이 지나고 해가 바뀌면서 은안에 대한 미안함이 조금씩 쌓여갔다. 그리고 그 상태로 의무적인 결혼 생활은 계속 이어졌다. 어쩌면 그녀는 이대로 사는 것이 괜찮다고 생각할지 모르겠지만, 저는 아니었다.

아무리 집안을 위해서 한 결혼이라고 해도, 인생은 본인의 것이었다. 사랑하는 사람과 결혼해서 살고 싶은 건 평범한 인간이라면 소원하는 것 중 하나이고, 그녀라고 별반 다르지 않을 거라고 생각했다. 그래서 이혼을 하려고 했던 것인데…….

그녀는 웃기게도 마지막까지 제게 '행복하라'는 말을 하고 있었다. 막상 본인도 저 같은 놈 옆에서 행복하지 못했을 것 같은데 말이다.

그때, 내내 굳어 있던 그의 입술이 충동적인 질문을 건넸다.

"그럼 당신은, 행복했어? 이 결혼을 유지하면서 말이야."

"……."

"아니다, 질문을 바꿀게."

"……."

"행복은 고사하고, 나 같은 놈 옆에 있게 된 걸 후회한 적은 없어?"

다분히 충동적인 질문이었지만, 내용 자체는 진심이었다. 그녀에게 늘 무심히 대했던 저지만, 늘 마음 깊고 깊은 곳에 미안함이 있었기에.

재하는 대답을 들으려 귀를 세웠다. 하지만 연거푸 마신 술 때문일까. 의식은 해가 지듯 서서히 저물어갔다.

그리고 그를 바라보던 은안이 조심스럽게 입술을 움직였다.

"안 해요, 후회 같은 거."

이미 재하의 동공은 초점이 나가 있었지만, 은안은 계속 말을 이어갔다.

"난 그때로 돌아간대도 이 결혼…… 할 거예요."

흐릿하게 번진 목소리가 그의 귀로 흘러들었다.

반쯤은 이 세상에, 반쯤은 꿈속에 정신을 걸쳐놓은 그가 가만히 은안의 목소리를 들었다.

"난 아주 오래전부터 당신을 좋아하고 있었으니까."

진심이 잔뜩 묻은 고백은, 취해버린 머리가 아닌 그의 마음으로 깊숙이 젖어 들었다.

스위트룸 4310호.

─당신이 행복하길 바랐어요.

은안의 목소리가 아주 느릿하게 재하의 귓가에 메아리처럼 울려 퍼졌다. 무겁던 눈꺼풀을 겨우 들어 올리자, 투명한 눈물이 반짝이는 은안의 얼굴이 눈앞에 보였다.

"아⋯⋯."

울고 있는 그녀의 모습이 빛의 잔상처럼 흐릿하게 눈의 감각을 자극했다. 그리고 곧이어 잔상이라 여겼던 은안의 형체에서 목소리가 흘러나왔다.

"그날, 옥상에서 당신이 나한테 그랬잖아요. 행복해지라고."

"⋯⋯."

"난 당신도 같이 행복했으면 했어요. 그래서 내가 그렇게 만들려고 했는데⋯⋯."

'옥상', '행복'⋯⋯ 이 두 단어가 모호한 정신 속에서도 그의 마음 한구석에 조용히 내려앉았다.

곧, 그의 기억의 저장고 속 오래된 한 장면이 떠올랐다. 산들거리는 바람 속, 잊을 수 없었던 대화를 나눴고, 너무 힘들어 보여서 제게 있는 지푸라기라도 건네서 끌이 올리고 싶었던, 인간 대 인간으로 행복하길 바랐던 옥상 위 그 여자.

취기가 안개처럼 내려앉아 뿌옇게 번진 정신 속, 그가 그날을 떠올렸다.

설마 그녀가 그 사람인 걸까.

의문이 답으로 이어지기도 전에, 격해진 감정의 목소리가 침대 위 허공을 가득 메웠다.

"……사랑해요. 스……로……지 않을 만큼."

어딘가 모르게 익숙한 은안의 목소리 톤에, 그의 머리가 찌릿하게 울렸다.

그녀의 격양된 목소리를 또 언제 들었더라. 저도 모르게 먼지가 내려앉은 과거를 되짚고 있었다. 한번 물꼬를 튼 기억의 샘이 끝없이 흘렀다. 그리고 곧 이와 비슷한 목소리를 들었던 그날이 떠올랐다.

—흑, 재하 씨 아프지 말아요.

오늘처럼 뜨거움이 뒤섞인 고백이 아닌, 물기 어린 목소리가 귓가에 번졌다.

다시 기억을 더듬던 그가 그날이 어떤 날인지 기억해냈다.

결혼 후 어머니의 첫 기일. 산소를 다녀온 날이었다. 내내 괜찮은 척을 하려 에너지를 과소비한 게 무리였던 건지, 결국 몸살이 왔었다.

펄펄 끓는 열로 끙끙 앓던 그날 밤. 부드러운 그녀의 손길이 땀에 젖은 제 머리를 넘겼었다. 그리고 오늘처럼 격양된, 하지만 슬픔이 담긴 그녀의 목소리가 침대 위를 가득 메웠었다. 그때, 아직 기억 속에서 헤매던 그의 입술에 따뜻한 감촉이 내려앉았다.

맞닿은 입술 사이로 체온이 오고 가자, 늘 차갑던 그의 마음에 한 줄기 햇살이 들어섰다. 입술이 떨어지고, 그가 급히 떠나가려는 체온을 본능적으로 붙잡았다. 조금만 더 머물러달라는 듯 애절한 손길로. 그리고 이번엔 제가 먼저 입을 맞추었다. 방금보다 조금 더 깊고 짙게.

깊게 맞닿았던 입술이 떨어지고, 어렴풋이 들려오는 그녀의 목소리는 그 어느 때보다 뜨거웠다.

"⋯⋯후회해도 소용없어요. 당신이 먼저 시작한 거예요."

곧 부드러운 그녀의 숨결이 코앞까지 다가왔다. 그리고 후회라는 단어가 가슴에 쿡, 하고 박혔다.

오늘도 그날처럼 후회하게 될까. 당신이 날 밤새 돌봐줬던 다음 날, 우리의 사이가 가까워질까 봐 고맙다는 말조차 내뱉지 못했던 나는⋯⋯ 상처받은 당신의 얼굴을 보며 후회했었어. 바보같이 굴었던 걸. 고맙다는 말 한마디 정도는 할걸⋯⋯ 하고.

그런데, 사랑한다는 말을 들은 내가 또 당신을 외면할 수 있을까? 아니, 난 못할 거 같아. 사실은 3년 내내 당신이 내게 준 친절과 관심은 이미 날 흔들고 있었나 봐.

"후회……하지 않아."

그래서 오늘만큼은 후회를 남겨두지 않고 내 진심이 시키는 대로 해보려 해.

거의 정신을 잃다시피 한 재하를 객실로 옮겨 온 건 은안이었다. 그를 침대까지 옮긴 뒤 바로 방을 나서려 했지만, 힘들었던 탓인지 다리가 풀려 시트에 주저앉고 말았다.

은안이 그를 멍하니 바라보았다. 잔인하게 이혼을 말하던 그의 입술은 아주 야속하게도 예쁜 붉은색으로 빛나고 있었다.

그때, 풍랑에 흔들리는 배처럼 이리저리 흔들리는 이성을 무마하지 못한 은안이 눈물을 글썽이며 입술을 달싹였다.

벅차오름을 참지 못한 솔직한 감정이 입술을 타고 세상 밖으로 나왔다. 그가 싫어할 걸 알기에, 한 번도 입에 담아본 적 없던 그 말이.

"내가…… 당신을 사랑해요. 스스로 감당이 되지 않을 만큼."

애절한 고백 후, 은안이 그의 얼굴을 어루만지며 입술에 살짝 입을 맞췄다. 한번 터져버린 감정의 덩어리는 쉽게 봉합이 되지 않았다. 마지막이니 모든 감정을 비우고 가겠다는 본능도 그녀의 충동적인 행동에 한몫을 했다.

입술을 뗀 뒤, 은안이 자리에서 일어나려 손으로 침대를 짚었다. 아무리 마지막이라도, 입맞춤 이상의 선을 넘을 생각은 없었기에.

그때, 그의 커다란 손이 은안의 허리를 휘어 감았고, 그녀는 힘없이 재하의 넓은 품으로 쓰러지고 말았다.

"재하…… 흡."

은안이 그의 품에서 고개를 떼어 이름을 부르는 동시에 그와 은안의 입술이 진득하게 맞물렸다. 거침없이 그녀의 입술을 가르고 들어가자 둘의 숨결이 뜨겁게 엉켰다. 재하는 은안이 밀어낼 새도 없이 품에 애매하게 안겨 있던 그녀를 침대로 눕혔다.

거친 숨과 함께 잠시 떨어진 그의 입술이 붉게 물들어 있었다. 결혼 후, 단 한 번도 제게 손끝 하나 댄 적 없던 그였다.

지금 이 상황은 꿈일까?

스스로에게 질문을 던졌던 은안은 곧 대답을 찾았다.

꿈이겠지. 꿈이 아니고서야 이런 일이 일어날 리 없잖아.

잘게 떨리는 눈을 한 은안이 위에서 저를 바라보는 그의 뺨을 한 번 쓸었다. 델 것처럼 뜨거운 감촉에 은안이 급히 손을 뗐다.

꿈이…… 아니야.

그 순간, 은안이 잠시 취했던 꿈속에서 빠져나왔다.

이건…… 너무나도 현실이다.

"하……."

거친 숨소리와 함께 터진 나직한 음성, 저를 바라보는 반쯤

풀린 눈. 모든 게 현실이라고 인식되자, 은안의 심장이 쿵쿵 뛰기 시작했다.

소나기처럼 거칠던 한차례의 입맞춤이 지나가고, 외줄을 타듯 미묘하고 긴장된 분위기가 이어졌다.

그는 지금 어떤 생각인 걸까. 왜 내게 입을 맞춘 것일까.

평소라면 주저했겠지만, 술을 꽤 많이 마신 은안도 그만큼이나 거칠 것이 없었다. 이 모든 게 다음 날 물거품처럼 없어질 일이 된대도, 지금은 그냥 본능이 시키는 대로 하고 싶을 뿐이었다.

"……후회해도 소용없어요. 당신이 먼저 시작한 거예요."

은안이 느릿하게 저를 훑던 재하의 목덜미를 당겨 그의 얼굴을 제 코앞까지 다가오게 했다.

"후회……하지 않아."

술에 취해 평소보다 느른한 그의 음성이 침대 위에서 더욱더 자극적으로 다가왔다.

대답을 들은 은안이 그의 셔츠 단추 하나를 풀었다.

그 순간, 그들의 이성을 간간이 붙잡고 있던 얇은 줄이 순식간에 끊어졌고, 은안이 다시 먼저 입을 맞추었다. 그녀가 먼저 시작한 입맞춤이었지만 순식간에 판도가 바뀌었고, 그는 맹수처럼 은안의 입 인을 거칠게 탐했다.

얇은 스타킹을 신은 은안의 매끈한 다리 위로 그의 손이 유려하게 움직였고, 그는 그녀의 스타킹을 거칠게 벗겨냈다. 이내, 그의 입술도 목선을 타고 내려왔다.

목에 키스를 받아낼 때까지 겨우 참아냈던 신음이 달뜬 숨소리와 함께 터져 나왔고, 지금 이 순간, 침대 위의 공간만큼은 세상의 그 어떤 이성도 존재하지 않았다. 그저 본능에 의해 움직이고 본능에 의해 행동할 뿐이었다.

그날 밤, 이성은 처절할 정도로 본성에게 짓눌렸다.

그렇게 이혼 직전, 그들은 의도치 않은 마지막 첫날밤을 보내고 말았다.

chapter 2

깔끔하게 그를 떠나기 위해서

6시간 후, 쏟아지는 햇빛이 드는 호텔 방 안.

숙취로 띵한 머리를 부여잡으며 눈을 뜬 재하가 주변을 살 폈다.

"하, 이렇게 취할 때까지 마실 생각은 없었는데……."

휴대폰을 켜자 눈에 먼저 들어온 건 시계가 아닌 1통의 문 자였다.

> 협의 이혼 합의서 정리 끝났고
> 메일로 보내뒀습니다.
> 검토하시고 다시 연락 주세요.

전담 변호사에게서 온 문자였다. 재하가 휴대폰을 들어 긴 손가락을 빠르게 움직였다.

> 검토하고 바로 연락드리겠습니다.

그가 숙취로 띵한 머리를 부여잡으며 침대 헤드에 몸을 기댔다.

그때, 햇살이 비치는 흰 침구 중앙, 반짝이는 기다란 갈색 머리카락 한 올이 그의 시야에 포착됐다.

미간을 찌푸린 재하가 이불 중앙에서 반짝이는 갈색의 머리카락 쪽으로 긴 팔을 뻗었다.

"이건……."

나지막이 나온 목소리에, 아주 약간의 긴장이 서려 있었다.

순간, 완벽히 끊겼다고 생각했던 기억이 희미한 잔상으로 그의 머리를 스쳤다.

—……스스로 감당이 되지 않을 만큼.

그리고 흐릿하면서도 익숙한 목소리가 귓전에 울려 퍼졌고, 동시에 기억의 잔상이 스쳤다.

"설마……."

등줄기로 찌릿한 전율이 흘렀다. 침대 위에 긴 머리카락이 있다는 건, 어젯밤에 이 침대 위에 제가 아닌 다른 여자가 있었다는 건데. 아무리 생각해도 이 침대에 접근이 가능했던 사람은 은안밖에 없었다.

재하가 기억을 더듬어 그녀의 생김새를 그렸다.

"갈색…… 머리카락."

제 기억 속 은안도 긴 갈색 머리를 하고 있었다.

머리카락을 발견함과 동시에, 그가 흐릿하던 기억의 조각들을 하나둘 맞추려 집중했다.

—행복했으면 좋겠어요.

하지만 온전히 기억나는 건 필름이 완전히 끊기기 전의 은안의 술주정뿐.

"젠장."

그가 머리를 헝클어트리며 거친 말을 내뱉었다. 그리고 다시 끊겨버린 상황을 떠올리기 위해 집중했다. 하지만 망가져 버려 어떤 장면인지 정확히 확인할 수 없는 필름 같은 기억들만 머리를 떠다녔다.

한참 온 신경을 집중한 그 순간, 또 하나의 확실한 기억의 파편이 떠올랐다.

―사랑해요. 스스로 감당이 되지 않을 만큼.

그녀의 입술에서 흘러나온 고백. 그리고 기억은 또 거기서 멈춰버렸다. 야속할 정도로 칼같이 끊겨버린 기억에 두통이 느껴졌다.

"혹시……."

같이 밤을 보내기라도 한 건가. 그가 차마 말을 뱉어내지 못한 채 입 속으로 삼켰다. 자연스레 떠오르는 그 뒤의 장면들은 제 상상이 만들어낸 것이었지만 사실이 아니라는 보장도 없었다.

술에 취한 남녀, 호텔. 이 상황에서는 그 무엇도 100%라고 장담할 수 없었다. 그게 저와 이혼을 앞둔 허울뿐인 아내와의 하룻밤일지언정. 만약 정말로 은안과 하룻밤을 보낸 거라면, 이대로 아무 일 없듯 넘어갈 수는 없었다.

"하……."

그가 마른세수를 하며 깊은 한숨을 내뱉었다. 아무리 술에 취했다지만, 감당할 수 없을 정도로 저를 사랑한다고 고백한 그녀의 목소리가 자꾸 귀에 맴돌았다.

지금껏 그녀와 거리를 두려 노력했던 것이 무색하게, 애절함을 꾹꾹 눌러 담은 고백의 목소리에 마음이 붕 떠올랐다. 오랜만에 느껴보는 감정으로 인한 심장의 압박이 반갑지만은 않았다.

결국, 무언가 올라오려는 마음을 겨우 억누른 재하가 다시 눈을 떠 은안에게 전화를 걸었다.

1시간 후, 집 근처의 한 카페.

딸랑―.

들어오자마자 은안을 발견한 재하가 숨을 고른 뒤 자리에 앉았다. 그리고 거두절미하고 가장 중요한 질문을 했다.

"우리, 어젯밤에…… 함께 있었나?"

예상치 못한 질문에 은안이 당황스러운 표정을 숨기려 앞에 놓인 차를 한 모금 들이켰다. 그러자 재하가 답답하다는 듯, 끝까지 잠긴 셔츠의 단추를 톡, 하고 풀었다. 그리고 매혹적인 입술을 다시 달싹였다.

"우리, 잤냐고."

이번엔 에둘러 말하지 않고 지극히 어른의 화법으로 물었다.

"만약, 우리가 잤다면……."

"……."

"나는 그에 마땅한 책임을 질 거야."

'책임'이라는 단어에 은안이 잠시 멈칫했다.

지난 3년간 그에게 애정을 받지는 못했지만, 그가 어떤 부류의 사람인지는 잘 알게 됐다. 맺고 끊음이 확실한, 그리고 부스러기를 남겨두지 않는 성격.

그가 진다는 책임은 이혼을 하지 않는 것일까.

은안의 미간이 가파르게 솟아올랐다.

고작 태풍처럼 스쳐 갔던 잠깐의 감정으로 보낸 하룻밤 때문에 이혼하지 않는 건…… 그에게도 저에게도 좋을 것이 없었다. 그는 혼자가 되길 원했고, 저는 그가 행복했으면 했으니까.

오늘 새벽, 은안은 조용히 호텔을 빠져나오며 생각했다. 그가 기억을 하지 못하면 저 또한 먼저 그 일을 밝히지 않으리라고. 제가 그와 하룻밤을 보냈다고 해서 그가 갑자기 저를 사랑하게 될 일은 없다는 걸 잘 알았다.

애초에 큰 욕심을 내며 그의 품에 안겼던 게 아니었다. 아주 작은 마지막 욕심이었다. 오랫동안 그의 옆에 남고 싶은 마음이 아닌 마지막으로 그를 가까이서 느끼고 싶은 그런 소박한 마음으로 부린 욕심.

그렇게 호텔을 벗어나 마음을 차분히 정리하던 중에 그가 나타나 대뜸 '책임'이라는 단어를 들먹이자 당황스러움이 몰려왔다.

제 예측과 달리, 어떤 기억의 잔상이라도 남은 걸까. 하지만 그가 제게 무슨 일이 있었냐고 묻는 걸 봐서는 기억 없이 막연한 추측을 하는 것 같았다.

여러 가지 수를 계산해본 은안은 마음을 굳혔다. 어젯밤 일을 감추는 쪽으로. 책임감으로 이 결혼을 유지하는 건, 제게도 그에게도 고역이 될 뿐이니까.

그가 저와의 결혼에서 처음이자 마지막으로 원했던 건 이혼뿐이었다. 그리고 저는 그가 저를 책임감이라는 감정으로 대하길 원치 않았다.

'감추자, 감추는 게 맞아. 재하 씨를 위해서도, 나를 위해서도.'

그렇게, 은안은 거짓말을 시작했다.

"아니요. 우리 자지 않았어요."

그녀를 빤히 보던 그의 눈썹이 날카롭게 휘어졌다.

순간, 그의 머리에 몇 가지의 장면들이 잔상처럼 섞여서 번졌다. 포근하던 목소리, 따듯하던 감촉, 그리고 꺼져가는 촛불처럼 희미한 목소리도. 모든 게 정말 그저 제 상상에서 발현된 잔상일 뿐인 걸까.

잠시 상념에 잠겼던 그가 이번에는 확실한 기억을 근거로 꺼내 들었다.

"당신, 날 사랑……한다고 어젯밤에 말했잖아. 그건 도대체……!"

'사랑'이라는 단어 자체를 담는 게 어려운 그가, 가까스로 말을 이어나갔다.

혼란스러운 얼굴로 책임과 사랑을 운운하는 그의 표정을 보던 은안은 더욱 심지를 굳혔다.

제 사랑 고백도, 하룻밤을 보냈다는 사실도 혼자가 되고 싶은 그에게는 다 족쇄 같은 것들뿐이었다. 그 족쇄의 열쇠는 제게 있었다. 잠그지 않으면 그만이었다. 이 결혼이 그를 안전하게 품어줄 새장이 아닌 그를 가두는 새장이었다면, 그걸 깨야만 했다.

그래서 은안은 확신했다. 그를 속이는 게 맞는 일이라고.

"당신의 꿈이겠죠."

"……."

잠시 재하의 말문이 막힌 틈을 타 은안이 차분히 설명을 이어갔다.

"우리, 어제 많이 취했었고 당신이 충분히 오해할 수 있다고 생각해요."

"침대 위에 당신 머리카락이 있었어. 그건, 어떻게 설명할 건데."

"내가 취한 당신을 객실까지 데리고 갔어요. 그리고 당신을 침대에 눕히는 순간 당신 품으로 넘어졌어요. 그리고 난 바로 다시 일어나서 방을 나갔고요."

이 모든 게 정말 사실이라는 듯 태연하고 차분히.

"그러니까, 당신도 없었던 일에 책임을 지겠다고 할 필요 없어요."

그녀의 완강한 부정에도 그의 의심은 점점 더 깊어만 갔다. 하지만, 은안은 확고했다.

"예정대로 진행해요, 우리 이혼. 당신이 원하던 대로."

어제까지만 해도 꼭 이혼해야겠냐고 묻던 사람의 모습은 없었다.

"이만 가줘요. 선약이 있어서."

당장 사라져달라고 말하는 그녀의 눈빛에, 그는 해소되지 않은 의심들을 안고 자리에서 일어날 수밖에 없었다. 당사자가 부정하는 일에 계속 의심을 하며 사실을 말하라고 떼를 쓸 수도 없는 노릇이었다.

재하는 지금 이곳에서의 씨름이 의미가 없다고 판단했다.

아직 모든 게 해소되지 않았지만, 그는 일단 한발 뒤로 물러났다.

며칠 후, 칼주름이 잡힌 차콜그레이 슈트를 입은 재하가 병원 1층에 모습을 드러내자 로비의 사람들은 너 나 할 것 없이 그의 얼굴로 시선을 옮겼다.

189cm의 큰 키, 조각 같은 얼굴. 그는 의사가 아니라 지금 당장 활동하고 있는 현역 모델이라고 해도 손색없을 정도의 피지컬을 자랑했다.

사람들의 눈길이 익숙한 그는 그 누구에게도 시선을 주지 않고 제 갈 길을 걸어 나갔다.

그의 발걸음이 멈춘 곳은 지하의 한 세미나실.

성은병원·대원제약 신약 공동 연구 개발 협약식

굳게 닫힌 문을 열자 가장 먼저 눈에 띈 것은 커다란 현수막이었다.

재하는 발걸음을 떼지 못한 채 잠시 뜸을 들였다.

성은병원, 대원제약. 은안과 제가 결혼을 한 뒤부터 늘 붙어 다닌 두 이름. 며칠 전까지만 해도 대원제약과는 끝을 맺을 수 없겠지만 은안과는 끝을 맺을 수 있을 거라고 생각했다.

하지만, 끝이 보이던 그 순간에서 들은 고백은 저를 혼란스럽게 했다.

물론, 그녀는 꿈이라는 단호한 입장을 고수했지만, 잔을 쥔 손이 미세하게 떨리는 것까지는 제어하지 못했다.

재하가 조용히 혼잣말을 중얼거렸다.

"왜 난 당신이 거짓말을 하는 것 같지."

일단 만나야 다시 이야기를 해볼 텐데, 그날 이후로 은안은 이혼 전까지 다른 곳에서 지내겠다며 집을 나갔다. 덕분에 다시 얘기할 기회가 없었다. 그녀는 제 연락에 일절 답신을 하지 않았으니까.

그날 들었던 고백의 목소리에는 상대를 정말 좋아하지 않으면 나올 수 없는 진실함이 스며 있었다. 은안이 아내의 역할을 충실히 한다는 건 알았지만, 그런 애절한 마음을 가졌을 거라고 생각해본 적은 없었다. 눈길도 주지 않는 남편에게 그런 감정을 가질 여자는 없다고 생각했으니까.

복잡한 마음과 함께, 그가 매끈한 구두를 신은 발을 앞으로 옮겼다. 그때, 세미나실 안쪽으로 들어선 그의 시야에 익숙한 사람이 들어왔다.

"당신이 왜……."

대원제약에서 다른 담당자가 오기로 되어 있던 협약식에 은안이 참석해 있었다. 아무 일도 없었다는 듯 사람들 틈에 둘러싸여 웃고 있는 그녀를 보자 왠지 모르게 억울한 마음이 들었다. 제게 이렇게나 혼란을 던져놓고 정작 당사자는 아무렇지도 않은 모습이라니.

그가 은안의 앞으로 성큼 다가가 그녀의 손목을 그러쥐었다.

"나랑 얘기 좀 해."

"곧 협약식 시작할 거예요."

순식간에 다가온 그의 그림자에, 은안이 놀란 듯 눈을 번뜩이며 손목을 빼내려 했다.

그날 이후로 그를 잘 피해 다녔고, 이곳에 온대도 이렇게 대놓고 제게 알은체를 할 거라는 계산은 은안의 머릿속에 없었다. 그는 오늘처럼 사람이 많은 곳에서는 늘 저를 적당히 모른 척하기 바빴으니까.

처음에는 적응하기 힘든 부분이었지만, 오히려 오늘은 다행이라고 생각했다. 은안은 이곳에서 조용히 있다가 빠져나갈 작정이었다. 하지만, 인생의 모든 건 생각보다 제 예상과는 반대로 전개될 때가 많은 법이었다. 그리고 하필이면 그게 딱 오늘일 줄이야.

그는 여전히 은안을 바라보며 뜨거운 눈총을 쏘고 있었다.

"알아, 잠깐이면 돼."

결국 '잠깐'이라는 소리에 은안이 빼내려던 손목의 힘을 풀었다.

그의 얼굴을 보니, 어떤 핑계를 대도 쉽게 저를 보내주지 않을 것 같았다.

아무래도 그날 카페에서의 상황 설명이 그를 완벽히 납득시키지 못한 듯했다. 그렇다면, 지금 그를 억지로 피하려고 하는 행동은 의심만 가중시킬 뿐이겠지.

결국, 은안이 시야를 올려 그의 얼굴을 마주하며 고개를 끄덕였다.

"알겠어요."

그의 얼굴을 정면으로 마주한 순간, 은안은 그런 생각을 했다. 그가 끝까지 제 앞을 막고 그날 일을 묻는다면, 저는 마지막까지 고개를 저을 수 있을까. 노력은 해보겠지만, 쉽지는 않을 거 같았다.

제가 아는 저는 재하에게 그렇게 독하지는 못한 사람이었으니까. 하지만, 그럼에도 최선을 다해볼 생각이었다. 깔끔하게 그를 떠나기 위해서.

잠시 세미나실 밖의 복도로 나온 그들의 시선이 허공에서 마주쳤다.

　은안이 그의 눈을 피하며 입을 열었다.

　억지로 쓴 거짓말의 가면은 유효 기간이 그리 길지 못했다. 그래서 그날도 선약이 있다는 거짓말을 하면서까지 그를 급히 보냈었다. 오늘도 빠르게 대화를 끝내야만 했다.

　"이혼하자고 먼저 말한 건 당신이었어요."

　"이혼할 때 하더라도, 알 건 알아야겠어."

　"난 할 말 없어요. 들어가 봐야 해요."

　마치 앵무새처럼 한 구간의 말만 반복하는 그녀의 행태에, 답답해진 그가 낮은 목소리로 말했다.

　"담당자가 당신뿐인 건 아니잖아. 잠시 대체해도 될 거 같은데."

　위협을 할 의도는 없었지만, 그의 차가운 모습은 어딘가 모르게 사람을 움츠러들게 했다. 은안의 동공이 살짝 떨리던 그때…… 누군가가 재하의 뒤통수를 후려갈겼다.

　"이 자식이? 어디서 배워먹은 싸가지야?"

　이 병원에서 그의 뒤통수를 때릴 수 있는 사람은 1명뿐이었다.

　"어디서 내 귀한 손주며느리한테 그런 망언을 지껄이는 거야!"

손자를 마주한 자옥의 고운 얼굴이 발갛게 달아올랐다.

"이게 네 병원이냐? 내 병원이야! 은안이 없으면 협약식 안 돌아가! 네가 뭔데 담당자를 교체하니 마니인 게야!"

자옥이 팔짱을 낀 채 제 손자를 올려다봤다.

"할머니로서도, 이사장으로서도 네가 경우 없게 구는 건 용납 못 한다."

재하도 자옥의 앞에서는 꼬리를 내릴 수밖에 없었다. 타인의 앞에서는 제가 대부분 범이었지만, 자옥의 앞에서만큼은 자신도 하룻강아지일 뿐이었으니까.

은안의 손을 잡고 재하에게서 멀어지던 자옥이 고개를 돌렸다. 아주 냉정한 눈빛을 장착하고서.

"남 교수, 성은병원 교수면 그에 맞는 행실을 갖춰."

지금만큼은 할머니가 아니었다. 그저 성은병원의 이사장일 뿐이었다.

"교수의 행실은 병원 이미지와도 직결되니까."

자옥과 은안이 떠난 자리에는 차가운 기운만이 감돌았다.

"수고하셨습니다! 은안 씨. 어휴, 김 팀장님이 급히 아프다고 하실 땐 얼마나 식은땀이 나던지!"

협약식이 끝나고, 흉부외과의 과장이 은안에게 다가와 너스레를 떨었다.

"아니에요. 다행히 제가 내용을 다 숙지하고 있었어요."

대화를 이어가던 은안이 겸손한 자세를 취했다.

대학교를 졸업한 뒤, 자력으로 대원제약에 입사한 은안은 이제 막 전략기획팀에서 주임을 달았다. 은안이 막 입사했을 때는 오너의 딸이라는 이유로 낙하산이 아니냐는 눈총도 많이 받았지만, 그녀의 일 처리 능력에 그런 이야기는 빠르게 사그라들었다.

대원제약은 아빠의 피와 땀으로 일군 회사였다. 입사하는 순간 다짐했다. 도움은 되지 못해도 민폐는 끼치지 말아야겠다고.

"아이고, 이거 이거! 아주 대원제약의 미래가 기대됩니다!"

"아니에요."

그들이 제게 내밀어줬던 손길을 생각하면 무엇 하나라도 보탬이 되고 싶은 마음이기도 했고.

"아, 그럼 전 이만 가보겠습니다."

"아, 네."

그때, 흉부외과 과장이 인사를 건네고 자리를 떠났다.

혼자가 되자, 은안의 머릿속에 자연히 조금 전 일들이 떠오르며 얼굴에 근심이 가득 찼다. 자꾸만 그날 일을 짚고 넘어가려는 것 같은 재하의 태도 때문에 곤란했다.

"하아…… 그냥 넘어가야 할 텐데……."

그리고 한숨을 쉬던 그 순간, 순식간에 날아든 그날의 기억에 은안의 두 뺨이 붉게 달아올랐다. 잊으려 밀어낼수록 지독히 달라붙는 그날 밤은 불꽃이 터지듯 황홀했고, 아름다웠고, 뜨거웠다. 하지만 순식간에 터져버린 불꽃은 재가 되어 공중에 흩어진다. 그래, 딱 거기까지였다. 불꽃의 소임은 잠시 아름다움을 남기고 사라지는 것이었다. 저와 그의 밤도 딱 그래야만 했다. 그 이상의 존재감은 필요하지 않았다.

쓰러져가는 마음을 다잡은 은안이 세미나실을 빠져나갔다.

협약식 후, 방으로 돌아온 자옥이 김 비서가 건네는 서류를 받아 들었다.

"최 변호사님과 꾸준히 이혼을 준비하셨던 것 같습니다."

몰래 둘을 따라가 들은 '이혼'이라는 단어를 늙은 귀가 잘못 인식한 것이길 바랐는데, 아직 제 귀는 젊은이들 못지않게 성능이 좋았다. 자옥의 손에 들어온 것은 재하가 은안에게 보낼 이혼 서류였다.

자옥의 걱정스러운 표정에 그간 곁을 오래 지킨 김 비서가 조심스레 입을 열었다.

"이사장님…… 그냥 말씀하시는 게 어떨까요? 3년 전의 일도, 7년 전의 일도요."

자옥이 완강하게 고개를 저었다.

"이유가 뭐가 됐건, 이혼까지 하려 한 이상 그 일을 안다고 한들 은안이를 순순히 받아 들일까."

오래 축적된 오해는 두꺼운 장막이 되어 상대방과 제 자신의 진심을 보지 못하게 한다. 사실을 말한들, 이제 와 재하가 온전히 은안을 받아 들일 거란 보장이 없었다.

"하…… 처음부터 얘기했어야 하는 건데……."

순간, 자옥의 귓가에 제 아들의 유언이 맴돌았다.

—어머니, 그 아이와 재하 꼭 만나게 해주세요. 재하 옆에
　좋은 사람이 있어야 제가 안심이 될 것 같아요.

3년 전, 은안의 부탁으로 숨긴 비밀들이 시간이 지날수록 독이 될 줄은 몰랐다. 자옥이 천천히 눈을 감고 한참 동안 무언가를 생각한 뒤 입을 열었다. 자옥은 그 어느 때보다 굳건해 보였다.

"뭐든 급할수록 돌아가야지."

"이사장님, 무슨 말씀인지 저는 잘……."

"되돌릴 수 없다면 처음부터 다시 시작하는 수밖에."

그들을 위한 작전을 되새기던 자옥의 눈빛이 형형히 빛났다.

교수실로 돌아온 재하가 의자에 몸을 누였다. 결국 대화를 하지 못하고 그녀를 또 보내고 말았다.

그날 밤을 곱씹을수록 그녀의 목소리로 내뱉어지는 고백은 점점 선명해졌다.

"사랑⋯⋯."

꿈이라기엔 너무도 생생한 목소리가 그의 귓가를 떠나질 않
았다. 게다가, 자꾸만 그날로 돌아가 그녀와 한 침대를 공유하
는 꿈을 꿨다.

온몸을 제게 내어준 꿈속의 은안과, 쾌감의 끝으로 내몰리
던 자신. 맞닿은 입술 사이로 흐르던 야릇한 숨결이, 꼭 진짜
인 것처럼 생생했다. 꿈이라고는 믿을 수 없을 만큼.

정염이 흘러넘치던 꿈속에서 저는 한시도 쉬지 않았다.

"하, 꿈이 이렇게까지 생생할 수 있는 건가."

분명 은안이 거짓말을 하고 있는 것 같긴 한데, 도대체 어디
서부터 어디까지가 거짓이고 진실인지는 가늠할 수 없었다.
꿈과 현실이 뒤죽박죽 얽히자 머릿속이 엉켜드는 기분이었다.
이제는 은안을 떠올리기만 해도 심장 한쪽에 돌덩이를 얹은
듯 무거운 기분이 들었다. 아무렇지 않은 척하려 해도 뭉근히
짓눌러오는 심장의 감각에 자꾸만 신경이 쓰였다.

그리고 사실, 신경이 쓰이는 건 그날의 일 때문만은 아니었
다. 어제, 고성댁 아주머니가 해주신 얘기도 한몫을 했다.

"아주머니, 잣죽 좀 부탁드려요. 속이 안 좋아서요."

재하는 체했을 때마다 먹던 잣죽을 찾았다. 그리고 그는 고
성댁의 얼굴이 난처해졌다는 걸 알아채지 못했다.

"여기요, 교수님."

고성댁이 내 온 잣죽은 평소와 똑같이 고운 흰 빛깔을 뿜냈지만, 맛은 조금 달랐다.

"맛이…… 평소랑은 다르네요."

잣죽을 살짝 맛본 재하가 숟가락을 내려놓으며 말했다.

"그, 그게……! 사실 지금까지 드시던 잣죽은……."

"……."

"사모님이 끓이셨어요! 교수님한테는 비밀로 해달라고 하셔서…… 사모님한테는 비밀로 해주세요!"

고성댁이 곤란한 듯 머뭇거렸다.

그러고 보니 지금껏 제가 잣죽을 찾을 때마다 은안은 늘 집에 있었다. 그러니 고성댁도 이 잣죽을 제가 끓인 것이라고 속이기가 용이했을 터. 하지만 애석하게도 오늘은 은안이 집에 없었다.

지금까지의 소소한 사기극이 머리에 그려진 재하가 고개를 끄덕였다.

"말 안 할 테니까, 일 보세요."

"감사합니다, 교수님!"

재하의 말에 표정을 핀 고성댁이 입술을 달싹이며 그의 앞에서 우물쭈물했다.

"하실 말씀 남으셨어요?"

"그게…… 잣죽뿐만이 아니라."

덧붙일 말이 남았다는 듯 고성댁이 말꼬리를 흐리자 재하의 한쪽 눈썹이 비틀어졌다.

"매일 아침 드시던 핸드 드립 커피도, 저녁마다 드시던 과일
도 다 사모님이 준비하신 거예요."

"……."

"사……모님이 생각보다 더 교수님을 신경 쓰세요. 아주 많
이요."

목 안에 맺혔던 말을 어렵게 뱉어낸 고성댁의 표정에는 개
운함이 번져 있었다. 한 번쯤은 알아야 한다고 생각했다. 매번
무관심함 속에 방치된 어린 사모님이 사실은 이렇게나 지극정
성이었다는 걸.

"늙은이가 주책이었네요. 전 이만……."

고성댁이 부리나케 사라진 뒤, 재하가 관자놀이를 지그시
눌렀다. 생각보다 제 삶에 깊게 침투해 있었던 은안 때문에,
순식간에 마음이 심란해졌다.

고성댁이 해준 얘기를 떠올리던 재하가 옅은 한숨을 내쉬며
다시 생각에 잠겼다.

"하……."

집안일을 돌봐주는 고용인이 있었기에, 제가 먹을 것을 손
수 챙기고 준비하는 것까지 그녀가 할 필요는 없었다. 아내의
자리에 충실하다는 걸 알고는 있었지만, 이렇게까지 진심으로

저를 챙기고 있을 줄은 몰랐기에, 기분이 더 이상했다.

지금의 상황과 고성댁의 이야기를 종합해 보면, 그녀가 꿈이라고 우기는 고백이 진짜인 게 더 설득력이 있다.

저를 좋아했고, 그래서 그날 저를 가졌고. 그 일에 대해 자신이 책임을 지겠다고 말했으니 이혼을 하지 않겠다고 말하면 모든 게 깔끔하게 맞아떨어진다. 은안의 입장에서는 고백을 부정하며 거짓말을 할 필요가 없는 상황이었다.

그런데 왜 갑자기 태도가 돌변한 것일까. 마치 미로의 중간 지점에서 막힌 것처럼 이 부분에서 도무지 진도가 나가질 않았다. 물론, 정말로 밤을 함께 보낸 것이 아닐 수도 있었다. 하지만 고백에 대한 목소리만큼은 이렇게나 생생한데.

"도대체 왜 거짓말을 하는 거지."

답을 찾지 못한 그가 의자에 몸을 파묻고 팔을 들어 시야를 가렸다.

"하아……."

은안의 입장에서 거짓말의 이유를 찾으려 이리저리 머리를 굴려도, 도무지 답이 나오지 않았다.

그때, 한 전공의가 노크도 없이 교수실 문을 벌컥 열었다.

벌컥─.

"교수님! 큰일 났어요!"

"무슨 일이야?"

"일단 가면서 말씀드리겠습니다."

전공의의 급한 눈빛에 재하가 자리에서 일어났고, 로비로 내려가며 상황을 보고받았다.

"정은별 환자가 기증받기로 한 심장이 지금 VIP실에 입원해 계신 김병철 국회 의원님한테 넘어갔습니다."

빠르게 움직이던 재하의 발걸음이 브레이크라도 건 듯 급하게 세워졌다.

"최 교수님이 은별이 어머님께 기증이 거의 확실하다고 말했다가, 김병철 국회 의원님이 입원하시니깐 심장을 그쪽으로……."

"젠장, 최 교수 이 미친놈이 돈에 환장하더니!"

낮은 목소리로 욕을 내뱉던 그의 미간에 진한 주름이 생겼다. 병원 1층에서의 시위는 종종 있는 일이었다. 그때마다 재하는 성은병원의 교수로서, 그리고 이사장의 손자로서 상황을 해결하기 위해 최선을 다했다. 피해자들이 원하는 건 자신들의 얘기를 들어주는 거였고, 그 사실을 누구보다 잘 아는 재하는 경호팀 측에 미리 부탁을 해뒀다. 시위자들에게 물리적 힘을 가하지 말라고.

로비로 내려가자 많은 사람이 몰려 있었다.

"어쩜 좋아……."

"같은 부모 된 입장에서 너무 안됐다."

성은병원 흉부외과 의사들은 심장을 다시 돌려내라!

흰 마분지에 빨간 글씨로 쓰인 강렬한 문구를 본 재하의 폐부에서 깊은 한숨이 흘러나왔다.

부모에게 자식이란 제 목숨을 내어줄 수도 있는 세상의 유일한 사람이다. 그런 부모 앞에서 제 딸의 심장을 뺏어가다니. 너무나 가혹하고 잔인한 일이었다. 칼과 총만 들지 않았지 살인이나 다름없었다.

그가 피해자 쪽으로 다가가 대화를 시도했다.

"어머님, 일단 진정을……!"

"진정하게 생겼어요? 이제 와서 심장을 못 주겠다는 이유가 뭐냐고!"

시위자가 눈을 붉히며 고래고래 소리를 질렀다. 절규의 목소리가 병원 로비를 쩌렁쩌렁하게 울렸다.

"줬다 뺏앗는 게 더 나빠! 이 나쁜 놈들아!"

"어머니께서 이러시면 은별이도 힘들 겁니다. 그러니깐 올라가서……."

"걱정하는 척하지 말아요! 역겨우니까!"

자식을 잃을지도 모르는 부모의 눈에 보이는 게 있을 리가 없었다. 감정이 격해진 시위자가 재하의 입에서 나온 딸의 이름에 분개했고 그의 뺨을 치기 위해 팔을 높이 들어 올린 순간이었다.

쫘악―.

둘의 사이에 한 여자가 끼어들었고, 시위자의 매운 손은 재하가 아닌 그녀의 뺨을 내리쳤다. 너무 순식간의 일이라 시위자를 말릴 틈도, 제 앞의 여자를 밀어낼 틈도 없었다.

크게 벌어진 재하의 동공이 제 앞의 여자를 향했고, 그녀를 알아보는 데는 그리 오랜 시간이 걸리지 않았다.

긴 갈색 머리와 옷에 가려졌음에도 가녀린 체구, 그리고 제 코를 자극하는 은은한 플로럴 계열의 향기까지. 아무리 머리를 다르게 굴려보려 해도 제 앞의 동그란 뒤통수는 은안이었다.

"당신이 왜 여기에……."

"……나한테 맡겨줘요. 내가 설득해볼게요."

갑작스러운 등장에 놀란 재하가 작게 중얼거리자, 은안은 평온하게 고개를 돌리며 말했다. 그런 그녀의 모습이 너무나도 초연해, 재하는 차마 그녀를 붙잡지 못했다.

은안의 등장에 재하는 놀란 듯했지만, 사실 은안은 처음부터 쭉 모든 걸 지켜보고 있었다.

협약식이 끝난 뒤 기획실에 들러 다른 일을 처리한 그녀는 회사로 복귀하려던 참이었다. 그러나 로비를 지나치던 중에 발이 묶이고 말았다. 제 딸의 심장을 돌려놓으라며 시위하는 시위자 때문에.

그렇게 사람들 틈에 섞여 남 같지 않은 모습을 보던 은안의 시야에 재하가 들어섰다. 재하는 상황을 정리하려 했고, 그것을 뒤에서 지켜보던 은안은 뺨을 맞을 상황에 처한 그를 보고 망설임 없이 뛰어들었다. 그 순간만큼은 그의 뺨을 내어주느니, 제 뺨을 내어주는 게 낫다는 생각뿐이었다.

뺨은 아프겠지만 마음은 덜 아플 테니, 그거면 됐다고 생각했다.

아릿한 미소를 머금은 그녀가 시위자 쪽으로 한 발자국 다가갔다.

"어머니, 아마 여기 있는 사람들 중에선 제가 어머니 심정을 제일 이해……."

"당신같이 건강한 사람이 어떻게 내 심정을 이해한다는 거예요!"

어정쩡한 공감의 말이 불씨가 되어 다시 시위자를 불타오르게 했다.

"당신도 한패지? 헛소리해서 우리 은별이 심장 되돌려주지 않으려는 속셈이면 됐어요!"

이번에는 시위자가 고함과 함께 은안의 머리채를 꽉 잡았다.

누군가는 소동을 일으키는 사람이 꼴사납다고 할지도 몰랐다. 하지만 은안은 제 머리칼을 아프게 하는 이 절망적인 손길이 백번 이해됐다.

그때, 재하가 중간에 끼어들어 시위자를 떼어놨다.

"이거 놓으시고 말씀하세요!"

하지만 시위자는 진정되지 않은 듯 여전히 은안을 보며 거친 숨을 몰아쉬고 있었다.

"잘 알지도 못하면서 건방지게……!"

"저도……."

어느새 재하의 뒤로 숨겨졌던 은안이 다시 앞으로 나서며 입을 열었다.

"기증받기로 한 각막을 빼앗긴 적이 있어요. 그것도 수술 전날에요."

슬픔이 가득한 표정으로 눈물을 한 방울도 흘리지 않는 그녀가 보낸 세월이 어렴풋이 느껴져서일까. 금방이라도 은안을 잡아먹을 듯 굴던 시위자의 눈매가 탁, 하고 풀렸다.

뜻밖의 고백에 주변이 물을 끼얹은 것처럼 조용해졌다.

재하도 은안의 고백에 허점에 찔린 듯 멍한 눈빛으로 그녀를 바라보았다.

"어릴 때, 망막 색소 변성증에 걸려서 실명을 했었어요."

"그게…… 무슨……."

"차라리 주겠다고 하지나 말지. 차라리 죽으라고 말하지. 세상이 왜 날 이렇게 괴롭히는 건지."

은안의 고백에 자리에 털썩 주저앉은 시위자는 믿을 수 없다는 듯 눈물을 흘렸다.

"차라리 죽고 싶었어요. 죽는 게 더 행복할 것 같았죠."

헝클어진 머리를 한 은안의 목소리가 조금씩 격양되고 있었다. 늘 차분함을 유지하던 성격 속, 저런 모습이 숨겨져 있다는 걸 재하는 처음 알았다. 게다가 눈을 잃었었다는 것도.

"전 고작 각막이었지만 따님은 심장을 뺏겼으니 더 힘드시겠죠."

은안이 주저앉은 시위자의 앞으로 가 무릎을 굽혀 눈을 맞췄다. 그녀의 눈빛에는 그 누구도 부정할 수 없는 진실함이 스며들어 있었다.

"그러니까 어머님, 저랑 얘기해요."

시위자에게 손을 내미는 은안의 모습은 마치 세상의 아픔을 감싸는 천사처럼 고결했다. 아픔을 가지고 자신과 똑같은 아픔을 품어주는 그녀의 모습은, 제가 봤던 그 어떤 모습보다 아름다웠다.

그 순간, 은안의 모습은 재하에게 어떤 형용할 수 없는 감정을 주었다.

chapter 3

당분간 이혼은 어려울 것 같아

교수실로 돌아온 재하는 의자에 앉아 멍하니 허공을 응시했다.

─차라리 죽고 싶었어요. 죽는 게 더 행복할 것 같았죠.

은안의 절박한 목소리가 쉽게 귓가를 떠나지 않았다. 그리고 앞을 가로막으며 저 대신 뺨을 맞던 그녀의 모습이 자꾸만 어른거렸다.

남 같은 아내. 부부로 지내던 내내 열심히 밀어내야 했던 사람. 며칠 전까지만 해도 제게 은안은 그런 존재였다. 하지만, 지금 제 마음속 은안의 존재는 며칠 전과 완벽히 달라져 있었다.

어떤 존재라고 딱 잘라 말하기 어려웠지만, 굳이 말로 표현해야 한다면…… 신경이 쓰이는 사람.

똑똑─.

그때, 노크 소리와 함께 은안이 들어왔다.

"저…… 일단 은별이 어머님 진정시켰어요."

은안은 헝클어진 머리를 정리할 새도 없이 그의 방을 찾았다.

"아, 나머지는 당신이 처리해줄 거라고 말해뒀어요."

재하의 시선이 자연스레 그녀의 왼쪽 뺨으로 향했다.

빨갛게 달아오른 그녀의 뺨을 보자, 미안한 감정이 제 심장을 꼭꼭 찔렀다. 은안이 해주는 말들은 자연히 귓등을 스쳐갔고, 지금 그의 머릿속에는 단 한 가지 생각밖에 들지 않았다.

"상처는 지금 치료하는 게 좋을 거 같은데."

뺨에 붉게 생긴 저 상처에 한시라도 빨리 약을 발라줘야겠다는 생각.

그의 입에서 '치료'라는 단어가 나올 거라고 예상하지 못했던 은안의 입술이 작게 벌어졌다.

"아……."

그리고 이내 정신을 차리며 그의 말에 대답했다.

"아, 밑에 약국에서 약 사서 바르면……."

"거기까지 언제 가게. 여기서 치료하고 가."

방에서 나가려던 은안을 빤히 바라보던 재하는 의자를 빼며 손짓했다.

"알겠어요."

결국 은안은 자리에 앉았지만, 재하의 얼굴을 마주하지 못하고 그의 발끝에 시선을 고정시켰다.

그때, 시리게 차가운 느낌이 은안의 뺨을 확 감쌌다.

"받아."

"아!"

재하가 준 얼음 팩을 건네받던 중, 재하의 손등과 자신의 손가락이 살짝 스치자 그 부분에 전기라도 통한 듯 찌릿찌릿했다.

쿵쿵―.

그저 손끝이 스쳤을 뿐인데 심장이 터질 것 같았다.

그가 구급상자로 시선을 돌린 틈을 타 은안이 눈을 찔끔 감았다. 조금 전까지만 해도, 그와 이혼을 하겠다고 굳게 다짐하고서는, 잠깐 스친 거로 이렇게 심장이 뛰다니.

어쩌면 이런 마음을 가진 제게는 이혼이 가혹한 일이 될지도 모르겠다.

하지만 상관없었다. 책임감으로 결혼을 유지할 바에는 끝맺음을 내는 게 나았으니까. 은안은 깊게 호흡을 들이쉬며 평정심을 찾으려 노력했다. 그러나, 마음이 진정될 새도 없이 그가 다시 제 심장을 침범해 왔다.

"돌아앉아 봐."

사뭇 다정한 목소리에 은안이 붉어지는 뺨을 감추며 방향을 틀었다.

"좀 따가울 수도 있어."

예고와 함께 얼굴의 생채기에 소독약이 닿자 쓰라린 느낌이 들었다.

"손톱자국이라 소독을 잘해줘야 흉이 안 질 거야."

"……."

"그리고 오늘은 그렇게까지 할 필요 없었어. 내가 해결했어

58

야 하는 문제였어."

"······."

"당신이 그랬잖아, 책임질 필요 없다고. 그럼 당신도 그렇게 해."

무뚝뚝한 말투와 다르게 그의 손길은 옅은 상처가 조금이라도 덧날까 조심스러웠다. 재하는 제 시선을 애써 피하는 은안의 얼굴을 티가 나지 않게 흘끔 바라봤다.

뽀송한 피부에 짙게 진 쌍꺼풀. 화장 없이도 풍성한 속눈썹 아래에 자리 잡은 진한 밤색의 눈동자. 어딘가 모르게 처연하지만, 강단이 있어 보이는 표정.

처음이었다. 은안의 얼굴을 이렇게 오랫동안 꼼꼼하게 본 건.

'이렇게······ 생겼었던가.'

저도 모르게 은안의 얼굴을 감상하던 재하가 그녀의 얼굴에서 급히 손을 뗐다. 조금만 더 그녀를 바라보다가는 가녀린 뺨을 어루만져주고 싶다고 생각할 뻔했다.

은안의 얼굴에서 손을 뗀 뒤, 뒤돌았던 그가 은안의 앞으로 무언가를 내밀었다.

"인턴한테 빌렸으니까 빗고 여기 둬."

그가 건넨 물건은 알록달록한 빗이었다.

무심한 말투와 다르게 상처를 소독해주는 손길도, 헝클어진 머리카락을 위해 준비한 빗도 은안에겐 처음 보여주는 세심함이었다.

"난 가봐야 할 곳이 있어. 찜질하다가 가."

"고마워요……."

그는 대답 없이 뒤돌아 방을 나섰다.

교수실을 나와 지체 없이 빠르게 문을 닫은 재하의 아래턱이 살짝 떨렸다.

그는 그녀의 뺨이 스쳤던 손끝을 들어 바라보았다. 방에 계속 있었다면, 아니 조금만 더 치료를 길게 끌었다면 뺨을 충동적으로 어루만졌을지도 모른다.

은안의 진심 어린 고백의 목소리도, 소중한 사람을 지키려는 듯 제 앞을 막아서는 그녀의 모습도 뇌리에서 떠나질 않았다. 그리고 강한 충격들은 그녀를 향해 세웠던 마음의 벽에 균열을 일으키게 했다.

제 방을 벗어나 정처 없이 걷던 그는 자옥의 부름에 이사장실로 들어섰다.

"부르셨습니까, 이사장님."

"아, 지금은 이사장님 말고 할머니."

조금 전, 세미나실 근처에서 호랑이처럼 버럭하던 모습과 다르게 자옥은 웃음을 듬뿍 머금고 있었다.

"집안일로 널 불렀거든."

"무슨 말씀을 하시려고……."

"은안이랑 성북동 집으로 들어와. 오늘 당장."

자옥의 밑도 끝도 없는 선언에 재하의 동공이 확장됐다. 그리고 이어지는 말은 펀치처럼 강하게 그를 치고 갔다.

"내 정보통에 따르면, 우리 손주가 이혼을 준비하고 있다지?"

여유로운 표정을 장착한 자옥이 손을 턱에 괴며 싱긋 웃었다.

"그걸 어떻게 아셨습니까."

"이 할미, 아직 뒷방 늙은이가 아니라 앞방 늙은이거든. 다 아는 수가 있어."

자옥은 잘 알고 있었다. 협상에선 약점을 움켜쥔 자가 늘 이긴다는 걸. 재하가 제 제안을 거절할 거라고 단정 지었던 자옥은, 그의 약점이 될 조건을 꺼내 들었다.

"병원에서 교수직 내려놓고 싶으면 안 들어와도 된다."

"……."

"3개월만 들어와서 살아. 그 뒤에도 이혼하고 싶다면 해. 결혼 생활을 그렇게 개차반으로 해놓고, 이혼이라니. 내가 사돈이랑 은안이 볼 낯이 없어."

쏟아지는 자옥의 말 중, 틀린 것은 하나도 없었다. 그는 누구보다 결혼 생활에 충실하지 못했으니까. 만약, 며칠 전의 그였다면 이런 제안을 한 자옥과 다퉜겠지만.

"긴말 안 해. 본가 들어와서 제대로 된 결혼 생활 3개월 하고도 이혼이 하고 싶으면 그때 해. 그게 싫으면 병원에서도 당장 나가. 그게 내 조건이야."

"알겠습니다."

뜻밖에도, 그는 자옥의 예상과 달리 순순히 제안을 받아 들였다. 너무 쉽게 제안을 받아 들여 오히려 초강수를 준비해뒀던 자옥의 김이 새고 말았다.

"들어……오겠다고?"

"네, 들어가지 말까요?"

"아, 아니다. 짐은, 사람 시켜서 옮겨 둘 테니까, 바로 집으로 오너라. 은안이한테는 네가 말하고."

재하는 자옥의 말에 더는 대꾸하지 않고 가볍게 묵례를 남긴 뒤 이사장실을 나섰다.

목적을 달성한 자옥의 입매는 올라가 있었지만, 그 안에는 씁쓸한 맛이 감돌았다. 제 아버지가 오랜 기간 투병 생활을 한 이 병원을, 재하가 떠날 수 있을 리 없었다.

"그래도, 화는 낼 줄 알았는데."

자옥이 혼잣말을 읊조렸다. 둘 사이에 어떤 일이 있었던 건지 상상치도 못한 자옥은 제 손자가 그저 제 협박에 꼼짝 못 했다고만 생각할 뿐이었다. 이내 씁쓸한 표정을 지운 자옥이 앞으로의 일만 생각하겠다는 듯 주먹을 꽉 쥐었다.

"살갗을 맞대고 밥도 같이 먹고 또 한 침대를 써야 진정한 부부가 되는 법이지……!"

모든 게 제자리로 돌아갈 수 있다면 비겁한 협박을 하는 노인이 되는 것쯤이야 아무것도 아니었다.

끼익―.

"아……."

재하의 교수실에서 찜질을 하다 깜빡 졸았던 은안이 문이 열리는 소리에 잠에서 깨어났다.

방으로 들어온 재하가 아직도 제 방에 있는 은안의 모습에 놀란 것도 잠시, 그녀의 앞으로 성큼 다가온 재하가 오묘한 표정으로 입을 열었다.

"우리, 당분간 이혼은 어려울 것 같아."

은안은 믿을 수 없다는 표정으로 그를 바라보았다.

그의 입을 통해 이사장실에서 오갔던 대화를 들은 은안의 미간이 가파르게 솟았다.

"……합가를 하라고 하셨다고요?"

독립적인 결혼 생활을 존중해주겠다며 결혼을 하자마자 분가를 시킨 자옥이었다. 그런데 이혼한다는 소식에 저와 그를 집으로 불러들였다는 건, 나름의 초강수를 둔 것이었다.

자옥의 겉모습은 유하고 온화하기 그지없지만, 그 속은 사내대장부보다 더 대범했다.

그러니까 정확히 말하자면, 자옥은…… 한다는 건 꼭 해내고 마는 사람이었다. 그리고 아마 재하는 3년 전 저와의 결혼을 거스르지 못한 것처럼 합가 제안도 어쩔 수 없이 받아 들였을 것이다.

하룻밤을 보냈다고 책임을 지려 하고, 자옥의 으름장에 합가를 받아 들이고. 이 모든 것은 그와 저의 마음이 연결되지 않으면 아무런 의미도 없는 일들이었다.

은안이 잠시 생각에 빠진 그때, 재하가 입을 열었다.

"당황스럽겠지만, 할머니는 하신다면 꼭 하시는 분이야."

"그건 나도 알아요. 하지만……."

은안이 잠시 말끝을 흐리며 뜸을 들였다.

은안의 머릿속에 지난 3년간의 시간이 스쳐 지나갔다.

그에게 어떻게든 다가가 보려 기회만 보던 저와, 늘 제게 등만 보이던 그. 제가 다가갈 틈을 주지 않았던 그의 모습이 선명해질수록 마음이 아려 왔다.

은안이 다시 마음을 가다듬으며 이성적인 목소리로 말했다.

"할머니 때문에 억지로 합가하고 이혼까지 미룰 필요 없어요. 내가 설득해볼게요. 제 말이라면 들으실 거예요."

"……."

"굳이 3개월이라는 시간을 끌 필요는 없는 거 같아요. 우린……."

어차피 헤어져야 하니까. 우리에겐 그게 최선일 테니까. 입안에 가득 고인 뒷말을 삼킨 은안이 시선을 내리깔았다.

그때, 그의 낮은 목소리가 은안에게로 닿았다.

"시간을 끌 이유, 생겼어."

고개를 번쩍 든 은안의 눈이 동그랗게 커졌다.

혹시 또 그날처럼 무슨 일이 있다며 책임을 질 거라고 말하려는 것일까. 한껏 긴장한 은안이 이어질 말을 기다리며 슬쩍 그의 입술로 시선을 고정했다.

잠시 고민하던 재하는 천천히 입을 열었다.

"나는 꿈이 아닌 것만 같거든. 당신이 한 고백."

"……."

"이 상태로 당신이랑 이혼하면, 계속 신경이 쓰일 거 같아서."

"신경이 쓰인……다고요?"

신경이 쓰일 거 같다는 말에, 은안의 목소리가 아주 잘게 떨렸다. 그리고 재하는 꼭 복잡한 문제를 앞에 둔 사람처럼 미간을 살짝 찌푸리며 다시 입을 열었다.

"그날, 당신이 그 방에 들어왔던 건 사실이잖아."

"……."

"꿈이라는 말만 믿고, 당신이랑 이혼해줄 수가 없을 거 같아서. 내가."

"……."

"그리고 나 대신 뺨까지 맞았잖아, 당신. 나한테도 빚 갚을 기회는 줘야지."

이유를 설명하는 말투는 차분했지만, 표정엔 미안함과 혼란함이 스며 있었다.

재하는 며칠 전까지만 해도 이혼을 하자고 해놓고 이런 말을 하는 스스로가 우스웠지만, 지금 은안과 곧바로 이혼을 하게 되면 안 될 것 같다는 직감이 그를 감쌌다.

"이혼을 먼저 말한 것도 나고, 이런 소리 하는 거 이기적인 거 알지만."

"……."

"지금 당장 당신이랑 이혼하면, 내가 많이 혼란스러워질 거 같아."

그의 마지막 말까지 다 들은 은안은 내내 피했던 시선을 올려 그를 바라보았다.

잠시 고민하던 은안은 천천히 고개를 끄덕였다.

"……좋아요. 그럼 성북동으로 들어가요."

그리고 그의 제안을 받아 들였다.

"나도 당신이 나한테 미안해하고 혼란스러워하는 상태에서 이혼하고 싶지는 않으니까."

그렇게, 은안의 동의와 함께 두 사람의 합가가 결정됐다.

3시간 후, 방 정리를 마친 충주댁이 손을 탁탁 털며 자신 있게 방을 훑었다.

"이사장님, 이 정도면 되겠죠?"

"좋네, 정말 몸만 들어오면 되겠어."

자옥의 진두지휘 아래 재하가 결혼 전에 쓰던 방이 단숨에 부부가 쓸 수 있는 방으로 바뀌었다.

사실 결혼 후에도 늘 깨끗이 관리가 되던 방이기에 크게 준비할 것은 없었다. 대부분의 가구 배치는 그대로였다. 다만 두 사람이 한방을 사용하기에 불편함이 없게 사소한 디테일들을 손봤다.

그리고 가장 중요한 건 침대를 바꾼 것이었다. 기존의 퀸 침대에서, 조금 더 작은 더블 사이즈의 침대로. 자옥은 좁아진 침대의 간격만큼이나 은안과 재하가 조금이나마 가까워지길 바랐다.

"아, 충주댁. 방 안에 카펫 다 빼고, 여분의 이불도 다 치워 버려. 바닥에서 못 자게."

"네, 이사장님."

어떻게든 두 사람을 한 방에, 한 침대에 눕혀놓겠다는 자옥의 의지가 빛났다.

자옥의 설계가 한창이던 그때…….

똑똑―.

정직한 노크 소리가 방 안에 울렸고, 곧이어 은안이 들어왔다.

"할머니, 충주댁 아주머니."

은안이 사근사근하게 웃으며 두 사람을 향해 걸어왔다.

"왔구나! 아가, 할미가 방을 좀 바꿨는데 마음에 들지 모르겠네!"

신이 난 자옥이 은안의 손을 잡으며 수다를 떨었다.

은안은 최대한 떨리는 표정을 지운 뒤, 자옥의 말에 맞장구를 쳐주었다.

한참 이야기를 나누던 충주댁과 자옥이 떠나고, 은안이 그제야 참아왔던 깊은 한숨을 뱉어냈다.

"하……."

그의 제안을 받아 들이고, 지체할 것 없이 성북동으로 몸을 옮겼다.

"잘한 걸까."

혼란스럽다는 말에, 제가 신경이 쓰인다는 말에 그의 제안을 받아 들이고 말았다.

아니, 사실 애초에 그가 그렇게까지 대놓고 저를 붙잡았으니, 그 이유가 뭐였든 저는 그의 말에 고개를 끄덕였을 것이다.

어차피 그의 말을 끝까지 거절할 힘도, 여유도 제겐 없었다. 그를 위해서 이혼하겠다고 마음을 먹었지만, 아직 그를 사랑하는 마음이 너무 컸기에.

그리고 한편으로는 기회라는 생각도 들었다.

어떤 이유에서건 그가 먼저 저를 붙잡았고, 지난 3년간 보지 못했던 표정을 잠시나마 봤다. 함께 밤을 보냈다고 의심하고 대신 뺨을 맞은 제게 미안해하며 감정의 동요를 보이는 그를 보며 생각했다.

그가 마음을 열 여지가 조금은 있지 않을까 하고. 늘 견고하던 표정이 조금이라도 달라진 건 긍정적인 신호라고 생각했다.

'어쩌면, 이건 마지막 기회가 될지도 몰라.'

은안은 거의 포기하다시피 했던 3년 전의 약속을 떠올렸다.

그가 제게 느끼는 혼란함이 어떤 감정이 될지는 모르겠지만, 저는 마지막으로 최선을 다해볼 작정이었다. 그가 제게 마음을 열 수 있게.

늦은 시각, 퇴근한 재하가 성북동 집 차고에 검은색 세단을 주차했다. 그러고는 의문이 가득한 얼굴을 한 채 검지로 핸들을 톡톡 내리쳤다.

은안이 저 대신 뺨을 맞았던 일을 생각하면 할수록 미안하면서도 이해가 되질 않았다.

"대체 왜 그렇게까지 한 거지."

누군가를 위해 제 몸을 대신 내어준다는 것. 대부분의 사람은 그런 행동을 사랑해야 할 수 있는 일이라고들 말한다. 그런데 낮의 로비에서의 은안이 그랬다. 꼭 자신을 사랑하는 여자처럼, 제가 대신 맞는 것 따위는 상관없다는 듯 주저 없이 제앞에 끼어들었다. 심지어 저는 이혼까지 하자고 했던 남편인데 말이다. 그런 그녀를 생각하면, 이상한 감정들이 들끓어 올랐다.

"하……."

휘몰아쳐 오는 생소한 감정들에 잠시 정신을 빼앗겼던 그가 정신을 차리려는 듯 살짝 고개를 젖혔다.

어쨌든 3개월이란 시간이 주어졌으니 그 안에 이 혼란스러움이 뭔지 깨닫고, 그날 밤 무슨 일이 있었는지, 정말 그녀와제가 그 객실에서 아무 일도 없었던 건지 알아내야 했다. 굳

은 다짐을 한 그가 차 문을 열고 집 안으로 들어가 제 방문을
열었다.

　문을 열자 불을 켜지 않아 깜깜한 방 내부가 눈에 들어왔
다. 그리고 침대에는 곤히 잠든 은안이 누워 있었다.

　"벌써 잠들었군."

　은안을 보며 혼잣말을 읊조린 재하는 다시 조심스레 방문
을 닫고 서재로 발길을 돌렸다.

　생각해 보니, 둘이서 살던 집에서도 늘 각방을 썼었다. 아
무리 합가를 했다지만 갑자기 한 침대를 쓰는 건 그녀나 저나
어색하고 불편할 것 같았다. 그렇게 재하는 앞으로도 잠은 서
재에서 자야겠다는 마음을 굳혔다.

　며칠 후, 늦어진 퇴근에 재하가 조용히 집 안으로 들어섰다.
하지만, 그는 길쭉한 다리로 채 몇 걸음을 가지 못하고 멈춰
서고 말았다.

　"남재하."

　새치름한 의심의 눈빛을 한 제 할머니 때문에.

　"네."

　건조한 표정의 재하가 짧은 대답을 하자, 자옥이 팔짱을 끼
며 그를 위아래로 훑었다.

　"어제도 서재에서 잤니?"

"네."

기계 같은 대답에, 자옥의 미간이 미세하게 구겨졌다.

"집에 들어오라는 건 은안이랑 같은 식탁에서 밥을 먹고 같은 침대에서 잠을 자라는 뜻이었어."

"논문 확인할 게 있었습니다."

"잠도 안 자고?"

"네."

너무나 당당한 제 손자의 대답에 자옥이 더 이상의 말씨름은 의미가 없다고 판단했고.

"그럼, 오늘도 논문 볼 거니?"

플랜B를 시작했다.

"네."

"그래, 그럼 들어가 봐."

팔짱을 꼈던 자옥이 뒷짐을 지며 의미심장한 웃음과 함께 쉽게 그를 보내주었다. 재하는 그런 제 할머니의 모습이 꽤 의심스러웠지만, 이내 그 의문을 스스로 해소했다. 자옥이 복잡하고 어려운 논문을 쓰는 저를 배려해준 것이라고…… 철석같이 믿었다.

"네, 할머니도 쉬세요."

그가 자옥을 지나쳐 다시 발걸음을 옮겨 서재로 들어간 순간, 문밖의 잠금장치가 잠겼다.

딸각—.

"할머니!"

귓바퀴에 안착한 소리에, 재하가 재빠르게 뒤를 돌아 자옥을 불렀다. 하지만 자옥은 제 손자의 고함에도 개의치 않아 하며 얄밉게 입꼬리를 당겨 웃었다. 마치 그 모습이 70대가 아닌 7세의 어린이 같았다.

"아침 되면 열어줄 테니까, 거기서 논문 연구나 잘해봐!"

열쇠를 움켜쥔 자옥이 '훗', 소리를 내며 뿌듯한 표정으로 조금 전 남편 상훈과의 대화를 상기했다.

─재하 자식, 오늘도 서재에서 자다니. 내 말을 뭐로 들은 거야?

─무슨 문제라도 있어? 둘이 같이 안 자?

자옥만큼 눈치가 세심하지 못한 상훈이 물었다.

─아니, 당신도 손주 보고 싶지? 그럼 같은 방에 붙어 있어야 하는데…… 저 녀석이 매일 서재에서 자잖아!

자옥은 신혼 초부터 지금까지 눈치가 없는 상훈을 늘 구박해왔다. 하지만, 상훈은 아주 가끔 쓸모 있는 안타를 쳤고.

─그럼 한방에 가두면 되지.

─그거 좋은데?

자옥에게 시원한 해답을 줬다.

그렇게, 자옥은 상훈의 조언에 디테일을 더해 이런 상황을 꾸며낸 것이었다.

"하, 진짜 무슨 이런 장난을……."

재하가 제 머리칼을 거칠게 넘기며 브리프케이스를 책상 위에 올려두었다. 그때까지만 해도 재하는 자옥이 밥을 먹지 않겠다는 아이에게 밥을 주지 않듯, 억지로 서재에 있겠다는 저를 일부러 가뒀다고 생각했다. 하지만 재하는 곧 깨달았다. 이건 그런 간단한 벌이 아니라는 걸.

이내 자옥의 진정한 큰 그림이 화폭을 가득 채웠다.

끼익ㅡ.

넓은 서재의 한쪽에 위치한 욕실 문이 열렸고, 그곳에서 큰 수건으로 몸을 감은 은안이 걸어 나왔다.

"재……하 씨?"

머리에 흐르는 물기를 미처 다 제거하지 못한 채.

"당신이 왜 여기……."

달달하면서도 시원한 바디 워시의 향기가 재하의 코끝을 훅 스쳤다. 제 몸에서 나는 것과 같은 향기. 그 사실 하나만으로 재하의 얕은 신경줄이 탁, 하고 끊기는 느낌이 들었다.

"아, 할머니가 위층 욕실이 고장 났다고 해서……."

은안의 설명에, 재하가 지끈거리는 관자놀이를 짚었다. 순진한 대답에 재하는 은안도 자옥의 술수에 완벽히 걸려들었다는 걸 깨달았다.

"하…… 젠장."

재하가 깊은 한숨을 쉬었다.

상황 파악을 하던 은안이 제 몸을 가리고 있는 것이 얇디얇은 수건 한 장뿐이라는 걸 깨달았다. 은안은 눈이 동그래져 수건을 여미는 동시에 발걸음을 뗐다.

"그럼 난…… 나가볼게요!"

그때, 허둥지둥 옷가지가 든 가방을 찾던 은안의 얼굴이 삽시간에 창백해졌다.

　"어, 어딨지?"

　"왜 그래?"

　"속옷이랑 옷이 든 가방이 없어요……. 분명 여기 뒀는데……!"

　은안의 당황한 모양새에 재하가 실소를 터트렸다. 지금 이 상황마저도 철저하게 계획된 장면이었다.

　"할머니가 갖고 가신 것 같아."

　"네?"

　진상을 들은 은안의 낯빛이 급격히 혼란스러워졌고, 재하는 아직 그녀가 모르는 한 가지 사실을 더 알려주었다.

　"여기…… 문 잠겼어."

　문이 잠겼다는 얘기에, 순간 은안의 동공이 초점을 잃었다.

　"아……."

　그랬다. 둘은 자옥의 플랜B에 아주 꼼짝없이 발이 꽁꽁 묶이고 만 것이었다. 충격을 받아 그 자리에 접착제를 붙인 듯 서 있는 은안에게 재하의 미묘한 시선이 닿았다.

　작은 얼굴 밑으로 내려온 가느다란 목선과 보기 좋게 자리 잡은 둥근 어깨, 그리고 머리칼에서 떨어진 물방울이 고일 것 같은 선명한 쇄골까지.

　의도치 않게 마주한 그녀의 타월 차림에, 재하는 저도 모르게 그녀에게 시선을 고정했다.

'정신 차려.'

그리고 잠시 멍해졌던 그가 다시 시선을 돌렸다.

재하는 제 몸에 걸쳐졌던 캐시미어 카디건을 벗어 그녀에게 건넸다. 수건 밑으로 길게 뻗은 저 다리는 어쩌지 못해도 어깨는 감추는 게 좋겠다는 생각으로.

"이거 입어."

"고마워요."

은안도 어느새 이 상황을 받아 들인 건지, 아까보다는 혈색이 돌아와 있었다.

굳게 잠겨버린 문을 바라보던 그의 미간이 종잇장처럼 구겨졌다. 이건 일흔이 넘은 노인이 아니라 7세의 어린이나 할 법한 장난이었다.

답답함에 마른세수를 하던 그가 은안을 향해 말했다.

"아마, 아침 되면 문 열어주실 거야. 소파에 앉아 있다가 졸리면 자."

"……"

"저기 있는 책, 읽어도 되고."

어느새, 갇혔다는 현실을 받아 들인 은안이 고개를 끄덕인 뒤, 의연한 척 책장으로 향했다.

스륵―.

한참이나 책을 구경하던 그녀의 뒤로, 재하가 브리프케이스에서 논문을 꺼내는 소리가 들렸다. 그가 뒤에 있다고 생각하니, 괜히 긴장이 밀려와 온몸이 빳빳하게 굳었다.

그때, 책 제목을 보는 둥 마는 둥 하던 은안의 눈에 반가운 제목이 눈에 띄었다.

고래의 일생

'이거, 아저씨가 얘기해줬던 책인데……!'

어느새 긴장을 푼 은안이 망설임 없는 손길로 책을 빼내어 소파에 앉았다. 소파에 앉으며 공기의 저항이 일자, 그의 옷에서 풍기는 섬유 유연제 향기가 그녀의 코로 밀려 들어왔다.

'재하 씨 향기……'

제 온몸을 흠뻑 적시는 그의 향기가 오늘따라 달콤하게만 느껴졌다.

이 집에 들어온 뒤, 그는 자옥의 눈을 피해 늘 서재에서 잠을 청했다.

당장이라도 무슨 변화가 일어날 듯 지난 3년과 다른 모습을 보여줬던 그지만, 성북동에 들어온 며칠 동안 생각보다 달라진 건 없었다. 그는 늘 제가 있는 방으로 오지 않고 서재로 향했으니까.

그래도 생각보다 별말 없이 이 상황을 받아 들이는 그를 보니 저와 한 공간에 이렇게 있는 게 크게 불편하진 않은 거 같았다. 게다가 이렇게 옷까지 건넨 걸 보면, 조금은 우리 사이가 나아질 틈이 있다고 생각해도 되지 않을까, 라는 생각이 들었다.

본능적으로 그의 향기를 듬뿍 머금던 은안이 함빡 미소를 머금으며 책으로 시선을 돌렸다. 은안이 고른 책은 동물 행동학자가 수년간 고래를 관찰하며 집필한 책이었다. 특히, 이 책의 어미 고래에 대한 부분은 현식에게 지겨울 정도로 많이 들어서인지, 읽지 않아도 될 정도로 익숙했다.

책장을 넘기자, 오랫동안 묵은 텁텁한 종이 냄새가 은안의 코를 스쳤다. 그리고 곧 익숙한 내용이 은안의 눈에 가득 찼다. 은안이 살며시 미소를 지으며 열심히 책을 읽어 내려가자, 옛 기억이 새록새록 떠올랐다.

'아저씨가 좋아할 만했네…….'

빛이 바랜 희미한 추억은 늘 좋은 기분을 선사했다. 그리고 은안의 머릿속에 문득 그런 생각이 스쳤다. 훗날, 결혼 생활의 기억들도 닳고 닳아 희미해지면 조금은 좋은 추억이 될까?

얼음장 같았던 지난 3년은 몰라도, 자옥이 '진짜 부부'처럼 지내보라며 유예해준 이 3개월의 시간은 그렇게 될 수 있을 것만 같았다.

은안은 누가 보는 것도 아닌데 활짝 미소를 지으며 다시 책에 집중했다. 익숙한 책이었지만 은안은 그 어느 때보다 재밌게 읽어 내려갔다.

2시간 후.

논문을 훑던 재하의 시선이 느릿하게 그녀에게로 향했다. 책을 열심히 읽던 은안은 어느새 까무룩 잠이 들어 있었다.

그가 의자에서 조용히 일어나 은안에게로 향했다. 소파 끄트머리에 단정히 개어져 있는 담요를 펼쳐 그녀의 온몸을 덮었다. 발가락 하나도 허용하지 않겠다는 듯 발밑까지 꼼꼼히 담요를 정리하고 나서야 그는 허리를 들었다. 그리고 자옥의 계략가 같은 면모에 헛웃음이 터져 나왔다.

은안을 여기로 밀어 넣을 줄이야.

"하, 진짜 할머니는……."

고개를 젓던 그가 은안의 얼굴로 시선을 돌렸다.

뽀얀 뺨에서부터 오뚝한 코까지 긴 갈색 머리카락이 흐트러지듯 늘어졌다. 혹시 머리카락 때문에 숨쉬기가 힘들까 싶어 머리카락을 어깨 뒤로 넘겨주었다.

머리카락을 걷자, 아이처럼 천진하게 잠든 그녀의 말간 얼굴이 눈에 들어왔다. 그리고 아직 완벽히 아물지 못한 상처가 눈에 들어왔다.

"상처가 아직 덜 아물었네."

혼잣말을 중얼거리며 저도 모르게 그녀의 뺨에 손을 가져가려던 재하가 행동을 멈췄다. 걱정이라는 무의식이 저절로 팔을 움직였지만, 이내 이성이 돌아왔다.

'뭐 하는 거야, 자는 사람한테.'

그리고 은안을 향한 시선을 거두려던 그때, 잠꼬대와 함께 속눈썹을 파르르 떨던 은안이 단번에 눈을 떴다.

"으음……."

그리고 재하와 시선이 정면으로 마주쳤다.

이 순간이 꿈이라고 생각한 은안이 천천히 상체를 일으켜 몽롱한 정신으로 그의 이름을 불렀다.

"재……하 씨?"

타닥―.

그때, 담요 아래 은안의 손에 들려져 있던 책이 떨어지고, 그가 무릎을 꿇어 책을 주웠다.

"이 책은……."

제 아버지가 생전에 가장 좋아했던 책인 『고래의 일생』이었다. 그때, 아직 잠에 취한 은안이 평소와 다르게 풀린 발음으로 중얼거렸다.

"왜 여기 있어요?"

잠이 덜 깬 목소리에, 재하가 무릎을 꿇은 채 시선을 올려 그녀의 얼굴을 마주했다.

"아…… 그러니까……."

탁―.

뭐라 변명을 하려던 그 순간 은안의 상체가 기울었고, 재하가 빠르게 그녀 쪽으로 제 어깨를 들이밀었다. 어정쩡하게 그의 품에 안긴 모양새가 된 은안은 다시 새근새근 숨소리를 냈다.

갑자기 이렇게 잠드는 게 가능한 거였나? 그의 미간이 의문으로 미세하게 좁혀졌다.

순식간에 지나간 그녀의 잠꼬대에 멍해진 재하는 은안을 다시 소파에 눕혔다. 언제 잠꼬대를 했냐는 듯 새근새근 숨소리를 내며 곤히 자는 모습이 꼭 아이 같았다. 자는 모습이 너무나 평화로워 재하는 홀린 듯 은안의 얼굴을 한참이나 내려다보았다.

"음……."

중간중간 입술을 달싹이는 은안의 모습에 피식 실소가 났다. 그렇게 은안을 한참이나 보던 재하는 다시 담요를 꼼꼼히 덮어준 뒤 자리로 돌아가 의자 깊숙이 몸을 파묻었다.

눈을 감고 휴식을 취한 지 얼마나 지났을까, 그의 뇌리에 중요한 사실 하나가 스쳤다.

"열쇠……."

입으로 그 사실을 중얼거린 그가 급하지만, 조심히 서랍을 열었다. 서랍 맨 아래 칸, 아주 오래전에 넣어둔 예비 열쇠가 가지런히 놓여 있었다.

"하―."

이 황당한 사실을 깨달은 그가 어이없다는 듯 탄식을 흘렸다.

열쇠를 바라보던 재하가 중얼거렸다.

"처음부터 갇혀 있을 필요도 없었던 일이군."

이 서재는 애초에 밖에서 잠글 수 있게 설계되었다. 현식이 집에서 곡을 쓸 때, 영감이 떠오르면 밖에서 문을 잠그고 스스로를 나가지 못하게 하기 위함이었다.

현식이 세상을 뜬 뒤 주로 재하가 이 서재를 쓰게 되었고, 혹시나 밖에서 잠겨버려 나가지 못할 것을 대비해 열쇠를 넣어뒀던 게 방금 떠올랐다.

아마 자옥은 이 방에 열쇠가 있다는 걸 알지 못했을 것이다. 열쇠를 넣어둔 게 너무 옛날 일이라 저도 기억하지 못했지만.

당장이라도 문을 열 것처럼 말한 것과 다르게 그는 다시 조용히 서랍을 닫았다. 지금 문을 연다면, 자옥의 잔소리는 물론이고 곤히 자는 사람까지 깨워야 할 터였다. 귀찮음을 변명으로 삼은 그는 열쇠 따위는 본 적도 없다는 듯 들고 온 책으로 시선을 돌렸다.

책을 물끄러미 바라보던 그의 눈썹이 미세하게 떨렸다.

아주 어린 시절, 부모님은 항상 일 때문에 바빴었다. 그러다 언젠가 피아니스트로 세계를 다니며 연주를 하던 아버지가 1년의 안식년을 가졌던 적이 있었다. 그때의 저는 너무 어려서 뭐가 뭔지 모르고 아버지가 집에 있다는 것에 무작정 신나 했었다.

—우와! 아빠 그럼 내일도 내일모레도 집에 있는 거예요?

—그럼, 재하야. 아빠가 놀아줄게.

하지만 저와 보낸 시간이 많지 않았던 아버지는 서툴렀고, 제가 뭘 좋아하는지 몰라 본인이 좋아하는 것을 나눴다. 그래서 주로 연주를 들려주거나 책을 읽어줬다.

순간, 마음속 둑이 하나 터진 것처럼 옛 기억들과 감정들이 흘렀다. 미워했으면서도 사랑했던 부모님의 잔상들. 애써 묻어두려 했던 기억들이 넘실거렸다.

"아……."

참 이상했다. 은안은 우연히 이 책을 골랐을 뿐일 텐데, 그녀의 손에서 탄생한 우연이 제 마음을 물러지게 만들고 저답지 않은 생각을 하게 했다. 유치하지만 보이지 않는 끈이 그녀와 저를 엮는 것 같다는, 그런 생각을.

그날 밤, 재하는 한참이나 책상 위의 책을, 그리고 소파에서 잠든 은안을 멍하니 바라보았다.

Chapter 4

나는 그런 당신이 걱정됐으니까

서재 사건 이후, 의도치 않게 각자의 일로 바빴던 두 사람은 집에서 거의 마주치지 못했다.

그렇게 바쁜 날들을 보낸 며칠 뒤, 오늘은 성은병원과 대원제약이 3달에 한 번씩 지방으로 의료 봉사를 하러 가는 날이었다.

경주의 한 시골 마을. 두 사람은 같이 봉사를 온 적이 몇 번 있었지만, 재하는 늘 제 일만 했었다. 하지만, 왜일까. 오늘따라 은안에게로 자꾸 시선이 갔다.

그때, 옆에서 같이 진료를 보던 황 교수가 가자미눈으로 그를 보며 말했다.

"아주, 눈에서 꿀이 뚝뚝 떨어지네, 와이프가 일터에 있으니 그리 좋냐?"

"……흠."

황 교수의 지적에, 머쓱해진 재하가 웃음기를 거두고 다시 진료에 열중했다.

그때, 은안의 옆을 지나가던 한 할머니가 은안과 부딪히며 손에 든 주전자를 놓치고 말았다.

"으어어어어 아가씨 비키이소!!!"

털썩―.

"아아……."

은안은 그대로 넘어졌고, 주전자의 내용물은 은안에게 쏟아진 뒤에 바닥으로 떨어졌다. 축축한 느낌에 눈을 뜨자, 제 옷 위에는 진득한 식혜의 밥알이 덕지덕지 붙어 있었다.

"아이고 미안해서 우짤꼬……."

안절부절못하는 할머니의 모습에 은안이 미소를 지으며 넘어진 자리에서 일어나려 다리를 디뎠다. 하지만 웃는 얼굴과 달리, 땅에 발을 디딘 은안의 입에서 신음이 흘렀다.

"아!"

아무래도 다리를 삔 듯했다.

그때, 멀리서 은안을 보던 재하가 자리에서 벌떡 일어났다.

그의 앞에 앉아 있던 환자는 놀란 듯 시선을 올렸고, 옆에서 진료를 보던 황 교수도 왠지 모르게 다급해 보이는 재하의 모습에 놀란 듯 눈을 끔뻑였다. 눈썹을 살짝 들썩인 황 교수는 걱정스러운 재하의 시선이 닿아 있는 곳으로 고개를 틀었다. 그리고 그곳에서 넘어져 있는 은안을 발견했다.

황 교수가 무슨 상황인지 이해된다는 듯 고개를 끄덕인 동시에, 재하가 다급히 사과와 부탁의 말을 뱉어냈다.

"죄송합니다, 어르신. 제 아내가 좀 다친 것 같아서요. 좀 가

봐야 할 거 같습니다. 황 교수, 어르신 좀 봐줘. 부탁해."

황 교수가 대답을 하기도 전에 그는 자리에서 사라졌다. 흉부외과에서 가장 눈치가 없어 재하가 아내와 내외한다는 사실을 유일하게 모르던 황 교수는 혼잣말을 중얼거렸다.

"좋을 때다, 좋을 때야……!"

황 교수와 어르신을 뒤로하고 은안을 향해 가는 재하의 발걸음에선 갈급함이 묻어났다.

'많이 다친 건가?'

비명이 들리기 전에 쇠붙이가 무언가와 크게 부딪히는 소리가 났던 거 같기도 한데. 혹시나 그 소리가 은안의 몸과 부딪혀 만들어낸 소리였을까 마음이 초조해졌다.

재하가 사고가 난 곳으로 달려가던 사이, 은안에게 한 남자가 다가왔다.

"은안 씨, 괜찮아요?"

한때는 은안의 주치의였고, 지금은 친구이자 또 동시에 재하의 죽마고우이기도 한 민혁이었다.

옷에 묻은 밥알을 털어내던 은안이 웃으며 말했다.

"괜찮아요, 민혁 씨. 그냥 옷이 좀 젖고……."

'발목을 삔 것뿐이에요.'

봉사를 와서 폐를 끼칠 수는 없다는 생각에 은안이 뒷말을 목 뒤로 삼켰다. 주춤거리며 도움을 받길 꺼리는 그녀의 태도에도 민혁은 개의치 않고 은안을 일으켰다.

병원 내에서 모든 이에게 다정하다고 소문이 난 그답게, 사람을 돕는 모습에 몇몇 여자들이 반한 눈빛을 보냈다. 그리고 걱정에 걱정을 거듭하며 은안에게 가까이 다가오던 재하는 멀지 않은 곳에서 잠시 멈춰 섰다.

다정한 두 사람의 모습에 그의 표정이 살짝 구겨졌다.

"그러지 말고, 팔 잡아요. 발목 삔 것 같은데."

"아…… 그럼 잠시 팔만 빌릴게요."

재하가 어떤 표정으로 저를 보고 있는지 상상치도 못한 은안은 빠른 현실 자각 후 민혁의 손길을 받아 들였다. 씩씩한 척하며 이 다리로 혼자 걷다가는 멀쩡한 한쪽 다리까지 망가질 것이 뻔했기 때문이었다.

그렇게 은안이 민혁의 팔을 지지대 삼아 걸음을 옮기려던 순간, 발에 힘을 줄 틈도 없이 그녀의 몸이 붕 떴다.

놀란 은안이 정신을 차렸을 땐……. 숨결이 느껴질 정도로 가까운 거리에 재하의 얼굴이 있었다. 얼떨결에 재하에게 안긴 은안이 놀란 듯 조심스레 그를 불렀다.

"재……하 씨?"

"아…….."

그녀의 당황한 목소리에 재하는 그제야 정신을 차렸다.

'이렇게 번쩍 안아 들 생각까진 없었는데.'

큰 눈을 끔뻑이며 저를 바라보는 은안을 보고 있자니, 모든 사고회로가 멈추는 느낌이었다. 그리고 방금 무슨 생각으로 그녀를 안은 건지 알 수 없었다.

정신을 차렸을 땐, 이미 은안이 제 품을 가득 채운 상태였으니까. 불쑥불쑥 튀어나오는 제 돌발적인 마음들과 행동들이 낯설었지만, 지금은 혼자 당황하고 있을 틈이 없었다.

그가 급히 표정을 정리했다. 그리고 당황한 속마음과 달리, 원래 은안을 번쩍 안아 들 계획이었다는 듯 담담한 목소리로 말했다.

"내가 데리고 갈게. 너 곧 점심도 먹어야 할 텐데."

겉으로는 민혁을 위하는 듯했지만, 그의 눈매는 묘하게 날카로워져 있었다.

그 모습을 확인한 민혁이 은안의 곁에서 한 발자국 물러났다. 아무리 매너가 좋은 그라지만, 남편이 왔는데 굳이 더 이상의 친절을 베풀 필요는 없었으니까.

민혁이 고개를 까딱이며 익살스러운 농담을 던졌다.

"은안 씨, 이럴 때 남편 부려먹어요. 다 나을 때까지 안고 다니라고 해요!"

"주민혁, 그만 가지?"

재하가 눈썹을 한껏 구기자 민혁은 무서워서 살겠냐는 핀잔과 함께 등을 돌렸다. 뒤를 돌아 발길을 옮기던 민혁이 잠시 멈춘 채 혼잣말을 읊조렸다.

"이혼하겠다던 놈 맞아?"

협약식 날, 이혼을 말하던 재하의 목소리를 들은 건 자옥뿐만이 아니었다. 그곳을 우연히 지나가던 민혁도 뒤에서 그 얘길 들었었다. 걸음을 멈추다 말고 뒤를 돌아본 민혁이 두 사람을 보며 다행이라는 눈빛을 보낸 뒤 다시 걸음을 뗐다.

한편, 민혁이 자리를 뜨고 사람들의 시선도 다른 곳으로 향하자, 은안이 고개를 슬쩍 들어 그의 얼굴을 바라봤다. 민혁을 보는 눈매와 입매는 딱딱하게 굳어 있었지만, 저를 안은 손길은 조심스러웠다. 처음 느껴보는 그의 보호 이린 손길에, 심장이 엇박으로 뛰기 시작했다.

'그래도 안길 정도로 다친 건 아닌 거 같은데.'

스스로 생각해도 그 정도 부상은 아닌 거 같아 민망해진 은안이 조심스레 입을 열었다.

"저 사실 걸을 수 있는데……."

저를 내려달라는 듯한 그녀의 말에 재하의 입매가 살짝 비틀렸다.

"못 걸어서 민혁이한테 부축 받으려던 거 아니었어?"

"그렇긴 한데……."

"그냥 있어. 발목은 다치고 나서 안 쓰는 게 중요하니까."

의사로서 하는 정확한 지적에, 은안이 입을 다물었다.

사실, 걷기 힘들 만큼 발목이 아픈 건 맞았다. 하지만 그것보다 더 아프게 느껴지는 곳이 있었다. 그의 넓은 가슴과 맞닿는 팔도, 그의 단단한 팔의 온기가 느껴지는 다리와 등도, 약한 화상을 입은 것처럼 따끔따끔했다.

너무 좋아하는 사람과 맞닿아 있으면 이런 기분이구나.

처음으로 안겨보는 그의 품은 생각보다 더 부드럽고 따뜻했다.

'아, 처음은 아니지.'

그날 밤 그가 당기는 손길에 쓰러져 쓰러지듯 안긴 게 처음이었다. 지금은 처음이 아니라 두 번째. 그 사실이 은안의 마음을 더욱더 간지럽게 했다.

그때는 마지막이라고 생각하고 그에게 입을 맞추고 그의 품에 안긴 터라 이렇게 간질거린다는 마음보다는 벅차다는 마음이 더 컸던 거 같다. 마음이 봄바람이 스민 것처럼 살랑거리며 희망이 아지랑이처럼 피어올랐다. 그날은 제가 먼저 그를 당겼지만, 오늘은 그가 먼저 저를 당겼다.

괜히 기분이 좋아진 은안이 빳빳하게 세웠던 고개를 그의 가슴 쪽으로 기댔다. 착각일지도 모르지만, 어쩐지 그의 품에서 들리는 심장 소리가, 조금 빠르게 뛰는 거 같기도 했다.

쿵쿵―.

하지만 제 심장은 그보다 훨씬 더 빠르게 뛰고 있었다.

은안이 은은한 미소를 지으며 내뱉지 못할 말을 마음에 고이 간직했다.

'당신 심장이, 나랑 똑같은 속도로 뛰는 날이 언젠가는 오겠죠?'

어쩐지 그의 품에 안겨 있으니 다친 발목이 하나도 아프지 않은 것 같았다.

파란 지붕에 빨간 벽돌이 가지런하게 쌓인 집은 웅장하지도 멋들어지지도 않았지만 따듯한 느낌을 간직하고 있었다.

속옷까지 싹 젖은 은안에게 할머니는 손녀가 두고 간 새 속옷을 내밀었지만, 옷은 마땅한 게 없다며 본인의 옷을 건넸다.

진달래 분홍색의 티셔츠와 무슨 색이라 확실하게 말하기 어려운 화려한 꽃무늬 고무줄 바지를 입은 은안이 샤워를 마치고 욕실에서 걸어 나왔다.

물기 어린 은안의 뽀얀 얼굴에 발그스레한 홍조가 생겼다. 시골집 보일러가 얼마나 빵빵했던 건지, 그녀의 몸에서는 아직도 김이 모락모락 올라오고 있었다.

옷을 빌려준 당사자는 모델의 핏이 마음에 드는지 여러 번 손뼉을 쳤다.

"아따, 그래도 얼굴이 예쁘니깐 이런 것도 소화가 되네에!"

"하하, 감사합니다!"

"근데 욕실이 시골 욕실이라 씻기 안 불편했는가 모르겠네…… 부잣집 아가씨 같은데."

"괜찮아요, 예전에도 이런 욕실에서 많이 씻어본걸요?"

"아이고, 그라믄 다행이고. 잠깐만 기다려 보소. 내 저기 옆에 가꼬 혹시 다른 옷 있는지 물어볼게요."

할머니가 떠나고, 은안은 우두커니 서서 생각에 잠겼다.

할머니의 말을 듣자, 진태에게 입양되기 전 끔찍했던 제 인생이 저절로 떠올랐다. 그때는 따뜻한 물로 씻을 수 있기만 해도 참 좋겠다고 생각했는데 지금은 부잣집 아가씨 소리까지 듣고 있었다. 인생은 길게 살고 봐야 한다더니, 그 말이 딱 맞는 상황이었다.

문득 떠오른 옛 생각에, 자신을 지독히 괴롭히던 '그 사람'이 떠올랐다. 떠올리기만 해도 치가 떨리고 살점이 떨어져 나가는 것 같은 사람.

순간, 은안의 입 안에 쓴맛이 감돌았다.

부엌 안쪽에 욕실이 붙어 있는 구조라, 재하는 거실에서 은안을 기다렸다. 얼마나 기다렸을까. 주인집 할머니가 현관을 나서는 걸 본 재하가 부엌 안쪽으로 들어왔다.

"다 씻었어?"

"아…… 네……."

은안이 어색한 듯 바지를 움켜쥐며 대답했다.

화려한 의상을 입은 은안을 본 재하는 저도 모르게 올라가는 입매를 눌렀다. 화장기가 없는 맑은 얼굴과 대조되는 화려한 색감의 옷. 사이즈가 조금 작아 뽀얀 발목과 손목이 삐져나왔지만, 생각보다 제법 잘 어울리는 복장에, 이상하게 그의 입가에 웃음이 스쳤다.

매번 새벽같이 단정한 화장을 하고 갖춰진 옷을 입던 그 여자가 맞는 건가……라는 생각을 하던 그때, 더위에 귀가 축 처진 토끼 같은 그녀가 자신 없는 목소리로 물었다.

"이상해요……?"

은안은 지금까지 늘 그에게 흐트러짐 없는 모습만 보여주려 노력했었다. 하지만 이 순간 모든 게 물거품이 되어버렸다는 생각에 내심 속상한 마음이 들었다.

'이런 모습은 보여주고 싶지 않았는데…….'

엉망인 제 모습에 머리가 복잡해진 은안이 여러 생각을 하던 도중에…….

"잘 어울려."

재하의 낮은 목소리가 은안의 고막에 닿았다.

"아까 입었던 옷보다 더."

"아……."

은안의 살짝 벌어진 입술이 알맞은 반응을 찾아내지 못한 채 제자리에 머물러 있었다. 무심코 튀어나온 진심에 쑥스러워진 재하가 은안의 얼굴에 머무르던 시선을 돌리며 말했다.

"잠깐만, 다리 봐줄게."

"아……."

치료를 해준다는 손길을 차마 거절하지 못한 은안이 그에게 이끌려 거실의 소파 위에 앉았다.

재하는 은안 몰래 할머니께 구급상자를 빌렸다. 아무리 당사자가 괜찮다고 해도, 고정을 해줘야 다음 날 부기가 더 심해지지 않을 것 같았다. 자리에 앉아 은안이 다리를 내밀자 재하가 조심스레 다리를 그러쥐었다.

"많이 부었네……."

그의 걱정 어린 목소리에 은안의 표정이 한순간에 부드러움을 머금고 늘어졌다. 뭐랄까, 지금 기분은 꼭 솜사탕으로 만든 구름에 툭 떨어진 것 같았다. 어디로 고개를 돌려도 달콤한 냄새가 날 것처럼 설레는 상황에 은안의 귓불이 살짝 붉어졌다.

그런 은안의 상태를 아는지 모르는지 재하는 구급상자를 뒤적였다.

"일단 파스부터 뿌리자."

"네."

"내일 정형외과 꼭 가봐. 괜찮다는 거짓말 그만하고."

남자답게 큰 재하의 손이 은안의 발목을 감쌌다. 은안의 발목을 어루만질 때마다 손등의 힘줄이 도드라졌다. 평소 예민한 수술을 많이 하는 그이기에, 손의 힘을 기르고 관리를 꾸준히 해온 게 느껴졌다.

그리고 문득 그런 생각이 들었다. 아마 오늘 그와의 신체적 접촉이 지난 3년간의 것보다 많지 않을까 하는. 오늘 하루를 돌아보던 은안이 고정된 붕대를 풀어 헤치고, 미리 의료용 테이프를 자르는 재하를 멍하니 바라보았다.

잠시 후, 준비를 마친 그가 조심스럽게 발목을 그러쥐자, 분명 1초 전까지만 해도 멍하던 은안의 정신이 번뜩 들었다. 그날 밤, 제 뺨을 다정히 쓰다듬고 온몸을 어루만져주던 부드러운 그 손길이 생각나버려서.

'아……'

방 안에 둘만 있는 상태인 것도 그날의 기억을 끄집어내는데 한몫을 했다. 보통의 일들은 시간이 지날수록 희미해지기 마련인데, 그가 제게 선사해줬던 짜릿한 감각은 시간이 지날수록 점점 더 뚜렷해졌다. 자꾸만 그날의 감각이 살아나서일까, 제 발목과 그의 손가락이 스칠 때마다 은안이 입술을 꾹 깨물었다.

"흑―."

결국 무언가를 참듯 입술을 깨물던 은안의 잇새에서 신음인지 비명인지 모를 의문의 소리가 터져 나왔다.

재하가 그 소리에 놀란 듯 다리에 고정했던 시선을 돌려 은안의 얼굴에 고정했다. 시야에 가득 찬 은안의 얼굴을 살핀 그가 의문스러운 듯 눈썹을 까딱이며 물었다.

"……왜 그렇게 얼굴이 붉지?"

재하의 걱정스러운 물음에 은안은 무언가를 감추려는 듯 고개를 살짝 틀고 제 두 뺨을 감쌌다.

"괘, 괜찮아요!"

"열까지 나는 건가?"

재하가 여전히 의문스러운 표정으로 이마에 손바닥을 대려 하자, 은안이 고개를 저으며 제 이마를 사수하기 위해 그의 손길을 쳐냈다. 찰싹하는 소리와 함께 재하의 손길이 멀리 밀려났고, 생각보다 큰 소리에 놀란 은안이 급히 사과했다.

"미, 미안해요! 그, 그냥……!"

"그냥?"

"간지러워서요!"

은안이 얼굴이 빨개진 이유를 설명하자, 재하의 얼굴이 그 제야 풀렸다.

"원래 간지럼이 많아?"

"⋯⋯네."

은안이 조심스레 대답하자 재하가 고개를 끄덕이며 다시 붕 대를 감기 시작했다.

"금방 끝낼게."

별말 않고 붕대를 감는 재하의 정수리를 빤히 보던 은안이 가슴을 쓸어내렸다. 물론, 제가 간지럼을 타는 것도 맞지만 얼 굴이 붉어진 이유는 그날 밤 생각 때문이었다.

그와 스칠 때마다 그때의 감각들이 오롯이 살아나는 것 같 았다. 하지만, 그런 제 모습을 들키면 안 된다는 생각 때문인 지 필요 이상으로 당황하고 말았다. 다행히, 그는 아무런 생각 이 없는 것 같았지만.

은안의 발에 붕대가 다 감기고 재하가 구급상자를 정리하던 그때, 집주인 할머니가 급하게 집 안으로 들어왔다. 한 여자, 그리고 한 아이와 함께. 은안과 재하는 할머니가 데려온 모자 (母子)를 보고 놀랄 수밖에 없었다.

"이, 이게 무슨 일이에요?"

특히나 은안은 더.

"⋯⋯괜찮니⋯⋯? 괜찮아?!"

은안은 이제껏 본 적 없는 격양된 목소리로 아이의 어깨를 붙잡았다. 아이는 6살 남짓으로 보였다. 티셔츠 아래에는 옅은 멍과 자잘한 상처가 자리 잡고 있었다. 아이와 엄마의 상태로 봐서는 아마 가정 폭력에 노출되어 있는 것 같았다.

은안이 어깨를 잡고 아이의 몸을 이리저리 살피기 시작했다.

"누가, 누가 그런 거야! 응?"

평소와 달리 자제력을 잃은 은안이 아이에게 다그치듯 물었다. 큰 목소리에 놀란 아이가 겁에 질린 표정을 하자, 재하가 은안을 떼어냈다.

"진정해, 당신이 이러면 아이는 더 놀라. 일단 신고부터 하자."

차분한 그의 목소리에 은안이 힘없이 고개를 끄덕였다.

재하는 곧바로 관할 경찰서로 전화를 걸어 가정 폭력과 아동 학대가 의심된다는 신고를 했다.

전화를 끊은 뒤, 다시 은안에게로 눈길을 돌린 재하의 얼굴에 당혹감이 스쳐 지나갔다.

은안의 가녀린 어깨는 주체 못할 정도로 떨리고 있었고, 꽉 쥔 주먹은 얼마나 힘을 준 건지 하얗다 못해 창백해져 있었다. 분노하다 못해 그들에게 완벽히 이입해 두려워하는 것 같은 느낌이었다.

그때, 온몸에 힘을 줘 빳빳한 자세를 겨우 유지하던 은안의 자세가 한순간에 흐트러졌다.

그 모습은 마치 끝도 보이지 않는 블랙홀 앞에서 억지로 버티다 속절없이 빨려 들어가는 모습 같았다.

계속되는 불안 증세에 재하가 걱정스러운 표정으로 그녀를 살피던 그때, 급작스럽게 은안의 호흡이 가빠졌다.

"하아, 하아……."

"당신, 왜 그래! 괜찮아?"

호흡이 가빠지는 은안을 보고 있자니 가슴이 조여오는 듯 답답했다. 은안의 상태가 심해질수록, 빠르게 그녀를 진정시켜야겠다는 생각뿐이었다.

재하의 손이 거침없이 그녀의 양 볼을 감쌌다. 그리고 세상에서 가장 부드럽고 안정적인 목소리를 그녀에게로 흘려보냈다.

"날 봐."

깊고 깊어 끝이 어딘지 모를 그녀의 동공을 오롯이 바라보며 말했다. 지금 여긴 괜찮다고, 두려움이 쫓아올 수 없는 곳이라고. 제가 눈빛으로 전하는 그 이야기들이 그녀의 심연 끝, 웅크리고 있는 그녀의 마음 한쪽에 닿길 간절히 빌었다.

그가 다시 말했다.

"천천히, 숨을 내뱉어 봐."

은안의 떨림이 잦아들지 않자, 재하가 양쪽 뺨을 감쌌던 손을 풀어 등과 뒷머리로 옮겼다. 그리고 은안을 부드럽게 제 쪽으로 끌어당겼다. 단단한 그의 품에 갇힌 그녀의 온몸에 따듯함이 조금씩 스며들었다.

"정말 괜찮아."

괜찮다는 목소리가 다시 은안의 귓가로 흘러들자, 그녀의 동공에 초점이 돌아왔다. 그 순간, 은안의 눈에서 투명한 눈물이 흘러내렸다.

"아……."

어깨가 조금씩 축축해지는 걸 느낀 재하는 그녀를 안은 팔에 조금 더 힘을 주었다. 무엇을 두려워하고 있건, 이제는 괜찮으니 안심하라는 듯 부드럽게.

시간이 얼마나 지났을까, 호흡과 초점이 돌아온 은안이 입술을 달싹였다.

"하, 재하 씨, 저 이제 괜찮아요."

재하가 은안을 가두고 있던 팔에 힘을 빼자 그녀가 그의 온기가 번져 있는 몸을 떼어냈다.

"아이, 아이 상태부터 봐줘요."

아이를 가리킨 은안이 재하에게 절박하게 부탁하자, 그가 아이의 엄마 쪽으로 시선을 돌렸다.

"의사입니다. 아이 상태 한번 확인할게요."

"감사합니다, 정말 감사합니다. 선생님!"

"아닙니다. 의사로서 당연히 해야 할 일이죠."

재하가 아이를 안아 할머니가 알려준 방으로 들어갔다.

"괜……찮으세요……?"

거실에 남은 은안이 떨리는 목소리로 아이의 엄마에게 안부를 물었다.

'괜찮으세요?'라는 말에는 참 많은 것들이 녹아 있었다. 그간의 과거, 그리고 현재의 아픔, 앞이 보이지 않을 깜깜한 미래까지. 한마디의 간단한 물음에 담기엔 무겁고 버거운 시간들이었다. 아이 엄마의 살짝 터진 입술에선 의례적으로라도 괜찮다는 말은 나오지 않았다.

저를 빤히 바라보기만 하는 아이 엄마의 티셔츠 소매를 살짝 걷어 올린 은안이 말했다.

"이런 멍도 계속 두면 붓기가 안 빠져요. 그때그때 치료받으셔야 해요."

남의 일 같지 않은 마음에 은안이 두서없이 조언을 뱉어냈다. 아니, 엄밀히 말하면 완전히 남의 일은 아니었다.

이들은 약 15년 전의 제 모습과 똑같았으니까.

15년 전, 퀴퀴한 곰팡이 냄새가 가득한 10평 남짓한 방 안의 바닥엔 깨진 유리가 가득했다.

"이리 안 와? 어?! 하늘 같은 남편이 말하는데?"

이 집 구석구석에는 지독한 불행이 묻어 있었다.

"최은안, 너도 이리 와! 아버지가 돌아왔는데 감히!"

당시, 은안은 11살이었다. 초등학교 4학년이면 한창 친구들과 좋아하는 가수 얘기를 하거나 문구점에서 문구류를 구경하며 티 없이 웃어야 할 나이. 하지만 은안은 그러지 못했다. 툭하면 손을 올리는 아빠 때문에.

"자, 받아!"

철호가 제 바지에 둘린 벨트를 풀어 은안의 쪽으로 던졌다.

깡—.

"아!"

벨트의 단단한 버클이 은안의 이마를 때리고 지나갔다.

'아빠'라는 이름을 달고는 있었지만, 그는 '아빠'라기보다는 '폭군'에 가까웠다. 가족들에게만 군림하려는 그런 쓰레기 같은 폭군.

빨개진 이마를 부여잡은 은안이 말없이 철호를 노려봤다.

"머리에 피도 안 마른 게 어디서 눈을 치켜떠?"

제 아빠가 처음 폭력과 폭언을 행사할 때, 은안은 고분고분하게 말을 들었었다. 하지만 은안은 곧 현실을 깨달았다. 제 아빠는 강자한테는 약하고 약자한테는 한없이 강해지는 못된 인간이라는 걸. 은안이 고분고분하게 굴수록, 철호는 더한 폭언과 폭력을 행사했다.

"대체 애 교육을 어떻게 한 거야?!"

폭군에 가까운 가장은 밖에서 채우지 못한 열등감을 집 안에서 채우기에 여념이 없었다.

철호가 손을 크게 들어 올리며 소리쳤다.

"내가 이러라고 돈 버는 줄 알아?! 어?"

유진과 철호를 바라보던 은안이 구석에서 귀를 막고 눈을 감았다.

부모는 자식을 낳기 위해 '선택'이라는 걸 하지만 자식은 부모를 고를 수 없다. 그저 우연에 맡겨진 줄을 타고 내려와 그 운명을 받아 들여야만 한다.

하지만 철호에겐 일말의 도덕성과 윤리성도, 제 자식에 대한 최소한의 부성애도 남아 있지 않았다.

은안은 그렇게 경험하지 않아도 될 지옥을 아주 어린 나이에 경험하게 되어버렸다.

간단히 제 과거사를 들려준 은안이 저도 모르게 흐른 눈물을 닦아냈다.

제 엄마는 결국 친아빠의 폭력을 견디지 못하고 떠나버렸다. 그렇게나 어렸던 저까지 두고. 그래도 하나뿐인 피붙이라고 아빠 옆을 지켰지만 돌아오는 건 역시나 거친 술주정과 폭언뿐이었다.

하지만 엄마에 이어 저마저 집을 나가버리면 아빠의 삶은 더 무너질 것이 분명했기에 참았다. 그러나 아빠의 횡포는 날이 갈수록 심해졌고, 오랫동안 뭉친 응어리가 터진 어느 날, 그 길로 무작정 집을 나섰다.

경찰서를 가든, 시설을 가든 집보다 낫겠다는 생각은 아주 오래전부터 하고 있었다. 하지만, 그날 집으로 다시는 돌아가지 않겠다는 다짐을 하고서야 깨달았다. 자신은 아빠를 가엾게 여긴 게 아니라, 그저 가족을 버린 사람이 되고 싶지 않았다는 걸.

만약 끝까지 집을 뛰쳐나오지 못했다면, 저는 어떤 인생을 살고 있었을까. 입 안 가득 차오르는 쓴맛에, 은안이 눈꼬리를 내리며 입을 열었다.

"가족한테 등돌리는 게 얼마나 어려운 일인지 알지만⋯⋯."

은안의 목소리에는 그 어느 때보다 간절함이 꾹꾹 눌러져 있었다.

"꼭 돌려야 해요. 그래야 벗어날 수 있어요."

그날만 떠올려도 이렇게 눈물이 나는 걸 보면, 나름 다 나았다고 생각한 당시의 상처가 완벽히 치유된 것은 아닌 것 같았다. 불행한 날들 뒤의 행복한 날들은 그냥 행복한 기억으로 남을 뿐, 행복은 결코 불행의 치료제가 될 수 없었다.

둘의 대화가 마무리될 때쯤, 아이를 데리고 방에서 나온 재하가 은안 쪽으로 걱정스러운 시선을 돌렸다. 처음부터 그녀의 이야기를 들으려고 한 것은 아니었다. 중간중간 서럽게 훌쩍이는 목소리에 어쩔 수 없이 귀가 갔다. 그는 대화의 조각들을 듣고 은안에게 폭력과 관련된 트라우마가 있다고 추측할 뿐이었다.

잠시 생각에 빠졌던 재하가 아이 엄마에게 아이를 보내며 말했다.

"조금 전에 경찰에 신고했으니까, 집으로 복지사님과 담당 경찰 분들이 오실 겁니다. 피하지 말고, 꼭 이겨내세요, 아이를 위해서라도."

"꼭 그럴게요. 선생님."

"아이도 그렇고 어머님도 겉으로 보이는 심한 상처는 없지만, 내상이 있을 수 있으니까 내일 당장 병원에 가보셔야 합니다."

"네, 걱정 마세요. 꼭, 갈 테니까."

재하의 말에, 아이의 엄마는 세차게 고개를 끄덕인 뒤 집을 떠났다. 그리고 은안과 재하도 집을 나섰다.

잠시 후 마을 회관 앞 버스 정류장.

은안이 당황스러운 듯 정류장에 붙은 시간표를 다시 봤다.

"어, 시간이……!"

은안과 재하는 경주로 올 때, 각각 은안의 형부인 태수와 황 교수의 차를 타고 왔다. 그리고 원래는 당연히 타고 왔던 차를 타고 서울로 돌아가려 했었다.

하지만, 아이와 엄마의 상태를 살피려면 꽤 오랜 시간이 걸릴 거 같았고, 언제 끝날지 모르는 상황을 두고 태수와 황 교수에게 마냥 기다려달라고 할 수도 없었다. 그래서 원래는 아이를 봐주고 이곳에서 시내버스를 타고 나가 기차나 고속버스를 타고 서울로 가려 했다.

하지만 은안과 재하가 고려하지 못한 한 가지가 있었다. 마을까지 들어오는 버스는 배차 간격이 매우 넓고 막차 시간이 이르다는 것. 결국 은안과 재하는 다시 조금 전까지 있던 집으로 돌아가 할머니께 마을을 나갈 방법을 여쭀다.

"할머니, 버스가 다 끊겼더라고요. 혹시 나갈 수 있는 다른 방법이 있을까요?"

하지만 할머니의 입에서 흘러나온 말은 이곳을 벗어나기 위한 해답이 아니었다.

"아이고, 시내버스는 끊겼고, 운전하는 젊은이들은 농업용 드론 교육 때문에 마을에 하나도 없십니더!"

"네……?"

"그냥 마, 우리 집에서 하루 자고 가이소!"

한 끗 차로 어긋난 새로운 측면의 대안이었다. 게다가, 그 대안에 방이 하나뿐이라는 얘기까지 덧붙여졌다.

"아, 맞다. 방은 하나뿐인데 부부인 거 같으니까 괜찮겠지예?"

그 순간, 은안과 재하의 오묘한 시선이 공중에서 맞부딪쳤다. 맞붙은 시선을 먼저 피한 건 은안이었다.

"아…… 혹시 다른 방법은 없나요? 택시라던가…….."

"아이고, 여기는 택시도 잘 안 올라캅니더. 그냥 마 하루 자고 내일 일찍 버스 타고 가이소!"

포기를 모르는 은안이 어디까지 나가야 택시를 탈 수 있냐고 물으려던 찰나, 뒤에서 묵직한 목소리가 들려왔다.

"자고 가겠습니다. 한방에서."

"아이고! 다행이네. 하긴 신랑이랑 각시랑 같이 자야지예!"

자겠다는 말에, 은안이 급히 고개를 돌려 그의 얼굴을 바라봤다. 원래 살던 신혼집에서도 그와 한 번도 같이 잔 적이 없었다. 최근, 성북동에 살며 물리적으로 제법 가까운 거리에 놓인 상황이 몇 번 있었지만 그건 모두 자옥이 주도한 상황이었다. 그런데 지금 그의 입에서, 같이 자겠다는 소리가 나왔다.

아니, 내가 잘못 들은 건가?

제 귀를 의심하던 은안이 고개를 돌려 멍하니 재하를 바라보던 그때, 그가 다시 한 번 못을 박았다.

"집을 내어주신 것만으로도 감사한데, 이것저것 따지면 안 되죠."

은안은 그제야 깨달았다. 제가 잘못 들은 게 아니라는 걸.

할머니가 챙겨준 밥에 간식까지 먹은 은안과 재하는 방을 청소해야 한다는 할머니의 성화에 집 밖 마당으로 나왔다.

─여기는 밤 되면 별이 억수로 잘 보이니깐, 저기 저 의자에 앉아서 별이나 보고 있으소!

마당 한구석에는 할머니의 손주들이 설치해뒀다는 작은 텐트와 방수 의자, 테이블이 있었다. 은안과 재하는 그곳에 조용히 앉았다.

별은 보지 않고 발가락만 꼼지락대던 은안은 오늘 하루를 뒤돌아봤다. 아무리 제가 신경이 쓰인다지만, 같이 자겠다는 소리가 두 번이나, 그것도 너무 쉽게 그의 입에서 나오자 묘한 기분이 들었다.

나는 이렇게 떨리는데, 재하 씨는 지금 무슨 생각을 할까.

그가 어떤 표정을 하고 있을지 궁금해진 은안이 발에 고정했던 고개를 돌려 재하를 슬쩍 바라보았다.

그때, 역시 별을 보고 있던 그의 시선도 단번에 은안의 쪽으로 향했다.

예고 없이 눈 맞춤을 하게 된 두 사람의 동공이 살짝 흔들렸다. 선선한 시골 밤의 공기 속, 두 사람을 둘러싼 좁은 반경의 공기만 미지근하게 달아올랐다.

"민혁이……."

"미안해요."

약간의 정적 뒤, 두 사람이 동시에 말을 걸었다.

"민혁 씨는……."

"뭐가 미안하……."

서로의 얘기를 들으려 입을 연 두 사람의 말이 또 맞물렸다.

당황스러움에 눈을 동그랗게 뜬 은안이 입을 다물자, 그가 입을 다시 열었다.

"뭐가 미안한데."

평소보다도 훨씬 부드러운 그의 말투에 은안도 솔직하게 입을 열었다.

"아……. 나 때문에 서울로 못 올라간 거 같아서요, 미안해요."

미안하다는 사과에 그가 시선을 내려 그녀의 발목을 바라보았다. 다친 발목은 낮보다도 더 많이 부어 있었다.

은안의 상태를 보니, 무리해서 서울로 가는 것보다 이곳에서 하룻밤을 묵는 게 나을 거 같다고 판단했다. 그래서 은안이 어떻게든 서울로 갈 방법을 묻던 그때, 할머니께 자고 가겠다는 말을 했다. 재하는 퉁퉁 부은 발목을 하고서 자신에게 사과를 하는 은안이 조금 미련할 정도로 착하다고 느꼈다.

그가 다시 고개를 들어 대답했다.

"괜찮아, 덕분에 맛있는 것도 먹고 이렇게 별까지 보게 됐으니까."

말투에는 고저가 없었지만, 괜찮다는 그의 말은 불순물 하나 없는 순도 100%의 진심이었다.

지금까지 그와 나눠본 적 없던 평범한 대화에 은안의 마음이 따뜻해졌다. '미안해', '괜찮아'라는 단어는 저와 그의 결혼 생활엔 어울리지 않던 단어였으니까.

평범. 단어의 뜻과는 다르게 인간에게 가장 어려운 목표였다. 그 어려운 목표에 도달한 은안이 싱긋 웃으며 말했다.

"고마워요. 아, 그런데 민혁 씨는 왜……?"

그리고 그가 물으려 했던 것에 대해 되물었다.

"언제부터 안 거야? 민혁이랑은."

어느새 시선을 정면으로 돌린 그가 무심하게 물었다. 민혁과 아는 사이라는 건 알고 있었지만, 생각보다 더 친근해 보이는 모습에 이상하게 신경이 쓰였다.

무심하게 물었지만, 재하는 몰래 귀를 쫑긋 세운 채 은안의 대답을 기다렸다. 그리고 그의 의도를 전혀 알아차리지 못한 은안이 입을 열었다.

"아, 음……. 아주 잠깐 제 주치의였어요."

주치의였다는 얘기에 재하가 놀란 듯 다시 고개를 돌렸다. 저도 먼저 궁금해한 적이 없었지만, 민혁도 제게 은안과 어떻게 알게 되었는지 말해준 적이 없었다.

"각막 이식 후에도 꾸준히 병원에 다녔거든요. 지금도 검진은 받고요. 아, 그전에도 우연히 마주쳤던 적이 있고요."

"그렇군. ……이식은 언제 받았어?"

"19살에요."

그녀를 향해 위로의 말을 건네려 입술을 살짝 달싹였던 재하는 다시 입을 닫았다. 때로, 어쭙잖은 위로는 위로가 아니라 동정으로 비칠 가능성도 있었다.

위로 대신 무슨 말을 건네면 좋을까 고민하던 사이, 은안의 목소리가 들려왔다.

"고마워요."

"뭐가?"

고맙다는 말에 그의 눈썹이 의문으로 살짝 휘었고, 은안은 다시 조심스레 입을 열었다.

"……아까 안아준 거요."

그가 저를 진정시켜주던 그 순간은 마치 끝도 없는 터널을 헤매다 빛을 찾은 느낌이었다. 그래서 사실 고맙다는 말보다 좀 더 좋은 말, 좀 더 벅찼던 제 감정을 말해주고 싶었다.

"정말, 고마워요."

하지만 제 표현의 한계는 생각보다 낮았다.

그러고 보면, 그는 예전이나 지금이나 늘 제게 빛 같은 사람이었다. 그게 제가 그를 놓을 수 없는 이유이기도 했다. 빛이 없는 세상에서 사는 건 무척이나 고독하고 쓸쓸할 테니까.

생각지 못한 은안의 감사 인사에 재하가 잠시 멈칫했다.

"아……."

살다 보면, 고맙다는 말은 생각보다 진심이 담겨 있을 때보다 의례적일 때가 더 많다. 그런데 지금 그녀가 말하는 '고마워요'라는 말에는 정말로 그 감정이 꾹꾹 눌러져 있는 거 같았다.

같이 있던 사람으로서, 의사로서 당연한 일을 했을 뿐인데, 진심이 가득 담긴 인사는 좀 과분한 것 같기도 했다. 하지만 오늘 그녀를 가득 끌어안은 건 정말 의무감에서 나온 행동일까. 스스로 물음을 던지자 왠지 심장 한쪽이 이상하게 달아오르는 느낌이 들어, 재하가 살짝 고개를 돌리며 말했다.

"아니야, 당연히 그랬어야 했어."

그때의 당신은 곧 바스러질 것처럼 약해 보였고, 나는 그런 당신이 걱정됐으니까.

속마음을 겨우 삼킨 그의 인사에, 은안이 말없이 싱긋 웃은 뒤 하늘을 바라보았다.

잠시 후, 재하는 다시 고개를 슬쩍 돌려 은안의 옆모습을 눈에 담았다. 밤하늘을 수놓은 청명한 별빛 아래, 두 사람은 다른 곳을 보고 있었다. 은안은 다시 쉽게 보지 못할 반짝이는 별을, 재하는 그런 은안을.

별을 보며 은은히 웃는 그녀의 모습에 재하의 입꼬리가 저도 모르게 자연스레 휘었다.

재하는 그 상태로 한참을 은안을 바라보았다. 그리고 마치 다른 세계에 온 듯 평화로운 순간이 이어지던 그때, 현관문이 벌컥 열리며 할머니의 목소리가 들려왔다.

"방 다 치웠심더! 들어오이소!!"

어느새 은안이 걱정하던 취침 시간이 훌쩍 돌아왔다.

chapter 5

사랑할 수밖에 없는 사람

집 안으로 돌아온 은안이 문 앞에서 들어오지 않고 꾸물대자, 이미 방 안으로 들어간 재하가 뒤를 돌았다.

그때, 은안이 눈을 매섭게 치켜뜨며 그의 팔을 잡아당겼고.

"이리 나와요!"

방심하던 재하는 그대로 은안의 손에 이끌려 방 밖으로 나왔다.

은안이 다리를 절뚝이며 방 안으로 들어가 손에 휴지를 가득 감았다. 그러고는 날렵하게 휴지를 잡은 손을 벽으로 가져갔다. 이 모든 일이 일어나는 데는 10초밖에 걸리지 않았다.

"뭐, 뭐야?"

재하가 싸한 느낌에 말을 더듬자 은안이 몸을 빙글 돌리며 휴지를 쥔 손을 재하의 쪽으로 내밀었다.

"당신 오른쪽 벽에 벌레가 붙어 있더라구요."

태연하게 말한 은안은 그를 제치고 거실로 나와 테이블에서 라이터를 발견하고는 씩 웃었다.

"아, 라이터가 있네. 밖에서 태우고 올게요."

은안은 발목을 절뚝이며 잠시 마당으로 나갔다. 그리고 마당에서 금세 벌레를 태운 은안이 쉽게 발걸음을 떼지 못하고 서성였다.

"어쩌지, 이제 또 무슨 핑계를 대지."

생각해보면 그의 입장에선 한방에서 같이 자지 못하겠다는 제가 이상하게 느껴질 수도 있을 것 같았다. 하지만 그가 기억을 찾을 만한 여지는 다 차단하는 게 좋겠지.

굳센 결심을 한 은안이 어떻게든 이 난관을 헤쳐 나가 보겠다는 표정으로 다시 집 안으로 들어섰다. 그가 있는 쪽으로 천천히 걸어간 은안이 조심스레 다시 자신의 의견을 피력했다.

"저…… 밖에 나가서 잘게요. 아무리 생각해도 당신이랑 같이 자는 건 좀……."

은안이 겨우 말을 잇는 사이, 그가 훅 들어왔다.

"그럼, 내가 나가서 잘게."

"……네?"

뜻밖의 대답에, 은안은 옴짝달싹 못 하게 묶인 것처럼 움직임을 멈췄다. 그런 은안을 보던 재하가 다시 입을 열었다.

"당신이 불편한 거면, 내가 나가서 자겠다고."

"아, 아니 난 당신이 불편할까 봐……!"

이번엔 또 어떤 말로 둘러댈지 생각하자 은안의 손에 식은 땀이 살짝 배었다. 대답을 찾지 못하고 있던 그때…….

"난 안 불편하니까 나가지 마. 어쩔 수 없는 상황이잖아. 불편해도, 오늘만 이렇게 자는 게 어때."

"아, 알았어요."

그의 제안에, 은안이 겨우 대답했다. 그가 의견을 굽히지 않을 거 같으니, 제가 굽힐 수밖에.

'하, 제일 먼 곳에서 떨어져서 자자. 뭐, 하룻밤인데…… 이 정도는 괜찮겠지.'

결국 은안은 거실로 나가지 않고 폭신한 이불 속으로 쏙 들어갔다.

불을 끄고 그가 옆자리에 눕자 이불이 사락거리는 소리가 들렸다. 원래 옆으로 누워서 자는 버릇이 있었지만, 그가 옆에 있다고 생각하니 쉬이 돌아누워지지가 않았다. 방이 생각보다도 더 좁아 팔을 뻗거나 다리를 조금만 벌려도 그와 닿을 거 같았다.

쿵쿵―.

그 생각을 하자 은안의 심장이 미친 듯이 뛰기 시작했다.

정말 피곤한 하루였지만, 아마도 오늘 밤은 쉽게 잠들지 못할 거 같았다.

2시간 후, 불이 꺼진 어두운 방 안. 은안의 규칙적인 숨소리만 들렸다. 은안이 잔다는 확신이 들자, 재하가 그녀의 쪽으로 슬쩍 몸을 틀었다. 낮의 일 때문일까. 왠지 모르게 오늘따라 지쳐 보이는 뒷모습이 안쓰럽게 느껴졌다.

툭―.

그때, 투박한 소리와 함께 성큼 다가온 생경한 감각에 그의 눈이 번쩍 뜨였다.

"으음……."

멀찍이 떨어져 있던 아담한 체구의 은안이 순식간에 굴러와 제 허리에 손을 감은 덕분이었다. 은안의 얼굴을 찬찬히 바라보던 재하가 중얼거렸다.

"……이런 잠버릇이 있는 줄은 몰랐네."

제게 자연스레 안기는 그녀의 모습에 당황한 재하의 생각 회로가 멈췄다.

오늘 그녀와 수많은 접촉을 했었다. 품에 안고, 발목을 감싸 붕대를 감아주고. 그런데 왜 그때는 가만히 잠들어 있던 온몸의 신경들이 마치 강한 햇빛이라도 받은 꽃처럼 꼿꼿하게 치켜 올라오는 것일까.

그녀가 스스로 제게서 떨어지길 잠시 기다렸지만, 그럴 기미가 보이지 않았다. 하지만 이 자세로 밤새 잘 순 없다는 생각에 재하는 조심스레 그녀의 팔에 손을 얹었다.

"음……."

그때였다. 은안이 소곤소곤 혼잣말을 읊조리던 재하의 품으로 더 깊게 파고들었다. 마치 죽부인이라도 되는 듯 이제는 다리까지 감아오는 은안의 몸짓에, 재하가 더 당황한 듯 눈을 크게 떴다.

"아, 아니……!"

지난번 서재에서도 그렇고, 그녀는 잠버릇이 좀 있는 편인 것 같았다.

"하."

머리칼을 쓸어 넘긴 그가 은안의 얼굴을 내려다보았다.

"곤히도 자네."

저런 얼굴을 하고 자는 사람을 깨우려니 죄책감이 몰려왔다.

결국 재하는 은안을 걷어내려 팔에 얹었던 손을 떼어내 그녀의 등을 두어 번 토닥였다. 오늘 하루 힘들었을 그녀를 위한 위로였다.

잠시 후, 떨어질 생각을 않는 은안을 보던 그가 조용히 한숨을 내뱉었다.

"하……."

아마도 오늘 밤, 은안이 제 품에서 나가지 않는 이상 잠을 자는 건 포기해야 할 것 같았다.

다음 날 새벽.

"으음……."

기분 좋은 따뜻한 느낌에 은안이 슬며시 눈을 떴다.

그리고 제 눈앞의 너른 가슴팍 때문에 소리를 지를 뻔한 입을 급히 막았다.

"……재하 씨……?"

어제 분명 자신은 이불의 끄트머리에서 잠이 들었다. 그런데 어째서 그의 옆에 딱 달라붙은 채 깼단 말인가?

'미쳤나 봐! 이럴까 봐 밖에서 자겠다고 한 건데.'

은안이 천천히 재하의 품에서 떨어져 나가려 꼼지락대던 그때, 그의 미간이 미세하게 움직였다.

'헉!'

깜짝 놀란 은안이 그의 품에서 빠져나가길 포기하고 숨소리를 죽였다. 그의 품에 안겨 당황한 것도 잠시, 은안의 얼굴이 곧 의문으로 물들었다.

'설마, 밤새 이러고 잔 건가?'

이상했다. 혹시 제가 잠결에 품을 파고들었다 해도, 그는 바로 알아챘을 것이다. 그런데, 왜 저를 제자리에 돌려놓지 않은 것일까.

의문에 의문을 더한 은안이 그가 깨지 않게 조심히 고개를 들어 올려 그를 바라보았다.

재하의 얼굴을 계속 살피던 은안의 머릿속은 어느새 그가 저를 밀어내지 않은 것에 대한 의문보다 그의 얼굴에 대한 감탄으로 가득 찼다. 은안은 저도 모르게 진심을 툭 내뱉어버렸다.

"와, 근데 보면 볼수록 사람이 아니라 밀랍 인형 같다……."

그리고 그의 얼굴을 바라만 보던 은안이 순간적으로 대담한 마음을 먹었다.

"어떻게 코가 이렇게……."

은안은 하늘을 찌를 것 같은 그의 코끝을 톡 하고 한 번 건드렸다. 그와 한 뼘도 되지 않는 거리에 있을 기회가 또 언제 있겠냐 싶은 마음에 저지른 소심한 터치였다. 그리고 한 번 시작된 호기심과 대담함은 더욱 크게 부풀어 올라 그의 입술까지 침범하게 했다.

"입술은 어떻게 이렇게 붉지? 남잔데……."

말랑한 입술에 손가락이 스친 그때, 눈을 번뜩 뜬 재하가 입술에 닿아 있던 은안의 손을 낚아채며 나지막이 말했다.

"언제까지 구경할 거지?"

한계점에 도달한 그가 뚫어질 듯 은안을 바라보았다.

지금까지 잠들어 있던 척한 건, 혹시나 밤새 저를 안고 있던 은안이 깨어난 뒤 민망해할까 봐 한 나름의 배려였다. 그리고 그 배려에는 은안이 눈을 뜨자마자 제 품을 벗어날 거라는 확신이 깔려 있었다.

하지만 은안은 제 품에서 떨어지지 않고 이름을 불러왔다.

그래, 거기까지는 괜찮았다. 그 후에는 그녀가 떨어질 거라고 굳게 믿었다. 아니, 그래야만 했다. 밤새도록 안겨 있는 그녀를 깨지 않게 하느라 요지부동의 자세로 있어야 했고, 덕분에 저는 한숨도 자지 못한 상태였으니까.

하지만 제 심정을 아는지 모르는지, 은안은 제 얼굴을 감상했다. 아니 감상만 하긴커녕, 체험까지 하려는 듯 제 코끝을 건드렸다. 그리고 더욱 과감해진 은안의 부드러운 손끝이 제 입술까지 침범하자, 배려고 뭐고 눈을 뜰 수밖에 없었다.

재하가 시선을 거두지 않자 은안은 잡힌 손을 비틀어 빼내며 입을 열었다.

"어, 언제부터 깨어 있었어요?"

"밀랍 인형 같다. 거기서부터."

재하가 뒷말을 이어가자 은안의 동공이 그 어느 때보다 세차게 흔들렸다.

"네……?"

"코는 높고, 입술은 붉고. 그것도 다 들었어."

거기에 재하가 태연하게 한마디를 더 얹었다.

"근데, 내가 밀랍 인형이면 당신은 망부석인가?"

"……?"

은안의 의문스러운 표정에 재하가 턱짓을 하며 바짝 붙어 있는 몸을 가리켰다.

그의 시선을 따라간 은안이 재하에게 딱 붙어 있는 제 몸을 보더니 급히 그에게서 떨어졌다.

"아! 미안해요. 깜빡했어요."

어쩔 줄 모르는 그녀의 모습에 재하는 속으로 피식 웃음을 터트렸다. 늘 온화하던 그녀가 당황한 듯 눈을 이리저리 굴리며 곤란해하는 모습이 썩 신기했다. 은안을 보던 재하가 자리에서 일어나며 말했다.

"얼른 준비해서 서울로 올라가지."

시골집에서의 두 번째 동침은 그렇게 평범한 듯 평범하지 않게 지나갔다.

어색한 분위기 속에 서울로 올라온 재하와 은안은 각각 병원과 집으로 향했다. 집으로 오자마자 방에 들어온 은안은 두 볼을 감싸며 새벽에 있었던 일을 다시 떠올렸다.

"미쳤어! 같이 자기 싫다고 할 때는 언제고, 그런 말은 왜 입에 올려서!"

─사람이 아니라 밀랍 인형 같다······.

그의 앞에서 떤 주접이 뇌리에서 떠나지를 않았다.

"그 와중에 기차에서 잠들기까지 하고······."

경주에서 서울로 올라오는 기차 안, 어젯밤 그렇게 깊은 잠을 잤는데도 어찌나 잠이 쏟아지던지. 결국, 또 그의 어깨에 기대어 숙면을 취하고 말았다.

그에게 다가가겠다고 다짐한 건 맞지만, 이런 식으로 가려고 했던 건 아니었다. 그가 저를 안은 순간, 그날 밤이라도 떠올렸으면 어쩔 뻔했을까.

모든 일에는 적절한 시기가 있다. 그의 마음이 어떤지 모르는데 그날 밤 일이 밝혀지는 건 시기상조였다.

하지만······.

―근데, 내가 밀랍 인형이면 당신은 망부석인가?

오늘 새벽, 그가 농담까지 한 걸 보면, 그렇게 기분이 나쁘진 않았던 것 같기도 했다.

"푸흡. 농담도 할 줄 아는 사람이었구나."

당시에는 정신이 없어서 그에게서 떨어지기 바빴는데, 지금 생각하니 그는 나름의 장난을 친 것이었다.

그가 농담을 하는 모습은 처음이라 신기했다. 그리고 그가 저를 조금씩 더 편한 사람으로 인식하고 있다는 생각이 들었다. 은안이 웃으며 침대에 앉아 아침의 일을 계속 곱씹던 그때……

똑똑.

"작은 사모님!"

"아, 충주댁 아주머니."

충주댁이 방으로 들어와 속사포처럼 용무를 말했다.

"도련님이 오늘 병원에 옷도 못 갈아입고 가셨다고 해서 옷이랑 도시락 챙겼는데 가져다주시는 건 사모님이 하시는 게 좋을 거 같아서요. 어차피 발목 때문에 진료 보러 가실 거죠?"

충주댁은 재하가 7살 때부터 성북동의 주택에서 일한 가정부였다. 눈치가 빠르고 일을 잘해 자옥의 신임을 얻었고 오랫동안 성북동의 집안일을 도맡아 하고 있었다.

"아…… 제가요?"

"그럼요. 지금은 저도 바쁘고 회장님도 바쁘고 이사장님도 안 계신걸요?"

자옥이 없는 건 사실이었지만, 상훈은 전혀 바쁘지 않았다. 이 집에 있으면서 두 사람의 사정을 속속들이 아는 충주댁도 자옥만큼이나 두 사람이 잘되기를 바랐다. 충주댁은 아무것도 모른다는 듯 능청스레 은안 쪽으로 짐을 내밀었다.

"그러니까 지금 갈 사람이 절대적으로 작은 사모님밖에 없다는 얘기죠. 도련님 하루 이상 같은 옷 입는 거 싫어하는 거 아시죠?"

결국, 충주댁의 빈틈없는 주장에 은안이 홀리듯 옷과 도시락이 들어 있는 종이 가방을 건네받았다. 은안이 물끄러미 건네받은 가방을 보며 생각했다. 확실히, 자옥이 준 이 합가는 제게 천금만금의 기회라고.

오전 회진을 돌고 온 재하가 의자에 몸을 누였다.

어젯밤, 은안이 너무 가까이 붙는 바람에 한숨도 자지 못한 여파가 지금에서야 몰아쳤다. 첫차를 타고 올라오는 내내 또 제 어깨에 기대 잠을 자는 은안 덕분에 정자세를 유지해야만 했다.

어울리지 않게 입을 살짝 벌리고 정신없이 자는 은안의 모습은 늘 얼어 있던 그녀의 모습과 다르게 부드럽게 풀어져 있었다. 그 모습을 떠올리던 재하는 저도 모르게 아주 옅은 미소를 머금었다.

보통 사람이었다면 웃는다고도 할 수 없을 정도의 미세한 웃음이었지만 평소에 워낙 딱딱하게 표정을 굳히던 그이기에, 아주 약한 미소에도 다른 사람들의 눈에는 활짝 웃는 것처럼 보였다.

환자들과 간호사들 그리고 다른 의사들은 늘 무표정했던 재하를 이상하다는 듯 바라보며 쑥덕댔다.

'우리 교수님이 왜 저러실까?' 하고.

제 이미지가 한순간에 달라진 걸 아는지 모르는지, 그는 피곤함을 쫓기 위해 더욱더 깊게 의자에 몸을 파묻었다.

그때, 누군가 예고 없이 그의 방으로 들어왔다.

벌컥―.

"남 교수, 점심 안 먹어?"

노크도 없이 재하의 교수실에 들어온 사람은 민혁이었다.

"생각 없어."

"왜, 어제 경주에서 맛있는 거라도 먹었어?"

책상에 걸터앉은 민혁이 재하의 얼굴을 빤히 바라보며 말했다. 황 교수에게 재하가 낙오됐다는 사실을 전해들은 민혁이 그를 놀렸다.

"웬일이야? 평소 같았으면 어떻게든 서울 올라왔을 놈이."

민혁이 가볍게 웃으며 재하의 어깨를 톡톡 쳤다.

민혁은 방에 들어서자마자 마주한 재하의 얼굴에 옅은 미소가 스며 있는 것을 목격했다. 모든 걸 잃은 뒤 세상을 등진 것처럼 웃지 않던 제 친구의 어제와 오늘은 아주 미세하지만, 달랐다. 그리고 변화의 이유는 아마도 그녀이겠지.

사뭇 진지했던 민혁의 표정이 다시 짓궂게 변했다.

"하긴, 와이프랑 갑자기 낯선 곳에 떨어지는 것도 나쁘지 않지."

민혁의 장난에 미간을 좁혔던 재하는 갑자기 무엇이 생각났다는 듯 의자에 파묻었던 몸을 살짝 일으키며 말했다.

"이번에 알았어. 네가 아내 주치의였던 거."

"아, 아주 잠깐이었어. 김 교수님이 그만두셨을 때."

"지금 상태는, 괜찮은 거야?"

왜 그 사실을 말하지 않았냐고 할 것 같아 변명조로 말하던 민혁의 눈썹이 재하의 물음에 의외라는 듯 살짝 올라갔다.

"어, 어. 은안 씨 같은 경우에는 예후가 좋은 편이었어. 이식받고 거부 반응이 거의 없는 편이었거든. 뭐, 정기적으로 계속 검진을 받아야 하긴 하지만, 내가 마지막으로 봤을 땐, 괜찮았어. 지금도 꾸준히 검진 받는 걸로 알고 있고."

은안의 상태를 쭉 늘어놓은 민혁이 뜻밖이라는 얼굴로 재하의 얼굴을 살폈다.

'원래 이런 거 묻는 놈이 아니었는데, 무슨 바람이지?'

그리고 재하의 얼굴에서 미세하게 안도하는 표정을 발견한 민혁은 냉기가 폴폴 풍기던 제 친구에게서 발견한 인간적인 면모가 반가웠다. 왠지 모르게 기분이 좋아진 민혁이 재하의 어깨를 살짝 치며 장난스럽게 말했다.

"드디어 우리 재하가 제대로 된 결혼 생활을 즐기네. 부러워서 못 살겠다!"

재하는 민혁의 말에 대꾸하지 않고 나가라는 듯 손을 휘서었다.

"그래. 간다, 가! 이 매정한 놈아!"

민혁은 걸터앉았던 책상에서 내려온 뒤 발길을 돌렸다.

은안은 병원에 도착해 먼저 정형외과 진료를 본 뒤, 재하의 교수실로 향했지만 그를 만날 수 없었다. 짐을 방에 두고 가도 됐을 일이지만, 이왕 왔으니 그의 얼굴을 보고 짐을 전해주려 교수실을 나섰다. 그렇게 은안이 향한 곳은 의국이었다. 은안이 살짝 벌어진 문틈을 조심스럽게 열며 말했다.

"저, 여기 남재하 교수님 안 계세요?"

갑자기 은안이 등장하자 의국에 있던 몇몇 사람들이 놀란 눈치로 그녀를 바라보았다. 살짝 어색한 분위기에 한 레지던트가 넉살 좋게 은안의 물음에 답했다.

"아, 좀 전까지 교수실에 계셨는데 안 계세요? 아마 곧 돌아오실 거예요."

"아, 감사합니다! 방에 가서 기다려야겠네요."

저 때문에 어색해진 분위기를 읽지 못한 은안이 온화한 미소를 지으며 다시 의국을 나섰다. 다시 재하의 교수실로 향하던 은안은 그의 동료들에게 음료 하나 대접하지 못한 게 내심 마음에 걸려 근처 자판기를 찾았다.

"넉넉히 20개 정도 뽑으면 되겠지?"

은안은 지폐를 탈탈 털어 음료를 뽑은 뒤, 낑낑대며 의국으로 다시 돌아갔다.

그런데 다시 의국의 문을 열려는 순간, 가늘게 벌어진 문틈 사이로 흘러나오는 얘기에 그대로 몸을 굳혔다.

"저분이 남 교수님 부인이시죠?"

"응, 대원제약 둘째 딸이잖아."

"어머, 실물로는 처음 봐요. 엄청 예쁘시긴 하다!"

"하긴, 그 유라 씨인가? 그분도 되게 미인이셨지?"

"교수님, 저희도 말해주세요! 무슨 말씀이세요?"

의국에 있던 한 교수는 인턴과 레지던트의 재촉에 기억을 더듬으며 뜸을 들였다. 사람 사는 곳에 뒷얘기가 없는 곳은 없었고, 그건 병원도 마찬가지였다.

"그 뭐냐, 남 교수 전 여자 친구가 아마 갑자기 사라졌었지? 말도 없이?"

"헐, 대박! 그래서요?"

"그래서 그때, 남 교수 꼴이 말이 아니었잖아."

"맞아, 완전 수척했었죠!"

모르던 사실들도 아닌데, 새삼 남들의 입으로 그가 다른 여자를 사랑했던 과거를 듣고 있자니, 가슴이 타들어가는 기분이었다. 애써 외면하려 했던 하유라의 존재가 한순간에 은안의 세상을 지배했다.

그가 한 번도 그 여자 얘기를 꺼낸 적은 없지만, 그녀를 완벽히 잊었다고 단언할 수 있는 것도 아니었다. 워낙 제 감정과 마음을 드러내지 않는 사람이니까. 은안이 어깨를 떠는 동안에도 의국 안에서의 대화는 계속해서 이어졌다.

"아, 기억난다. 그때가…… 남 교수가 아버지 돌아가신 직후였으니까. 충격이 클 만해."

"그래, 사랑 앞에서는 개도 인간이지. 잠수 이별 앞에 장사 있냐?"

은안은 마른침을 삼켰다. 이런 대화는 듣지 않는 게 약이라는 걸 알면서도, 은안은 계속해서 귀를 쫑긋 세웠다.

"아, 그럼 지금 사모님이랑은 어떻게 결혼하신 거예요?"

"보면 몰라? 정략결혼이야! 인생이 저렇게 망가져가니, 이사장님이 일찍이 결혼을 시키신 거지."

"하긴, 망해가던 대원제약으로서는 완전 땡큐지! 뭐 현대판 심청이야, 아주?"

필터를 거치지 않고 떠드는 그들의 대화에 은안의 다리가 조금씩 바들거렸다.

'난 남들의 눈에 그저 성은그룹의 재력을 보고 결혼한 여자에 지나지 않는구나.'

재하와 저의 결혼에 대한 대외적 평가가 아주 질긴 끈이 되어 목을 옥죄어 오는 것 같았다. 은안의 심장이 팽창되고 온몸의 근육이 이완과 수축을 반복했다.

더는 듣고 있을 수가 없어 거칠어진 숨소리를 진정시키며 겨우 몸을 돌리려던 그때, 누군가가 은안의 손목을 쥐고 길고 긴 터널 같던 의국의 복도를 빠져나갔다.

은안을 끌고 의국을 벗어난 건 민혁이었다.

은안은 아무 말 없이 그를 따라 병원 밖 벤치로 나왔다. 어쩌면 누군가가 그곳에서 저를 꺼내주길 내심 바라고 있었던 걸지도 몰랐다.

잘게 떨리던 은안의 눈빛이 평정심을 되찾자 민혁은 겨우 말을 꺼냈다.

"괜찮아요?"

"아, 고마워요, 민혁 씨."

"헛소리에 신경 쓰지 마요. 저런 사람들 원래 남 얘기하면서 자기 행복을 채우는 사람들이니까."

민혁의 위로에 잠시 정적으로 일관하던 은안이 입을 열었다.

"어쩔 때는."

"……."

"사람들이 말하는 게 진짜인 것 같아요."

"그게 무슨……."

"대원제약과 성은병원, 그리고 저와 재하 씨. 사람들이 하는 말이 사실 없었던 말은 아니니까요."

아무리 제 마음의 결백함을 증명해도 대원제약이 성은그룹과 성은병원으로 인해 되살아난 것은 사실이었고, 유라와 헤어진 지 얼마 되지 않아 제가 정략결혼을 통해 그의 아내가 된 것도 사실이었다.

사람들이 모르는 건 은안의 '진짜 마음' 그거 하나였다. 하지만 그 누구도 그런 것에는 관심을 가지지 않았다. 온전하고 아름다운 사랑은 사람들의 가십이 되기엔 너무나 심심하고 따분한 주제였다. 어쩌면, 눈에 보이게 증명해 낼 수 없는 그 마음 같은 건 중요하지 않을지도 몰랐다. 숨겼던 것들은 영영 사라지고, 입 밖으로 내뱉어지는 것들만 영원히 남는 건 아닐까.

갑자기 두려워졌다. 혹시, 만약 그와 이혼을 해야 하는 상황이 오면 제 '진짜 마음'은 수면 아래로 영영 가라앉을까 봐. 오랜 시간을 키웠던 마음이 세상에 아무런 흔적도 남기지 못하고 사라지는 것만큼 슬픈 일이 있을까.

문득 은안의 머릿속에 7년 전 재하와의 첫 만남이 떠올랐다. 그를 향한 제 마음이 시작됐던 그날이.

7년 전, 따스한 봄바람이 코를 간질이는 날씨였다.

환자복을 입은 19살의 은안이 코로 날씨를 느끼기 위해 고개를 들자, 얼굴에 눈부신 햇살이 내려앉았다.

하지만 은안의 눈에는 흰 붕대가 칭칭 감겨 있었다.

어둠의 세상에 갇혀버린 19살의 소녀는 눈부시게 아름다운 햇빛도 청명한 하늘도 볼 수 없었다. 11살에 처음 망막 색소 변성증 판정을 받은 은안은 18살에 눈을 잃고 말았다.

생각보다 진행이 늦춰져 7년간은 힘들고 흐릿하게나마 세상을 눈에 담을 수 있었지만 결국 암흑이 되었다.

시력을 잃은 뒤, 은안은 세상 모든 것을 눈으로 보지 않고 온몸으로 느꼈다. 한때는 잠을 자는 것조차 두려워했었다. 눈을 감았다 뜨면 매일 보던 익숙한 풍경조차 보지 못할까 봐. 그런 세상 속에서 1년을 살았지만, 은안은 새까만 세상에 아직도 적응하지 못하고 있었다.

병실에서 답답해하는 은안을 본 간호사가 담당 의사에게 부탁한 덕분에, 특별히 하루에 1시간 정도는 옥상에서 바람을 맞을 수 있었다. 은안에게는 이 시간이 그나마 유일하게 세상을 온전히 느낄 수 있는 자유로운 순간이었다.

그때, 듣기 좋은 남자의 목소리가 바람과 함께 은안의 고막을 가르고 들어왔다.

남자는 환자복을 입은 채 난간 턱에 올라가 발꿈치를 들고 아래쪽으로 몸을 기울이고 있는 은안을 보고 오해를 한 것 같았다. 비관적으로 삶을 마감하려 한다는…… 뭐, 그런 오해.

"목숨은 하난데, 좀 더 신중해야 하지 않겠어요?"

"누구……세요?"

은안의 물음에 남자는 아무 대답을 하지 않았다.

대신 부드러운 섬유 유연제 향기와 알싸한 담배 향이 살짝 섞인 냄새가 바람을 타고 그녀의 코를 간질였다.

남자의 흰 가운에는 '남재하'라는 이름이 수놓아져 있었다. 물론 은안은 볼 수 없었지만.

은안이 긴장된 목소리로 제 앞의 남자를 경계했다.

"누구시냐고요!"

"내가 누군지 알려주면, 안 죽을 거예요?"

죽으려는 사람을 앞에 뒀다는 착각을 한 사람치고, 재하의 목소리에는 전혀 떨림이 없었다. 말도 안 되는 질문에 은안이 살짝 발끈했다.

"하, 무슨……!"

자신을 버린 엄마, 자신을 학대하던 아빠, 그리고 어린 나이에 잃은 눈. 객관적으로나 주관적으로나 의심할 여지없이 제 인생은 불행했다.

하지만 운 좋게 새로운 가족에게 입양됐고, 몇 년은 행복했다. 그러나 불행의 여신이 제 뒤를 지키고 있다는 듯 이번에도 불행은 정통으로 저를 관통했고, 이식받기로 한 안구를 한 정치인의 가족에게 홀랑 빼앗기고 말았다.

제 인생을 쭉 돌아보던 은안이 천천히 지금의 제 모습을 머리로 그려보았다. 눈에 감긴 붕대, 환자복, 앉아 있기 답답해서 난간에 살짝 팔을 걸친 모양새. 남자가 제 겉모습을 보고 그런 오해를 하는 것도 무리는 아니라는 생각이 들었다.

다시 진정한 은안이 표정을 살짝 풀었다.

하지만 은안은 '죽을 생각 없는데요.'라는 진실 대신 고슴도치처럼 가시를 바짝 세웠다.

"그쪽이랑 상관없잖아요. 내가 죽든 살든."

"아닌데, 나랑 되게 상관있는데. 그쪽이 죽고 사는 거."

"하."

은안이 남자를 비웃었다.

이식받기로 했던 눈을 빼앗긴 날. 은안은 몰래 우는 아빠와 언니의 목소리를 들었고, 더는 사는 게 의미가 없다고 생각했다. 제게 최고의 행복을 준 사람들에게 자신이 또 불행을 안겨주는 것만 같아서.

그리고 제게 눈을 찾아주려 고군분투하는 아빠에게 이제는 포기하자고 말할 생각이었다. 언젠가 제게 또 기회가 올지는 몰라도, 하루하루 온 가족이 조급하게 제가 이식받기만을 기다리면서 살아가는 건 너무 큰 부담이었기에.

창조주도 포기했다는 듯 엉망으로 굴러가버리는 제 인생을, 이제는 저도 포기해버릴 참이었다. 기쁨과 행복이 빠진 삶이 얼마나 더디게 갈지는 모르겠지만, 그냥 그렇게 사는 날까지 살다가 세상이 허락하는 날 삶을 마감할 생각이었다.

하지만 지금 당장 죽으려는 생각은 없었는데, 막상 변명하려니 너무나 진지한 남자의 목소리에 기가 막혀 입이 떼어지질 않았다. 한참의 정적 속에서 산들바람이 은안의 뺨을 간질이던 그때, 어느새 조금 더 묵직하게 목소리를 바꾼 그가 다시 입을 열었다.

"죽으면 뭐가 달라져요."

저를 가르치려는 그의 태도에 은안이 샐쭉한 목소리로 답했다.

"최소한 더 힘들지는 않겠죠. 때로는 포기도 용기라고 생각해요 난."

"죽을 용기로 살라는 말 몰라요?"

"글쎄요, 마음에 안 와닿는 말은 머리에 잘 안 담아두는 편이라."

"……어려 보이는데 똑 부러지네요."

너무나 솔직한 답변에 재하가 어이가 없다는 듯 실소를 터트렸다.

"안 어리거든요? 그쪽은 몇 살인데요."

"나? 27살이요. 그쪽은요?"

"……19살."

원래도 죽을 생각 따위는 없었지만, 실없는 말을 주고받다 보니 꼭 평범한 사람이 된 것 같은 기분이 들었다. 저도 모르게 경직됐던 입꼬리 부근이 느슨히 풀어졌다.

조금 전과 다르게 부드럽게 표정이 풀어진 은안을 바라보던 재하는 조금 전과는 조금 다른 목소리로 다시 이야기를 시작했다. 마치 오래된 친구를 대하는 것처럼 스스럼없이.

"그래서, 벌써 포기했어요? 그쪽 인생."

"……."

은안이 긍정의 의미로 침묵하자, 재하가 잠시 뜸을 들이다 조심스레 입을 열었다.

"불행 뒤에 또 불행이 오면 그게 끝이 아니에요."

"그게 무슨 말이에요?"

"불행 끝에 또 불행이 있다면 그건 아직 내 인생의 마지막 장이 아니다. 이런 말 몰라요?"

"……."

"그러니깐, 불행이 계속되는 이상, 아직 그건 인생의 마지막이 아니라는 거예요. 어떻게든 행복이란 건 우리한테 오게 되어 있으니까."

"……."

"그러니까, 조금은 소중하게 대해줬으면 좋겠어요, 그쪽의 삶을. 모든 삶은 다 그만한 가치가 있는 거니까."

그의 위로와 진심 어린 조언에 은안이 얼어붙은 듯 멈칫했다. 처음이었다. 이렇게 제 인생에 가치를 부여해준 사람은.

사실은 사람들이 저를 불쌍하게 생각한다는 걸 알았다. 하지만 제 앞에서는 그저 '힘내라', '나아질 거다'라는 말들을 늘어놓았다. 새로운 가족을 만나며 이제껏 받아보지 못한 진심 어린 사랑과 관심을 받았지만, 그럼에도 마음 한구석에 언제 또 제 인생에 찾아올지 모르는 불행에 대한 근심은 쉽게 가시지 않았다.

얕게 쌓인 눈처럼 곧 흩날릴 것 같은 마음을 가진 저에게, 불행이 아닌 행복이 인생의 마지막일 거라고 하는 남자의 말은 지금껏 들은 그 어떤 좋은 말보다 진한 울림을 남겼다.

어딘가 이상하긴 했지만, 생각보다 따듯한 사람 같았다.

은안이 말없이 멍하게 있자, 재하는 다시 한 번 입을 열었다.

"살아내요. 행복이 올 때까지. 그럼 그쪽이 이길 테니까."

그리고 은안의 인생에, 따스한 숨결을 불어넣어주었다.

"이기는 거……."

은안이 작은 입술을 달싹이며 중얼거렸다.

이기는 거. 인생을 이겨야겠다고 생각해본 적은 없는데.

그럴듯했다. 아니, 사실 제 옆의 남자가 말해서 그렇게 느껴지는 것 같기도 했다. 하긴, 그게 뭐가 중요할까. 그의 말에, 조금이라도 힘이 솟았다면 그걸로 된 거 아닐까.

재하가 난간을 잡고 있는 은안의 작은 손에 제 손을 포갰다.

"자, 도와줄게요. 안쪽으로 들어와요."

부드러운 남자의 손은 따듯했다.

웃기게도, 때로는 가장 당연한 것들을 인생 최악의 순간에서 깨닫는다. 가령, 누군가의 온기가 이렇게 위로가 된다는 것 같은…… 당연하지만 깨닫기 어려운 일들을.

결국, 그의 손을 잡은 은안은 옥상에서 가장 안전한 구역으로 무사히 들어왔다.

"……고마워요."

"인생의 마지막 장이, 꼭 행복이길 바랄게요. 그리고 내가 바라지 않는대도 꼭 그렇게 될 거고."

조금 전과 다르게, 재하가 다정한 목소리와 함께 은안의 까만 머리칼을 쓰다듬어주었다.

"아, 그리고 세상도 꼭 다시 볼 수 있을 거예요."

그 순간, 은안의 가슴이 미친 듯 요동쳤다. 제게 '괜찮을 거야.'라고 말해준 사람은 많았지만, '행복할 거야.'라고 말해 준 사람은 없었기에.

"아……."

쿵쿵―.

그 순간, 빨라진 심장 소리가 제 귓가를 또렷이 울렸다.

이게 말로만 듣던 첫눈에 반한다는 느낌인가? 조금 전까지만 해도 경계했던 남자에게 이런 감정을 느낄 수 있는 건가?

여러 생각을 하던 은안이 약한 입술을 살짝 깨물었다.

어쩌면 인간의 최악과 최선의 감정은 서로 보이지 않게 등을 대고 맞닿아 있을지도 몰랐다. 뒤를 돌아보기 전엔, 절대 알 수 없지만 조금만 고개를 돌리면 서로를 볼 수 있게.

그때, 머리칼에서 손을 뗀 재하가 당부의 말을 건넸다.

"먼저 갈게요. 누가 데리러 올 때까지 얌전히 기다려요."

은안은 말을 하면 떠는 게 티가 날 것 같아 입을 꾹 다물고 고개를 위아래로 끄덕였다.

그의 발소리가 완전히 제 귓가에서 멀어진 뒤, 은안이 참았던 숨을 내뱉었다.

"후……."

고작 그에게 들은 짧은 몇 마디에, 인생을 이겨보고 싶어졌다.

그때부터 제 삶을 포기하지 않고 소중히 대했다. 불행에 좀 더 적극적으로 맞서 싸우며, 불행 다음이 또 불행이면 아직 마지막이 아니라는 그의 말을 늘 되새겼다.

그가 해준 말은 터널같이 어두웠던 제 삶의 빛이 되어주었다. 밝은 빛을 열심히 따라 나간 은안은 어느 순간 다시 밖으로 나올 수 있었다.

그리고 그를 다시 만난 날 생각했다. 아, 인생이라는 거 정말로 포기하지 않길 잘했구나, 하고.

포기하지 않고 버텼기에, 제 삶의 원동력이 되어주었던 그를 다시 만날 수 있었으니까.

은안을 집으로 보낸 민혁이 두 손 가득 짐을 들고 재하의 교수실로 들어섰다.

"자, 은안 씨가 전해주래."

책상 위 가득한 옷가지와 음식을 보던 재하의 눈썹이 삐뚤어졌다. 성북동에 들어간 뒤 알게 된 은안의 모습들을 생각하면 제게 연락 하나 없이 민혁에게 짐을 맡기고 갈 사람이 아니었다.

의문으로 가득한 재하의 표정을 대충 읽은 민혁이 은안이 빠르게 병원을 나간 이유를 설명해주었다.

"은안 씨가 널 찾으러 의국으로 갔었는데, 일이 좀 있었어.

사람들이 네 뒷얘기 하는 걸 좀 들었거든."

"뭐라고?"

"뭐, 그렇고 그런 얘기들이지, 은안 씨가 돈을 보고 너랑 결혼했다는……."

재하가 자리에서 벌떡 일어나며 민혁에게 물었다.

"갑자기 왜 그런 이야기가 도는 거지?"

"갑자기는 아니지."

"뭐?"

"너 설마 몰랐다고 할 건 아니지?"

민혁이 말도 안 된다는 표정으로 재하를 바라보며 입을 열었다.

"은안 씨, 너랑 결혼하는 순간부터 이런 시선에 둘러싸인 거. 오늘처럼 직접 듣고 말고의 차이지, 이런 뒷얘기 3년 전부터 떠돌아다녔어."

민혁의 차분한 설명에 재하의 손이 미세하게 떨렸다.

정말로 몰랐다.

떨리던 손으로 주먹을 꽉 쥔 재하가 방금보다 얼굴을 굳히며 말했다.

"고맙다, 말해줘서."

그리고 곧장 의국으로 향한 재하가 날카로운 목소리와 함께 문을 활짝 열어젖혔다.

"누굽니까, 없는 소문까지 만들어내면서 시간 낭비하는 사람이."

의국 안의 사람들이 서로서로 눈치만 보며 아무도 입을 열지 않자, 재하가 다시 입을 열었다.

"누구냐고."

싸늘한 목소리에 순간 의국 안은 남극보다 더 시린 공기로 뒤덮였다. 다들 재하가 하는 말뜻을 이해했지만, 아무도 먼저 용감하게 나서지 못했다.

재하가 다시 의국 안의 사람들을 슥 훑었다. 한 명, 한 명 기억하겠다는 눈빛에 의국 안 사람들은 목덜미가 서늘해지는 걸 느꼈다.

그때, 재하보다 조금 더 연차가 높은 한 교수가 나섰다.

"아이, 남 교수! 다들 웃자고 한 얘긴데 뭘 그런 눈빛으로 달려들어?"

능청스럽게 넘어가려는 모습에 재하가 입매를 비틀었다. 바로 사과를 해도 받아줄까 말까인데, 오히려 뻔뻔하게 뭘 그리 예민하게 구냐는 태도에 더 깊은 화가 올라왔다.

"한 교수님, 장난으로 던지는 돌에 개구리는 맞아 죽습니다."

"에이, 솔직히 남 교수랑 남 교수 아내가 개구리는 아니지, 개구리라기엔 너무 몸집이 크잖아?"

아직도 분위기를 파악하지 못한 한 교수는 열심히 침까지 튀기며 떠들어댔다.

"그리고 남 교수 아내도 남 교수같이 이목의 중심에 있는 사람이랑 결혼할 때 생각했겠지. 그런 소문의 중심이 될 수도 있다고. 그거 알고 결혼한 거 아니겠어?"

말도 안 되는 논리를 펼치는 한 교수를 보던 동료들이 그만 하라며 손짓했지만, 이미 물은 엎질러진 뒤였다.

"한 교수님."

"어, 어?"

"저 같은 사람이랑 결혼했다고, 제 아내가 다수의 입에 오르락내리락하는 게 당연하다는 말씀, 좀 불쾌하네요."

가볍게 넘어갈 줄 알았던 재하가 불쾌한 감정을 여과 없이 드러내자 한 교수의 낯빛이 점점 당황스러움으로 물들었다.

"아, 아니! 그, 내가 낸 소문이 아니라……!"

"지금, 소문의 근원을 찾는 게 아니라."

뒤늦게 수습을 하려는 한 교수의 태도에 재하는 더욱 냉기 어린 미소를 머금으며 또렷이 말했다.

"다른 사람들 입에 오르락내리락할 이유, 없다고 말씀드리는 겁니다."

다시 표정을 정리한 그가 입을 열었다.

"그리고 방금 떠드신 말들, 터무니없는 헛소문입니다. 어떻게, 남편인 저보다 더 제 아내의 속마음을 잘 안다는 듯이 말씀하시는지 모르겠네요."

차분함 속에 들어 있는 분노를 느낀 사람들이 고개를 숙였고, 재하는 다시 못을 박았다.

"앞으로 병원에서 이런 사적인 얘기 떠도는 일 없었으면 합니다. 특히 이 자리에 있었던 사람들의 입에서는 더더욱."

사실을 다시 바로잡은 그가 완전히 의국을 벗어나자, 숨을 참던 사람들의 볼멘소리가 하나둘 터져 나왔다.

"뭐야, 남 교수 아내랑 사이 안 좋다고 하지 않았어? 갑자기 왜 저래?"

"그러게요. 매번 집에 안 들어가려고 무리하게 일정 잡으시는 거로 유명했는데 사이가 안 좋아서 그런 게 아니었나 봐요."

"이렇게까지 발끈할 줄 누가 알았겠어?"

"우리가 너무 대놓고 떠들었나?"

사람들은 생각 없이 너무 트인 장소에서 뒷얘기를 한 게 오늘 일의 화근이라 생각했다. 물론, 따지면 그것도 재하를 이곳으로 오게 만든 원인 중 하나였다. 의국에서 그런 얘기가 들리지 않았다면 은안은 그런 얘기를 듣지 않았을 거고, 재하의 귀까지 들어갈 일도 없었을 테니까.

하지만 그를 이곳으로 오게 한 이유 중 가장 큰 것은, 지금까지 그런 소문에 휩싸인 은안을 내버려뒀다는 죄책감과 미안함이었다.

집으로 돌아온 은안이 방으로 돌아와 쓰러지듯 침대 위로 주저앉았다.

"하아……."

140

익숙한 곳으로 오니 웅크리고 있던 마음이 조금 진정된 듯 느슨해졌다.

제 마음이 남들에게 비틀어져 보이는 것도, 그가 사랑했던 여자의 이름을 듣는 것도 심장 곳곳을 아리게 만들었다.

그에게 사랑했던 여자가 있었고, 그 여자가 말도 없이 떠났다는 걸 알고 시작한 결혼 생활이었지만, 알고 있다고 해서 아프지 않은 건 아니었다. 때로는 무언가를 알고 있다는 게 더 아프기도 했다. 오죽하면 '모르는 게 약이다.'라는 속담이 있을까.

은안이 어느새 바싹 말라버린 입술로 조용히 그 이름을 읊조렸다.

"하유라……."

그가 사랑했던 여자. 그를 다시 사랑할 수 없게 만든 여자.

오래전, 사진으로 마주했던 그 여자의 얼굴이 은안의 머릿속에 선연하게 떠올랐다.

신혼 초의 일이었다. 결혼 후 첫 명절을 맞아 성북동으로 간 날. 재하의 어린 시절 사진을 보고 싶다는 은안의 부탁에 자옥이 앨범을 꺼내 왔다. 앨범은 오랜만에 세상 밖으로 나온 듯 먼지가 쌓여 있었다.

앨범 속에는 태어났을 때의 모습, 첫걸음마를 뗀 모습, 그리고 유치원생이 된 모습들이 마치 총천연색처럼 다채롭게 펼쳐졌고, 은안은 그의 모습에 입매를 씰룩였다.

"어릴 때부터 잘생기긴 했었어. 내가 고슴도치가 아니라, 객관적으로 봐도 어디서 빠지는 외모는 아니지."

언제 세월이 이만큼 흘렀냐는 듯 자옥이 아련한 눈길로 재하의 사진을 쓰다듬었다. 빛이 바랜 사진에서 느껴지는 세월의 흐름만큼, 자옥의 손에도 주름이 져 있었다.

은안이 미소를 함빡 지으며 고개를 끄덕였다.

"잘생겼어요, 할머니."

재하 앞에서 굳은 얼굴과 다르게 짙게 미소 짓는 은안의 모습에, 자옥이 시선을 돌려 그녀의 손을 쓰다듬었다.

"은안아, 어쩌면 할미가 재하 애비 말만 듣고 이기적으로 널 결혼시킨 건 아닌지 모르겠구나."

"그런 말씀 마세요. 제가 원해서 한 결혼인걸요."

은안이 제 손 위에 포개진 자옥의 손을 맞잡으며 고개를 저었다. 오히려 현식 덕분에, 제가 그의 옆에 있을 수 있게 된 것에 감사했다. 그렇지 않았다면, 그에게 다가갈 일말의 기회조차 없었을 테니까.

신혼 초의 은안은 재하의 옆에서 제 마음을 보여주면 그도 천천히 마음을 열 거라고 믿고 있었다.

"그래, 그래. 사진 구경이나 마저 하자꾸나."

미안함과 고마움이 뒤섞인 자옥의 목소리에 은안이 크게 고개를 끄덕였다. 그리고 넘긴 앨범의 다음 장에서 가장 먼저 눈에 들어온 것은…….

"아……."

아주 오래전에 찍은 유라와 재하의 사진이었다.

학창 시절부터 어른이 되어서까지 그에게 연인은 단 한 명뿐이었다는 것을 알고 있었기에, 어렵지 않게 사진 속 인물이 유라라는 걸 알 수 있었다.

예고 없이 눈에 들어온 그의 과거에 은안의 눈이 단번에 흔들렸다. 자옥도 당황한 듯, 앨범을 다음 장으로 넘겼다. 하지만, 이미 가라앉아버린 분위기는 다시 복구되질 않았다.

"……미안하구나, 아가."

자옥이 미안하다는 말과 함께 앨범을 바로 치웠지만, 은안의 심장은 여전히 누군가 바늘로 콕콕 찌르는 것처럼 따끔거렸다.

하지만, 자옥의 잘못도 그의 잘못도 아니었다. 그렇게나 오래 만났으니, 아무리 흔적을 정리한대도 잔여물이 남아 있을 수 있었다. 게다가 앨범은 오랫동안 꺼내지 않은 듯 먼지가 많이 쌓여 있었다. 그동안 아무도 꺼내보지 않았으니, 사진이 있는지 없는지도 몰랐을 터였다.

마음을 견고히 다잡은 은안이 싱긋, 웃으며 자옥에게 말했다.

"괜찮아요, 할머니. 재하 씨 사진 계속 봐요. 다른 사진도 보고 싶어요."

은안은 방금 본 사진을 애써 떨치려 노력하며 끝까지 앨범을 구경했다. 그리고 은안은 굳게 다짐했다.

사라진 그의 미소를 제가 다시 찾아주겠다고.

문득 과거를 떠올린 은안이 쓰게 웃었다.

다행히 그 이후로 집에서 그녀의 흔적을 크게 발견한 적은
없었다. 재하 또한 한 번도 유라의 얘기를 꺼낸 적은 없었다.
하지만 은안의 마음 한구석에는 늘 돌덩이처럼 걸려 있었던
여자였다.

그의 이혼 얘기에 그 여자가 떠오른 것도 사실이었다.

만약 그녀가 돌아온다면 그는 어떤 반응일까. 용서해줄까?
아니면, 더 큰 분노에 휩싸일까?

두 가지 상상을 모두 해보았지만, 썩 유쾌하진 않았다. 현식
이 죽고, 말도 없이 그의 세상에서 떠났던 여자였다.

재하가 가장 힘들 때 가장 잔인하게 떠나버린 나쁜 사람. 하
유라가 돌아오는 일은 절대 없어야 하는데, 머릿속은 자꾸만
그 없어야 할 일을 그려내고 있었다.

은안은 이내 고개를 저었다. 이런 상상은 아무런 영양가도
없었다.

"지금 내가 할 수 있는 걸 해야지. 나한테는 소중한 시간이
생겼잖아."

하루하루, 이 시간을 소중히 보내는 것에 더 집중해야 할 때

였다.

곧 있을 수술의 레퍼런스를 보던 재하는 눈을 지그시 감았다. 은안이 걱정되어서 도무지 종이의 글자가 읽히질 않았다.

은안에게 허튼 말을 쏟아낸 사람들에게 한소리를 하면 이 답답함이 좀 가실까 싶었는데, 의국에서 돌아온 뒤 오히려 체한 것처럼 명치끝이 답답했다. 은안이 결혼 초부터 그런 뒷얘기에 휩싸였다는 사실은 꿈에도 몰랐다.

그가 관자놀이를 누르며 혼잣말을 읊조렸다.

"하…… 젠장."

사실은 그들이 문제가 아니라 제가 문제였던 걸지도 모르겠다. 조금만 더 관심을 가졌으면, 이런 이야기가 떠도는 걸 알고 미리 경고할 수 있었을지도 몰랐다.

진료를 보고 수술에만 몰두했던 과거가 처음으로 후회스러웠다. 은안에게 무관심하고 마음을 주지 않으려 한 것은 맞지만, 이런 얘기를 듣게 하고 싶진 않았다. 설령 은안이 정말로 물질적인 것 때문에 이 결혼을 했다고 해도 남들에게 그런 이야기를 들어야 할 이유는 없었으니까.

어쩌면 결국 제 무관심이 남들의 시선과 함께 그녀를 찌른 건 아닐까. 은안의 우는 얼굴이 자꾸만 눈앞에 어른거리고, 가슴 한쪽이 약한 전류에 감전된 것처럼 아릿했다.

이 전류에 섞여든 감정은 뭘까. 곰곰이 생각했지만, 단번에 정의 내려지지 않았다. 여전히 혼란스럽기만 했다. 분명 혼란스러운 감정을 잡으려 이혼을 유예했는데, 어쩐지 혼란이 정리되기는커녕 조금씩 더 복잡하게 엉키는 느낌이었다.

이내 복잡한 생각들을 접은 그가 오늘 당장 해야 할 일을 떠올렸다.

상처 입었을 은안을 위한 사과, 그리고 위로.

가장 중요한 것은 이 두 가지였다.

Chapter 6

이쪽이 아니라 내가 남편

저녁을 먹은 은안이 답답한 마음에 정원으로 나와 벤치에 앉았다. 그나마 바깥 공기를 마시니 내내 어지럽던 마음이 조금은 정화가 되는 것 같았다.

"여기는 확실히 별이 잘 안 보이네."

무의식적으로 하늘을 바라보던 은안이 중얼거렸다.

어제 경주에서 들이켰던 공기보다 조금 탁한 감은 없지 않아 있었지만, 어쩌면 그건 옆에 그가 있고 없고의 차이였을지도 모르겠다는 생각이 들었다.

낮의 일이 있었던 후, 아무 일도 없었다는 듯 행동했지만 가라앉은 기분이 쉽게 좋아지지는 않았다.

그때, 은안의 발밑에 따듯한 감촉이 느껴졌다.

"냐옹."

어디서 어떻게 들어왔는지 모를 길고양이였다.

"어머, 고양아!"

은안이 반가운 듯 벤치에서 내려와 무릎을 꿇고 앉았다. 낮선 사람에게도 경계가 전혀 없는 길고양이는 연신 은안의 발목 부근에 머리를 비볐다. 애정을 갈구하는 고양이의 모습에 은안이 부스스한 웃음을 내뱉었다.

"넌 내가 좋니?"

"냐아옹!"

질문을 알아듣고 대답이라도 하듯 딱 들어맞는 울음소리에 은안이 고양이의 머리를 쓰다듬었다.

보석 같은 두 눈에 홀린 은안이 고양이를 향해 조잘조잘 말을 뱉어냈다. 대부분 제 마음속에 든 짝사랑의 응어리들을 풀어내는 말이었다.

끼이익ㅡ.

그때, 정원의 끝에서 커다란 현관문이 열리는 소리가 들렸다. 그 소리에 놀란 듯 고양이는 민첩한 몸놀림으로 은안의 곁을 떠나갔다.

고양이를 떠나보낸 은안이 정원 현관을 향해 눈을 돌렸다.

길쭉한 다리를 시원하게 뻗으며 들어오는 사람은 재하였다. 그는 성큼성큼 은안에게로 다가왔다. 그리고 쪼그려 앉은 은안이 곁에 다가온 재하를 올려다보던 그 순간…….

"엣취."

고양이 털 때문에 코가 간지러워진 은안이 재채기를 했다.

반면 그 모습을 본 재하는 그녀가 낮의 일 때문에 속상해서 정원에 혼자 나와 있다가 감기에 걸렸다고 생각했다.

그가 저를 걱정하고 있다고는 생각지 못한 은안이 자리에서 일어나며 말했다.

"아, 미안해요. 갑자기 재채기가……."

하지만, 그녀는 더 말을 이어갈 수 없었다.

"추운데, 왜 나와 있어? 감기라도 걸리면 어쩌려고."

제 말을 끊고 손에 있던 머플러를 제 목에 무심히 둘러주는 그의 손길 덕분에.

추워진 날씨에 가볍게 들고 다니던 그의 머플러는 주인이 아닌 다른 사람의 목에서 빛을 발휘했다. 머플러와 함께 훅 들어온 그의 향기에 은안이 멍하니 재하의 얼굴을 바라봤다.

목에 둘린 재하의 머플러는 세상 그 어떤 것보다 따뜻했다.

저도 모르게 머플러를 만지작거리던 은안은 그의 눈썹이 치켜 올라간 걸 깨닫고 입술을 달싹였다.

"아…… 그냥 밤공기 좀 쐬려고요."

"아직 발목도 안 좋은데, 감기까지 걸릴 필요는 없잖아."

"아, 그건……."

재채기가 고양이 털 때문이라고 말하려던 순간, 재하가 먼저 입을 열었다.

"낮에 있었던 일 들었어."

"낮이요?"

"의국에서 이상한 소리 들었던 거."

잠시 그의 향기에 정신이 팔려 낮의 일도 잊어버린 은안의 눈이 크게 뜨였다.

"그걸 어떻게……?"

"민혁이한테 들었어."

"아……."

작게 벌어진 은안의 잇새에서 약한 추임새가 흘러나왔다. 민혁이 그 일을 재하에게 말할 거라는 건 생각도 못 했다.

그의 입술이 달싹이던 순간, 이번에는 은안이 먼저 입을 열었다.

"괜찮아요."

은안은 눈치채지 못했지만 '괜찮아요.'라는 소리에 재하의 표정이 아주 미세하게 굳어졌다.

"시간이 지나면 그런 얘기도 자연히 사라질 테니까요."

은안은 그에게 굳이 그 일을 알릴 필요는 없다고 생각했다. 어차피 시간이 지나면 사람들은 또 다른 가십거리를 찾을 터였다.

게다가, 이런 소문에 대해 감정적 호소를 해서 그에게 신경 쓰일 일을 만들어주고 싶지 않았다.

어쨌든, 그 소문은 저뿐만이 아니라 그의 뒷얘기이기도 했으니까. 안 좋은 얘기를 굳이 두 사람이나 들을 필요는 없다고 생각했다.

은안은 그의 눈을 슬쩍 피하며 말을 이어갔다.

"그리고 민혁 씨가 그러더라고요. 어차피 그런 사람들은 남 얘기를 하면서 자기 행복을 채우는 사람들이라고."

민혁의 말을 인용하면서까지 은안은 아무렇지 않은 척하려 노력했다. 마음이 아릿한 이 감각은, 오늘이 지나면 사라질 것이다. 하지만, 입 밖으로 내뱉은 말은 그 이상을 간다는 걸 안다. 그렇기에 더욱더 올곧은 표정을 한 은안이 입술을 달싹였다.

"그러니까, 괜찮아요. 재하 씨도 신경 쓰지 말아요."

"신경……을 쓰지 말라고?"

"네, 어차피 다 지나갈 일이니까요."

담담한 그녀의 말투에, 날카로웠던 그의 눈매가 순식간에 탁, 풀렸다.

제 직장 동료들에게 좋지 못한 말을 들었고, 그것에 대해 사과를 해야 한다고 생각했다. 어쩌면 당연히 미안하다고 말할 기회가 있을 거라고 여겼던 게 교만한 생각이었던 것일까.

그녀의 차가운 반응에 사과 뒤 물어볼 걱정의 말은 자연히 다시 가슴으로 삼켜졌다. 괜찮다고 말하는 그녀의 목소리도, 제게 한마디를 할 법한데도 혼자 삭이는 것 같은 모습도, 제 마음속 깊은 곳 어딘가를 건드리는 것만 같았다.

그런 그녀에게 더는 아무 말도 할 수 없었다. 그래서 말 대신 행동을 선택했다.

사락—.

"추우니까, 이만 들어가는 게 어때?"

그는 은안의 목에 걸쳐져 있던 머플러를 한 번 더 감아 매듭을 지었다. 은안의 시선이 천천히, 그리고 조심스럽게 머플러를 매는 그의 손을 따라갔다. 잠시 후 목이 하나도 보이지 않게 꼼꼼히 머플러가 둘러지고, 그가 손을 뗐다.

어느새 코가 살짝 붉게 변한 그녀가 고개를 살짝 들어 그를 바라보며 입을 열었다.

"먼저 들어가봐요. 난 좀 더 있다가 들어갈게요."

"……그러지."

대화가 끝나고 맞닿은 시선을 먼저 피한 건 은안이었다. 그녀는 재하에게서 등을 돌려 정원의 구석으로 걸어갔다.

그와 동시에 재하의 눈이 잘게 떨렸다.

늘 먼저 고개를 돌리고 등을 보였던 건 저였고, 이혼을 먼저 말했던 것도 저였지만, 막상 그것들을 당하는 입장이 어떤지 한 번도 생각해본 적이 없었다.

그날, 재하는 처음으로 먼저 제게 등을 돌린 그녀를 보며 뭐라 형용할 수 없는 기분에 휩싸였다.

재하를 먼저 집 안으로 돌려보낸 은안은 정원에서 사라져버린 고양이를 찾으며 무의식적으로 머플러를 매만졌다.

그가 둘러준 머플러는 정말 따뜻했다. 고작 목만 가렸을 뿐인데, 전신이 후끈후끈 달아오르는 느낌이었다.

그래서 조금 전에도 고개를 먼저 돌려버렸다. 왠지 모르게 그의 눈빛을 계속 보고 있으면 사실은 힘들었다고, 속상했다고 말해버릴 것만 같아서. 겨우 괜찮다고 주문을 외며 차곡차곡 쌓아온 마음이 한 번에 무너질 거 같았다.

152

그에게 어리광을 부리고 싶지는 않았다. 아직은, 그와 저 사이에 어울리는 단어는 아니었기에.

"하아……."

은안이 고개를 살짝 숙여 머플러에 코를 콕 박았다. 익숙하지만 맡을 때마다 설렘을 주는 향기가 온몸에 퍼지자, 은안은 저도 모르게 혼잣말을 읊조렸다.

"좋다……."

그의 향기를 맡고 있으니, 왠지 모르게 그와 더 많이 가까워진 기분이 들었다.

그때, 겉옷에 넣어둔 은안의 휴대폰에서 진동이 울렸다. 휴대폰을 들어 확인하니 은진의 문자가 와 있었다.

> 내일 주성아 대표님 전시회
> 대신 가는 거 안 잊었지?

만삭인 언니가 거동이 힘들다며 얼마 전에 부탁했던 일이었다.

"아, 맞다. 내일이 토요일이구나!"

> 알겠어.

문자에 답장을 보낸 은안은 쌀쌀한 날씨에도 한참이나 정원을 거닐었다.

하지만 하나도 춥지 않았다. 그가 매어준 머플러 덕분인 것 같았다.

다음 날 아침, 자옥과 상훈, 그리고 재하와 은안이 서로를 마주 보고 앉아 아침을 먹고 있었다.

아침 일찍 식사하는 것은 자옥의 루틴이었다. 한국인의 힘은 밥심에서 나온다는 그녀의 철학은 확고했다. 아침을 딱히 챙겨 먹지 않는 재하도, 합가하게 된 이상 그 철학이 담긴 자리에 참석해야 했다.

그때, 은안이 먼저 자리에서 일어났다.

"할머니, 할아버지, 전 일이 있어서 먼저 나가볼게요."

바빠 보이는 은안이 가볍게 묵례를 한 뒤 식탁을 떠났다. 은안이 떠나고, 재하는 빈자리를 멍하니 보며 밥을 먹는 둥 마는 둥 했다. 그 모습을 보던 자옥이 젓가락을 내려놓고 조용히 입을 열었다.

"재하야."

"……."

"재하야."

멍하니 밥을 깨작이던 재하는 자옥의 말을 듣지 못하고 계속해서 허공을 응시했다. 자옥의 표정이 점점 굳어지자, 상훈이 나서서 그를 불렀다.

"재하야, 네 할미가 부르잖니."

"아, 네?"

그는 상훈이 어깨를 치고서야 상념에서 빠져나왔다.

"무슨 일 있니?"

"없어요, 아무 일."

"그래?"

자옥이 눈을 내리깔며 대답했다.

사실, 자옥은 어젯밤 방에서 정원에 있는 은안과 재하의 모습을 내려다보며 안도의 한숨과 함께 가슴을 쓸어내렸다. 아직도 재하는 자옥의 눈을 피해 서재에서 자기 일쑤였고, 자옥은 이대로 3개월이 훌쩍 지나버리면 어쩌나 하고 걱정하고 있었다.

소리는 들을 수 없었지만 재하는 은안에게 머플러를 둘러주며 뭐라 말을 했고, 은안은 그런 재하를 가만히 바라보았다.

'둘을 붙여놓은 효과가 조금씩 드러나는 건가.'

자옥이 광대까지 치솟을 거 같은 입매를 겨우 끌어내렸다.

원래 불씨가 살짝 붙었을 때 더욱 큰 바람을 보내줘야 활활 타오르는 법.

생각을 마친 자옥이 재하를 빤히 바라보며 입을 열었다.

"오늘 주 대표 전시회 있는 거 알지?"

"아, 네."

재하가 기억을 더듬는 듯 미간을 살짝 좁히며 대답했다.

주성아 대표는 민혁의 어머니였다. 오래전부터 이어져 온 인연에, 자옥은 주 대표의 전시회에 늘 발 도장을 찍었었다.

"나 대신 좀 갔다 와."

"……네?"

"요즘 할미가 힘이 달려, 여기저기 쑤시고. 그러니깐 네가 좀 다녀와."

급작스러운 제안 뒤에 덧붙여진 앓는 소리는 그의 입에서 나오려던 거부의 말을 쏙 들어가게 했다.

"은안이도 사돈댁 대신 간다는데, 은안이도 좀 챙기고."

물론 한국인의 말은 끝까지 들어봐야 그 뜻과 목적을 명확히 알 수 있었다.

자옥의 제안은 좋게 말하면 은안을 위한 배려, 나쁘게 말하면 재하를 향한 협박이었다. '네가 할미 대신 가지 않으면 내 몸이 쑤실 거다.' 뭐 이런 무섭고도 귀여운 협박.

결국, 재하가 한숨을 쉬며 고개를 끄덕이자 자옥은 만족스럽다는 듯 다시 젓가락을 들었다.

"다음부터는 미리 말씀 좀 해주세요."

"어머, 이 할미 몸이 언제 어디서 어떻게 아플 줄 알고 미리 얘기를 하겠니?"

어쩐지 조금 얄미운 자옥의 대답에 그는 더는 대꾸하는 게 의미가 없다는 걸 느낀 건지, 밥을 마저 씹었다. 그때, 상훈이 눈치 없이 콩나물을 씹다 말고 자옥에게 물었다.

"자, 자옥 씨, 어디 아파요?"

"이 영감이, 빨리도 묻네. 거참."

진짜로 아픈 것은 아니었지만, 왠지 모르게 늦는 남편의 반응에 살짝 울컥한 자옥이 상훈을 흘겨봤다. 눈치는 없지만, 사랑꾼인 할아버지를 보던 재하가, 저도 모르게 실소를 터트렸다.

청담동의 G 갤러리, 은안은 행사 시작 전 주성아 대표에게 인사를 건넨 뒤 대화를 나누었다.

주 대표가 먼저 자리를 뜨고, 은안에게 민혁이 다가와 음료를 건넸다.

"어머니가 말이 좀 많죠? 사실은 아버지가 말이 많고 어머니는 말이 없는 편이었는데, 아버지가 돌아가시고 나서는 부쩍 말이 많아지시더라고요."

"아니에요! 보기 좋으세요, 활기차고."

민혁이 어딘가 모를 씁쓸한 웃음을 머금으며 말했고, 그 웃음의 의미를 누구보다 잘 아는 은안이 소담한 웃음과 함께 위로 아닌 위로를 건넸다.

민혁의 아버지는 7년 전, 새벽에 일을 마치는 아들을 데리러 가던 중 교통사고로 유명을 달리했다.

아버지 사고의 원인이 저 때문이라며 죄책감에 몸서리치던 민혁은 제대로 먹지도, 숨을 쉬지도 못했었다. 당시 성은병원에서 레지던트로 일하던 민혁은 종종 옥상을 찾았고, 그곳에서 은안과 처음으로 만났다. 은안이 옥상에서 재하를 만난 다음 날의 일이었다.

옛 기억을 회상하던 민혁이 저를 위로하는 은안 쪽으로 시선을 내렸다. 그녀의 얼굴은 그때나 지금이나 티 없는 맑음이 내려앉아 있었다.

"그때 은안 씨가 그랬죠? 자기 자신의 삶을 조금 더 소중하게 대해주라고."

민혁은 눈을 잃고도 저를 위로하는 은안을 보며 깨달았다. 세상의 절벽 끝에 서 있는 사람이 저뿐만은 아니라는 것을.

"은안 씨 덕분에 오늘도 있는 거 같아요. 제가 힘내서 사는 걸 보고 어머니도 다시 힘을 찾았거든요."

민혁의 감사 인사에, 은안이 쑥스러운 듯 고개를 떨어트렸다. 아이러니하게도, 그 위로를 건넬 수 있었던 건 재하 덕분이었는데, 제가 인사를 받는 이 상황이 민망했다.

두 사람은 다시 웃으며 시시콜콜한 대화를 이어갔다.

그때, 혀에 버터를 머금은 듯 발음을 굴리는 남자가 앞으로 다가왔다.

"오 마이 가아앗! 민혁아, 너 여자 친구 생긴 거야?"

잠시 미간을 좁힌 민혁이 앞의 남자가 누군지 기억났다는 듯 조심스레 물었다.

"너…… 한준수?"

"그래, 나야 나! 준수! 이게 얼마 만이냐? 나 미국 가고 나서 처음이지, 아마?"

그때, 외국 물을 잔뜩 먹은 그가 다시 물었다.

"옆은, 네 와이프? 미인이시네?"

'에프' 발음을 유독 굴리던 준수는 은안을 보며 반짝이는 눈빛을 보냈다.

완전한 헛다리에 부정의 손사래를 치려 은안이 팔을 가슴

께로 올린 그때, 커다란 손이 그녀의 손을 감쌌다. 순식간에 깍지 사이사이를 뚫고 들어온 손가락 사이로 온기가 스몄다. 너무나 갑작스러운 상황에 혼이 나간 은안이 고개를 돌렸을 때······.

"어쩌지, 이쪽이 아니라 내가 남편."

눈 하나 깜빡하지 않고 자신을 남편이라 칭하는 재하가 있었다. 재하는 준수에게 보여주려는 듯 은안의 손을 꼭 잡은 채 살짝 위로 들어 보였다.

"아!"

그제야 자신이 큰 착각을 했다는 걸 깨달은 준수의 입에서 탄식이 터져 나왔다.

"남편이······ 이쪽이 아니라, 이쪽? 오우 마이 갓! 완전 잘못 짚었네! 미안!"

준수가 사과하자 은안이 의문 가득한 표정을 지으며 물었다.

"이분은 누구······?"

은안의 물음에 민혁이 재빠르게 대답했다.

"아, 우리 셋 고등학교 동창이에요. 3년 내내 같은 반이었고."

"하하, 맞아요! 전 중간에 미국으로 유학을 가긴 했지만."

"아!"

덧붙여진 준수의 설명까지 들은 은안이 고개를 끄덕였다.

그 후, 넉살이 좋은 준수가 자신의 미국 생활 이야기를 이어 갔다. 주로 준수가 떠들면, 민혁이 말을 잠시 이어받았고 재하는 고개를 끄덕이는 게 전부였다.

"그래서 말이야! 내가 거기 햄버거를……!"

은안이 고개를 슬쩍 들어 그를 올려다보았다.

분명 귀는 대화를 듣고 있었지만, 그와 맞잡은 손 때문인지 정작 내용은 하나도 들어오지 않았다.

'지금 이거, 꿈인가?'

갑자기 나타나 제 손을 잡고 자신을 남편이라 소개하는 그의 모습에 하늘에 붕 뜨기라도 한 것처럼 기분이 멍했다. 그렇게 멍하다가도, 손에 따듯한 감촉이 느껴질 때마다 은안은 너무 좋아서 온몸의 솜털이 바짝 섰다.

거침없이 손을 잡아 오던 그의 모습은, 누가 봐도 진짜 남편 같았으니까.

대화를 나누다 잠시 화장실로 들어온 은안이 손을 씻으며 거울을 바라보았다. 아직 마음이 떨려서 그런지 얼굴이 살짝 붉어져 있었다.

손을 다 씻은 은안이 핸드 타월로 손을 꼼꼼히 닦은 뒤 제 손을 쫙 펴 이리저리 뒤집어보았다. 그와 더한 것도 한 사이지만, 손을 잡는다는 건 또 다른 느낌. 때로는 진한 스킨십보다 가벼운 스킨십이 사람의 마음을 더 설레게 할 수 있다는 걸 깨달았다.

쿵쿵―.

그와 손을 놓은 지 꽤 오래된 거 같은데, 심장은 아직도 열심히 끓어오르고 있었다. 연애를 한 번도 해본 적은 없었지만, 이런 상황이 남녀 사이에서 좋은 신호라는 건 잘 알고 있었다.

대학 시절 언젠가, 같은 과 동기가 썸을 타며 했던 말이 떠올랐다.

―이거 완전 그린 라이트야! 길을 걷는데 걔가 손을 슬며시 잡더라니까?

은안이 그때 그 동기의 말을 곱씹으며 중얼거렸다.

"나도…… 그건가? 그린 라이트."

자꾸만 웃음이 비죽비죽 새어 나왔다.

그때, 한 여자가 통화를 하며 화장실 안으로 들어왔다.

"아니! 그걸 그렇게 하시면 안 된다고요!"

세면대 옆에 클러치 백을 신경질적으로 놓은 여자는 거의 고함에 가까운 목소리로 얘기했다. 그 모습을 보던 은안이 슬쩍 눈치를 본 뒤 발걸음을 돌렸다. 그리고 빠르게 움직인 발걸음이 화장실 출입문 앞에 다다랐을 때.

"그러지 말고 기다리세요! 기다리시……!"

방금보다 더 진해진 고함은 끝을 맺지 못했고.

털썩―.

곧이어 사람이 쓰러지는 소리가 들렸다.

큰 소리에 놀란 은안이 등을 돌려 여자에게로 다가갔다.

"저기요! 저기요? 정신 좀 차려보세요!"

은안이 사람의 의식을 확인하는 와중에, 화장실로 두 여자가 더 들어왔다. 쓰러진 여자가 계속 정신을 찾지 못하자 은안이 그들을 보며 다급하게 외쳤다.

"여기 119 좀 불러주세요!!"

준수가 다른 사람을 만나러 잠시 자리를 떠나고, 은안도 잠시 화장실을 가 재하와 민혁 둘만 남아 있었다. 민혁이 기분이 좋다는 듯 싱긋 웃으며 재하에게 말을 걸었다.

"좋네, 오늘."

"뭐가?"

"그냥, 은안 씨랑 너. 이렇게 밖에서 같이 있는 모습 처음 보는 거 같아서."

민혁이 샴페인을 한 모금 마신 뒤, 어깨를 까딱하며 조금 더 능청스레 입을 열었다.

"너 인마, 병원에도 소문 다 났어. 유부남 중에 제일 집에 안 들어가는 교수라고! 근데, 이렇게 나오니까 얼마나 좋냐?"

민혁의 말에 재하가 어이없다는 듯 실소를 터트렸다.

"하."

그런 소문도 있었나.

재하는 새삼 사람들이 남 이야기를 하는 걸 참 좋아한다는 걸 느꼈다. 그리고 자신이 소문에 정말 관심이 없어도 너무 없었다는 것도. 저를 위해서도 은안을 위해서도 앞으로는 세상을 향해 귀를 조금 열고 살아야겠다고 다짐했다.

그때, 재하가 자옥 대신 이 자리에 온 걸 모르는 민혁이 뒤늦게 자옥을 찾았다.

"그러고 보니까, 오늘 할머니는 안 오신 거야?"

"할머니가 요즘 몸이 안 좋다고 하셔서, 그래서 내가 대신 온 거야."

"어디가 많이 안 좋으셔?"

"뭐, 그냥 기력이 없으신가 봐."

대충 얼버무린 재하는 속으로 진실을 말했다.

'정정하시지. 어제 저녁엔 할아버지랑 손잡고 산책을 1시간이나 하셨는데.'

그는 자옥이 이곳에 대신 가라고 하는 것이, 지난번 서재에 저를 가둔 것과 별반 다르지 않은 계략이라는 걸 단번에 알아챘다.

하지만, 그는 할머니의 제안을 거절하지 않았다. 오늘은 마침 일정이 비는 날이었고, 저도 오랜만에 밖에 나와서 바람을 쐬는 게 나쁘지 않다고 생각했으니까.

민혁의 말대로, 은안과 이런 곳에 온 건 처음이었다. 아니, 정확히 말하자면 혼자서도 처음이었다. 3년 전, 아버지가 돌아가시고 유라가 떠난 뒤 병원과 집만을 전전했으니 말이다.

어쩐지, 은안과 술을 마신 그날이 변수가 되어 제 일상을 조금씩 바꾸는 것 같았다.

그날 그녀의 제안을 받아 들이지 않았다면, 은안과 객실까지 함께 올라가는 일도 없었을 테고. 그랬다면, 은안이 나온 꿈도 꾸지 않았을 것이고 혼란스러운 감정을 느끼지도 않았을 것이다.

그럼 또 저는 아무런 이탈 없이 이혼이라는 길을 향해 걸어갔겠지. 그랬다면, 지금쯤 이런 곳이 아니라 집이나 병원에 있었을 거고.

분명 그렇게 사는 게 편하다고 생각했었는데, 은안과 형형색색의 그림이 걸린 공간에 오니 제가 혼자 집에 있는 장면이 퍽 탁해 보였다.

'하, 무슨……'

몇 년이나 유지해오던 제 삶이 단 몇 주 만에 탁하다고 느껴지다니, 재하는 새삼 사람이 얼마나 간사한지 느끼고 있었다. 하지만 바뀐 일상이 싫지 않았다. 그리고 합가 후 은안이 한자리를 크게 차지한 일상이 점점 익숙해지고 있었다.

그때, 잠시 생각에 빠진 재하를 보던 민혁이 그가 자옥을 걱정한다고 생각한 건지 어깨를 두드리며 말했다.

"할머니 걱정이네. 잘 챙겨드려."

정신이 돌아온 재하가 고개를 끄덕인 그때, 잠시 다른 곳에 갔던 준수가 다시 그들의 곁으로 돌아왔다.

"어이 친구들! 오랜만인데도 아는 사람이 많네."

아직 할 말이 가득 남았다는 듯 준수는 입술을 들썩이다가 은안이 없다는 걸 깨닫고 주위를 두리번거렸다.

"어, 근데 은안 씨는?"

"화장실."

"아, 맞다. 아까 민혁이 여자 친구라고 오해한 건 미안. 내가 원래 눈치가 좀 없잖아?! 하하하!"

준수가 민망한 듯 뒷머리를 긁적이자 민혁이 놀랍지 않다는 듯 대답했다.

"준수 넌 여전하구나. 예전에도 그렇게 눈치가 없더니."

"그나저나, 깜짝 놀랐잖아. 어우, 조금 전에 무슨 드라마인 줄 알았어!"

준수가 호들갑을 떨며 재하의 어깨를 탁, 쳤다.

"그냥 말로만 해도 충분히 알아들을 텐데, 손까지 잡고! 결혼한 지 3년이나 됐다면서, 질투가 엄청나네."

"질투?"

준수의 말에, 살짝 당황한 재하가 낮은 목소리로 되물었다.

"그래, 질투. 드라마 보면 대부분 이런 상황은 질투던데? 내가 미국에 있으면서 한국 드라마를 얼마나 챙겨 봤다고!"

묻지 않은 것까지 착착 대답하던 준수가 말을 이어갔다.

"하긴, 자기 아내를 다른 사람 아내라고 착각한 상황에서 질투가 안 나는 게 더 이상하지."

준수의 말에, 재하의 얼굴에 잠시 오묘한 표정이 스쳤다.

민혁의 여자 친구냐는 준수의 목소리가 들리자마자 본능적으로 은안의 손을 맞잡았다. 그 찰나의 순간, 그를 움직인 것은 이성이 아닌 본능이었다.

준수의 말대로 말로만 해명했어도 됐을 텐데 확실한 액션까지는 좀 과했나, 라는 생각이 들었을 땐 이미 은안의 손이 제 손 안에 가득 찬 뒤였다.

재하가 손을 펴 제 손바닥을 슬쩍 내려다보았다. 은안의 촉감이 아직 손에 묻어 있는 듯, 손끝이 간질간질했다.

도대체 그 순간 무슨 생각으로 은안의 손을 잡은 것일까.

'질투……?'

재하는 준수의 입에서 나온 '질투'라는 단어가 어색했다.

재하는 살면서 질투라는 감정을 느껴본 적이 별로 없었다. 보통 질투라는 건, 남이 저보다 더 좋은 것을 갖고 있을 때 생기는 감정이었으니까. 그는 태어날 때부터 남들이 부러워하는 대상이었지, 누군가를 부러워한 적이 없었다.

재하는 지금도 이 느낌이 질투나 시기라고 생각하지 않았다. 제가 은안의 손을 잡은 이유는 질투라기보다는 엄한 오해를 하게 둘 수 없다는 생각이 강하게 들어서였다고 여겼다.

하지만 작은 손이 데워놓은 손바닥은 여전히 따듯했고 왠지 모르게 그 따듯함이 온몸을 타고 퍼지는 것 같았다.

질투 얘기를 하던 준수가 드라마 얘기로 다시 이야기꽃을 피우던 그때, 두 여자가 전시장 안으로 들어오며 소란스럽게 수다를 떨었다.

"어머, 어머! 무슨 일이래?"

"사람 하나가 쓰러졌대!"

"어쩐지, 앰뷸런스 소리가 들리더라!"

갤러리 안의 사람들이 다 주목할 정도로 카랑카랑한 목소리에, 재하와 민혁도 눈길을 돌렸다.

"어유, 요즘은 나이도 뭐도 없어 그치? 아무리 젊어도 뇌출혈이나 뇌졸중! 그거 올 수 있다니까?"

"그러니까, 그런 젊은 아가씨가 갑자기 화장실에서 쓰러질 게 뭐람!"

"어유! 안됐어!"

마지막 문장, '화장실'과 '젊은 아가씨'라는 단어가 재하의 귀에 확 꽂혔다.

그가 고개를 이리저리 돌려 은안을 찾았지만 전시장 내부 어디에도 그녀의 모습은 보이지 않았다. 그는 침착하게 휴대폰을 꺼내 들었다.

쓰러진 사람이 그녀가 아닐지도 모른다. 오늘, 이 전시회 참석자 중 3분의 1이 젊은 여성이었다.

하지만 혹시나 하는 마음에 그는 초조한 눈빛으로 은안에게 전화를 걸었다.

[삐— 소리 후 소리샘으로 연결되오니⋯⋯.]

하지만 들려오는 건 기계의 목소리뿐이었다.

'혹시'라는 생각은 기계음이 들리자마자 '설마'로 뒤바뀌었다. 전화를 끊은 그가 다급하게 수다를 떨던 사람들의 쪽으로 발길을 돌렸다.

"말씀 좀 묻겠습니다. 조금 전에 쓰러졌다는 사람 혹시 어떤 옷을 입고 있었습니까?"

수다를 떨던 두 사람은 한껏 굳어진 재하의 얼굴에 살짝 놀란 듯 빠르게 대답을 해주었다.

"아, 검은색 원피스를 입고 있었어요! 머리는 갈색 긴 머리였고요."

"맞아요, 그리고 키는 그쪽 어깨 정도? 왔던 거 같아요."

여자가 의상과 머리 그리고 키까지 말해주자, 재하의 눈이 잘게 떨렸다.

"감사합니다."

그는 감사 인사와 함께 다급하게 출구로 발길을 돌렸다.

그녀의 손을 잡아챘을 때처럼, 차분하게 생각할 이성은 전부 다 날아간 상태였다.

성은병원 응급실.

쓰러진 여자와 함께 구급차에 올라탔던 은안은 여자가 깨어날 때까지 옆에 있어주었다. 여자는 미주 신경성 실신으로 쓰러진 것이었고, 응급실에 오고 얼마 있지 않아 의식을 찾았다. 응급실 병상에 앉아 있던 여자는 링거를 맞으며 은안에게 감사 인사를 건넸다.

"감사해요, 이렇게 병원까지 따라와주시고."

"아니에요, 큰일이 아니라 다행이에요."

은안과 여자가 말을 주고받던 그때, 다급한 발소리와 함께 익숙한 목소리가 은안의 귓가에 닿았다.

타닥―.

"하아, 당신. 괜찮아?"

은안이 고개를 돌리자, 재하가 가쁜 숨을 내쉬고 있었다.

급하게 달려온 건지 굳게 고정했던 머리는 바람에 흐트러졌고, 늘 단정하게 정리되어 있던 옷차림도 어딘가 모르게 어수선했다. 그 모습에 놀란 은안은 워낙 급박한 상황이라, 미처 문자도 보내지 못했다는 걸 이제야 깨달았다.

단정하지 못한 재하의 모습이 낯설어, 은안은 빠르게 상황을 설명했다.

"아, 재하 씨. 미안해요. 연락하는 걸 깜빡했어요. 난 괜찮아요. 내가 다친 게 아니라, 이분이 화장실에서 쓰러지셔서요. 상황이 급해서 연락할 틈이 없었어요."

은안의 설명을 들었음에도 재하는 안심이 되지 않는다는 듯 그녀를 자세히 살폈다.

"정말 괜찮은 거 맞아?"

설명을 들은 재하는 그녀가 쓰러진 것이 아니라는 걸 알면서도 강렬한 눈빛을 풀지 못했다.

결국, 은안은 그를 안심시키려는 듯 다시 한 번 입을 열었다.

"걱정하지 말아요. 난 진짜 괘……."

그때, 택시를 타고 병원으로 오는 내내 마음속에 담아뒀던 재하의 진심이 벽장을 열고 튀어나왔다.

"걱정돼."

혹시나 차가운 바닥에 쓰러졌을까, 또 갑자기 호흡이 가빠지기라도 한 걸까. 택시를 타고 오던 내내 은안이 걱정되어 미칠 지경이었다.

"걱정돼다고."

예상치 못한 진지한 목소리에, 은안이 얼떨떨한 듯 입을 살짝 벌린 채 그를 올려다보았다.

그제야 재하는 간신히 이성을 찾고 다시 대답했다.

"하, 난, 당신이 다친 줄 알고…… 괜찮으니까 됐어. 다행이야."

"아……."

"근데, 전화는 왜 안 받은 거야?"

재하는 택시를 타고 가장 가까운 병원으로 오면서도 혹시나 은안이 쓰러진 게 아니라면, 다른 곳에 있었던 거라면 전화를 받을까 싶어 계속해서 통화를 시도했었다.

그의 말에 은안이 가방을 뒤져 휴대폰을 확인했다. 부재중 전화가 10통이나 와 있었다. 연락해야지, 해야지, 생각만 하고 휴대폰을 꺼내 보지 못했는데, 무음으로 된 휴대폰에 이렇게 많은 전화가 와 있었을 줄은 몰랐다.

"아, 휴대폰을 무음으로 해놨나 봐요. 미안해요."

은안에게 도움을 받은 여자는 미안한 마음이 들었다. 저를 도와준 여자의 남편이 많이 놀란 얼굴을 하고 있었기 때문이었다.

"아, 죄송해요. 제가 갑자기 쓰러지는 바람에……."

"괜찮습니다."

여자가 미안한 마음에 꾸벅 인사를 하자, 재하가 괜찮다는 듯 고개를 끄덕이며 차분하게 인사를 받았다. 그리고⋯⋯.

"그럼 이제 집에 가자."

탁―.

재하는 이번에도 익숙하게 은안의 손을 꼭 잡고 그녀를 의자에서 자연스레 일으켰다.

"아, 잠시만요."

아직 링거를 맞는 중인 여자를 향해 눈길을 돌린 은안이 곤란한 듯한 표정을 했다. 제가 데려왔으니, 보호자가 올 때까지는 옆에 있어야 한다는 생각 때문이었다.

여자는 은안이 무엇을 걱정하는지 안다는 듯, 입을 열었다.

"아, 저는 괜찮아요. 곧 친구가 올 거예요. 문자 보냈거든요."

여자는 은안을 보며 다시 고개를 까딱였다. 빨리 가보라는 신호였다.

그제야 은안이 슬며시 입을 열었다.

"그럼 먼저 가볼게요."

꾸벅 인사를 한 은안을, 재하가 부드럽게 제 쪽으로 당겼다.

"그럼, 이만."

재하도 여자에게 살짝 고개를 숙였고, 두 사람은 그렇게 손을 꼭 잡고 발걸음을 뗐다.

얼마 가지 않아 재하가 제자리에 우뚝 멈춰 섰다. 덕분에 멍하니 허공을 바라보며 걷던 은안도 발걸음을 세웠다. 은안은 재하의 얼굴을 확인한 뒤 그의 시선이 닿아 있는 곳으로 고개를 숙였다. 그곳에는 꼭 맞잡은 저와 그의 손이 있었다.

은안이 놀란 듯 눈을 커다랗게 뜨자 재하가 사과와 함께 급히 손을 놓아주었다.

"아, 미안."

순간, 은안의 손이 허공에 홀로 남겨졌다. 잠시 제 손을 바라보던 은안은 재하 쪽으로 손을 쑥 내밀며 말했다.

"손, 잡아줄래요?"

"……?"

전혀 예측하지 못한 은안의 말 덕분일까, 재하가 얼음이 된 듯 굳었고. 스치듯 지나간 당황스러운 표정에, 은안이 뒷말을 덧붙였다.

"추워서요. 옷에 주머니가 없어서……."

옷에는 정말 주머니가 없었고, 그의 손을 놓자 금세 손이 시렸다.

하지만, 굳이 손을 잡아달라고 한 건 추워서라기보다는 귀여운 수작에 더 가까웠다. 그리고 재하는 그 유치한 수작에 진지하게 걸려들어 은안의 손을 잡아줬다.

하지만 그다음엔 어떻게 해야 하는지 모르겠다는 듯 살짝 얼어 있었다. 그건 은안도 마찬가지인 건지 대차게 손을 잡아달라 말해놓고 눈만 끔뻑이고 있었다.

멀뚱멀뚱 서로를 바라보던 은안과 재하의 사이에서 어색함

172

이 감돌았다.

결국, 재하가 먼저 입을 열었다.

"집에 갈까?"

"아."

은안은 고개를 끄덕이지 않고 아주 작게 탄식을 내뱉었다.

화창한 날씨가 좋아서일까, 아니면 그와 나와 있다는 게 좋아서일까.

어쨌든, 이대로 집에 가기는 아쉽다는 생각이 차올랐다. 하지만 마땅한 핑계가 떠오르지 않아 입술을 달싹이던 그때……

꼬르르륵.

은안의 배에서 배꼽시계가 울렸다. 부정할 수 없이 정확하고 크게.

재하가 손목의 시계를 확인했다. 이리저리 시간을 보내다 보니 점심때가 한참 지나 있었다. 그가 시계에서 다시 은안에게로 시선을 돌리자, 은안이 입을 열었다.

"우리, 밥 먹고 들어갈까요?"

"그럴까?"

은안이 재빨리 고개를 주억였다. 이대로 들어가기 아쉬운 참이었는데, 다행히 제 배가 핑계를 만들어주었다. 그리고 단번에 가고 싶은 식당까지 떠올랐다.

"저, 가고 싶은 곳이 있어요!"

은안이 가고 싶다는 식당 이름을 들은 재하가 살짝 놀랐지만, 이내 고개를 끄덕였다.

잠시 후, 병원 근처 백반집으로 온 은안과 재하는 서로를 마주 보고 앉았다.

"여기가 오고 싶던 곳이었어?"

"형부가, 여기 제육볶음이 그렇게 맛있다고 하더라구요."

"여기가 맛집이긴 하지."

은안의 형부이자 내분비내과 교수인 태수는 병원에서도 알아주는 맛집 킬러였다.

태수에게 들었다는 은안의 말에 재하가 그제야 이해가 된다는 듯 고개를 살짝 끄덕였다. 병원 사람들에게는 유명한 집이라, 재하도 황 교수를 따라 몇 번 와본 적이 있는 집이었다.

하지만 이왕 밖에서 먹고 들어가는 거, 조금 더 맛있는 걸 사주고 싶었는데 고작 백반이라니. 왠지 모르게 아쉬웠다.

그때, 메인 메뉴인 제육볶음이 나왔다.

"자아, 제육 나왔습니다!"

"우와."

제육볶음의 냄새와 빛깔이 침샘을 자극한 건지, 은안이 입맛을 다셨다. 그 모습을 관찰하던 재하의 입꼬리가 씰룩였고, 은안은 그 사실을 아는지 모르는지 뒤이어 나온 밥 위의 계란을 보며 반색을 표했다.

174

"헉! 계란 프라이!"

재하가 그런 은안을 유심히 살폈다.

어느 순간부터 그녀의 표정 하나하나를 집중해서 보게 됐다. 그렇게 얼굴을 보고 있다 보면, 그녀의 감정이 어떤지 조금씩 읽혔다. 지금은 아마도, 매우 신난 표정인 것 같았다.

재하가 은안의 얼굴을 찬찬히 감상하는 사이, 음식이 완벽히 세팅됐다. 계란을 올려주는 게 꽤 마음에 든 건지, 은안은 한 번 더 계란에 대해 언급했다.

"우와, 형부가 칭찬할 만한 이유가 있네요. 밥 위에 계란도 올려주고."

그때, 재하가 제 밥 위의 계란을 은안의 앞접시 위로 놓아주었다.

"이것도 먹어."

은안이 놀란 얼굴로 그가 놓아준 동그란 계란을 한 번, 그의 얼굴을 한 번 번갈아 보았다.

지금 이 순간, 이 장소에서 받은 계란 하나가 결혼할 때 받은 비싼 보석보다 더 값어치가 있다고 느꼈다면 미친 걸까.

아마, 그건 그때의 그의 표정과 지금의 표정이 달라서이지 않을까. 그가 제게 무엇을 주는지보다 어떤 표정으로 주는지가 더 중요했다. 적어도 그녀에겐 그랬다.

"아까 많이 배고파 보이던데, 당신 먹어."

은안은 사양하지 않았다. 말없이 웃으며 크게 고개를 끄덕인 은안이 밥을 먹기 시작했다.

은안이 밥과 고기를 크게 한입에 넣고, 그가 건네준 계란도 크게 입에 넣었다. 음식은 맛있었고, 분위기는 더할 나위 없이 좋았다. 언제나 먹을 수 있는 평범한 메뉴였지만, 그 어느 때보다 특별한 식사였다.

　식사 후, 밖으로 나온 은안과 재하가 길을 거닐었다. 주말이라 택시가 잘 잡히지 않는 탓에 두 사람은 병원 근처의 공원을 지나쳐 조금 한적한 길에서 택시를 타기로 했다.

　사람들 사이로 걸어가던 은안과 재하는 선선한 바람을 느끼며 아무 말도 하지 않았다. 하지만 천천히 걷는 걸음 속, 서로의 어깨가 스칠 때마다 긴장감이 조금씩 피어올랐다.

　그때, 앞에서 전동 킥보드를 탄 남자가 두 사람 쪽으로 돌진해왔다.

　"잠시만요!"

　속도 제어를 하지 못한 남자는 비키라는 말을 하면서도 여전히 맹렬히 돌진해왔다. 그렇게, 빠르게 돌진하는 남자를 보던 은안이 우물쭈물하던 순간…….

　"어? 어!"

　탁―.

　재하가 은안을 끌어당겼다.

　어느새 전동 킥보드를 탄 남자가 지나가고, 정신을 차린 은

176

안이 눈을 뜨자 그의 얼굴이 지척에 있었다.

의도치 않게, 은안이 재하에게 폭 안기고 만 것이다.

근데, 이건 마치……. 누군가를 위험으로부터 구출한 장면이 아닌, 죽고 못 사는 연인의 포옹 장면 같았다.

급작스러운 상황에 빛보다 빠른 속도로 재하의 품에서 빠져나온 은안이 횡설수설하며 입을 열었다.

"요즘, 전동 킥보드 막 타는 사람이 많다던데 진짠가 봐요. 가, 갈까요?"

"그래."

재하는 뻣뻣한 걸음으로 저를 앞질러 가는 은안을 보며 슬쩍 미소를 머금었다.

잠시 후, 두 사람이 공원을 얼마나 가로질러 갔을까. 이번에는 킥보드가 아닌 아름다운 선율이 그들의 발목을 붙잡았다.

백발의 외국인 노인이 바이올린을 켜고 있었다. 재하는 자리에 우뚝 선 채 연주자에게서 눈을 떼지 못했다.

은안은 온화한 미소와 함께 그의 소매를 살짝 잡아당겼다.

"보고 갈까요? 연주."

"그럴까?"

은안의 목소리에 천천히 고개를 돌린 재하가 고개를 끄덕였다. 두 사람은 연주자에게로 조금 더 가까이 다가가 자리를 잡았다. 연주가 계속될수록 사람이 삼삼오오 모여들었고, 때로는 애절하고 때로는 경쾌한 곡조가 공원을 가득 울렸다.

은안이 고개를 들어 재하를 슬쩍 바라보았다. 예전에 자옥이 말해준 적이 있었다. 피아니스트 아버지 밑에서 자란 그는 자연스레 음악에 빠져들었다고.

'좋아하는 걸 볼 때, 이런 표정이구나.'

은안은 한껏 부드러워진 재하의 표정을 유심히 관찰하며 생각했다. 오늘 그의 표정이 특별한 게 아니라, 평소의 표정이었으면 한다고.

그리고 그가 깨달았으면 했다. 막아놨던 마음과 시야를 조금만 열고 주변을 돌아보면, 당신을 기쁘게 해줄 것들이 생각보다 많다고.

집으로 돌아온 은안은 저녁을 먹고 샤워를 한 뒤, 침대에 누웠다. 그리고 오늘 하루를 천천히 되돌아보다가 혼잣말을 중얼거렸다.

"이거, 데이트인가. 혹시."

처음부터 데이트라는 이름을 붙이고 그와 함께한 건 아니었지만, 밥을 먹고, 같이 산책을 했다. 이 정도면 데이트라고 해도 되지 않을까?

자꾸만 웃음이 푸스스 새어 나왔다. 다른 사람 앞이면 입꼬리를 제어하려 애썼겠지만, 지금은 방에 혼자 있으니 그럴 필요도 없었다.

하루 종일 은은한 미소를 머금고 있던 그의 얼굴 위로, 혼란스럽다면서 저와 당장은 이혼을 못하겠다던 그날의 얼굴이 겹쳐졌다.

　—이 상태로 당신이랑 이혼하면, 계속 신경이 쓰일 거 같아서.

　혹시 지금쯤 저에 대한 그의 마음은 그때의 혼란스러움을 벗어나 조금씩 움직이고 있는 중인 걸까. 그의 마음을 들여다볼 수는 없지만, 어쩐지 그럴 것만 같았다.

　그가 제 손을 익숙하게 잡던 순간 문득 그런 생각이 피어올랐다. 오늘 그가 손을 움직인 것, 하나밖에 없는 계란을 내어준 것, 그리고 보호라는 이름 아래 저를 가득 안은 건 그가 말하던 혼란, 책임 따위가 아니라, 조금씩 움직이고 있는 저에 대한 그의 마음일지도 모른다고.

　어쩌면, 제 진심이 그에게 전해지는 날이 생각보다 빨리 올지도 모르겠다는 희망이 부푸는 밤이었다.

chapter 7

친해져야 하는 사이

서재에서 책을 읽던 재하는 목이 타 물을 마시러 부엌으로 가기 위해 방을 나섰다.

분명 눈은 활자에 고정되어 있는데, 머릿속에 영화관이라도 차린 건지 온통 은안과 함께한 오늘 하루가 몇 번이고 통으로 재생되었다. 은안과 술을 마시기 전까지는 그렇게나 거리를 두려고 노력했는데 지금은 오래되지 않은 그 과거가 까마득하게 느껴졌다.

혼란스럽다며 이혼을 번복했던 그때의 저는 은안이 신경 쓰였다. 진짜인지 가짜인지 모를 고백도, 저를 위해 거리낌 없이 몸을 던지던 그녀의 모습도. 거짓말을 하듯 미세하게 떨리는 손도. 그래서 자옥의 제안을 받아 들이며 본능적으로 은안을 옆에 두려고 했다.

그리고 그녀의 손을 허락도 없이 잡고 안아버린 오늘, 저 자신에게 물었다.

'그래서, 지금은…… 지금은 어떤데.'

180

"지금은……."

혼란스러움이 가득 번진 입술은 쉬이 답을 내지 못했다. 하지만 마음은 바쁘게 질문에 대한 답을 처리하고 있었다. 여전히 신경이 쓰이고, 또 걱정되고. 그리고 미안하고, 고맙고. 여러 가지 감정들이 이전보다 좀 더 복잡하게 뒤섞여 있었다.

은안을 옆에 두면, 혼란에 감춰진 감정의 알맹이가 어떤 것인지 드러날 줄 알았다. 그리고 그 감정이 무엇이든, 명확해지기만 한다면 앞으로 제가 어떻게 해야 할지 깨달을 수 있을 거라 여겼다. 하지만, 감정은 답이 명확한 수학 문제가 아니라는 듯 파고들면 파고들수록 더 복잡해져만 갔다.

이런저런 생각과 함께 부엌으로 향하던 길, 잠시 우뚝 걸음을 멈춘 재하가 인상을 찌푸리며 말했다.

"하아, 근데 이런 상태에서 손부터 덥석 잡고 그래도 되는 건가."

자신이 이렇게 생각보다 본능이 앞서는 사람이라는 걸 오늘 처음 알았다. 재하는 다시 발걸음을 당기며 앞으로는 그녀의 손을 동의도 없이 덥석 잡지 말아야겠다고 생각했다.

"어!"

하지만 그는 눈앞에 펼쳐진 광경에, 1초 만에 그 다짐을 깨고 말았다. 재하가 부엌에 들어서자마자 본 광경은, 싱크대의 상부장에서 무언가를 꺼내는 은안의 모습. 그런데 꺼낸다는 느낌보다는 곧이라도 쏟아질 것 같은 식료품 더미를 지지하고 있다는 말이 더 어울렸다.

아슬아슬한 광경에 재하가 빠르게 걸음을 당겨 은안의 뒤로 바짝 다가섰다. 그리고 우르르 쏟아질 것 같은 식료품을 막고 있는 그녀의 손등 위에 제 손을 급히 겹쳤다.

쏟아질 거 같은 식료품을 밀어 넣자, 은안이 놀란 듯 고개를 돌렸다.

"아, 재하 씨."

위험할 수도 있었다는 걸 모르는지, 은안은 꽤 평화로운 표정이었다.

꽤 높게 설계된 상부장 덕분에, 충주댁과 자옥도 무언가를 꺼낼 때 접이식 사다리를 사용하고는 했다. 은안이 그렇게 작은 키는 아니긴 했지만, 이 상부장에서 물건을 자유자재로 꺼낼 정도는 아니었다.

"뭐 꺼내려고?"

"아, 저 초코 시리얼이요."

은안이 손가락을 쭉 뻗어 시리얼을 가리켰다.

옅은 한숨을 흩뿌린 재하는 식료품 사이에 엉겨 있는 시리얼을 손쉽게 빼냈다.

"자."

재하가 품에 시리얼 박스를 안겨주자, 은안이 싱긋 웃으며 입을 열었다.

"고마워요. 배가 좀 고파서……."

은안은 한밤중에 시리얼을 꺼내려 낑낑댄 것이 민망한지, 배가 고프다는 말을 했다. 하지만, 재하는 그 말에 대한 답이 아닌 완전 다른 말을 뱉었다.

"위험하잖아."

"네?"

"옆에 도구를 두고 이런 식으로 물건을 꺼내면 위험하다고."

그가 옆에 비치된 접이식 사다리를 눈길로 가리켰다. 그제
야 그의 말뜻을 완벽히 이해한 은안이 고개를 끄덕였다.

"아."

'재하 씨 눈에 내가 그렇게 위험해 보였나?'

물론, 머리 위 식료품이 밑으로 쏟아지기 직전인 것은 맞았
다. 그에게는 변명으로 들릴지 모르겠지만, 손에 힘을 줘 엉켜
버린 식료품을 다 밀어 넣고 다시 사다리를 이용해 안전하게
시리얼을 꺼낼 생각이었다. 하지만 은안은 장황한 설명을 늘어
놓지 않았다. 그가 걱정해주는 게 좋아서였다.

"알겠어요, 그렇게 할게요."

고개를 끄덕인 은안이 그를 빤히 올려다봤고, 재하는 왜 그
러냐는 듯 고개를 살짝 기울였다.

"왜? 뭐 다른 게 또 필요해?"

"아……."

입술을 살짝 옹송그렸던 은안이 몇 번 눈을 깜빡이더니 다
시 입을 열었다.

"……비켜줄래요?"

"아, 미안."

그녀의 말에 재하의 동공이 살짝 확장됐다. 그리고 빠르게

은안에게 길을 터주었다. 은안은 재하를 지나치며 자꾸만 솟아오르려는 입매를 말아 넣었다. 오늘따라 입꼬리가 제 것이 아닌 것처럼 제어가 잘 되지 않았다.

은안은 속마음과 다르게 의연한 발길로 냉장고 앞으로 가 우유를 꺼내고, 그릇을 들고 와 식탁에 앉았다.

토도독─. 쪼르륵─.

시리얼을 붓고 우유를 따르는 은안의 맞은편에 재하가 자리를 잡았다. 말도 없이 제 맞은편에 앉은 재하를 보던 은안의 얼굴에 궁금증이 가득 찼다.

홀리듯 식탁으로 온 재하는 이제 스스로를 제어할 생각이 없는 건지, 아니면 궁금증이 그득한 얼굴을 보고 무슨 대답이라도 해줘야겠다는 마음이 생긴 건지, 평소라면 하지 않을 말을 내뱉었다.

"아, 나도 먹으려고. 시리얼."

오늘 하루, 본능에게 이성이 집어삼켜진 김에 12시가 될 때까지 쭉 이 상태를 유지하기라도 할 거라는 듯, 몸도 입도 제멋대로 행동했다. 꼭 누군가가 마법을 걸어 자신을 조종하는 것만 같았다.

그리고 그의 마법을 깨준 건 은안의 단호한 한마디였다.

"당신, 단 음식 싫어하잖아요."

단숨에 현실로 돌아온 그는 민망함을 느끼며 고개를 살짝 틀었다.

"……오늘부터 먹어보려고. 맛있어 보여서."

"이……걸요?"

어쩐지 점점 더 꼬이는 것만 같은 느낌에 재하가 다시 고개를 돌려 정면을 바라본 순간, 은안이 입을 열었다.

"당신은 단 걸 싫어하고, 신 걸 좋아하잖아요. 그리고 음식은 담백한 걸 좋아하고, 또 커피는 주로 핸드 드립만 마시고. 아, 제일 좋아하는 과일은 사과."

마치 '남재하'라는 주관식 문제에 답을 빼곡하게 채우듯 은안은 그의 취향에 대해 읊었다.

은안의 말에, 이상하게 그의 마음 한쪽이 욱신거렸다.

도대체 그녀는 저라는 사람을 어디서부터 어디까지, 그리고 어떻게 아는 걸까. 지난날 제가 그녀에게 무관심했던 것과는 대조적인 모습에 마음이 쓰게 달아올랐다.

그녀가 단순히 착한 사람이라 제게 최선을 다했든, 아니면 다른 이유로 제게 최선을 다했든, 그건 이미 중요한 것이 아니었다. 이미 저는 그녀의 관심이란 그림자 안에서 3년을 살아버렸다. 그곳이 그림자 안인 것도 모르고.

순간, 그날 잔상처럼 스쳤던 그녀의 고백이 귓전을 울렸다. 그녀가 꿈이라고 우기던, 하지만 제겐 너무 생생했던 고백.

잠시 잊고 있었다. 은안이 무엇을 숨기는지 알아내려 했다는 걸. 그리고 왠지 모르게, 지금이 타이밍이라는 직감이 왔다. 제게 의문을 남겼던 그날 일에 대해 다시 물어봐야겠다는 직감이.

그때는 무엇 때문에 거짓말을 했는지 모르겠지만, 왠지 지금의 그녀라면 거짓말을 할 것 같지가 않았다.

은안을 지그시 바라보던 재하가 거침없이 입을 열었다.

"나, 궁금한 게 있어."

은안은 그의 질문에 순식간에 긴장이 몰려와 마른침을 삼켰다. 긴장한 그녀의 모습을 파악한 재하가 한 번 더 틈을 파고들었다.

"물어봐도 돼?"

긴장으로 흐트러진 틈을 파고들면, 은안이 가진 진실에 도달할 수 있을 것 같았다.

그는 답이 없는 걸 답으로 여기겠다는 듯 질문했다.

"그날, 우리 같이 술 마신 날. 정말 아무 일도 없었던 거 맞아?"

정말 딱 핵심만 들어 있는 질문이 송곳처럼 은안의 틈을 깊게 찔렀다. 그리고 그 주위로 금이 조금씩 가고 있었다.

은안의 눈이 잘게 떨렸다.

"아……."

'이런 상황에서 그런 질문은 반칙이죠.'라는 말이 목 끝까지 차올랐지만, 은안은 일단은 말을 삼켰다.

그와 가까워진 것은 맞았다. 하지만 '그날 밤 무슨 일이 있었는지 밝힐 정도로 그의 마음이 확고한가?'라고 물었을 때, 아무 망설임 없이 고개가 끄덕여지지 않았다.

물론 그는 이전과 많이 달라졌고, 또 가까워진 느낌도 있었다. 하지만 모든 걸 밝힐 확신의 지점에 도착했다고 하기엔, 무언가가 부족했다.

그때, 이젠 살짝 애가 탄다는 듯 재하가 대답을 재촉했다.

"정말, 그 고백도 다 꿈이라는 거야?"

분명 무언가가 있을 텐데, 라는 생각에서 나오는 조급함이었다.

은안이 그의 재촉에 무언가를 다짐하듯 깊은 숨을 들이마셨다. 만약, 제가 밝혀도 되는 그날 일에 대해 기준점을 정해둔다면, 오늘은 딱 이 정도까지일 것이다.

"재하 씨, 그날은 나도 취했었어요. 당신만큼은 아니지만."

은안은 차분히 말을 이어갔다.

"하지만, 기억은 나요. 그날 일들."

"그럼……."

"맞아요. 나, 당신이 좋다고 말했어요."

"……!"

은안의 말에 재하는 머리에 망치라도 한 대 맞은 듯 멍해졌다.

"그땐, 당신을 제대로 보는 게 마지막이라고 생각했고."

하지만 눈빛은 은안의 말 하나, 눈빛 하나에 동요하고 있었다.

"그래서 내 마음을 털어내고 싶었어요."

모두 진실이었다. 정말 저는 그렇게 그 마음으로 그에게 입을 맞추고 방을 나서려 했으니까.

"나, 당신을 좋아했어요."

"……."

"우리의 시작이 남들과는 달랐지만."

은안은 한마디 한마디에 힘을 줬다.

"내 마음은 남들처럼 그렇게 당신을 좋아했어요."

"아니, 대체 왜……."

"글쎄요, 나는……."

재하가 믿을 수 없다는 눈빛으로 은안을 바라보자, 은안은 눈을 내리깔며 아릿한 미소를 머금었다.

"그냥, 그냥 좋았어요. 당신이."

당신이 나한테 해줬던 말들도, 당신 목소리도. 그냥 다.

"그럼, 그날은……."

재하가 무어라 말을 하려 하자, 은안이 말하지 말라는 듯 손바닥을 내밀었다.

"잠깐만요. 그날은 그게 다예요. 난 그 말만 하고 방을 나섰으니까."

"……!"

그렇게 부정하던 일을 이렇게 쉽게 인정하다니, 은연중에 예상하던 답이긴 했지만 재하는 놀라지 않을 수 없었다.

그때, 아직 놀란 그를 두고 은안이 깔끔하게 끝을 맺었다.

"그 고백은, 맞고. 당신 꿈은 아니고. 됐죠?"

"……알았어, 근데."

하지만 재하는 은안의 결론에 수긍한 척 다른 틈을 노렸다.

"그날, 다 털어낸 거 맞아? 당신 마음."

결국, 지금껏 침착함을 유지해오던 은안의 얼굴이 미세하게 떨렸다. 표정은 이내 감춰졌지만, 재하를 속이진 못했다. 그래서 그는 그렇게 확신했다. 분명, 그녀가 아직도 무언가를 숨기고 있다고. 은안은 아무 대답도 하지 않았고, 잠시 두 사람 사이에 적막이 감돌았다.

"……그래요."

내내 잠자코 있던 은안은 순순히 그의 말을 인정했다.

이런 상황에서 티끌만큼의 마음도 남지 않았다고 말하는 건, 너무 뻔한 거짓말이지 않은가. 어쩌면 이제는 긴 세월 동안 드러내지 못한 마음을 숨길 여력이 없는 걸지도 몰랐고.

하지만, 뒤따라올 이유는 중요치 않았다. 거짓말이 싫은 것이든 제 마음을 숨길 여력이 없는 것이든, 입술은 이미 진심을 뱉어낼 준비를 마쳤으니까.

"아직, 좋아해요."

아마 평생 털어낼 수 없을지도 모르고.

여전히 거대한 마음은 조금 감춘 은안이 그를 씁쓸히 바라보았다.

은안의 말에 재하는 예측할 수 없는 변화구를 맞이한 듯 혼란스러워 보였다.

조금 전, 은안의 떨리는 얼굴을 본 순간, 막연히 그녀가 거짓말을 할 거라고 생각했다. 하지만, 정작 날아든 것은 여과 없는 진심.

지난 3년간 은안과 있었던 일들을 수없이 되돌려 봐도, 그녀가 왜 저를 좋아하는지 도저히 찾을 수 없었다. 도대체 왜, 저에 대한 감정을 스쳐가는 바람으로 여기지 않고 털어내기까지 해야 하는 진득한 마음으로 키운 것일까. 생각보다 묵직한 은안의 감정에, 그가 조금씩 흔들리고 있었다.

"정리할 수 있는 마음이었다면, 여기까지 오지도 않았을 거예요."

그녀의 입에서 나온 마음이, 피부 곳곳에 새겨지는 느낌이었다. 재하의 마음에 닿은 은안의 진심은 그의 혼란스럽던 감정의 몽우리를 더욱 크게 부풀렸다.

그때, 은안이 뒷말을 덧붙였다.

"하지만 당신은, 혼란스럽다고 했잖아요. 당신은 당신 마음을 봐요. 그래야 결론이 날 테니까."

재하는 그녀의 말을 들으며 잠시 생각에 잠겼다가 입을 열었다.

"난, 다시는 다른 사람의 마음으로 인해서 변하고 싶지 않았어. 그게 어떤 변화이든……."

그가 조심스레 말끝을 흐렸다.

저는 사랑에 완벽히 실패한 사람이었다. 그렇게 한 번의 실패 후, 마음은 저절로 돌처럼 굳어졌다. 더는 감정을 느끼지 못하게 됐다는 걸 깨달았을 때, 오히려 잘됐다고 생각했다. 더도 덜도 말고 이대로만 살아가면, 최소한 세상이 무너져 내릴 일은 없을 테니까.

그런데 잠결에 들었던 은안의 고백이, 그간 은안이 보여준 행동들이 자꾸만 딱딱하게 굳은 제 마음을 살살 어루만졌다. 그렇게 저는 조금씩 변해갔다. 은안의 말에 낯설고 혼란스러운 감정을 느끼기도 하고, 그녀가 걱정돼 이성을 잠시 잃기도 했다. 확실히 은안의 고백을 듣기 전까지의 저는 제 마음을 들여다보려고 했었다. 그래야 그녀를 어떻게 대할지에 대한 대답을 찾을 수 있을 것 같았기에.

적막인 상태로 몇 분이 흘렀을까. 생각에 잠겼던 재하가 굳게 다물었던 입술을 망설임 없이 열었다.

"근데, 당신이 자꾸 날 변하게 해."

재하가 제 심장 부근에 손을 가져다 대며 말했다.

"자꾸 여기가, 빨라졌다 느려졌다 해. 당신 때문에."

은안을 가까이하게 된 뒤 생긴 증상이었다. 언젠가부터 늘 일정한 리듬을 유지하던 심장은 어느 순간에는 주체할 수 없이 빠르게 뛰다가 또 어느 순간에는 곧 멈출 것처럼 느려졌다. 그리고 은안의 고백을 들은 지금 이 순간도 심장이 제멋대로 뛰어댔다.

이젠 인정할 수밖에 없었다. 머리는 몰라도, 몸과 마음은 그녀의 말과 몸짓 하나하나에 반응하고 있다고.

어쨌든 지금 낼 수 있는 결론은, 은안 때문에 굳어 있던 마음이 움직이기 시작했다는 것이었다. 그녀를 좋아한다고 하긴 이르고, 이전처럼 대하기엔 너무 가까워져버린 감정. 그것이 지금 제 감정의 현주소였다.

하지만, 지난 세월의 저는 좋은 핑계를 대자면 상처를 주고

받기 싫어 아내를 멀리한 놈. 곧이곧대로 말하자면 아내를 방치해둔 최악의 놈이었다. 그래서 그녀가 제게 준 마음이 고마우면서도, 궁금했다. 그리고 그녀의 마음이 어떤지 세밀하게 알면, 지금의 제게도 도움이 될 것 같았다.

"노력……해보고 싶어. 당신한테 조금 더 좋은 사람이 될 수 있게. 그러니까 당신이 어떤 사람인지 알려줘."

더는 은안에게 상처를 주지 않는 사람이 될 수 있게 노력해보고 싶다는 마음이 생겼다. 저 같은 놈 옆에서 오랫동안 마음을 숨기고 속앓이를 한 그녀를 위해서.

그러기 위해서는 그간 빼곡히 들어찼을 그녀의 감정을 먼저 알아야 했다. 그 마음의 깊이를 제대로 알아야 최소한 그녀에게 상처를 주는 일은 생기지 않을 테니까.

많은 생각을 담은 재하의 눈빛이 파도처럼 일렁였고, 은안은 지금껏 보지 못했던 감정을 드러내는 그의 모습에 얼음이 되었다.

그의 말들에 정신이 혼미해진 은안이 조심스레 되물었다.

"노력……하고 싶다고요?"

재하는 그녀의 물음에 고개를 끄덕였다.

순간, 은안의 눈매가 살짝 가늘어졌다.

좋아하게 된 이유와 제 마음을 말로 설명하라면, 하룻밤을 새워도 모자랄 것이다. 하지만, 오늘 제가 얘기할 수 있는 건, 그날의 그 고백까지였다. 그 이상을 말하기엔, 시기상조가 아닐까 싶었다.

물론 같은 마음이 되기 위해 노력하겠다는 건 좋은 신호였지만, 조금 돌려서 생각해보면 노력을 해야 한다는 것 자체가 그의 마음이 완전히 플러스로 돌아섰다는 건 아니란 얘기였다. 굳이 그의 감정을 그래프에 빗대어 설명하자면, 이전엔 마이너스 축에 있었고, 지금은 0점에서 멀지 않은 플러스 축에 있다고 해야 하지 않을까?

어쨌든 확실한 건 느리지만 천천히 움직이고는 있다는 것이었다. 그에게는 사랑이 두려운 일이라는 걸 잘 알고 있었기에, 느리게 움직이는 그를 이해했다. 속도보다 중요한 건 정확성. 이건 다른 일뿐만이 아니라 사랑에도 통용되는 공식이었다. 지금은 저와 그의 관계가 조금 느리더라도, 좀 더 정확하고 견고하게 쌓였으면 하는 마음이었다.

잠시 상념에 잠겼던 은안이 그와 눈을 맞추며 싱긋 웃었다.

"일단, 우리 조금 더 친해져요. 그러면 알려줄게요."

"뭐……?"

마치 거래를 하듯 친해지면 알려주겠다는 그녀의 밀당에 그가 뒤통수를 맞은 듯 멍해졌다. 은안이 그런 재하를 보며 조금 쑥스러운 듯 시선을 슬쩍 내린 뒤 말을 이었다.

"내가 좋아하는 상대한테 고백하자마자 내 깊은 속마음이 어떤지 구구절절 읊을 정도로 용감하지는 못해서요. 좀 쑥스럽기도 하고."

"아……."

그의 잇새에서 약한 탄식이 흘러나왔다. 그녀의 말을 듣고

서야 제가 얼마나 이기적이었는지 깨달았다. 지금 제가 그녀에게 한 요구는 저의 마음은 요만큼 보여줘놓고 그녀에게는 전부를 보여달라고 한 꼴이나 다름없었다. 마치 날강도처럼. 순식간에 머쓱해진 재하가 뒷덜미를 살짝 문지르며 대답했다.

"알았어."

그렇다면, 아무래도 그녀와 똑같은 마음을 주기 위한 노력의 시작점은 '친해지기'가 될 것 같았다. 어느새 당황한 눈빛을 지운 재하가 부드러운 미소를 머금으며 말했다.

"친해지자, 우리."

오늘 이 식탁 위, 둘의 관계는 완전히 새로운 국면을 맞이하게 되었다.

그때, 고작 친해지자는 말을 하면서 마치 국제 협약이라도 맺듯 경건하던 그들의 분위기는 무심결에 튀어나온 은안의 하품으로 인해 깨졌다.

"하암."

저도 모르게 하품을 한 은안이 입을 가린 뒤 시계를 보며 눈을 동그랗게 떴다.

"벌써 시간이 1시나 됐네요."

은안이 대화 때문에 먹지도 못하고 눅눅해진 시리얼이 든 그릇을 들고 자리에서 일어났다.

"자야겠어요, 이제."

시리얼을 버리고 간단히 설거지를 한 뒤 제가 앉아 있던 자리를 정리한 은안이 아직까지 의자에 앉아 있는 그를 바라봤다. 재하는 초조한 듯 길고 아름다운 검지로 식탁을 톡톡 두드렸다. 은안이 골몰히 생각에 빠진 그에게 한 발자국 더 다가가며 입을 열었다.

"재하 씨, 자러 안 가요?"

하지만 그는 은안의 말에 아무 대답도 하지 않고 무언가에 집중하듯 미간을 모았다.

은안은 그런 재하를 다시 부르지 않고 무언가에 집중한 그의 얼굴을 빤히 바라봤다. 그의 반듯한 이마, 날렵한 콧대, 남자다운 턱선, 그리고 그 안에 담긴 집중하는 표정을 한참 관찰하던 그때, 무언가 결심한 듯 좁혀져 있던 그의 미간이 탁 풀렸다. 그러고는 단번에 은안의 쪽으로 시선을 돌리며 입을 열었다.

"같이 자. 오늘부터."

"……네?"

깜빡이 없이 들어온 그의 합방 선언에, 은안의 목소리가 삐끗했다.

그는 도대체 조금 전까지 무슨 고민을 하고 있었던 것일까. 왠지 모르게, 온몸의 털이 비쭉 서는 기분이었다.

잠시 후 2층의 방 안, 은안이 홀린 듯 혼잣말을 중얼거렸다.

"같이 자……."

같이 자. 같이 자……! 같이 자……?

은안의 귀에 그의 목소리가 메아리처럼 울려 퍼졌다.

그가 저와 똑같은 마음이 되기 위해 노력하겠다는 말을 했다지만, 이렇게 바로 같이 자자는 말은 예측 불가능이었는데…… 예상치 못한 말에 놀라서 목소리가 삐끗하긴 했지만 싫은 건 아니었다.

─조, 좋아요! 같이 자요!

그래서 그의 제안을 잽싸게 받아 들였다. 하지만 조금 전 상황을 떠올리자 어쩐지 얼굴이 뜨거워지는 것 같아 은안은 두 손으로 볼을 감쌌다.

같이 자자는 건 앞으로 아예 방을 합치자는 건가? 아니면, 오늘만?

가슴이 떨려 반쪽이 될 것만 같은 느낌에, 은안이 두 팔을 교차시켜 제 가슴을 토닥였다.

"근데…… 괜찮겠지? 같이 자는 거."

순간, 그가 그날의 기억을 번뜩 찾으면 어쩌나 하는 생각이 스쳤지만, 경주에서도 찾지 못한 기억이 지금 돌아올 확률은 희박했다. 아니, 이제는 기억을 찾아도 책임감만으로 저를 대하지는 않을 거라는 일말의 기대도 있었다.

"후우……."

은안이 심호흡을 하며 이불 속에 얼굴을 폭 파묻었다. 서재에서 마무리할 서류가 있다며 조금 있다가 방으로 오겠다는 그를 기다리는 시간이 더디게 느껴졌다.

은안은 발을 동동 구르며 떨리는 마음을 진정시키기 위해 애썼다. 하지만 그것도 잠시, 생각보다 길어지는 기다림에 은안의 눈꺼풀이 점점 무거워지고 있었다.

서재 안 욕실, 은안에게 말했던 대로 필요한 서류 정리를 대충 마무리한 그는 서재에 딸린 욕실에서 가볍게 세수를 하고 나왔다. 거울 속의 저와 눈을 맞춘 그는 피식, 하고 실소를 뱉었다. 참 낯설었다. 이런 표정을 짓는 제가. 그리고 불쑥 같이 자자고 말해버린 제가.

은안이 친해지자는 말을 했을 때, 가장 먼저 생각한 건 '어떻게 친해지지?'였다.

나름 신중하게 이런저런 방법들에 다각도로 접근해본 결과, 가장 먼저 생각난 방법이 은안과 물리적으로 거리를 좁히는 것이었다.

실제로 은안과 제가 가까워졌을 때를 생각해보면, 어쩔 수 없이 덩그러니 둘만 남았던 경우가 많았다. 그렇기에 방을 먼저 합치는 게 맞지 않을까 하는 생각이 자연히 따라왔다.

그런데, 그녀와 한 침대에서 자야 한다고 생각하니 문득 제가 꿨던 꿈들이 파노라마처럼 스쳐갔다.

호텔에서의 생생했던 그 꿈은, 정말 꿈일 뿐인 걸까?

의심을 품던 그의 눈매가 추켜 올라갔다. 하지만, 고백 외의 다른 일들은 꿈이라며 딱 잘라 말하던 그녀의 목소리에 다시 눈이 평평해졌다.

사실 이렇게 배배 꼬아 생각할 필요까지 없는 일일지도 몰랐다. 단순하게 남자로서의 본능이 술기운과 함께 치고 올라와 그런 꿈을 꾼 것뿐인데, 제가 필요 이상으로 집착하고 파고드는 것일 수도 있었다.

재하는 살짝 숙였던 고개를 들어 한숨을 쉰 뒤 다시 거울 속 제 모습을 마주했다.

"하."

지금은 그 열락의 꿈을 생각할 게 아니라, 그녀와 친해지는 일이 먼저였다.

정신을 차린 재하는 서재를 나서 2층으로 향했다.

방 앞까지 큰 보폭으로 성큼성큼 걸어온 재하는, 문 앞에 선 채로 큰 성벽이라도 만난 듯 어떻게 들어가야 할지 고민했다. 사실, 문을 여는 방법은 간단했다. 문고리를 손으로 잡는다. 그리고 그걸 돌리고 민다. 재하는 익숙한 문 앞에서 망설이는 스스로가 어이가 없다는 듯 한쪽 입꼬리를 올렸다.

그가 고민하는 건 한 가지였다. 노크를 하느냐, 마느냐. 성북동에 들어온 뒤, 줄곧 그녀가 쓰던 공간이었다. 원래는 제 방이었지만 이제는 그녀의 방 같았다.

조금 더 고민하던 재하는 주먹을 살짝 쥐었다.

첫날이니까, 그리고 혹시나 옷을 갈아입고 있을지도 모르고. 여러 가능성을 염두에 둔 그는 노크를 하는 쪽으로 가닥을 잡았다.

똑똑.

가벼운 소리가 공기 중으로 퍼져 나갔지만 은안은 아무 대답도 하지 않았다.

"뭐지?"

그가 다시 한 번 문을 두드렸다.

똑똑.

하지만 이번에도 문 안에서는 아무 기척도 들리지 않았다.

두 번의 노크 후, 그는 그냥 문고리를 돌렸다.

그리고 가장 먼저 눈에 들어온 건 다리에 이불을 돌돌 말고 잠든 은안의 모습. 아까 하품을 하더니, 많이 졸렸던 모양이다. 재하는 발소리가 나지 않게 침대 쪽으로 걸음을 옮겼다. 곤히 잠든 그녀의 얼굴을 몇 번이나 봤다고, 이제는 입을 오물거리며 자는 모습이 익숙했다.

그나저나, 오늘의 물리적 거리 당기기는 실패로 돌아간 것 같았다. 물론 한 침대에서 자는 것이니 사전적 의미로서의 물리적 거리 당기기는 성공한 셈이었지만, 은안의 정신이 깊은 잠에 들었으니 어쨌든 무효라고 봐야 하지 않을까 싶었다.

그가 뺨에 붙어버린 은안의 머리카락을 떼어주며 읊조렸다.

"나는 당신이 이렇게 먼저 잠들어버릴 줄은 몰랐거든."

머리를 정리해준 재하는 돌돌 말린 이불을 펴 은안의 몸을 덮어준 뒤 그녀의 옆으로 가 자리를 잡았다. 은안의 옆에 눕자, 그녀에게서만 나는 특유의 꽃향기가 콧잔등을 간지럽혔다. 기분 좋은 향기와 함께 잠을 청하러 눈을 감은 그때, 손끝에 익숙한 살결의 감촉이 닿았다.

"아……."

재하는 감았던 눈을 번뜩 떴다.

은안이 잠결에 살짝 몸을 움직인 건지 그녀의 손끝과 제 손끝이 스쳤다. 그리고 그 상태에서 더는 꼼짝 않는 은안 덕분에 손과 손이 살짝 겹쳐진 상태가 되었다. 손끝과 손끝이 살짝 닿아 있을 뿐인데, 자꾸 은안의 손을 잡고 싶다는 생각이 스멀스멀 올라왔다.

그녀와 가까워지려 노력하겠다는 다짐 때문인지, 아니면 저도 모르는 또 다른 이유 때문인지는 모르겠지만 은안의 손을 잡고 싶었다. 하지만 어제도 아니고 그제도 아니고 당장 오늘 다짐했었다. 그녀의 손을 허락 없이 덥석 잡지 않겠다고.

제가 한 다짐을 되뇌며 재하는 한숨을 흩뿌렸다.

"하아……."

결국, 잠시 고민하던 그는 은안의 손에 제 손을 살짝 포갰다. 신기하게 그녀의 손은 늘 제 손보다 따듯했다. 꼭 난로가 되어주는 느낌이랄까. 손도 마음도 어쩐지 은안 때문에 달구어지는 것만 같았다. 은안의 온기를 느끼던 재하가 옆으로 고개를 돌리며 조심스레 입술을 달싹였다.

"한 번만 더, 허락 없이 잡을게."

오늘 한 다짐은 아무래도 내일부터 지켜야 할 것 같았다.

저는 오늘 밤, 이 작고 따뜻한 손을 잡지 않고 버틸 요량이 없었으니까.

주말이 지나고 돌아온 월요일.

은안이 고백을 인정하고, 재하가 노력을 하겠다고 말한 지 2일째가 되는 날이었다.

많은 대화를 나누고 합방을 했지만, 그날 은안은 재하가 방으로 오기 전에 먼저 잠이 들어버렸다. 그리고 몇 시간 뒤 일요일의 이른 아침, 응급 환자가 생겼다는 연락을 받은 재하는 병원으로 향했다. 그렇게 재하는 일요일에서 월요일로 넘어가는 새벽까지 일을 하다 들어왔다.

결국, 그 이후로 두 사람이 다시 얼굴을 마주친 건 월요일 아침의 식탁. 힘들었을 스케줄에도 재하는 흐트러짐 없는 모습으로 식탁 앞에 앉아 있었다. 자옥과 상훈은 아침 일찍 나가고, 오늘은 은안과 재하 둘이서 아침을 먹는 중이었다.

식탁 위, 뜨뜻미지근하면서도 어색한 공기가 감돌았다. 은안은 말없이 열심히 수저만 움직였고, 재하는 애꿎은 밥알을 노려보고만 있었다.

탁.

그때, 은안이 시계를 보고 숟가락을 급히 놓았다.

"재하 씨, 저 늦어서요. 먼저 가볼게요."

긴장감에 밥을 천천히 먹느라 시간이 이만큼 흐른 줄 몰랐던 은안이 빠르게 자리에서 일어났다.

그때…….

"잠깐만."

그도 급히 의자에서 일어났고, 은안이 동그란 토끼 같은 눈으로 그를 바라봤다. 그가 식탁의 맞은편으로 건너와 은안의 앞에 서며 말했다.

"태워줄게."

오늘도 은안과 친해지기 위한 노력을 시작한 그였다.

조수석에 앉은 은안이 허벅지에 둔 손을 가만두지 못하고 꼼지락댔다. 나름 제겐 역사적인 순간이었다. 출근하는 저를 태워주는 그라니.

'이거, 혹시 꿈인가.'

은안이 제 허벅지를 슬쩍 꼬집었다.

"꿈 아니야."

허벅지에서 손을 뗀 순간, 옆에서 들려오는 그의 목소리에 은안이 흠칫했다. 그는 독심술이라도 하는 건지 제 속마음을 그대로 읊었다. 은안이 고장 난 로봇처럼 재하의 쪽으로 고개를 돌리자, 그가 전방을 주시한 채 다시 입을 열었다.

"노력하겠다고 했잖아."

"이것……도 노력이에요?"

그가 은안의 물음에 고개를 끄덕였다.

열심히 달리다 보니 어느새 차가 은안의 회사 근처까지 와 있었다. 이제 코너를 한 번 돌면 은안은 내려야 했다. 재하는 이쯤에서 자신이 어떻게 노력을 할 건지, 그녀에게 알려줘야 할 것 같았다.

차가 마지막 신호에 걸리자, 재하는 잠시 은안과 눈을 맞췄다. 말 없는 눈맞춤이 1분 정도 이어지고, 재하가 먼저 입을 열었다.

"당신이 친해지자고 했을 때, 어떤 방법이 좋을지 고민했어."

하지만 이내 초록 불로 바뀐 신호 덕분에 재하는 다시 정면으로 시선을 돌려야 했다. 부드럽게 핸들을 꺾으면서도 그는 말을 이어갔다.

"당신이랑 붙어 있는 시간을 늘려보려고. 그럼 더 빨리 친해질 수 있을 거 같아서."

"그럼, 같이 자자고 한 것도 친해지는 방법이에요?"

"응, 그래야 당신 옆에 조금이라도 더 있을 수 있잖아."

어느새 은안의 회사 앞에 도착한 검은색 세단이 부드럽게 멈췄다. 그는 핸들에서 손도 떼지 않고 다시 조수석 쪽으로 고개를 돌렸다.

그가 은안과 시선을 맞추자 미세하게 떨리는 그녀의 동공이 단번에 눈에 들어왔다. 그렇게 대답이 없는 은안을 보니, 또 제멋대로 밀어붙인 건 아닌가 하는 생각이 들었다. 3년 내내 혼자 자던 게 버릇이 된 건가. 그래서 잘 때 누가 옆에 있는 게 불편한데 내가 그것까지는 고려를 못 한 건가.

멍해진 은안을 보던 재하가 조심스럽게 다시 입을 뗐다.

"불편했어? 내가 옆에서 자는 거."

"아……."

예고 없이 꽂힌 동침에 대한 질문은 은안을 더욱 당황케 했다.

"말해줘, 당신이 불편하면 난 다시 서재로……."

"아니에요!"

불편하면 서재로 돌아가겠다는 말은 끝까지 세상에 나오지 못하고 은안에 의해 끊겼다.

"불편한 게 아니라, 떨려서요. 조금 떨려서 그냥……."

은안이 떨려서 그렇다며 말을 잇지 못하자, 그 떨림이 전염이라도 된 것인지 재하는 슬쩍 시선을 돌리며 말했다.

"불편한 게 아니라니 다행이네."

어쩐지 아주 잠시 삽질을 한 기분이었지만, 어쨌든 불편한 게 아니라니 그거면 됐다.

재하의 대답에, 뺨이 발그레해진 은안이 안전벨트를 빼며 횡설수설했다.

"그, 저 늦어서요. 가볼게요."

그때, 동공을 잔뜩 떨며 말을 더듬던 은안은 조금 전과 달리 곧은 시선을 그의 얼굴에 고정했다.

"잠깐만요."

안전벨트를 해제한 은안이 운전석 쪽으로 상체를 쑥 숙였다. 무언가에 집중한 표정으로 자신에게 허리를 숙이는 그녀의 움직임에, 재하는 아무런 행동도 취하지 못하고 그대로 얼어버렸다.

하지만 뻣뻣하게 굳은 몸과 달리 눈동자는 은안의 가지런한 눈썹, 그녀의 촉촉한 눈망울, 그리고 도톰한 입술을 가득 담았다. 그녀를 바라볼수록, 온몸의 신경 세포 하나하나가 곤두서는 것 같았다.

이번에는 허공으로 올라온 은안의 손이 거침없이 재하의 뺨으로 향했다. 손이 가까이 다가올수록 긴장감에 재하의 눈매가 휘어졌다.

곧 그녀의 손이 그의 뺨에 닿았다.

한 뼘 거리에서 느껴지는 그녀의 숨결, 그리고 뺨에 닿은 부드러운 감촉에 재하는 잠시 숨 쉬는 법을 잊은 것처럼 들이쉰 숨을 내뱉지 못했다.

재하가 숨을 참는 그 잠깐 사이, 은안의 손이 그의 뺨 위에서 꼬물거리더니 속눈썹을 떼어냈다. 그리고 까만 속눈썹에 집중했던 시선을 살짝 풀자 재하와 눈이 마주쳤다.

"아."

놀란 은안이 급히 제자리로 돌아와 손가락에 묻은 속눈썹 한 올을 내밀어 보여주었다.

"속눈썹이 묻어서요."

저도 모르게 물어보지도 않고 얼굴에 손을 대버리고 말았다는 사실에 스스로 놀란 은안이 아무 말이나 내뱉었다.

"그, 친한 사람들끼리는 원래…… 이런 거 떼어주고 그래요……."

아니다. 정확히 말하면 아무 말은 아니었다. 그와 저는 친해지기로 한 사이였으니까. 하지만 너무 갑작스러웠던 탓인지 재하는 그녀의 변명에도 멍하니 은안을 바라보기만 했다. 결국, 눈을 몇 번 깜빡이던 은안이 부끄러움에 고개를 홱 돌리며 문을 열었다.

"가, 갈게요. 집에서 봐요."

그러고는 빠르게 차 안에서 벗어났다.

탁.

문이 닫히고, 멀어지는 은안의 뒷모습을 바라보던 그가 참았던 한숨을 뱉어냈다.

"하."

뜨거운 한숨이 몸에서 빠져나가자 그제야 정신이 들었다.

경직됐던 근육이 풀어지고 암전됐던 정신이 돌아오자 조금 전 말도 안 되는 그녀의 변명이 귓가에 재생됐다. 친한 사람끼리는 이런 걸 떼어준다는 어설픈 변명이.

"푸흡."

어쩐지 엉성한 핑계에 재하의 입에서 웃음이 터져 나왔다. 이렇게 툭 터진 웃음이 얼마 만인지, 스스로가 어색하게 느껴졌지만, 입가에 그려진 미소는 쉬이 지워지지 않았다. 재하가 다시 고개를 돌려, 회사 정문 앞까지 걸음을 옮긴 은안을 바라보았다. 그리고 그때, 그의 입에서 날카로운 의문사가 튀어

나왔다.

"응?"

그 이유는…….

"뭐야?"

은안의 옆에 웬 멀대 같은 남자 놈이 바짝 붙어 은안의 이마에 손을 올리고 있었기 때문이었다. 조금 전까지 입가에 선명하게 그려졌던 미소는 사라지고, 그는 단번에 눈썹을 휘어올렸다.

한편, 터질 것 같은 얼굴을 한 은안은 차에서 내린 뒤 빠른 걸음으로 회사를 향해 걸어갔다. 얼마나 심하게 떨고 있는 건지, 눈앞에 보이는 모든 물체가 흔들리는 것 같았다.

"하아…… 무슨 생각이야."

친해지자고 한 게 고작 며칠 전인데, 마치 이미 절친이라도 된 것처럼 굴어버렸다. 제 마음을 인정하고 나니, 참아왔던 감정들이 봇물 터지듯 터져 행동으로 드러나는 것일까. 하지만 과감했던 손짓과 달리, 오랜 기간 짝사랑에 익숙해진 심장은 아직 이런 행동이 적응되지 않는다는 듯 빠르게 뛰어댔다.

은안이 호흡을 가다듬으며 회사 앞으로 걸어가고 있는데 대학 선배이자 직속 사수인 재휘가 옆으로 달려왔다.

"은안아!"

"아, 선배."

은안은 마음을 가다듬을 새도 없이 저를 부르는 부름에 대답했다.

"너 열나? 얼굴이 완전 달아올랐는데?"

재휘가 은안의 이마에 손을 올렸다. 오랫동안 친하게 지낸 사이라 그런지 이 정도의 행동에는 서로 거리낌이 없었다.

"이상하네, 열은 없는데."

"선배, 별거 아니에요. 곧 괜찮아져요."

은안이 눈을 깜빡이며 제 상태를 설명했다. 제 몸은 제가 제일 잘 알았다.

'왜냐하면, 회사에는 제 남편이 없거든요.'

재하가 없는 곳에서는 당황할 일도 설렐 일도 없을 것이고, 그럼 이렇게 얼굴이 달아오를 일도 없을 터였다. 은안은 다시 차분하게 표정을 바꾸고, 직장인 모드를 가동시켰다.

"이만 들어가요, 선배."

아직까지 재하가 저를 보고 있다는 사실은 꿈에도 모른 채.

교수실로 들어온 재하가 지친 몸을 의자에 누였다.

생각보다 길어진 오후 외래를 마치니 시곗바늘이 거의 6시를 가리키고 있었다. 인상을 살짝 찌푸리며 마른세수를 하던 그의 입에서 툭 터져 나온 건, 아침에 봤던 장면에 대한 의문이었다.

"누구지."

그는 몸을 살짝 일으키며 두 손을 책상에 걸치고 턱을 살짝 기대었다.

일을 하는 내내 아침에 봤던 그 장면이 뇌리에서 잊히지 않았다. 은안의 이마에 손을 자연스럽게 올리던…… 그놈.

"직장 동료겠지."

회사 앞에서 만났으니 당연히 직장 동료일 테고, 그럼 같은 팀 사람?

그녀의 회사 생활에 한 번도 관심을 가져본 적이 없었기에, 이 또한 제게는 깜깜한 미지의 세계였다.

"하, 더 많이 친해져야겠네."

어쩐지 제가 걸어야 할 노력의 길이 어제까지만 해도 한 5만 리 정도 되는 줄 알았는데, 오늘 정신을 차리고 보니 9만 리까지 이어져 있는 기분이었다. 끝이 보이지 않는 길에 주눅이 든 것도 잠시, 그가 자리에서 벌떡 일어나 가운을 벗었다.

그때, 노크도 없이 방으로 누군가가 들어왔다.

벌컥.

"재하야, 외래 끝났지? 같이 밥이나 먹자."

노크도 않고 이 방에 들어오는 사람은 민혁뿐이었다.

"미안, 바빠서."

어느새 겉옷까지 모두 갖춰 입은 그가 책상 위에 든 차 키를 빠르게 집어 들었다.

"뭐가 그렇게 급해?"

생전 본 적 없는 재하의 부산스러운 퇴근 준비에 민혁이 이상하다는 얼굴로 그를 살폈다.

"갈 길이 좀 멀어서, 내가."

어느새 민혁의 앞으로 온 재하가 어깨를 톡톡 두드린 뒤 그를 지나쳤다.

"저녁은 다른 사람이랑 먹어."

알 수 없는 말만 남기고 홀연히 떠나는 재하를 보던 민혁이 고개를 절레절레 저었다.

"진짜, 이상해졌다니까."

좋은 쪽으로.

늘 무감하던 재하의 얼굴에 여러 감정이 담긴 걸 보는 건 정말 오랜만이라는 생각을 하며, 민혁은 기분 좋은 웃음을 지었다.

퇴근이 늦어진 은안이 목을 이리저리 돌리며 회사 정문을 나섰다. 옆에는 사수인 재휘도 함께였다.

"요즘, 많이 피곤해 보인다?"

"그러게요, 별로 빡빡한 일정도 아닌데, 왜 이렇게 오후만 되면 잠이 쏟아지는지……."

은안이 고개를 갸우뚱하며 의문스럽다는 듯 말했다. 전날 일찍 잤는데도 불구하고 시도 때도 없이 잠이 쏟아지는 요즘이었다.

"점심을 너무 많이 먹는 거 아니야? 어쩐지 살이 좀 붙은 거 같기도 하고."

"선배!"

재휘의 장난스러운 말에 은안이 고개를 홱 돌리며 눈을 흡떴다.

"선배는 진짜, 나이가 들어도 어떻게 그렇게 장난기가 많아요? 그래서 아들이랑 맨날 싸우죠? 유치하게."

"……어떻게 알았어?"

대학 시절, 졸업반이던 재휘는 여자 친구와 아이를 낳았고 결혼한 뒤 1년을 함께 살았다. 하지만 계획에 없었던 일들이어서인지 결혼 생활은 오래가지 못했고, 재휘는 아들을 혼자 키우는 싱글 대디가 되었다. 나름 사정을 면면이 아는 은안은 가끔 재휘의 고민을 들어주기도 했다.

재휘는 곧 아들과 함께 이민을 예정에 두고 있었다. 은안은 혼자 육아를 하느라 바쁜 재휘를 도와 이민에 필요한 서류의 번역을 도와주고는 했다.

"참, 이민 준비 마무리는 잘돼가요?"

"뭐 그럭저럭? 원래, 혼자 애 키운다는 게 쉽지가 않잖아."

어느새 대로변까지 도달한 두 사람은 잠시 걸음을 멈췄다.

"너도 나중에 도움 필요한 일 있으면 말해. 물심양면으로 도울게."

"괜찮아요. 난 선배가 캐나다 가서 잘 살면, 그걸로 됐어
요."

"하여튼, 착해가지고. 이렇게 착해서 어디서 사기당할까 걱
정이네."

대학생 때부터 착해도 너무 착한 은안의 성정을 잘 아는 재
휘가 고마운 마음에 장난기를 더해 말했다. 그러고는 은안에
게 악수를 청했다.

"고맙다, 후배님. 가서 아들이랑 잘 살게."

은안이 격려의 의미로 재휘의 손을 부여잡으려던 순간, 은안
과 재휘가 서 있던 대로변의 조금 위쪽에 대어져 있던 차에서
재하가 내렸다.

"여보."

그리고 급히 은안을 불렀고, 익숙한 목소리에서 흘러나오는
낯선 호칭에 은안이 눈을 크게 떴다.

"여보!"

재하의 목소리가 대로변에 크게 울려 퍼졌다. 그리고 재휘
는 그 목소리에 놀란 듯 고개를 돌렸다.

"누구야?"

그래도 은안만큼 놀라지는 않은 듯했다. 은안은 미간을 찌
푸리며 저 남자가 정말 재하가 맞는 건지 그 찰나의 순간 10번
도 더 고민했다. 그리고 은안은 곧 그 고민이 쓸데없는 것이라
는 걸 깨달았다. 블랙 롱코트를 휘날리며 우아하게 걸어오는
남자는 재하가 맞았다.

한편, 재하는 뛰어가고 싶은 마음을 누르고 누르며 차분히 다리를 움직였다. 왠지 은안의 옆에 있는 남자 앞에서 조급함을 티내기 싫었기 때문이었다.

어느새 은안의 옆으로 온 재하가 살짝 휘어진 눈매로 재휘를 바라보았다.

'옷을 보니까, 아침에 봤던 그놈인데.'

그 사실을 깨달은 재하가 눈을 더욱 추켜올렸다. 그리고 급한 마음에 앞뒤를 다 잘라먹은 채 대뜸 저를 남편이라 소개했다.

"안녕하십니까, 남편입니다."

하지만 곧 정신을 차린 재하가 제대로 자기소개를 했다.

"아니, 유은안 씨 남편, 남재하입니다."

"아, 네. 저는 은안이 직장 동료 윤재휘라고 합니다."

꾸벅 인사를 한 재휘가 은안 쪽으로 시선을 돌린 뒤 인사했다.

"은안아, 나 먼저 가볼게."

"아, 선배. 잘 가요. 내일 봐요."

선배, 잘 가요? 내일 봐요? 익숙하게 인사를 하는 둘의 모습에 왠지 모르게 재하의 눈이 점점 가늘어졌다. 은안에게 이런 자연스러운 표정이 있었나 싶었다. 지금까지는 제가 은안과 거리를 뒀었고 이제 막 친해지려고 하는 단계라는 걸 알면서도, 이상하게 서운한 기분이 몰려왔다.

"그럼, 먼저 가보겠습니다."

은안에게 건넸던 자연스러운 인사와 달리 사무적인 표정으로 재하에게 묵례한 재휘는 유유히 발길을 옮겼다.

잠시 후, 재휘가 완전히 사라지고 은안이 어색한 눈빛으로 그를 올려다보았다. 그가 아침에 회사까지 데려다주기는 했지만, 데리러 올 거라고는 생각하지 못한 은안이 조심스레 물었다.

"설마, 데리러 온 거예요?"

"……."

"무슨 일 있는 건 아니죠?"

그때, 도로에 웅장한 소리를 내는 큰 화물 트럭이 지나갔고, 재하의 목소리는 거대한 엔진 소리에 묻히고 말았다.

"……그랬잖아. ……할 거라고."

"뭐라고요?"

은안이 한 걸음 다가가며 되물었다. 입 모양이 보이긴 했지만, 그가 뭐라고 한 건지 정확히 알 수 없었다. 정말 지나가는 트럭마저도 도와주지 않는다는 표정으로 한쪽 눈썹을 삐죽 세운 재하가 이마를 짚으며 한 발자국을 뗐다.

은안이 한 발자국, 그리고 재하가 또 그녀의 앞으로 한 발자국 다가가자 두 사람의 거리가 매우 가까워졌다. 화물 트럭이 지나가고 그럭저럭 조용해진 도로 상황에서 재하가 다시 입을 열었다.

"노력할 거라고 그랬잖아."

그녀를 보며 말하는 반짝반짝한 흑석 같은 눈빛에서는 어제보다 더한 진중함이 느껴졌다. 순간, 그가 고개를 살짝 내려 은안 쪽으로 제 얼굴을 조금 더 당겼다. 방금처럼 소음에 제 말이 잘 전해지지 않을까 싶어서.

"그러니까, 앞으로는 익숙하게 생각해. 내가 옆에 있는 것도. 이렇게 데리러 오는 것도."

"……."

익숙해지기 어려울 거 같았지만 은안은 일단 대답 없이 고개를 끄덕였다.

"집에 가자."

끄덕이는 은안을 보던 재하가 뒷발을 떼며 차로 향하려 몸을 틀었다. 그때, 계속 잠자코 있던 은안이 단전에 있던 진심을 끄집어냈다.

"그럼, 여보……라고 부른 것도 노력이에요?"

아니면 질투라도 한 거예요? 뒷말은 목 뒤에 맺힌 채 세상의 빛을 보지 못했다. 예전이라면 이런 질문을 하지 않았겠지만, 그는 노력을 한다고 했으니 저는 조금 더 속마음을 꺼내려 용기를 낼 것이다.

아침에 데려다주고 퇴근 후 데리러 온 것까지는 친해지려는 노력이라고 생각했다. 그런데, 조금 전 멀리서 들렸던 '여보'라는 호칭에는 다급함이 섞여 있어 사람을 착각하게 만들었다. 마치 재휘 선배와 저를 보고 질투라도 하는 건가 싶은, 그런 착각을.

재하는 다시 은안 쪽으로 몸을 틀었고, 두 사람의 시선 사이로 은근한 전류가 흘렀다.

퇴근 시간, 도로에 즐비한 차들이 제각각의 소리를 내 매우 소란스러운 상황이었지만 은안에게는 왠지 모르게 이 공간이 우주 한복판처럼 고요하게 느껴졌다.

대답을 기다리는 이 짧은 찰나, 얼마나 마음을 졸인 건지 은안은 귓가에 시계 초침 소리가 들리는 것 같은 환청까지 겪었다. 무슨 대답이 나오길 원하는지는 저 자신도 몰랐지만, 은안은 그의 입술을 바라보며 마른침을 삼켰다.

그리고 그때, 대답 대신 재하의 코트 안주머니에서 벨 소리가 들려왔다.

Rrrr―.

두 사람 사이에 잠시 멈췄던 것 같은 시간이 다시 흐르기 시작했고, 재하는 주머니에서 휴대폰을 꺼내 들었다. 휴대폰 화면에는 상훈의 이름이 떠 있었다. 자옥과 달리 용건이 있지 않으면 제게 전화를 잘 하지 않는 상훈이기에, 이상하게 긴장감이 차올랐다.

"여보세요? 할아버지."

[아이고, 재하야!]

수화기 너머로 다급해 보이는 목소리가 들려왔다. 순식간에 심각해진 재하의 표정에 은안의 표정도 덩달아 찌푸려졌다.

[네 할머니가! 할머니가……!]

뚝―.

"할아버지, 무슨 일이세요? 여보세요?"

설상가상으로, 상훈 쪽에서 더 대답이 들리지 않고 전화가 끊겼다. 재하가 귓가에서 휴대폰을 떼자, 은안이 물었다.

"무슨 일이에요?"

"할아버지가 전화를 하셨는데, 그냥 끊겼어."

그 말과 동시에 재하가 다시 상훈에게 전화를 걸었다. 하지만 전화를 받을 수 없다는 음성 메시지만 들렸다. 재하는 더 말을 잇지 않았지만, 은안은 대강 상황을 파악했다.

"어, 얼른 집으로 가요!"

두 사람은 방금 하던 대화는 까맣게 잊은 채 빠르게 집으로 향했다.

chapter 8

내가 안아봐도 될까, 당신?

은안과 재하는 거칠게 문을 열어젖히고 집 안으로 들어갔다.

"할머니!"

"할아버지!"

두 사람이 동시에 각각 자옥과 상훈을 불렀다.

고요한 집 안에 두 사람의 목소리가 메아리처럼 울려 퍼지자, 자옥과 상훈이 방 안에서 걸어 나왔다. 다급했던 목소리와 달리 자옥과 상훈은 아무 일도 없다는 듯, 아니 오히려 좋은 일이 있다는 듯 근사한 옷을 빼입고 있었다.

재하는 다행이라는 생각이 들면서도 입에서는 부루퉁하게 말이 튀어나왔다.

"아니, 전화가 갑자기 끊겨서 놀랐잖아요, 할아버지. 그리고 대체, 그 차려입은 옷들은 뭐고!"

그러고 보니 자옥과 상훈이 매우 사이가 좋아 보이는 것이 수상했다. 분명 어제저녁까지만 해도 사소한 일로 다퉈 서로만 봐도 콧방귀를 꼈었는데…….

그때, 상훈이 능청스레 입을 열었다.

"아이고, 전화를 하는데 휴대폰이 갑자기 꺼졌지 뭐냐? 자옥 씨가 내 사과를 받아줘서 근사한 곳에서 저녁을 먹으려 했는데, 마침 그때 충주댁이 잠시 손주를 맡아달라고 해서!"

"그럼 급하게 전화를 하신 게……."

"식당 예약 시간이 다가와서 너한테 원우 좀 맡기려고 했지!"

'그 말씀을 조금만 더 빨리 하시지 그러셨어요.'라는 말이 목 끝까지 차올랐지만, 재하는 입을 꾹 다물었다. 어제까지만 해도 냉랭하던 자옥과 상훈 사이에 분홍빛 기운이 감돌고 있었기 때문이었다.

자옥은 기분이 좋은 듯 평소라면 잘 내지 않는 높은 소리의 웃음을 냈다.

"근데, 둘이 같이 퇴근할 줄은 몰랐네? 호호호."

잠시 웃던 자옥은 저와 상훈 사이에 있던 원우에게로 시선을 내렸다.

"아 참, 정신 좀 봐."

자옥과 상훈 사이에 있는 5살쯤 된 아이는 재하와 은안도 잘 알고 있는 아이였다. 이혼한 아들 대신 충주댁이 거의 도맡아 키우다시피 한 손자 원우였다.

자옥과 상훈도 원우를 예뻐했고, 낯을 가리지 않는 원우도 이곳에 와 할머니, 할아버지의 귀염 받는 걸 좋아했다. 은안과 재하도 본 적이 있는 아이였다.

자옥이 무릎을 굽혀 아이에게 눈높이를 맞췄다.

"삼촌이랑 이모랑 재밌게 놀고 있으면 할머니 할아버지 금방 올게?"

원우가 고개를 한 번 까딱, 하더니 종종걸음으로 은안과 재하의 쪽으로 다가왔다.

"함모니, 가따 오세요. 워누는 삼똔이랑 놀면 돼."

이미 은안과 재하가 마음에 든 건지, 원우는 두 사람 사이에 딱 자리를 잡고 있었다. 그때, 시계를 확인한 상훈이 자옥을 재촉했다.

"아이고, 정신 좀 봐. 늦겠어요! 자옥 씨."

상훈이 재촉하자, 자옥은 은안과 재하를 보며 느긋한 목소리로 말했다.

"그럼, 원우 부탁 좀 할게."

부탁과 함께 바로 집을 나선 상훈과 자옥이 마당을 가로질러 차고를 향해 걸어갔다. 그런데 조금 전까지 조급해 보이던 상훈이 걱정스러운 듯 뒤를 돌아보며 말했다.

"둘 다 애 돌본 경험도 없을 텐데, 괜찮으려나?"

"둘 다 꼼꼼하고 침착하니까, 잘 볼 거야."

"그래도······."

그래도 걱정이 가시지 않는 듯 상훈이 말끝을 흐리자 자옥이 호쾌한 목소리로 말했다.

"어차피 나중에 겪을 일인데, 뭐. 육아 체험 미리 한다고 치는 거지."

자옥의 상상 속 미래에는 이미 서로를 사랑하게 된 은안과 재하, 그리고 손주까지 그려져 있었다.

자옥과 상훈이 나가고, 은안과 재하는 각자 방과 서재에서 편한 옷을 갈아입고 다시 원우를 보기로 했다. 옷을 갈아입은 은안이 1층의 거실로 내려오자, 재하는 이미 원우와 놀아주고 있었다.

아이의 '꺄르르'하는 소리에 은안의 입가에 자연스레 미소가 머금어졌다. 그리고 계단을 다 내려와 거실에 발을 들인 은안은 재하의 모습을 보고 눈이 동그래졌다.

그사이에 무슨 일이 있었던 건지, 그의 상태가 말이 아니었기 때문이었다. 단정하게 정리되어 있던 머리는 이리저리 삐죽거렸고, 검정색 티셔츠 위에는 흰 우유가 흩뿌려져 있었다.

"재하 씨…… 괜찮아요?"

모든 일에 늘 능숙하던 모습만 보여주던 그였는데, 아이를 보는 건 많이 벅차 보였다. 이상하게 웃음이 터질 거 같아, 은안은 입꼬리를 꾹 누르며 물었다.

"옷이랑 머리는 왜 그렇게 됐어요?"

원우를 번쩍 들어 비행기를 태워주던 재하는 아이를 공중에서 내려 한 손으로 안아 든 뒤 대답했다.

"아, 옷은 우유가 마시고 싶다고 해서 주다가 흘렸고. 머리는 비행기를 태워주다가 쥐어뜯겼……."

제 상태를 읊던 재하가 입술의 움직임을 멈췄다. 하나하나 제 상태를 말하다 보니, 제 꼴이 얼마나 말이 아닌지 새삼 깨달은 것이다. 누군가에게 이렇게 흐트러진 모습을 보였던 적이 있었던가. 기억을 더듬던 재하는 지금이 처음이라는 걸 깨닫고는 입술을 살짝 깨물었다.

그때, 은안이 저도 모르게 속마음을 소리 내어 말해버리고 말았다.

"그래도 멋있어요, 당신은."

듣는 사람도, 말한 사람도 놀란 칭찬이었다.

여과 없이 속마음을 내뱉어버려 놀란 것도 잠시, 은안은 3년 내내 늘 입에 머금었던 말을 내뱉자 속이 조금 후련하다는 생각이 들었다.

길게 늘어진 앞머리 밑에 박힌 호수처럼 짙은 두 눈, 신이 빚은 것 같은 콧대, 그리고 남자다운 턱선은 흐트러진 머리 모양과 옷차림에도 사라지지 않았다. 사실, 그녀의 눈에 재하는 완벽하나 흐트러지나 그냥 멋있는 사람이었다.

어떻게 저럴 수 있지?

은안이 그의 멋있음에 대해 고찰하던 사이, 재하는 은안의 칭찬에 화답할 최적의 말을 고민했다. 저를 좋아해주는 사람에게 듣는 칭찬이 귀하다는 것쯤은, 무감한 저 같은 놈도 알고 있는 사실이었다.

고마운 마음을 전하고 싶어 이런저런 말을 찾았지만.

"……고마워."

결국, 입 밖으로 나온 건 가장 심플하고 기본적인 대답. 하지만 가장 진심이 담긴 대답이었다.

어색하고 쑥스러운 대답과 함께 꼭 소개팅에서 처음 만난 것처럼 어색하지만 싫지는 않은, 아니, 오히려 들뜨게 되는 것 같은 분위기가 둘에게 찾아왔다. 상황 자체는 소개팅과 거리가 멀었지만, 분위기만큼은 풋풋함이 느껴졌다.

그리고 그 분위기를 환기시킨 건 아이의 볼멘소리였다.

"땀뚠, 이모! 배고파요!"

원우가 재하에게 우유를 달라고 했던 것도 배가 고팠기 때문이었다. 냉장고를 확인한 은안은 간단하고 빠르게 할 수 있는 국수를 하기로 마음먹었다.

재료를 씻은 뒤, 도마를 놓고 호박을 썰기 위해 고개를 살짝 숙이자 기다란 머리카락이 걸리적거렸다.

"아, 머리."

은안이 혼잣말을 읊조리며 머리끈을 찾으려 두리번대자, 뒤에서 큰 그림자가 다가왔다. 곧이어 나긋한 목소리와 함께 부드러운 손길이 은안의 목덜미를 스쳐 지나갔다.

"잡아줄게, 머리."

그리고 이내 은안의 시야를 거슬리게 하던 머리카락이 전부 다 뒤로 젖혀졌다. 그 순간, 은안의 심장이 쿵쿵대기 시작했다. 뒤를 돌지 않아도 알 수 있었기 때문이었다. 제 머리를 잡아준 사람이 재하라는 것을.

은안이 조심스레 고개를 돌리자, 생각보다 가까이 있는 그의 얼굴에 은안의 볼이 살짝 달아올랐다.

"괜찮은데⋯⋯."

"그거 알아?"

괜찮다는 은안의 말이, 재하의 목소리에 삼켜졌다.

"괜찮다는 말도 습관인 거."

재하가 은안의 눈을 또렷이 바라보며 다시 말을 이어갔다.

"머리, 걸리적거렸잖아. 아니야?"

결국, 은안이 고개를 끄덕였다. 사실 머리끈으로 묶으면 된다고 하려 했는데, 그 말이 쏙 들어갔다. 재하는 어깨를 한 번 까딱한 뒤, 은안의 머리를 다시 단정히 움켜쥐었다.

탁탁.

그리고 은안이 호박을 썰고 양파를 썰 때쯤, 그는 뒤늦게 한 가지 사실을 깨달았다. 제가 머리를 잡고 있을 게 아니라 머리끈을 가져다주면 될 일인데, 거의 5분째 그녀의 옆에 딱 붙어 머리끈 역할을 하고 있다는 사실을. 어쩌면, 은안이 조금 전 괜찮다는 말 뒤에 머리를 묶으면 된다고 말하려 했던 것 같기도 했다.

'바보인가.'

재하는 1차원적인 생각밖에 하지 못한 자신을 비웃었지만, 다시 떠오른 방법을 실천으로 옮기지 않고 계속 은안의 머리를 잡고 있었다. 그렇게 은안이 180cm가 훌쩍 넘는 인간 머리끈을 달고 당근을 썰던 그때.

"우아아아! 기차 노리 하는 거예요?"

은안과 재하의 근처에서 장난감 자동차를 열심히 굴리던 원우는 두 사람이 딱 붙어 있는 모양새를 보고 달려왔다.

"나도 하끄야!"

원우가 다리에 딱 달라붙자, 재하가 고개를 내려 아이를 바라보며 말했다.

"⋯⋯큼큼, 출발할 거니까 꽉 붙잡으세요, 손님!"

중저음의 목소리를 억지로 끌어 올리려는 그의 노력이 가상해, 은안이 웃음을 터트렸다.

"하하하."

"큼, 왜 웃어?"

민망하다는 듯 헛기침을 한 그가 살짝 쑥스러운 듯 눈을 굴렸다.

"아니에요. 그냥, 보기 좋아서요."

은안이 더는 크게 웃지 못하고 입에 미소를 머금었다.

지난날의 결혼 생활에서 그녀가 보고 싶었던 그의 모습은 이런 모습이었다. 조금은 인간적이고, 조금은 허물없어진.

그리고 지금, 부엌에 함께 있는 모습이 너무 평범한 부부의 한때 같아 행복하면서도 어쩐지 마음이 욱신거렸다. 어긋났던 시간들이 아쉬워서, 그동안 이렇게 웃지 못하고 놓쳐버린 순간들이 슬퍼서.

하지만, 은안은 이내 마음의 저릿함을 털어버렸다. 지나간 시간은 돌아오지 않고, 매일매일은 인생에 단 한 번뿐이라는 걸 잘 알고 있었다. 그래서 은안은 지금 이 순간 행복한 '우리'를 즐기기로 마음먹었다.

잠시 후, 은안은 결국 거구의 머리끈이 불편하다며 그를 원우와 함께 부엌에서 내보냈다.

"땀똔! 비행기 태워조!!"

원우를 안은 채 거실로 나온 재하는 놀아달라는 아이의 외침에도 넋을 놓고 허공을 응시했다.

그가 머리를 잡아주던 그 순간, 얼굴을 살짝 붉히던 그녀의 모습에 저도 모르게 미소가 피어올랐다. 흘러내리는 머리를 다시 움켜쥘 때마다 그녀는 움찔거리며 눈가를 파르르 떨었다. 어쩐지 그때마다 칼질을 하는 모양새도 묘하게 어색해져 자꾸만 웃음을 자아냈다. 마음 같아서는 소리가 나게 웃고 싶었지만, 은안이 민망해할까 봐 웃음을 꾹 참았다.

쿵쿵.

순간, 누군가가 심장 한쪽을 꾹꾹 눌러 자극하는 것만 같았다.

'뭐지, 이 느낌은……?'

심장에 느껴지는 자극에, 가슴에 손을 올린 그때. 허리춤에 손을 올린 원우가 엄한 얼굴로 재하를 바라보았다.

"땀! 똔! 뱅기!"

226

"아, 알겠어."

정신을 차린 재하가 원우를 안아 들었다. 그리고 마치 이날을 위해 근육을 만들었다는 듯 그는 아주 쉽게 비행기를 태워주었다.

원우와 놀아준 지 얼마나 지났을까, 부엌에서 나는 음식 냄새를 맡은 원우가 말했다.

"땀뜬, 내려조."

재하가 땅에 자신을 내려주자 기다렸다는 듯 원우는 짧은 다리를 이용해 부엌으로 달려갔다. 그 모습이 여간 귀여운 게 아니라 재하의 입에서도 스멀스멀 미소가 피어났다.

"다리도 짧은데 잘 뛰네."

재하는 원우의 뒤를 쫓았다.

그렇게 부엌으로 들어가자마자 보인 건 익숙한 듯 요리를 하는 은안의 뒷모습.

익숙하게 요리를 하는 은안과 그 주변을 서성이는 원우, 그리고 그걸 뒤에서 바라보는 제 모습에 알게 모르게 입가에 웃음이 스몄다.

오늘따라 마음속에서 가족에 대한 묘한 향수가 일었다. 평범한 일상, 감정 따위가 필요 없다고 했던 건 스스로에게 한 거짓말이었을까. 아닌 척했지만, 이런 소소한 순간들에 자꾸만 미소가 지어지는 걸 보면 저는 따듯한 가족의 풍경이 그리웠던 것 같다. 지금껏 부정해왔던 가족에 대한 그리움을 인정하자, 조금 전 은안의 얼굴을 떠올릴 때와는 다른 감정의 파동이 일었다.

그때, 부엌으로 들어갔던 원우가 짧은 다리를 빠르게 움직여 재하의 앞으로 왔다.

"땀뜐! 빨리 와! 국수 다 돼써!"

"알았어."

원우가 손을 잡자는 듯 고사리 같은 손을 쭉 내뻗었고, 재하는 그 모습에 피식 웃으며 아이의 손을 쥐었다.

재하의 비어버렸던 마음이 아이의 따듯한 손길과 부엌에서 풍겨오는 음식 냄새, 그리고 어딘지 모르게 부산스러운 분위기로 가득히 채워지고 있었다.

식사 후, 은안과 원우는 거실 소파에 앉아 재하를 기다리고 있었다. 식사는 은안이 준비했으니, 과일은 제가 깎겠다고 자청한 재하가 과일을 접시에 내왔다. 재하는 테이블에 접시를 놓자마자 포크로 과일을 집어 은안에게 건넸다. 조금 전, 식탁에서 국수를 잘 먹지 못한 은안이 걱정되어서였다.

"자, 과일 먹어."

"아, 고마워요."

그마저도 한입에 넣지 못하고 깨작이는 은안을 보며 재하가 걱정스러운 얼굴로 물었다.

"입맛이 없어? 국수도 잘 못 먹던데."

"아, 좀 그러네요."

은안이 가볍게 고개를 끄덕였다. 확실히, 제가 만든 음식이라 그런 건지 아니면 컨디션 난조인 건지 입맛이 없었다.

"오늘 일이 좀 힘들었나 봐요."

걱정하는 그의 표정에, 은안이 일부러 과일을 한입에 쏙 넣고 우물거리며 대답했다. 재하는 그제야 걱정의 눈빛을 거뒀다. 그리고 그때, 아이가 우렁차게 원하는 것을 소리쳤다.

"영화 볼래여! 둘리!"

아이의 클래식한 취향에 은안과 재하의 눈이 동그래졌다.

"충주댁 아주머니는 대체 언제 적 둘리를 보여주신 거야."

재하가 혼잣말을 중얼거리는 사이, 은안은 VOD 목록에서 극장판 둘리를 찾아 틀었다. 결국 세 사람은 소파 중앙으로 옹기종기 모여 영화를 보기 시작했다.

영화가 시작되고 은안과 재하의 중간에 낀 원우는 TV로 빨려 들어갈 듯 초집중을 하고 있었다. 하지만 재하의 시선은 자꾸만 은안을 향했다. 꾸벅꾸벅 조는 은안의 고개가 곧 뒤로 넘어갈 것 같았기 때문이었다.

그는 팔을 슬며시 들어 소파 위로 걸쳤다. 혹시라도 은안의 고개가 뒤로 넘어가면 제 팔로 안착할 수 있게. 중간에 원우를 두고 있었지만, 아이가 작아 팔을 뻗어도 충분히 은안이 있는 곳까지 닿았다.

툭.

그리고 곧 재하의 예상대로 은안의 고개가 뒤로 휙 넘어갔다. 은안의 머리가 제 팔에 닿자 재하가 만족한 듯 입꼬리를 살짝 올리며 고개를 돌렸다. 피곤해서 입맛까지 없을 정도면 많이 힘들었다는 건데, 그런 은안이 조금이나마 편히 잤으면 하는 마음에서였다.

그렇게 은안에게 팔을 내어준 뒤 재하도 다시 TV로 시선을 옮겼다. 그런데 노곤한 분위기 때문일까, 아니면 영화 내용을 다 알기 때문일까. 재하의 눈꺼풀도 점점 무거워졌다. 결국 두 사람은 소파에 앉아 까무룩 잠이 들고 말았다.

빛이 반사되어 일렁이는 공간에서 재하가 눈을 떴다.

현실적이지 않은 풍경에 재하는 이곳이 꿈속이라는 것을 어림짐작했다. 곧 익숙한 아이가 제 시야에 들어왔다. 그때, 흐릿했던 시야가 탁 트이며 세상이 환해졌고, 어린 제 옆의 부모님이 보였다.

'나잖아? 옆에는 어머니랑 아버지고.'

—재하야, 졸업식에 못 가서 미안해. 엄마는 출장이 잡혔고, 아빠는 공연 일정이…….

—괜찮아요. 졸업식은 졸업식일 뿐인데요, 뭐.

사실 초등학생이었던 그에게 졸업식은 별거였다. 그래서 꽃다발을 들고 수고했다며 꼭 안아주는 친구들의 부모님이 부러웠다. 늘 저보다 일이 먼저인 부모님을 이해하는 척했을 뿐이었다.

초등학교 졸업식 이후, 어머니와 아버지는 더욱 바쁜 나날을 보냈다. 그렇게 그는 부모님과 가까워질 새도 없이 유년 시절을 보냈다. 그리고 그가 어른이 되고 부모님이 조금씩 덜 바빠지기 시작했을 땐, 이미 시간의 공백으로 생긴 어색함이 너무 커져버린 뒤였다.

과거를 회상하던 그 순간, 또 한 번 제 앞의 모든 것이 눈부신 빛과 함께 바뀌었다.

그리고 중환자실을 배경으로 어른이 된 제가 서 있었다.

—10월 7일 15시 32분 33초, 오연수 씨 사망하셨습니다.

미친 사람처럼 달려왔지만, 어머니는 이미 눈을 감은 후였다.

—어, 엄마 엄마!!

털썩 주저앉은 제 주위의 배경이 단숨에 지워지고 저를 둘러싼 모든 것이 백색이 되었다. 그리고 강한 빛을 등지고 누군가가 걸어와 제 앞에 무릎을 꿇고 앉았다.

가까이 다가온 사람은 은안이었다. 은안은 말없이 재하를 꼭 안아주었다. 꽉 막혔던 목이 은안을 보자 탁, 하고 풀렸다. 재하는 가까스로 목소리를 냈다.

"당신이 왜 여기에……."

말없이 등을 토닥이는 그녀의 손길에 끊어질 듯 말 듯하던 마음속 줄이 끊어지고, 재하는 무너지듯 은안의 품을 파고들며 눈물을 흘렸다. 그때, 내내 아무 말도 하지 않던 은안이 입을 열었다.

"걱정 마요. 이제, 내가 있어 줄게요. 당신 옆에."

"……."

"그리고, 미안해요."

사과를 들은 재하가 급히 품에서 빠져나와 은안의 얼굴을 바라보았다. 곧 울음을 터트릴 듯 아슬아슬한 그녀의 표정에 무어라 형용할 수 없는 고통이 차올랐다.

대체 뭐가, 뭐가 그렇게 미안한 거야. 당신은 나한테 미안해야 할 이유가 없는데. 늘 내 곁에 있어 줬는데.

그 순간, 은안의 투명한 눈물이 톡 하고 떨어졌다.

그리고 은안은 다시 한 번 입을 열었다.

"정말, 미안해요. 나는……."

은안의 입에서 뒷말이 이어지려 하던 그때, 재하가 꿈에서 깨어났다.

"하."

재하가 깊은 한숨과 함께 주위를 살폈다. 어느새 잠에서 깨어난 은안은 TV를 보고 있었다.

분명, 모든 게 꿈인데 그녀의 미안하다는 말이 왜 이렇게 마음 깊이 박히는지 모를 일이었다. 재하는 복잡한 표정으로 은안의 얼굴을 한참이나 바라보았다.

잠시 후, 영화의 후반부에 접어들자 내내 화면에 집중하던 원우가 입을 열었다.

"두리 불땅해……. 두리랑 엄마, 공시리 이제 못 만나?"

죽음의 별에 있어야 하는 사람들과 원래 있던 곳으로 돌아가야 하는 둘리의 상황이, 아이의 눈에도 꽤나 슬펐던 모양이었다.

은안이 금방이라도 울 것 같은 아이를 들어 올려 무릎에 앉힌 뒤 볼을 살짝 어루만지며 말했다.

"원우야, 둘리랑 둘리 엄마, 그리고 공실이는 헤어진 게 아니야."

"그럼 다시 만나?"

"응, 서로 사랑하는 사람들끼리는 안 헤어져. 나중에 다시 만나."

"진짜?"

"응, 진짜."

두 눈이 휘어지게 웃은 은안이 아이를 꼭 안아주었다.

"그럼, 워누도 세여니랑 안 헤어져도 되게따!"

"응?"

아이의 대화 흐름이 종잡을 수 없게 흐르자, 은안이 고개를 갸우뚱했다.

"세연이가 누군데?"

"워누 여자 칭구!"

당당히 연애 사실을 밝히는 5살의 아이는 꽤 멋졌다.

"그래?"

"워누는 형아 되면 세여니랑 가티 연꽃반 갈래!"

계속되는 원우의 거침없는 직진에, 재하가 은안에게 안겨 있던 원우를 안아 자신의 품으로 옮겼다.

그가 아이의 코를 살짝 튕기며 장난스러운 표정을 지었다.

"조그마한 게, 사랑은⋯⋯."

"워누, 사랑 알아! 자꾸자꾸 보고 싶은 칭구한테, 사랑해! 해 주는 거래떠. 슨생니미!"

재하가 자신을 무시한다고 생각했는지, 원우는 허리춤에 손을 올리며 나름 날카로운 눈빛으로 사랑에 대해 정의했다. 그리고 이어지는 예시는 어른들을 난감하게 했다.

"땀똔도 이모를 사랑하자나!"

원우의 말에, 은안과 재하가 멈칫했다. 하지만, 아이는 계속 우렁차게 말을 이어갔다.

"땀똔은 이모만 보자나! 자꾸 보자나! 아까 둘리는 안 보고 이모만 봐짜나!"

순수한 아이의 목소리에 은안과 재하의 시선이 아이의 머리 위 허공에서 맞닿았다. 마주한 두 사람의 눈빛이, 아주 미세하게 떨리고 있었다.

원우의 단호한 목소리에, 재하가 뻣뻣이 굳고 말았다. 자고 있던 은안을 빤히 바라보는 제 모습을 언제 본 건지 다 들켜 버리고 말았다.

"이모 사랑하지? 땀똔은."

아이는 당연히 사랑한다는 대답이 나오겠지, 라는 눈빛으로 재하를 빤히 바라봤다.

"아⋯⋯."

재하는 잠시 멈칫했다.

어떻게 답을 해야 하는 거지. 사랑, 그 단어의 무게가 결코 가볍지 않다는 걸 안다. 그래서 그 무게를 건드는 입술도 덩달아 무거워진 건지 좀처럼 움직여지지 않았다.

비록, 아이가 가볍게 물은 질문일지라도.

그때, 은안의 부드러운 목소리가 공기를 타고 흘렀다.

"원우야."

재하는 고개를 살짝 틀어 유유히 입을 여는 은안을 바라보았다.

"이모가, 삼촌을 사랑해."

원우가 재하에게 물은 질문에 은안이 대답했다.

"이모도 삼촌만 봤는데, 원우 그건 못 봤구나?"

은안은 원우에게 시선을 맞추며 말했다. 마치 동화를 믿는 아이의 환상을 깨지 않겠다는 듯 은안의 입가에는 미소가 머금어져 있었고, 눈빛은 별빛처럼 반짝이고 있었다.

지금 원우에게 사랑은 아름답고 좋은 면만 있을 테니까, 그 뒤에 따라올 부가적인 것들은 아직 몰라도 되니까. 그러니까, 어른들의 복잡한 마음은 보여주면 안 된다는 듯 은안은 원우에게 확신 어린 목소리로 사랑을 말했다.

은안이 자신에게 직접적으로 그런 말을 한 건 아니었지만, 왠지 모르게 속마음이 자신의 머리로 바로 전해지는 것만 같았다.

그때, 은안이 천천히 고개를 들어 재하의 얼굴을 바라봤다.

자신의 마음을 전하려는 듯, 한 치의 흔들림 없이. 지난번, 시리얼을 먹으며 고백할 때보다 조금 더 높은 온도의 눈빛이었다.

좀처럼 보기 힘든 은안의 곧은 시선에, 재하는 주먹을 살짝 쥐었다.

분명 원우한테 전해진 말이었다. '이모가 삼촌을 사랑해.'라는 문장은. 하지만 한 번 걸러져 귓가로 들어온 사랑 고백은 여전히 뜨거웠고, 그 뜨거움은 고스란히 온몸을 타고 흘렀다.

그때, 재하에게 안겨 있던 원우가 고개를 홱 돌리며 입을 열었다.

"삼똔도 사랑한다구 해줘야지!"

"……."

"세여니가 사랑해~ 하면 나도 안아주면서 사랑해~ 이렇게 해줘!"

사랑을 받았으면 그대로 되돌려주는 게 예의라는 듯 아이는 당당한 얼굴로 재하를 바라봤다. 원우가 재하의 옆구리를 쿡쿡 찌르며 재촉했다.

"언능! 해조! 사랑해~ 하고!"

아이가 졸라대자 재하가 마른침을 한 번 삼켰다. 아무래도, 이 자리에서 은안에게 사랑한다는 말을 하지 않으면 아이는 내내 뾰족한 눈으로 저를 바라볼 것 같았다.

원우의 눈초리에 재하가 무언가 말하려 입술을 달싹이려던 그때…….

"원우야, 우리 젤리 먹을까?"

"제리?!"

은안이 원우의 시선을 아주 자연스럽게 돌렸다.

'젤리'라는 단어에 흥분한 원우가 재하의 품에서 튕겨져 나와 은안에게로 향했다.

은안은 그런 아이의 모습이 귀엽다는 듯 배시시 웃으며 아이를 안아 들었다.

"응, 이모한테 지렁이 젤리 있는데 원우 그거 좋아해?"

원우가 고개를 끄덕였다. 은안이 원우를 안은 채로 벌떡 일어났다.

"재하 씨, 정리 좀 부탁해요. 원우 간식 좀 줄게요."

그러고는 재하를 피하듯 급하게 발걸음을 뗐다.

재하는 원우를 안고 거실을 벗어나는 은안의 뒷모습을 멍하니 바라봤다. 조금 전, 커다란 눈망울을 또렷이 뜨고 저를 바라보던 여자는 사라지고 없었다. 제게서 뒤돌아가는 그녀의 어깨가 조금 처진 것 같은 건 기분 탓일까.

"하아……."

긴장으로 뭉쳐졌던 한숨을 겨우 뱉어낸 재하는 무릎에 팔을 걸치고 손으로 이마를 괴었다.

조금 전, 저는 아이의 압박에 못 이겨 무슨 말을 하려고 했다. 하지만 무슨 말을 할지를 정해놓고 입술을 달싹인 건 아니었다.

만약, 그 순간 은안이 원우의 시선을 돌리지 않았다면 제 입에서 나올 말은…… '삼촌도 이모를 사랑해.'였을까?

방으로 들어온 은안은 가방에 넣어둔 젤리를 꺼내 원우에게 주었다.

"우아아! 지렁이 젤리!!"

"원우, 이거 먹고 치카치카 두 번 하는 거야, 알았지?"

"네에!"

은안의 말에 고개를 끄덕인 아이는 침대에 앉아 젤리를 열심히 먹었다.

은안의 가방에는 늘 젤리가 있었다. 업무로 급격히 지쳐 힘이 떨어질 때 이만한 보충제가 없었기 때문이었다. 그런데, 오늘은 그 젤리가 그녀에게 도피처가 되어주었다.

처음 재하의 말을 가로챈 건, 아이의 환상이 깨질까 봐, 그리고 그의 입에서 '사랑'이라는 단어가 나오지 않을 것 같아서였다. 그래서 제 대답을 가로채 그를 사랑한다고 말했다.

오랜 시간 묵혀온 감정의 무게를 고작 한마디로 표현하고 나니 어쩐지 허무한 감정이 든 것도 잠시. 사랑한다는 말이, 이상하게 무섭게 다가왔다. 돌아올 대답이 어떤 것인지 모르는 상태로 하는 사랑 고백만큼 무서운 게 있을까.

원우가 '사랑해'라고 말하라며 채근하는 모습에 입술을 달싹이며 무슨 말을 하려던 그를 보면서 문득 그런 생각이 들었

238

다. 아무리 아이가 대답을 독촉한대도, 그는 '사랑'이라는 단어를 쉽게 말할 사람이 아니라고.

그 생각이 스치자마자, 젤리로 원우의 시선을 돌렸다. 그가 저와 친해지겠다며 노력하겠다고 말한 게 불과 얼마 전인데, 그 순간만큼은 아주 잠깐 그의 입에서 저와 같은 말이 나오길 바랐다. 천천히 와도 괜찮다고 해놓고서는 말이다. 저는 어쩌면 넓은 이해심을 가진 게 아니라 그런 척을 했던 걸까. 자꾸만 저도 모르게 그의 마음에 조급함을 느끼게 됐다.

꿈쩍 않는 바위를 1000번을 밀어도 전혀 움직이지 않을 때, 바위를 밀던 사람은 인내심을 가지며 일정한 힘과 속도로 다시 바위를 밀어내려 시도한다. 하지만 1001번째의 밀어냄에서 바위가 미세하게 움직이기 시작한다면, 그 시점부터 마음이 급해진다. 아마, 조금만 더 하면 완전히 밀어낼 수 있다는 희망이 보여서겠지.

3년간 절대 잡히지 않을 것 같던 그의 마음이 지금 제 손에 잡힐 듯 말 듯 스치는 것 같은 느낌이 들어서일까. 저답지 않게 조금씩 조급해졌다. 곧, 조급했던 마음이 깊은 한숨이 되어 흘러나왔다.

"하아."

은안은 정신을 차리려는 듯 눈을 번뜩 떴다.

아직은 이르다. 그의 마음이 온전히 제게 왔다고 여기기에. 그러니까, 만약 그 입에서 '사랑'이라는 말이 나왔다고 해도, 그건 꽉 들어찬 진심이 아닐 것이다.

"후……."

다시 한 번 허공에 뜨거운 한숨을 흩뿌린 은안이 마음을 애써 가라앉혔다.

얼마 후, 집으로 돌아온 자옥과 상훈에게 원우를 다시 넘긴 은안과 재하는 각자 시간을 보낸 뒤에야 함께 침대에 누웠다.

그래도 처음이 아니라고 조금은 편안한 자세로 나란히 누운 두 사람은 말없이 천장만 바라보았다. 불을 끄고 누운 지가 꽤 됐음에도 불구하고, 불규칙한 숨소리가 차례로 침대 위 허공을 교차했다. 두 사람 다 옆을 보지 않았음에도 알 수 있었다. 서로가 잠들지 못하고 있다는 걸.

조용하던 침대 위, 은안의 옅은 목소리가 흘러나왔다.

"재하 씨."

은안의 목소리에 재하가 고개를 슬쩍 돌렸다.

조용한 방 안, 베갯잇이 바스락거리는 소리가 유독 크게 퍼졌다. 그 소리 덕분에 그가 제게로 시선을 돌렸다는 걸 알았지만, 은안은 여전히 천장을 바라보고 있었다.

은안은 그 상태로 입술을 열었다. 계획에 없던 고백을 하기 위해. 지금껏 꾹 눌러오던 마음의 뚜껑이 한 번 열려버리니, 더 이상 예전처럼 꽉 잠기지 않았다. 그래서 이제는 억지로 제 마음을 잠그지 않기로 했다.

"아까, 원우 말에 대답한 거."

"……."

"나, 진심이었어요."

은안이 재잘재잘 말을 이어갔다. 묵직한 마음을 고백하는 것 치고는 가벼운 목소리였다.

재하는 눈가를 살짝 찌푸렸다. 어둠 때문인지, 아니면 제가 보는 은안의 얼굴이 측면이기 때문인지 모르겠지만 그녀의 표정이 잘 보이지 않았다. 그사이, 은안은 다시 입을 열었다.

"내가 그랬죠. 당신을 좋아한다고."

"……."

"아니에요. 그냥 좋아하는 게 아니라."

은안의 목소리 한 음 한 음이 마치 흰 종이에 빨간 도장이 찍히듯 마음 곳곳에 새겨졌다.

"아까 원우한테 말한 것처럼……."

"……."

"사랑해요."

그리고 마지막으로 사랑한다는 말은 심장 정중앙에 정교하게 아로새겨졌다. 절대 잊히지 않을 것처럼. 은안의 고백을 다 들은 재하가 입을 열었다.

"나는……."

하지만 은안이 그의 말을 끊었다.

"재하 씨."

조금 전과 달리 약간의 아릿함이 묻은 목소리로.

"아직, 아직은."

사랑을 말하는 목소리와 달리, 대답을 저지하는 목소리에는 떨림이 잔뜩 녹아 있었다.

"대답하지 마요."

은안이 재하 쪽으로 고개를 돌리며 살포시 웃었다.

"우리, 더 친해지기로 했잖아요. 그러니까 더 친해지고 말해 줘요. 대답은."

그와 제가 약속한 3개월의 끝이 어떨지는 아직 모르기에, 대답에 대한 조급함은 넣어두고 제 마음을 표현하는 것에 좀 더 최선을 다할 심산이었다. 그렇게 하면 최소한 제 마음을 표현하지 못했다는 후회는 남지 않을 테니까.

은안은 굳은 결심과 함께 또랑또랑한 눈빛으로 그를 바라봤다. 재하는 은안의 고백에 망치로 머리를 맞은 듯 잠시 멍해졌다.

제 마음에 든 것을 꺼내어 보여주는 일에는 큰 용기가 필요했다. 그리고 그녀는 그 큰 용기를 저를 위해 두 번이나 냈고. 겉으로는 약해 보이는 은안이지만, 사실은 생각보다 훨씬 더 강한 사람일지도 몰랐다. 그에 비하면 저는 제 마음 하나 제대로 들여다보지 못하는 바보였다.

은안은 더 친해지고 대답해달라고 했지만, 문득 조바심이 들었다. 이미 오랫동안 품었던 마음에 대한 대답을 얼마나 더 기다려줄 수 있을까 하고. 그러니, 그녀에게 대답을 해줘야 했다. 당신을 향한 마음이 아직 온전한 사랑이 아니더라도, 조금씩 변해가고 있다고. 그렇게 말해줘야 했다. 생각을 마친 재하가 은안을 향해 입을 열었다.

"나는 아직, 사랑한다는 말에 '나도…… 사랑해.'하고 원우처럼 대답해줄 수는 없어."

아이의 사랑과 달리 어른의 사랑에는 무게가 있으니까.

재하의 말에, 은안의 표정이 티 나지 않게 굳었다. 어두워서 은안의 표정을 자세히 보지 못한 재하가 다시 입을 열었다.

"근데……."

은안은 마치 재하의 말 한마디 한마디가 표정 변경 버튼이라는 듯 다양하게 표정을 바꿨다. 그리고 이어지는 그의 말은 은안의 특별한 스위치를 눌러 지금껏 지은 적 없던 표정을 짓게 했다.

"난, 당신이 울면 마음이 아파."

재하의 뭉근한 목소리가 침대 위로 울려 퍼졌다.

오늘, 부모님이 나온 꿈의 끝자락에서 저를 보던 그녀. 그리고 가느다랗게 떨어트린 한 방울의 눈물은 마치 날카로운 칼처럼 심장을 관통했다. 은안이 우는 게 싫었다. 축 처진 어깨를 하는 것도 싫었고.

"그리고 당신이 웃기만 했으면 좋겠어."

그저 은안이 웃는 게 보기 좋았다. 그리고 아프지 않았으면 좋겠고.

"이게, 당신을 보는 지금의 내 마음이야."

지금 줄 수 있는 마음을 다 꺼내 보인 재하가 긴장된다는 듯 은안을 바라봤다. 어느새 어둠에 꽤 익숙해지자, 은안의 얼굴이 조금 전보다 꽤 뚜렷하게 보였다. 어두웠던 얼굴이 어느새 많이 밝아져 있는 게 어둠 속에서도 느껴졌다. 그렇게 말없이 서로의 눈을 바라보던 두 사람은 간질간질한 마음을 부여잡았다. 그때, 은안이 눈을 두어 번 깜빡인 뒤 조심스럽게, 하지만 정확히 말했다.

"그럼 한 번만, 안아봐도 돼요?"

"어?"

"한 번만 안아봐도 되냐구요."

은안이 쑥스러운 듯 말을 살짝 늘렸다.

무슨 용기였는지는 모르겠지만, 지금 그가 꺼낼 수 있는 감정을 다 꺼낸 게 고마워서, 그리고 용기를 낸 게 조금은 기특해서 그를 안아주고 싶었다. 그래서 저도 모르게 꺼낸 말이었는데, 그가 당황한 듯해 민망해진 은안이었다. 그래도 친해지기로 했으니, 포옹 정도는 괜찮지 않냐는 말을 방패 삼아 꺼내려던 그때.

"아니, 친해지기로 해……."

"마음껏 안아도 돼."

은안의 변명은 그의 목소리에 흡수되었다. 품을 마음껏 내어주겠다는 그의 선언에 눈을 깜빡이던 은안의 귓가로 다시 중저음의 목소리가 닿았다.

"아니, 내가 안아봐도 될까, 당신?"

제 질문을 빼앗아간 그의 부드러운 목소리에 은안은 홀리듯 고개를 끄덕이고 말았다.

탁.

은안이 고개를 끄덕이자마자, 재하는 은안의 허리를 부드럽게 휘감아 제 쪽으로 당겼다. 그리고 품에 은안을 가득 안았다. 두 사람의 몸이 틈 없이 밀착되고, 큰 유리창을 통과한 밤하늘의 별빛이 두 사람에게 쏟아져 내렸다.

두 사람에게 찾아온 솔직하고 아름다운 밤이었다.

먼동이 밝아오는 새벽, 재하가 천천히 눈꺼풀을 들어 올렸다. 흐릿했던 동공에 초점이 잡히자 눈을 꼭 감고 곤히 자는 은안의 얼굴이 선명해졌다. 코앞에 있는 은안의 얼굴에 재하가 어제의 기억을 더듬었다.

"아……."

어젯밤, 그녀를 한참이나 가득 끌어안고 있었다. 은안도 아무 말 없이 제 등을 끌어안고 있었고, 그렇게 서로를 놓아줄 타이밍을 찾지 못하고 그대로 잠이 들었다.

그러고는 아침까지 한 번도 서로를 놓지 않았던 모양이다. 눈을 떴을 때 은안이 제 품에 안겨 있는 걸 보면. 눈을 뜨자마자 보이는 게 은안의 얼굴이라니, 새삼 그녀가 제 일상에 깊이 침투해 있다는 걸 느꼈다.

어젯밤의 저는 은안의 사랑한다는 고백에 똑같은 대답을 해줄 수 없다고 말했다. 하지만 눈을 뜨자마자 은안의 얼굴을 보며 웃게 되는 자신을 보며 문득 그런 생각이 들었다. 이미 알게 모르게 은안에게 미음을 많이 내어준 게 아닐까.

어느 순간부터 은안은 꽁꽁 닫힌 제 마음의 문을 한 칸씩 열고 들어왔다. 밖으로 나가기를 주저하던 제게 그녀는 그 너머에서 담담히 사랑을 말했다. 그리고 감정의 확신이 차곡차곡 쌓여가고 있는 지금, 이제 곧 스스로 그 문을 열고 나갈 수 있을 거 같았다. 만약 이 문을 열고 나가면, 그때부터 당신은 아무것도 하지 않아도 된다고. 은안에게 그렇게 말해주고 싶었다. 찬찬히 제 마음을 생각해보던 그때.

"우음……."

마치 아기 고양이처럼 몸을 움츠린 은안이 제 품을 파고들었다. 자신의 어깨에 완전히 얼굴을 파묻은 은안의 자세에, 실없는 웃음이 터져 나왔다. 미처 웃음을 거두지 못한 재하가 품을 파고드는 은안의 등을 살포시 끌어안았다. 아직, 조금 더 품 안의 숨결을 느껴도 될 정도의 시간적 여유가 있었다.

1시간 후.

"으음…… 웅?"

서서히 잠에서 깨어나던 은안이 저를 감싼 따뜻하고 단단한 느낌에 눈을 확 떴다.

눈을 뜨자마자 지척에서 보이는 그의 얼굴에 은안이 눈을 두어 번 깜빡였다. 그러고 보니, 어제 끌어안은 상태로 잠들었던 것 같다. 먼저 안아봐도 되냐고 물은 건 저였지만, 결국은 제가 아니라 그가 저를 꼭 안아주었다. 하지만 이렇게 밤새도록 꼭 안고 잘 줄은 몰랐다.

'난 잠깐 포옹하듯 안아봐도 되냐고 물은 거였는데……'

안는다는 말에 포함된 시간의 정의는 서로 달랐던 모양이다. 그래도 그가 제시한 포옹이 더 좋았다. 일어나자마자 누군가의 따뜻한 감촉을 느낀다는 게 이렇게 좋은 거라는 걸 방금 알게 됐으니까.

그의 얼굴을 빤히 바라보던 은안이 손을 들어 조심스레 그의 뺨에 손을 얹었다. 마치 그의 뺨과 저의 손에 자성이 있다는 듯 아주 자연스럽게 손이 재하의 뺨 위로 안착했다. 그의 뺨을 살짝 어루만지던 은안은 곧 익숙한 기시감에 미간을 살짝 좁혔다.

'그러고 보니까 이 장면은……'

기억을 더듬던 그때, 재하가 눈을 떴다.

"오늘도 감상 중인 건가? 그때처럼."

그는 마치 잠든 적 없다는 듯 선명한 목소리로 말을 했다.

그제야 은안은 지금의 이 상황이 경주에서 맞았던 아침과 비슷하다는 걸 깨달았다. 그때와 다른 게 한 가지 있다면, 이번엔 아직까지 그가 제 손을 떼어내지 않았다는 것 정도?

당황스러움에 눈을 굴리던 은안이 급히 손을 떼며 말했다.

"아니에요!"

"맞는 거 같은데?"

"아, 아니라니까요."

은안이 몸을 일으키며 고개를 저었다. 마치 도둑처럼 몰래 그의 얼굴을 두 번이나 만졌다는 걸 인정하고 싶지 않았다. 은안을 따라 몸을 일으킨 재하가 살짝 웃음을 터트린 뒤 입을 열었다.

"뭐, 그렇다 치고."

잠시 시선을 피했던 은안이 말끝을 흐리는 그를 향해 다시 고개를 틀었다.

"오늘 뭐 해?"

태연하게 오늘의 일정을 묻는 그를 보며 은안은 느리게 눈을 깜빡였다. 그리고 그 뒤에 따라오는 말에 멈칫했다.

"시간 괜찮으면, 퇴근하고 같이 밥 먹을까? 밖에서."

"좋아요!"

처음으로 데이트를 제안하는 그의 목소리에, 은안은 꼭 온 우주를 안은 것처럼 마음이 부풀어 올랐다.

chapter 9

선명한 두 줄

출근을 위해 샤워를 하고 화장대 앞에 앉은 은안이 깊은숨을 들이켰다.

"후우."

어젯밤, 그는 제 고백에 똑같은 대답을 해주진 않았지만, 저를 꼭 안아주었고 오늘은 먼저 밥까지 먹자고 제안했다. 모든 상황이 마치 신호 하나 없는 도로를 지나가듯 부드럽게 흘러가고 있었다. 재하의 뜻밖의 데이트 신청에 출근을 준비하는 은안의 얼굴에는 설렘이 가득 번져 있었다. 떨림을 진정시키려 가슴을 쓸어내리던 은안이 또렷하게 눈을 뜨며 고개를 저었다.

"이렇게 떨 때가 아니지, 일단 준비하자."

그렇게 은안은 잠시 떠는 것을 멈추고 화장을 시작했다.

베이스와 파운데이션을 바르고 눈썹까지 그린 은안은 다음 단계로 넘어가지 않고 잠시 화장을 멈췄다. 왠지 오늘만큼은 다른 느낌을 주고 싶어 평소엔 하지 않던 펄이 있는 섀도우를 집어 들었다. 잠시 손에 든 섀도우를 보며 고민하던 은안이 시원하게 뚜껑을 열었다.

"그래, 데이트잖아. 조금 화려해도 뭐!"

그러고는 과감한 손길로 눈 화장을 시작해 나갔다. 한 번이 어렵지 두 번은 쉬웠다. 은안은 평소에는 하지 않던 마스카라에 조금 더 밝은색 립스틱까지 바르며 화장을 마무리했다.

거기에 주로 입던 어두운색 옷이 아닌 밝은 아이보리 색의 원피스를 차려입은 은안이 거울 앞으로 가 몸을 휙휙 돌리며 제 상태를 체크했다.

이리저리 얼굴과 옷매무새를 살핀 은안이 만족한 듯 씨익 웃었다. 평소와 꽤 다른 스타일이었지만, 나름 잘 어울렸다.

"아, 회사 늦겠다!"

그때, 손목시계를 언뜻 확인한 은안이 정신없이 가방을 챙겨 방을 나섰다. 아마, 오늘은 입사 이래 역대급으로 업무 시간이 길게 느껴질 것 같았다.

오전에 시작했던 수술을 마치고 돌아온 재하가 곧장 의자에 몸을 누였다. 이른 아침에 수술이 있어 은안을 회사까지 데려다주지 못하고 먼저 출근을 했다. 재하가 초조한 얼굴로 시계를 바라봤다. 아직 2시밖에 되지 않은 시간에, 그는 손가락을 책상에 톡톡 두드렸다.

얼른 퇴근 후 은안과 식사를 하고 싶었다. 그리고 은안과의 식사를 생각하다 보니 자연스레 오늘 아침 제 뺨을 어루만지던 은안의 모습이 떠올랐다. 과감한 은안의 행동에 놀랐지만, 태연한 척을 했다. 그러고 보면 경주에서도 그렇고 오늘도 그렇고, 은근히 대담한 면이 많았다. 다 만지고 나서 부끄러워하긴 했지만.

그렇게 제 뺨을 만지고 민망해하는 그녀의 주의를 끌기 위해 어제저녁부터 내내 생각했던 일을 입으로 옮겼다. 어제 은안에게 국수를 얻어먹을 때부터, 계속 맛있는 것을 사줘야겠다는 생각이 머리를 맴돌았다. 쇠뿔도 단김에 빼라고, 바로 오늘 저녁에 약속을 잡았다. 그리고 출근하면서 바로 레스토랑을 예약했다.

"그러고 보니, 이렇게 같이 밥을 먹는 건 처음인가."

자옥이 억지로 등을 떠밀었던 것 말고, 지난번에 배가 고파 어쩔 수 없이 제육볶음을 먹었던 것 말고, 온전히 제 의지로 그녀와 밖에서 식사하는 건 처음이었다. 그 사실을 깨달은 재하가 휴대폰을 꺼내어 통화 목록에서 가장 최근에 떠 있는 번호를 눌렀다.

"아, 셰프님."

아침에 예약했던 레스토랑의 셰프였다.

"저, 특별히 부탁하고 싶은 게 하나 더 있는데요."

은안을 위해 새로운 주문 사항을 말하던 그가 기분이 좋은 듯 입매를 휘어 올렸다. 제가 준비한 것을 보고 좋아할 은안의 모습이 자연스레 떠올랐기 때문이었다.

복잡한 도로 위, 택시를 탄 은안이 멍하니 건물 숲을 응시했다. 퇴근이 가까워져 올 무렵, 재하에게서 문자가 왔다.

갑자기 급한 일이 생겨서
데리러 못 갈 거 같아.

레스토랑에서 만나.

회사 앞으로 데리러 오지 못한다는 문자와 함께 레스토랑의 주소가 찍혀 있었다. 그렇게 은안은 택시를 잡아타고 약속 장소로 가는 중이었다. 은안은 떨리는 마음에 주먹을 쥐었다 폈다 하며 큰 숨을 몇 번이나 내쉬고 들이켰다.

곧 택시는 달리고 달려 압구정의 한 레스토랑 앞에 멈췄다. 은안은 천천히 택시에서 내려 건물을 올려다봤다. 고작 밥 한 끼 먹는 걸로 뭘 그렇게 떠냐며 마인드 컨트롤을 하려 했지만, 데이트라는 단어가 은안의 세상을 가득 지배하고 있어서 소용없었다.

마음 진정을 위해 잠시 밖에서 찬바람이라도 조금 쐴까 싶어 시계를 보니, 약속 시간이 임박해 있었다. 결국 은안은 바쁘게 다리를 움직여 건물 안으로 들어갔다.

한편 같은 시각, 지하 주차장에 차를 주차한 재하가 엘리베이터로 향했다. 오는 길마다 신호에 걸리지 않은 덕분에 아슬아슬하게 약속 시간에 맞춰 도착할 수 있었다. 게다가 마침 엘리베이터도 지하 2층에 멈춰 있었다. 오늘은 마치 세상 모든 것이 저를 위해 세팅이 되어 있는 듯했다.

열림 버튼을 누른 재하가 가벼운 발걸음으로 엘리베이터에 올라탔다. 문이 닫히고, 그는 은안에게 도착했냐고 물어보기 위해 전화를 걸었다. 통화 연결음이 들림과 동시에 엘리베이터가 부드럽게 위층으로 향했다. 그리고 1층에서 엘리베이터가 멈춘 그 순간, 은안이 전화를 받았다.

[여보세요?]

"아, 나야. 어디쯤이야?"

제 말이 끝나자마자 문이 '띵' 하는 경쾌한 소리와 함께 열렸다.

[아 여기⋯⋯.]

"⋯⋯1층이에요."

동시에 수화기 속 목소리와 현실의 목소리가 겹쳐졌다.

그리고 엘리베이터 밖에서 저를 보며 함빡 미소를 짓는 은안의 모습이 마치 플래시가 터지듯 강렬하게 눈 안에 박혔다. 무방비하게 받아 들인 미소에, 재하는 넋을 놓은 듯 휴대폰을 귀에 댄 채로 멍하니 그녀를 바라봤다. 얼빠진 표정의 재하를 보던 은안이 고개를 갸웃거리며 엘리베이터 안으로 들어왔다.

"재하 씨?"

그에게서 시선을 떼지 않은 은안의 눈빛에 여전히 의문이 가득 서려 있었다. 왜 귀신이라도 본 사람처럼 꼼짝도 않고 있냐는 듯. 은안이 다시 한 번 물었다.

"재하 씨, 무슨 일 있어요?"

정면을 응시하던 그가 느릿하게 고개를 돌려 올망졸망한 눈빛으로 저를 바라보는 은안을 눈에 담았다.

쿵쿵.

조금 전보다 은안의 얼굴이 시야에 더욱 가득 차자 심장이 빠르게 뛰기 시작했다. 재하는 이번에도 아무 대답도 하지 않고 뚫어질 것 같은 시선으로 은안을 바라봤다.

분명 제가 알던 은안이 맞는데 오늘따라 마법을 부리기라도 한 건지, 아니면 제 눈에 다른 렌즈라도 끼워진 건지는 모르겠지만. 지금 이 순간, 은안의 웃는 모습은 제가 넋을 놓을 정도로 예뻤다.

"……무슨 일이 있어. 당신이……."

예뻐 보이거든, 지금.

그렇게 마음속에 맴돌던 생각이 기어코 세상 밖으로 나가야겠다는 듯 입술을 비집고 나왔다.

하지만, 곧 '띵' 하는 소리와 함께 엘리베이터가 멈추고 문이 열렸다. 그 소리가 마치 현실로 돌아오라는 듯 그의 의식을 환기시켰다.

조금 전, 대뜸 은안에게 예뻐 보인다고 하려 했던 게 민망해 뒷덜미가 간질간질해진 재하가 입을 열었다.

"······갈까?"

맥이 끊겨버린 대화에, 은안도 크게 다시 의문을 가지지 않고 고개를 끄덕였다.

"그래요."

두 사람은 엘리베이터에서 내렸다.

레스토랑 내부와 연결되어 있는 엘리베이터 덕분에 두 사람은 내리자마자 웨이터의 안내를 받아 예약한 자리로 향했다. 자리에 앉자마자 병원에서 급한 전화가 온 재하는 잠시 밖으로 나갔다.

그렇게 혼자가 된 은안은 그가 손수 예약한 레스토랑 내부를 이리저리 살폈다. 차가운 느낌이 감돌던 건물 외부와 달리, 내부는 아늑하고 따뜻한 분위기가 가득 묻어 있었다. 빈티지하면서도 아늑한 분위기의 인테리어에, 멀바우 우드 계열의 테이블, 그리고 그 위를 덮고 있는 아이보리 색의 테이블보와 싱싱한 분홍빛의 장미는 포근한 분위기를 한층 가중시켰다. 그리고 따뜻한 주황색 조명은 이 모든 것을 더 돋보이게 했다. 은안이 레스토랑을 내부를 찬찬히 눈에 담던 그때, 한 웨이터가 은안에게 다가왔다.

"특별 주문하신 케이크 나왔습니다."

웨이터의 말에 은안의 눈이 잠시 의문으로 가늘어졌다. 하지만, 시선을 내려 웨이터가 가져온 케이크를 본 은안의 눈은 곧 놀라움으로 커다래졌다. 웨이터의 손에 굳게 들려 있는 케이크는······. 누가 봐도 고백 이벤트를 위한 케이크였다. 잠시 당황했던 은안이 입을 열었다.

"어…… 잘못 가져오신 거 같은데요?"

"예약자 성함이 남재하 님 아니세요?"

당연히 잘못 온 케이크라고 생각했는데, 웨이터의 입에서 그의 이름이 나오자 은안은 혼란스러워졌다.

'이 케이크를 재하 씨가 준비했다고?'

흰색의 생크림에 꽃들이 올라가 있는, 화려하면서도 상대방을 위한 마음이 잘 드러난, 누구나 한 번쯤은 꿈꿀 로맨틱함이 잔뜩 묻어 있는 케이크였다.

순간 저를 안아도 되냐고 묻는 모습, 저를 보며 웃던 그의 모습 등등 여타 수만 가지의 장면들이 은안의 머릿속을 스쳐 지나갔다.

천천히 대답해달라고 했는데, 설마 벌써?

은안의 상념이 짙어질 무렵, 웨이터의 곤란한 목소리가 다시 귓가에 닿았다.

"예약자 성함이 남재하 님 맞으신가요?"

"아, 네. 예약자명이 남재하가 맞긴 한데……."

'이 케이크는 저희 테이블 게 맞는지 모르겠네요.'

은안이 확신 없는 뒷말을 삼킨 그때, 옆 테이블에서 한 남자가 걸어왔다.

"저…… 죄송합니다만, 저희 테이블로 와야 할 케이크 같은데요."

멋들어지게 슈트를 빼입은 남자가 웨이터에게 정중히 말했다. 은안이 옆 테이블로 시선을 슬쩍 돌렸다.

누가 봐도 프러포즈 케이크가 가야 할 곳은 옆 테이블이었다. 테이블 위에 올려진 꽃다발 하며 그 옆으로 보이는 반지 케이스까지.

순식간에 확신했다. 이 케이크가 제 것이 아니라는 걸. 아닐 걸 알면서도, 마음속 보이지 않는 곳에서 티끌만 한 기대라도 하고 있었다는 듯 입 안 가득 쓴맛이 감돌았다. 하지만, 은안은 그런 감정 따위 느낀 적 없다는 듯 여유를 그득 담은 말투로 말했다.

"옆 테이블 케이크 같네요. 저희 게 아니라."

그때, 지배인으로 보이는 남자가 은안의 테이블 쪽으로 와 웨이터와 얘기를 나눴다. 결국 중간 전달에 오류가 있었던 것으로 결론이 났고 케이크는 제자리를 찾아갔다. 곧이어 재하가 자리로 돌아왔고, 은안이 그를 향해 말했다.

"재하 씨, 메뉴 주문할까요?"

"아, 그게……."

주문하자는 말에 그가 잠시 뜸을 들였고, 은안의 얼굴에 의문이 차올랐다. 그때, 조금 전 케이크 서빙 실수를 했던 웨이터가 다가왔다.

"식전 샐러드 준비해드리겠습니다."

"아, 저희 아직 메뉴 주문 전인데……."

은안은 재하가 레스토랑의 위치를 알려주자마자 포털 사이트에 레스토랑에 대해 검색을 했다. 이곳은 이태리에서 유학을 한 셰프가 운영하는 곳으로, 식전 샐러드만 세 종류를 준비해두고 고를 수 있는 곳이라고 했다.

이번에도 웨이터가 실수를 한 것 같아 은안이 조마조마한 얼굴로 우리 게 아니라는 신호를 보냈다. 이번에도 실수하면 지배인한테 혼이 날 거 같았기 때문이었다. 은안의 걱정스러운 얼굴과 달리 맞은편에서 안정적인 목소리가 들려왔다.

"놓아주세요."

그의 목소리에 은안이 웨이터에서 재하에게로 시선을 홱 돌렸다. 은안의 시선에, 재하는 뜸 들였던 뒷말을 마저 이어갔다.

"사실, 태수 형 통해서 물어봤어. 당신 음식 취향."

"형부한테 물어봤다구요?"

"응."

재하가 고개를 가볍게 끄덕였다.

퇴근 후 레스토랑에 가서 메뉴를 보고 주문하면 시간이 늦어질 거 같아 메뉴도 미리 예약을 하려던 재하는 곤란에 빠졌다. 은안이 무엇을 좋아하고 싫어하는지, 무엇을 잘 먹고 못 먹는지를 몰랐기 때문에.

하지만 그걸 또 당사자에게 묻기가 민망해 태수를 통해 은안의 언니인 은진에게 은안의 취향을 물었다. 전달받은 취향을 꼼꼼하게 반영해 메뉴를 고르고 미리 주문을 해둔 참이었다. 재하의 말에 웨이터는 가슴을 쓸어내리며 샐러드를 놓아주었다. 샐러드가 테이블에 놓이자 코끝으로 유자 향기가 은

258

은하게 스쳤다. 유자 드레싱을 뿌린 그린 샐러드였다.

"먹어봐. 당신 입맛에 맞을 거야."

재하의 권유에 은안이 포크로 샐러드를 집어 한입에 넣었다. 입 안에 싱그러운 향이 감돌고 아삭한 식감의 야채가 씹혔다. 샐러드는 반박할 수 없이 제 취향이었다. 그 이후로 나온 음식들도 대부분 제 입맛에 맞춰진 것들이었다. 트러플 오일이 뿌려진 관자 구이도, 양갈비 스테이크도.

많은 메뉴 중 제 입맛에 맞는 메뉴를 골랐을 재하의 모습에, 이상하게 마음이 몽글몽글 피어올랐다. 잘못 온 케이크에 아주 잠깐 기대했던 감정, 그리고 그것이 제 것이 아니라는 미약한 서운함까지 모두 다 싹 씻겨 내려갔다.

'이 간사한 마음아.'

음식을 먹으며 내내 한 생각이었다.

고팠던 배가 어느 정도 채워지자, 은안의 머릿속에 궁금함이 스쳐 지나갔다. 레스토랑에 들어오기 전 엘리베이터에서 그가 하려던 말이 뭐였는지. 먹던 음식을 삼키고 물을 한 모금 들이켠 은안이 입을 뗐다.

"근데, 아까 하려던 말이 뭐예요?"

"응?"

재하는 아까가 언젠지 모르겠다는 듯 한쪽 눈썹을 까딱였다. 그 모습에 은안이 정확히 시점을 짚어주었다.

"아까, 엘리베이터에서요."

"아……."

은안이 시점을 정확히 명시해주자 그가 살짝 놀란 듯 동공을 확장했다. 순간, 강렬하게 각인된 그 순간이 다시 눈앞에 어른거렸다. 그리고 웃는 그녀의 모습이 온 마음을 헤집었다.

한편, 재하가 무슨 대답을 내놓을지 잔뜩 집중한 은안의 입술이 동그랗게 말렸다. 그 모습에 재하는 또 저도 모르게 은안이 귀엽다고 생각하고 있었다. 그때, 뜸을 들이는 그를 보며 은안이 다시 한 번 물었다.

"뭐예요? 궁금해요."

"그때는……."

자그마한 입술을 타고 흐르는 동글동글한 목소리에, 정확히 뭔지 모를 감정이 머리끝까지 치솟았다. 은안의 물음에 대답을 해야 하는데, 마음이 울렁거려 대답이 잘 나오지 않았다. 오늘따라 은안을 볼 때마다 종종 넋을 놓게 되고, 마음이 울렁거렸다. 그리고 웃는 모습이 유독 예뻐 보였다.

이런 증상을 겪으면서도 재하는 아직 완전히 자각하지 못했다. 이 모든 것이 마음 깊은 곳에 심긴 감정의 씨앗이 싹을 틔우기 위한 과정이라는 것, 그리고 그 안에서 움트고 있는 감정은 의심할 여지가 없는 사랑이라는 것도. 울렁이던 마음을 겨우 진정시킨 그가 은안의 짙은 밤색 눈동자를 뚫어지게 바라보며 입을 열었다.

"오늘, 달라 보인다고 말하려고 했어."

"……!"

"평소랑 달리, 특별해 보인다고."

말에 담긴 내용 때문인지, 아니면 유독 부드럽게 풀어 헤쳐진 목소리와 표정 때문인지 구름을 탄 듯 비현실적인 느낌이 은안의 온몸을 감쌌다. 그렇게 두 사람은 서로 다른 이유로 잔뜩 떨림을 머금고 있었다.

어느새 식사가 마무리되고, 디저트가 나올 차례였다. 아까 내내 서빙을 담당했던 웨이터가 아닌 셰프로 보이는 남자가 접시를 들고 다가왔다.

"아까 전화로 예약하신 디저트입니다."

'예약'이라는 소리에 은안이 살짝 떨리는 입술을 말아 넣었다. 이번에도 잘못 온 걸까? 테이블 터를 잘못 잡은 건가? 마음속으로 가게 내의 풍수지리를 따져보던 그때, 자연스레 접시가 앞으로 놓여졌다.

"감사합니다, 셰프님."

"하하, 아닙니다. 오랜만에 뵈니 반갑네요, 교수님."

재하와 셰프가 친분이 있다는 듯 대화를 나누자 은안은 어리둥절했다.

"아, 일단 설명부터 드릴게요."

안부를 물으려던 셰프는 은안의 앞에 플레이팅된 디저트에 대해 설명했다.

"오늘 제가 준비한 디저트는 딸기 무스 케이크입니다. 아, 이

접시 위에 나름의 스토리가 있는데 들어보시겠습니까?"

멀뚱하게 있던 은안이 고개를 끄덕이자 셰프가 말을 이어갔
다.

"이 초콜릿 무스 보이시죠?"

"네."

도화지 같은 흰 접시의 왼쪽에는 초콜릿 무스가 그러데이션
으로 펴 발라져 있었고, 그 옆으로 딸기 무스 케이크와 머랭
쿠키가 정갈하게 조화를 이루고 있었다.

"어둠에서 밝은 세상으로 가는 걸 형상화한 겁니다. 원래
있는 메뉴는 아니고, 남 교수님께서 직접 주문해주셨어요."

내내 셰프의 설명을 들으며 케이크에 시선을 고정했던 은안
이 고개를 들어 그를 바라보았다.

"이걸…… 직접 주문했다고요?"

시선은 재하에게 고정한 채, 셰프에게 물었다.

"네, 직접 이렇게 표현해달라고 부탁하셨습니다. 마음에 드
시는지 모르겠어요."

어둠에서 빛으로. 그 안에 담긴 깊은 뜻까지는 모르겠지만,
좋은 의미인 건 분명했다. 은안이 고개를 주억이며 소담한 웃
음을 머금었다.

"네, 정말 마음에 드네요. 감사합니다."

은안의 인사에 가볍게 묵례를 한 셰프가 떠나고, 재하가 디
저트용 포크를 놓아주었다.

"먹어봐. 여기 디저트 정말 잘해."

없는 메뉴를 특별 주문한 건 은안이 제 인생에 스며들기 시작하면서, 내내 어둡기만 하던 세상이 조금씩 밝아지고 있다는 뜻을 표현하고 싶어서였다. 말로 내뱉기 쑥스러운 속마음을 이렇게라도 전하기 위해서.

은안은 스스로 뜻을 해석한 건지 아무 말 없이 포크를 받아 들었다. 그리고 조심스럽게 케이크를 잘라 입 안에 넣었다. 달콤한 맛이 입 안 가득 퍼지고, 보드랍고 폭신한 식감이 혀끝을 에워쌌다. 그냥 먹어도 맛있었을 디저트겠지만, 그가 특별히 주문했다는 것에 더한 달콤함이 느껴졌다.

"입에 맞아?"

재하가 다정하게 물었다. 다람쥐처럼 볼을 오물거리며 먹는 은안의 모습이 퍽 귀여웠다. 왜 사람들이 밥을 먹으며 정이 든다는 건지 알 것 같았다.

디저트를 특별히 준비한 건 여러 이유가 있어서였다. 처음으로 분위기가 좋은 곳에서 식사하는 것에 대한 기념. 원우가 왔던 날, 따뜻한 시간을 함께 보내준 은안에 대한 고마움. 그리고 저 디저트를 먹고 좋아할 은안의 얼굴을 보고 싶은 사심 조금. 이런 마음이 한데 어우러진 결과였다.

그때, 디저트를 거의 다 먹은 은안이 물었다.

"어떻게 이런 걸 따로 준비할 생각을 했어요?"

"고마워서."

"뭐가요……?"

그녀는 뜬금없는 고마움 표현에 의문이라는 듯 고개를 기울였다.

그때, 재하가 대답하지 않고 자리에서 살짝 일어나 가볍게 상체를 숙였다. 그리고 살짝 벌이진 은안의 입술을 손가락으로 부드럽게 훑었다.

"뭐 하는……?!"

당황한 은안의 볼과 목덜미가 순식간에 불그스름해지고, 그는 순식간에 자리로 돌아갔다.

"아, 케이크가 묻어서."

자연스러운 재하와 달리 은안의 눈은 지진이라도 난 듯 떨렸다.

어젯밤에 껴안고 자더니, 이런 것쯤은 아무것도 아니라는 건가? 아니면, 이것도 친해지기 위한 노력인 건가? 아니, 그래도 그렇지 뭐가 이렇게 자연스러워?

꼬리에 꼬리를 물던 은안의 생각이 그의 목소리에 끊겼다.

"어제, 당신이 끓여준 국수. 고마워서."

"아……."

"나도 맛있는 걸 사주고 싶었어."

"그랬구나……."

분명 맛있는 식사였다. 그가 저를 위해 세심히 메뉴를 예약한 것도 좋았고, 특별한 디저트를 준비한 것도 감동적이었다. 하지만, 어딘가 모르게 2% 부족한 느낌이 들었다.

그리고 은안은 곧 해답을 찾아냈다.

데이트라고 들뜨기엔, 의례적인 답신 메일을 받은 듯해서였

264

다. 그와 저의 사이가 기브 앤 테이크가 없는 사이였으면 하는 조금 유치한 마음. 그의 대답이 '나도 맛있는 걸 사주고 싶었어.'보다 '그냥 같이 밥 먹고 싶었어.'였으면 더 좋았을 텐데, 라는 미미한 욕심이 마음 곳곳을 침범했다.

잠시 입을 굳게 다물었던 은안이 티 나지 않게 어깨를 늘어트리며 말했다.

"다음엔."

"……?"

"다음엔, 그냥 맛있는 거 사줘요. 다른 이유 없이."

"……알았어."

은안의 속뜻을 아는지 모르는지 재하가 고개를 끄덕였고, 은안은 다시 싱긋 웃어 보였다. 정확히 언제가 될지는 모르겠지만, 그와 밖에서 할 다음 식사는 아무 이유도 없는 진짜 데이트이길 바라며.

다음 날 아침, 먼저 출근한 재하가 없는 침대 위, 은안이 아직 잠에서 깨어나지 못하고 몸을 뒤척였다. 잠이 깰 듯 말 듯 한 반수면 상태의 은안이 유독 찌뿌듯한 느낌을 느끼며 이불 속으로 몸을 좀 더 깊게 파묻었다. 순간 약한 오한을 느낀 은안이 이불을 머리끝까지 끌어당겼다.

'몸살인가?'

결국, 잠에서 깼지만 아직 일어날 마음이 없다는 듯 눈을 감은 은안이 한숨을 살짝 내뱉었다.

"하아……."

어제 그렇게 무리한 것도 아닌데, 이렇게까지 컨디션이 좋지 않을 일인가. 그러고 보니, 요 근래 컨디션이 최상이었던 적이 없었다. 영양제라도 챙겨 먹어야 하나 싶던 생각이 들던 찰나…….

"그러고 보니까 이번 달에 생리할 때가 지난 거 같은데."

머릿속에 섬광처럼 빠른 속도로 한 가지 일에 대한 가능성이 스쳤다. 지금껏 상상조차 해보지 않은, 그 일에 대한 가능성이.

머리를 강하게 스치고 지나간 생각에 누워 있던 은안이 몸을 벌떡 일으켰다. 약한 오한이 드는 몸, 지나간 생리 주기, 이유 없는 피곤. 이 상황에서 추측할 수 있는 한 가지의 결론은…… 임신.

차마 단어를 입 밖으로 내뱉지 못한 은안은 서둘러 침대에서 일어났다. 그리고 비척거리며 화장대 앞으로 걸어가 어제 들었던 가방을 뒤적였다.

"여기 어디 있을 텐데……."

가방의 맨 밑에 손을 넣은 은안이 작은 종이 상자를 집어 들었다. 곧 밖으로 모습을 드러낸 건 임신 테스트기였다.

―어머, 자기도 하나 줄까? 아직 애 생각은 없어? 결혼한 지
　꽤 됐잖아.

—아…… 저는 아직요.

—그래도, 혹시 모르잖아. 많이 샀으니까 하나 가져!

어제, 한창 임신을 준비하고 있는 같은 팀 대리님이 주신 테스트기를 얼떨결에 받아 들었다. 필요 없다고 다시 돌려주려던 걸, 그냥 말없이 가방에 넣었었는데……. 이렇게 바로 써보게 될 줄이야.

근래에 종종 피곤함을 느꼈을 뿐, 임신 가능성에 대해서는 전혀 생각해보지 않았다. 물론, 모든 일에 100%의 확률은 없다. 하지만, 그날은 술 때문에 정신이 없던 와중이지만 철저했는데……. 순식간에 혼란해진 마음에, 은안이 입술을 잘근잘근 씹었다.

"혹시나 해서 해보는 거야."

불안감이 옅은 연기처럼 피어올랐지만, 아직은 아니라는 쪽에 좀 더 확신이 실렸다. 아주 낮은 확률의 일이 제게 찾아올 리 없다며 애써 부정하면서도, 은안은 테스트기를 감싼 작은 종이 상자가 마치 판도라의 상자라도 된다는 듯 잠시 망설였다.

"근데, 만약 맞으면……."

맞으면 어떻게 하지?

그리고 모든 게 착각일 거라는 무거운 확신은, 마치 시소의 반대쪽에 훨씬 무거운 것이 올라탄 것처럼 순식간에 공중으로 떠올랐다. 본디 사람이란 더 무서운 쪽의 가능성에 무게를 싣게 되어 있으니까. 만약 제가 아이를 가진 게 맞다면, 그에게 어떻게 말해야 할까. 아니, 말을 할 수나 있을까.

그의 마음이 아직 확실치 않은 지금, 잠시 잊고 있었던 '책임'이라는 단어가 수면 위로 떠올랐다. 은안이 초조한 표정으로 애써 고개를 저으며 화장실 안으로 들어섰다. 제발 제 느낌이 틀린 것이길 빌며.

잠시 후, 은안은 힘없이 화장실 문을 열고 나왔다. 조금 전보다 발걸음에 힘이 없었고 얼굴도 더 창백했다. 그녀는 화장대 의자에 털썩 주저앉았다. 그리고 희미하게 빨간색 두 줄이 비치는 테스트기를 흔들리는 눈으로 바라보았다.

"두 줄……이네."

희미하지만 확실한 두 줄에, 은안의 목소리가 떨리기 시작했다. 눈을 질끈 감은 그녀는, 그와 하룻밤을 보낸 뒤 나눴던 대화를 기억해냈다. 책임질 일이 있으면 지겠다던 그의 목소리가 귓가를 맴돌았다.

다른 것에 구속받지 않고 그의 감정과 저의 감정이 오롯이 맞닿기를 바랐다. 그런데, 아직 2% 부족한 그와 저의 사이에 이런 변수가 생길 거라고는 꿈에도 예상치 못했다.

"하아……."

은안이 짙은 한숨을 흘뿌렸다.

이럴 줄 알았으면, 차라리 거짓말을 하지 말걸 그랬다.

시리얼을 먹으며 제 마음을 인정했던 날, 그 뒤의 일들에 대해서는 그렇게 부정을 했는데…….

이제 와서 어떤 식으로 얘기를 꺼내야 할지 막막했다. 아니,

그와 보냈던 밤조차 어떻게 말해야 할지 감이 오지 않았다. 사랑해서 결혼한 부부도 계획 없이 아이가 찾아오면 더럭 겁이 나기 마련인데, 하물며 저와 그는 이혼을 목전에 둔 시점에서 하룻밤을 보냈다. 겁이 나고 자신이 없는 것도, 그의 반응이 두려운 것도 당연했다.

물론 그의 성격에 아이를 외면하진 않겠지만, 그렇다고 이런 상황에서 마음 깊숙한 곳에서까지 아이를 온전히 반길 거라고 확신할 수도 없었다. 잠깐 불안함에 파묻혔던 은안이 서글픈 표정으로 조심스레 배에 손을 얹었다.

"미안, 아가야."

배 속의 존재를 알게 된 순간, 온전하게 아이를 반기지 못하는 제 자신이 원망스러웠다. 겨우 꼬리에 꼬리를 무는 생각을 끊어낸 은안이 일단 가장 먼저 해야 할 일을 떠올렸다.

"오늘, 병원부터 가보자."

그날 저녁, 은안은 퇴근 후 야간 진료를 하는 산부인과를 찾았다. 아침에 피 검사를 한 뒤, 경과를 듣기 위해 퇴근 후 다시 병원으로 왔다.

"축하드립니다. 임신 4주차입니다."

의사가 은은한 미소를 지으며 말했다.

"아직 초음파로는 아기집이 안 보이니까, 다음 주에 다시 오시겠어요? 원래 4주차 때는 안 보이는 경우도 종종 있어요."

"네."

차트를 작성하던 의사가 고개를 다시 은안 쪽으로 틀며 말했다.

"다음 주에는 보호자분이랑 꼭 같이 오세요."

'보호자'라는 단어에 은안이 살짝 움찔했지만, 이내 고개를 끄덕였다. 진료가 끝나고, 은안이 진료실을 나섰다. 제가 마지막 산모였기에 병원 안과 밖이 모두 한산했다. 피곤한 기색이 역력한 얼굴로 은안이 자동문 버튼을 눌렀다.

지이잉.

문이 열린 그때, 누군가가 은안을 불렀다.

"은안이, 너?"

"선배?"

맞은편 안과에서 나와 제 이름을 부른 사람은, 회사 사수이자 대학 선배인 재휘였다.

우연히 재휘와 마주친 은안이 근처 카페로 자리를 옮겼다.

"선배는 병원에 웬일이에요?"

"퇴사 전에 일을 너무 열심히 한 건지, 다래끼가 나서."

은안이 살짝 부은 재휘의 눈을 보며 고개를 끄덕였다.

"넌 어쩐 일이야?"

재휘의 물음에 은안이 따듯한 페퍼민트가 든 잔을 꼭 움켜
쥐었다. 한없이 무거울 거 같았던 입술이 생각보다 쉽게 열렸
다.

"……저, 임신했어요."

곧 한국에 없을 사람이라 그런 건지, 아니면 오랫동안 편하
게 지낸 선배라서 그런 건지는 모르겠지만 이상하게 말이 술
술 나왔다.

"근데 표정이 왜 그래?"

"제 표정이 어떤데요?"

생각지 못한 직구에 은안의 손이 살짝 떨렸지만, 애써 의연
한 척했다. 하지만, 은안의 얼굴은 불안함으로 물들어 있었고,
말하지 못할 비밀을 품고 있는 사람처럼 초조해 보였다.

"많이 두려워 보여. 생각지 못한 일을 맞이한 사람처럼."

재휘는 은안에게 아무것도 묻지 않았다. 다만 느끼는 그대
로 얘기했다. 물론 계획에 없는 아이가 생긴다면 불안해하거
나 두려워할 수 있다.

하지만, 병원을 나서면서까지 불안해하는 경우는 흔치 않았
다. 피치 못할 사정으로 아이를 책임지기가 힘들다거나 상대
방에게 알릴 수 없는 상황이 아니라면.

은안의 사정이라면 전자는 아닐 것이고, 후자에 더 가능성
이 있었다.

사실, 재휘는 지금까지는 막연히 은안과 남편의 사이가 그
렇게 좋지 않을 거라고 추측만 했었다. 정략결혼으로 이어진

남편의 얘기를 단 한 번도 꺼내지 않는 모습은 어렴풋이 그들의 사이를 추론할 수 있게 했으니까. 하지만, 얼마 전 회사 앞으로 내뜸 찾아온 재하의 모습은 그가 상상했던 것과 달랐다. 정략결혼한 아내를 대하는 태도라기엔, 어딘가 애정이 묻어나는 그런 느낌이었다.

'남편이랑 사이가 괜찮은 거면, 아이가 생긴 걸 좋아해야 하는 거 아닌가?'

짐작과 달리, 은안의 얼굴은 어딘가 모르게 곤혹스러워 보이기까지 했다. 이내 혼자 하는 추측이 의미가 없다는 걸 깨달은 재휘가 입을 열었다. 은안의 고민이 뭐든, 저도 도움을 받은 만큼 돌려주고 싶었다. 때로는 고민을 들어주는 것만으로도 큰 힘이 되니까.

"남편은 뭐래?"

"남편은…… 아직 몰라요."

모른다는 말에 은안의 한숨이 섞여 들었다.

눈썹을 까딱이는 재휘를 보던 은안이 입을 열었다.

"선배, 선배는 처음에 세희 언니가 아이 가졌다고 했을 때 어땠어요?"

세희는 재휘의 옛 연인이자 하나뿐인 아들의 엄마였다. 재휘와 같은 학과를 나왔던 은안도 두 사람을 모두 알고 있었다. 그리고 두 사람에게 있었던 일들도. 예기치 못하게 아이가 생기고, 아이를 책임지려던 둘의 모습, 그리고 그 속에서 깨져 버린 둘의 사이까지도.

재휘는 은안의 물음에 잠시 놀란 듯 얼굴의 근육이 굳었지만, 이내 다 지난 일이라는 듯 표정을 풀었다.

"놀랐지, 무서웠고. 그리고 그다음엔 어떻게든 책임을 져야겠다는 생각이었어."

놀라움, 무서움, 책임. 이 단어들이 활처럼 차례로 은안의 심장을 관통했다.

"근데, 은안아. 너랑 네 남편은 다르잖아. 그때 우린, 대학생 커플이었고, 금전적으로도 어려운 상태였어. 넌 우리랑은 아주 다른……."

"선배, 그거 알아요?"

은안이 제 말을 끊자, 재휘의 동공이 작게 확장됐다.

"저요, 꽤 오랫동안 제 남편을 짝사랑했어요."

"……."

"그리고 이제 그 사람도 조금씩 절 보기 시작했어요. 근데, 아직은……."

은안은 재휘를 대나무 숲 삼아 깊숙이 박혔던 감정을 토해 내기 시작했다.

"그 사람이 보통의 남편들처럼 아이를 반겨줄 거라는 확신이 없어요."

그가 좋은 사람이라는 것도 알고, 제게 노력하겠다고 말한 것도 안다. 하지만, 이 일은 그런 감정에 기대어 털어놓을 수 있는 무게가 아니었다.

"그리고…… 아이 때문에 서로를 보며 살아가는 부부가 되고 싶진 않아요."

봇물 터지듯 터진 마음이 끝을 모르고 입 밖으로 새어 나왔다. 마지막일 거라고 생각했던 그 밤이, 그에게 숨기려고 했던 그 밤이, 이젠 숨기지도 피하지도 못할 밤이 되어버렸다. 느리게 눈을 감았다 뜬 은안이 물기 가득한 목소리로 다시 입을 열었다.

"물론, 재하 씨는 책임을 지려고 할 거예요. 우리는 금전적으로 부족하지도 않고, 이미 부부라는 틀 안에 있으니까, 아이를 키우는 데 큰 문제는 없겠죠."

"……."

"근데, 선배. 그 사람이 아이에게 느낄 책임감을 나한테까지 느끼는 게 싫어요."

은안의 잇새로 가느다란 울음이 터졌다. 그리고 사랑에서 멀어질 거라는 두려운 마음이 가는 눈물방울이 되어 은안의 볼을 적셨다.

그와 많이 가까워졌다는 걸 알면서도 두려웠다. 이 일이 밝혀졌을 때, 마저 채우지 못한 그와 저 사이의 감정의 공간을 가득 메우는 게 사랑이 아니라 책임감이 될까 봐. 그래서 말해야겠다는 용기가 쉽게 올라오지 않았다.

어쩐지 모든 게 그와 하룻밤을 보낸 뒤의 원점으로 돌아온 기분이었다.

지금의 저는 그날처럼 그가 책임감이라는 감정으로 저를 대할까 봐 두려웠으니까.

재하는 정원을 서성이며 1분에 한 번씩 시계를 흘긋거렸다.

지금 시각은 9시. 은안의 평균 귀가 시간보다 약 2시간이 지난 시간이었다.

"왜 안 오지……."

오늘 조금 늦을 거 같아요.

6시쯤 은안이 보낸 문자를 다시 열어본 재하가 꼭 주인을 기다리는 강아지처럼 정원을 거닐었다.

차가운 공기에 손이 조금씩 얼어갈 때쯤…….

끼익―.

정원 밖으로 차가 멈추는 소리가 들렸다.

당연히 은안이 탄 택시가 멈춘 소리라고 생각한 재하가 정원 현관으로 빠르게 발걸음을 옮겼다.

철컹―.

쇠로 된 무거운 문이 열리는 소리가 공중으로 흩어졌다. 그리고 반가운 표정으로 문을 연 재하의 얼굴이 순식간에 예민하게 곤두섰다. 찢어질 것 같던 브레이크 소리의 주인공은 택시가 아닌 흰색 세단이었다. 그리고 그 앞에는 은안과 재휘가 서 있었다.

"윤재휘 씨?"

재하의 미간이 미세하게 좁혀졌다. 한 번 봤지만, 잊을 수 없었던 남자였다. 생김새에 별다른 특징이 있어서가 아니라, 은 안의 옆에 있어서 기억에 남은 남자.

둘의 모습을 본 재하가 은안의 옆으로 성큼성큼 걸어왔다.

재휘를 바라보는 그의 눈에서 미약한 레이저가 나오는 거 같았다. 그 눈빛을 감지한 재휘가 한쪽 입꼬리를 올리며 입을 열었다.

"아, 은안이가 몸이 안 좋아서 데려다줬습니다."

재하가 곧장 고개를 틀어 은안을 바라봤다. 은안의 입술은 바싹 말라 있었고 눈가가 퀭했다.

"어디 아파? 괜찮은 거야?"

"괜찮아요."

은안이 힘없이 고개를 흔들었다. 은안을 향한 걱정이 잔뜩 묻은 재하의 눈빛을 본 재휘는, 조금 전 카페에서 나눴던 대화 를 상기했다.

─그래서, 지금 가장 두려운 게 뭐야?

─남편의 마음이요. 아직 절 어떻게 생각하는지에 대한 확 신이 없어서…….

건조한 표정으로 허공을 응시하는 은안과 그런 은안을 걱정 스레 바라보는 재하를 보며 재휘는 속으로 생각했다.

'걱정할 필요 없는 거 같은데. 네 남편은 널 사랑하는 거 같 거든.'

둔한 당사자들은 아직 모르는, 제삼자의 눈에만 보이는 감 정이었다. 재하의 날 선 눈빛이 재휘를 향해 있었다. 누군가를 이유 없이 싫어해본 적이 없었는데, 이상하게 윤재휘라는 남자는 이유 없이 마음에 들지 않았다. 재하의 첨예한 시선에도 개의치 않는다는 듯 재휘는 은안 쪽으로 시선을 돌려 일부러 다정한 말을 건넸다.

"몸 잘 챙겨. 날씨도 쌀쌀한데."

제 말에 더욱 이글이글 타오르는 재하의 눈빛을 슬쩍 확인한 재휘가 입을 씰룩였다. 둘은 심각했지만, 서로 다른 구멍을 열심히 파고 있는 모습이 재휘에게는 너무 잘 보였기 때문이었다. 분명 서로를 마음에 두고 있는 것 같은데, 아주 얇은 장막 한 겹만 벗겨내면 될 거 같은데.

순간, 답답한 두 사람을 보던 재휘는 한 가지 기지를 생각해냈다. 두 사람에게 사랑보다 쉬운 질투라는 감정을 일깨워주는 것. 광활한 감정의 스펙트럼에서 사랑은 딱 집어내기 힘들지만, 질투라는 감정은 비교적 찾아내기가 쉬웠으니까. 그리고 질투라는 감정을 역으로 쫓아가다 보면 사랑이라는 감정에 도달할 때도 있었다. 재휘는 두 사람에게 이 방법이 통하길 바라며 아주 약간의 선을 넘어보기로 했다.

"자, 이거. 아까 보니까 손이 차 보이더라."

재휘가 제 주머니에 있는 손난로를 꺼내 은안에게 건넸다. 은안의 앞으로 건네진 손난로를 보던 재하의 눈자위가 느리게 움직였다.

'이 자식이 지금 뭘 건네는 거지?'라는 표정이었다.

하지만, 얼이 빠진 은안은 아무 생각 없이 재휘의 손난로를 받아 들었다. 그 순간 재하의 손이 마치 골문을 지키는 수비수가 태클을 걸듯 날카롭게 치고 들어왔다.

"괜찮습니다. 곧 집으로 들어갈 건데."

"정원이 꽤 넓어 보이는데, 잠시라도 따듯하면 좋을 거 같은데요."

적대적인 재하의 태도에도 재휘는 평안한 태도를 유지했다. 재휘가 은안에게 관심이 있는 거라면 같이 불꽃을 뿜었겠지만, 그게 아니었으니 여유롭기만 했다. 하지만 웃기게도 그 모습이 재하를 더 열 받게 했다.

재하가 순식간에 제 겉옷을 벗어 은안을 돌돌 감쌌다. 은안은 사이즈가 큰 재하의 옷 때문에 꼭 포대기를 뒤집어쓴 눈사람 같아졌다. 정중한 말투와 어울리지 않게 약간 사나운 표정을 한 그가 은안을 제 쪽으로 조금 더 당겼다.

"괜찮습니다. 이렇게 가면 되거든요."

저를 태워버릴 것 같은 눈빛에 재휘는 확신했다.

'질투, 맞네.'

이렇게 빤히 보이는 답을 놓고도 헤매는 두 사람이 이젠 조금 답답할 지경이었다. 그때, 재하가 기어이 은안의 손에 있는 손난로를 다시 재휘에게 건넸다. 그리고 곧 이성을 찾은 재하가 평소처럼 감정이 거의 묻어나지 않는 목소리로 말했다.

"그럼, 저희는 먼저 들어가보겠습니다. 조심히 가세요."

은안의 어깨를 살포시 감싼 재하가 몸을 튼 그때.

"아, 은안아. 걱정하지 마. 괜찮을 거야."

재휘의 목소리가 들리고, 은안과 재하가 다시 반대쪽으로 몸을 틀었다. 거의 넋을 놓고 있었던 은안이 영혼 없는 얼굴로 고개를 끄덕였다.

그리고 재하는 저만이 알아들을 수 없는 대화를 하는 둘의 모습에 어금니를 꽉 깨물었다. 이상하게 단전에서부터 열이 오르는 기분이었다. 하지만, 직장 동료의 단순한 응원에 벌컥 화를 내는 그림도 이상해, 재하는 애써 끓어오르는 무언가를 잠재웠다.

그렇게 두 사람이 집 안으로 들어가고, 닫힌 현관문을 물끄러미 보던 재휘가 중얼거렸다.

"누가 봐도 마음이 있는데, 왜 저렇게 불안해하는 거지."

의문에 어깨를 까딱인 재휘가 이내 차에 올라탔다. 저렇게 투명하게 보이는 감정들이니, 은안이 제 남편의 감정을 알아채는 건 시간문제라는 생각이 들었다. 이제, 제삼자의 할 일은 끝났다고 생각한 재휘가 시동을 걸어 차를 움직였다.

하지만, 애석하게도 걱정이란 안개가 자욱해진 세상에서, 은안은 아무것도 볼 수 없었다.

그의 눈빛도, 그의 질투도. 그의 마음도.

2층의 방 안으로 들어온 재하가 은안을 의자에 앉혔다. 혼이 빠진 듯 은안의 동공엔 초점이 없었고, 몸도 조금씩 휘청였다. 그 앞에 무릎을 꿇고 앉은 재하가 은안과 시선을 맞췄다.

"무슨 일 있어?"

"……없어요."

그와 눈이 마주친 은안이 고개를 홱 돌리며 대답했다.

다정한 눈빛에 부드러운 말투를 마주하자, 마치 거센 바람에 버드나무가 흔들리듯 마음이 흐트러졌다. 당장이라도 모든 걸 말해버리고 싶은 충동이 들면서도, 그 충동을 두려움이 가로막았다.

'내가, 당신의 아이를 가졌다고 하면 당신은 어떻게 할 거예요?'

목 끝에 걸린 말이 아슬아슬하게 선을 넘을 듯 말 듯했다. 그때, 형용할 수 없는 감정들이 일렁이는 눈빛을 한 은안의 이마 위로 시원하고 커다란 손이 닿았다.

"괜찮은 거 맞아?"

정원에서 오랫동안 있었던 차가운 손이 닿자, 은안이 늪에 빠졌던 정신을 겨우 꺼내었다. 재하는 고개를 갸웃거리며 이번에는 목덜미에 손등을 잠시 올렸다.

"열이 조금 있는 거 같기도 하고……."

은안에게서 미열이 느껴지는 거 같아 재하가 자리에서 일어났다.

"약 가져올게."

탁—.

그때, 은안이 뒤돌려던 재하의 손목을 급히 붙잡았다.

"재하 씨, 약은 괜찮아요."

"그럼 생강차라도 타올게. 그거라도 마시고 자. 금방 올게."

은안의 손목을 조심스레 떼어낸 그가 빠른 발걸음으로 방을 나섰다. 재하의 뒷모습을 멍하니 바라보던 은안의 마음이 걷잡을 수 없이 심란해졌다. 그를 향하던 굳건한 마음이 이렇게까지 흐트러진 건 결혼 후 처음이었다.

그가 나가고, 심장 부근을 움켜쥔 은안은 한껏 불안해진 제 마음의 원인을 생각보다 쉽게 찾아냈다. 그를 온전히 믿지 못하는 것에 대한 이유를.

아이가 생겼다는 사실을 알자마자, 성북동에 들어와 달라진 1달여간의 시간보다 그와 저의 지난했던 3년이 먼저 떠올랐기 때문이었다. 제 마음은 아직 모호한 경계를 배회했다. 그 이유는 아직 단단해지지 못한 그와 제 사이. 그리고 아이에 대한 그의 감정이 의무와 책임일 거라는 추측.

만약, 그와 저 사이가 이렇게 달라지지 않았다면 차라리 깔끔하게 이혼했을 것이다. 그냥 숨어버리면 그만일 테니까. 하지만 지금 애매하게 좁혀진 이 거리에서 저는 뒤로 가지도, 그렇다고 앞으로 갈 수도 없었다. 그를 온전히 믿을 확신도, 그렇다고 뒤로 도망칠 용기도 없었으니까.

Chapter 10

좋아합니다

눈을 감았다 뜨면 하루가 지나 있었고, 가는 시간을 흘려보내다 보니 어느새 일주일이 지나 있었다.

겉으로 크게 달라진 건 없었다. 그는 여전히 친해지기 위해 노력을 했고, 다정했다. 그리고 은안은 그의 마음을 기다리겠다고 했던 날과 같이 온화한 표정을 지으려 노력했다. 마치 아무 일도 없는 사람처럼. 초조하지 않은 사람처럼.

하지만 겉과 달리 속은 타들어가고 있었다. 하루에도 열두 번 그에게 어떻게 말을 꺼내야 할지 고민했고, 그가 어떤 반응을 보일지 상상했다. 상상의 한계는 끝이 없었다. 마치 터지지 않는 풍선처럼 부풀어 올랐다. 그야말로 머릿속이 엉망진창이었다. 매도 빨리 맞는 게 낫다는 말도 있었지만, 지금의 은안에겐 전혀 공감되지 않는 문구였다. 이건 단순히 매를 맞고 털어버릴 수 있는 일이 아니었으니까.

'그에게 말을 해야 하지 않을까?'라는 생각이 들면서도 두려움이 온몸을 옥죄어와 자꾸만 그를 피하게 됐다.

하지만 정체된 마음과 달리 일주일이 지난 지금, 아이를 위해 다시 병원에 와야 했다. 반차를 낸 아침에 시간을 낸 은안이 병원으로 와 초음파로 아이를 확인하고 있었다.

"저기 보이시죠? 저게 아기집이에요."

희미하게 보이는 형태에 은안이 고개를 끄덕였다.

"이제 심장 소리 들려드릴게요."

쿵쿵.

순식간에 주변이 쿵쿵대는 소리로 가득 찼다.

"이게…… 심장 소리예요?"

내내 입을 다물고 있던 은안의 눈에 순간적으로 이채가 돌았다.

"네, 아직 작은데 그래도 소리는 나름 우렁차죠?"

아기의 심장 소리를 따라 은안의 심장도 같이 요동치기 시작했다. 지금껏 느껴보지 못했던 생경한 감정들이 쓰나미처럼 몰려왔다. 이 순간만큼은 모든 걱정이 쓸려 내려가는 것 같았다. 이 경이로운 순간은 아마 죽을 때까지, 아니 어쩌면 죽어서도 못 잊을 거 같았다.

"아가야."

은안이 저도 모르게 목이 메는 목소리로 제 배 속 아이를 한 번 불러보았다. 눈물이 울컥 차오를 거 같아 여린 입술을 짓씹었다. 그때, 의사가 심상치 않은 기운을 느낀 건지 은안에게 조심스레 말을 걸었다.

"저 근데, 오늘도 보호자분은 같이 안 오셨어요?"

"······네, 아직 말을 못 했어요."

대답과 동시에 누워 있던 은안의 눈에서 눈물 한 방울이 옆으로 흘렀다. 아이의 심장 소리가 귓가로 진하게 번지며, 동시에 제 목소리로 환청이 들렸다.

'너라도 온 힘을 다해서 사랑해줘. 이 아이, 네 아이잖아.'

은안은 다짐했다.

만약 그가 이 아이를 온전하게 사랑하지 못한 채 책임감으로만 대한다고 해도, 자신만큼은 이 아이를 끝까지 듬뿍 사랑해주겠노라고.

그날 저녁, 퇴근 후 불안함을 잔뜩 머금은 얼굴을 한 재하가 서재의 통창 앞에 서 있었다. 오늘도 은안은 늦게 들어올 작정인 건지, 아직 코빼기도 보이지 않았다. 정원 한구석의 건조하고 마른 앙상한 나무를 보던 그는 깊은 생각에 잠겼다.

언제쯤부터일까. 그래, 일주일 전쯤부터였다. 은안이 미묘하게 변했다. 햇살을 닮은 듯한 미소는 어딘가 어색해졌고, 저를 보는 눈빛에는 미세한 떨림이 일었다. 지난날을 거슬러 올라가 봐도, 은안이 변한 특별한 이유를 찾을 수가 없었다.

"하······."

신경이 쓰였다. 아니, 더 정확히 말하자면 신경이 쓰여서 미칠 것 같았다. 갑자기 데면데면하게 구는 그녀의 모습에, 심장 한쪽이 저릿했다. 그리고 오늘 아침, 그녀와 나눴던 대화가 자연스레 떠올랐다.

─태워다줄게.

─아니에요, 오늘 회사로 출근하는 게 아니라서 알아서 갈게요.

마치 제게 선을 긋는 듯한 그녀의 모습은 묘하게 예전의 저를 떠올리게 했다. 그때, 오늘 아침 말고도 또 다른 대화가 기억났다.

─밥 안 먹어?

─먹고 들어왔어요. 신경 쓰지 않아도 돼요.

경계선 안으로 누군가 들어오는 걸 필사적으로 막으며, 갑자기 다른 사람이 된 것처럼 구는 은안의 태도에 의문이 일었다.

"대체 왜……."

재하는 곧 무언가를 깨달은 듯 자조적인 미소를 지었다. 특별한 이유 같은 게 없어도 그녀가 저를 한순간에 외면하게 되는 것은 이상할 것이 없다는 결론이 났기 때문이었다. 자신을 사랑한다던 그녀지만 그 마음이 언제까지고 제자리에 있으란 법은 없었으니까.

저를 기다려주겠다고 말했던 그녀. 그리고 기다리는 그녀를 조금은 당연하게 생각했던 저. 충분히 그녀가 지칠 수 있는 상황이었다. 그 순간이 이렇게 빨리 올 거라고는 생각지 못했지만.

그녀가 저를 외면한다고 생각하니, 숨이 턱 막히는 것 같았다. 누군가를 생각하며 미칠 듯 숨이 막히는 기분. 그리고 처연해지는 마음. 이런 게, 사랑인가. 이런 게 사랑이라면, 지금 저는 그녀를 사랑하고 있는 걸지도 몰랐다. 이 생각을 하는 지금도, 숨이 막혀 가슴이 답답했으니까.

　　은안이 부스스 눈을 떴다. 야근을 핑계로 집에 늦게 들어온 것도 어느새 일주일 하고도 하루째였다.

　퇴근 후에는 재하가 일찍이 집으로 돌아와 저를 기다린다는 것을 알면서도 은안은 꿋꿋이 매일매일 늦은 시간에 귀가했다. 혹시나 저녁이라도 먹다가 입덧이라도 할까 싶어 내린 결정이었다. 그리고 그의 얼굴을 보고 있으면, 복잡한 마음들이 올라와 심장이 터져버릴 것만 같았다. 하지만 정작 받는 스트레스에 비해서 입은 열리지 않았다. 그래서 그를 피하는 방법을 택한 것이었다.

　주위를 살핀 은안은 방 안에 아무도 없는 것을 확인하고 긴장 때문에 빳빳이 굳었던 몸을 풀었다. 재하는 늘 은안보다 먼저 출근을 했다. 아침에는 회진과 회의 때문에 마냥 은안이 잠에서 깨어나길 기다릴 수 없었다. 은안은 그 점을 이용해 그를 의도적으로 피하고 있었다. 언제까지 이 사실을 숨길 수 있을지, 스스로도 앞날을 예견할 수 없었다.

　침대에서 일어난 은안이 실소를 내뱉었다. 어제 아이의 심장 소리를 들은 순간, 더욱 입이 떨어지지 않을 것이라는 걸 예견했다. 배 속의 아이가 너무 소중해져서, 그와 비례해 재하가 이 사실에 어떤 반응을 할지가 더 두려워졌다.

그 생각을 하며 욕실로 향하던 은안이 어제 화장대 앞에 둔 가방 앞에 멈춰 섰다. 아이의 생각에, 초음파 사진을 한 번 더 보려고 가방을 뒤적였다. 그리고 가방 안에서 다이어리에 끼워둔 사진을 꺼내 보던 은안의 얼굴이 삽시간에 창백해졌다.

"뭐 해?"

어느새 조용히 방 안으로 들어온 재하가 너무 멀지도 너무 가깝지도 않은 곳에 서 있었기 때문에. 재하의 목소리에 은안이 흠칫 놀라며 어깨를 움츠러트렸다. 사진을 든 은안의 손이 미세하게 떨렸다.

그는 다섯 발자국쯤 떨어진 곳에서 저를 보고 있었다. 그가 서 있는 거리, 시선의 각도를 치열하게 계산해보던 은안이 천천히 숨을 들이켰다.

'안 보이는 거겠지……?'

그의 시선이 제 손에 쥔 사진까지 닿지는 않는다는 판단을 마친 은안이 어색함이 묻어나는 손길로 사진을 다시 다이어리 속으로 끼워 넣었다. 하지만, 어딘가 어설픈 그녀의 손길을 금세 눈치챈 재하의 눈이 미묘하게 가늘어졌다가 제자리로 돌아왔다. 재하는 태연하게 사진에 관해 물었다.

"뭐…… 보고 있었어?"

사진 속에 무엇이 담긴 건지 궁금한 게 아니었다. 다만, 어색해하는 은안을 보니 다시 확인해보고 싶었다. 은안이 제게 선을 긋는 게 그냥 느낌일 뿐인 건지, 아니면 진짜인지.

사실, 후자인 걸 알면서도 괜히 전자이길 바라며 그녀에게로 한 발자국을 뗐다. 그때, 마치 털을 바짝 세운 고양이처럼 경계심 그득한 얼굴을 한 은안이 다이어리를 가방 속에 넣으며 말했다.

"아무것도 아니에요."

그리고 미묘하게 굳은 그녀의 얼굴을 마주하는 순간, 조금이나마 여지를 두던 사실이 확실하게 재하의 머리로 와닿았다.

확실히, 은안은 제게 선을 긋고 있었다. 은안의 무감한 눈빛이 심장에 콕콕 박혔다. 왜 갑자기 변한 거냐고 묻고 싶었지만, 차마 입이 떨어지지 않았다. 저는 그런 것을 물을 자격이 없었으니까.

기다리겠다는 마음을 확인한다는 행위 자체가 얼마나 치졸하고 비겁한가. 기다리는 것도, 기다리지 않는 것도 그녀의 마음이다. 그저 지금까지 제가 비현실적일 정도의 과분한 마음을 받고 있었던 것뿐이었다. 현실을 자각하며 괴로운 마음이 들어서일까, 스스로를 향한 자조적인 미소가 불쑥 튀어나왔다.

곧 입가를 스쳐간 미소를 지우고 다시 표정을 차분히 한 재하가 입을 열었다. 은안이 그어놓은 선을 넘지 않겠다는 듯 더 이상 발을 떼지 않은 채로.

"……밖에서 기다릴게."

"……."

"천천히 나와. 아침 같이 먹어."

기다리겠다는 표현에는 두 가지 의미가 담겨 있었다. 정말 밖에서 기다릴 테니 같이 아침이라도 먹자는 의미. 그리고 급작스럽게 닫혀버린 당신의 마음이 다시 열릴 때까지 기다리겠다는 의미.

제가 지금 할 수 있는 것은 그녀가 그어놓은 선 밖에서 기다리는 것뿐이었다. 기다리는 게 지쳐서 은안이 잠시 주저앉은 것이라고 믿고 싶었다. 그런 거라면, 그녀가 일어날 때까지 제자리에서 기다리면 될 테니까.

하지만, 아예 등을 돌린 거라면…….

여러 생각을 하던 재하는 더 말을 잇지 못하고 뒤돌아서 방문으로 향했다. 그때, 등 뒤로 경계심이 가시지 않은 은안의 목소리가 들렸다.

"기다리지 말아요. 난 아침 안 먹을 거니까."

잠시 멈칫했던 그가 차분히 대답했다.

"……알았어."

지금 기다리지 말라는 말을 하는 건 아침을 같이 안 먹겠다는 뜻인데…….

왜 이렇게 마음이 초조해지는지 모를 일이었다. 마치 그 말이 아침 먹는 것이 아니라 저 자체를 기다리지 말라는 듯이 들리기도 해서일까.

달칵—.

마음과 달리, 더 할 말이 없던 재하는 겨우 방문을 열었다. 그리고 밖으로 나서자마자 쓴 물이 가득 차오르는 마음을 거우 억눌러야 했다.

문밖으로 멀어지는 발소리가 들리자, 참았던 탄식이 한꺼번에 입 밖으로 터져 나왔다.

"하……."

무너질 것 같은 마음을 숨기느라 얼마나 표정을 굳혔는지 모른다. 그가 방 안으로 들어와 저를 부를 때, 찰나의 순간 그런 생각이 들었다. 차라리 모든 걸 우연히 그가 알게 되었으면 좋겠다는 생각이. 상황을 선택하는 것이 아니라, 제가 받아 들일 수 있게.

하지만 이내 그런 생각이 죄악이라도 되는 양 은안이 고개를 저었다.

"아니야, 정신 차려."

아이를 생각해서도 저를 생각해서도 어떠한 상황이든, 그것을 받아 들이는 쪽보다는 제가 선택하는 쪽이 되어야 했다.

은안이 배 부근에 조심스레 손을 올렸다.

최선의 선택을 할 거라는 강한 다짐과 대조되게, 은안의 눈에 투명한 눈물이 그득 맺혔다. 화장대 앞, 고개를 슬쩍 든 은안이 한껏 초췌해진 제 모습을 마주했다.

"······참 못났네, 나."

그리고 문득 생각했다. 모든 것이 언제부터, 어디서부터 이렇게 꼬였을까. 차라리 그를 만나기 전으로 돌아갈 수 있다면. 아니, 그 약속을 하기 전으로 돌아갈 수 있다면······ 조금은 달랐을까. 목이 멘 은안이 고개를 푹 떨구며 누군가를 향해 읊조렸다.

"아저씨."

이젠 대답을 해줄 수 없는 사람에게.

"아저씨 부탁이 이렇게 힘들 줄은, 몰랐어요."

은안의 눈에서 눈물이 후드득 떨어졌다.

"그냥 도망쳐버리고 싶은데, 그럴 수도 없어요······."

혼란의 끄트머리에서 은안이 옛 기억을 끄집어냈다.

7년 전, 재하를 만난 뒤에 일어났던 말도 안 되는 운명 같은 기억들을.

7년 전, 재하를 옥상에서 만난 후 다시 눈을 이식받은 은안은 우연히 병원에서 다시 그를 마주쳤다.

그는 저를 알아보지 못했지만, 저는 그를 알아봤다. 그에게서 나는 특유의 섬유 유연제 향기. 낮으면서도 부드럽게 마음을 울리는 목소리. 그날의 모든 것이 너무나 생생하게 온몸에 새겨져 있었기에, 그를 알아보는 것은 그리 어렵지 않았다.

그 후, 은안은 그가 이 병원의 흉부외과 전문의이며 성은병원 이사장의 손자라는 것을 알게 됐다. 실체가 없는 사람을 막연히 마음에 담는 것과 달리, 그를 실제로 눈에 담고 이름을 알게 되고 어떤 사람인지 알게 되자, 준비되어 있던 도화선에 불을 붙인 것처럼 마음이 폭발했다. 그렇게 그를 향한 감정은 되돌릴 수 없을 정도로 커지고 말았다.

그러던 어느 날, 은안은 간호사들이 하는 말을 듣고 우연히 알게 됐다.

―대원제약 딸, 이식받은 눈이 이사장님 며느리 거라며?

―이사장님도 대단하시지? 아무리 생전에 고인이 원했다고
   한들, 장기 기증이 쉬운 게 아닌데 말이야.

―그러니까!

―헉, 사람 지나간다. 이거 비밀인 거 알지?

제게 눈을 기증한 그 사람이 재하의 엄마라는 걸.

그 얘기를 듣는 순간 심장이 '쿵' 하고 나락으로 떨어지는 것만 같았다. 물론, 뇌사 판정을 받고 장기 기증에 동의했다면 누군가에겐 이 눈이 갔을 거다. 하지만 막상 그의 어머니의 눈을 제가 받았다고 생각하니 여러 가지 감정들이 나부꼈다.

죄책감과 미안함. 그 감정은 제 안에 품어진 사랑이라는 감정과 치열하게도 싸웠다. 결국, 미안함이란 감정이 승기를 거머쥐었고, 그렇게 은안은 제 짝사랑을 그저 지나가는 열병으로 남겨 두려 했다. 마음을 품는 것조차 못 할 짓이라는 생각

이 들었기에.

그러던 어느 날, 정기 검진을 간 은안은 아직 익숙지 않은 병원에서 잠시 길을 잃었다. 그때 근처에서 들리는 따듯한 피아노 선율 소리에 저도 모르게 이끌리듯 발걸음을 옮겼다. 병동 구석의 안 쓰는 병실에서 들려오는 소리였다. 홀리듯 발걸음을 당긴 은안은 연주자의 옆으로 가 노래가 끝날 때까지 음악을 감상했다.

짝짝짝.

연주가 끝나고, 은안이 손뼉을 치자 현식이 고개를 돌려 감사를 표했다.

"고마워요, 진심으로 들어줘서. 내가 우리 아들을 생각하면서 쓴 곡인데, 아들은 영 바빠서…… 들려줄 시간이 없네요."

웃음기 가득한 표정과 달리, 혈색이 좋지 않은 연주자의 얼굴에 은안은 그가 어떤 병이 있을 거라고 추측했다. 거뭇거뭇한 얼굴 사이로 돋아나는 밝은 기운에 어쩐지 마음이 뭉클해졌다. 현식은 췌장암을 앓고 있다고 했다. 저도 한때 환자였던 적이 있어서일까, 은안은 현식에게 퍽 정감을 느꼈다.

그 후, 은안과 현식은 주기적으로 그 병실에서 만났다. 만나는 내내 현식은 제 아들에게 하지 못했던 말들을 은안에게 전했고, 연주를 들려주었다. 그렇게 두 사람은 마음을 나누며 친구가 되었다.

그리고 조각났던 대화들이 모여 현식이 재하의 아버지라는 걸, 그리고 제 눈을 기증해준 기증자의 남편이라는 것을 아는

데에는 1년이라는 시간이 걸렸다.

그 사실을 아는 순간, 심장이 덜컹 내려앉았다. 누군가의 슬픔과 불행이 제 행복이 된다는 건 참으로 복잡한 일이라고 생각했는데, 그 누군가가 생각보다 가까이 있어서인지 마음이 혼란스러웠다.

그래서 은안은 현식을 만날 때마다 최선을 다했다. 원래도 좋은 친구였지만, 재하의 아버지이자 제게 세상을 다시 보게 해 준 각막 기증자의 남편이라는 것을 아니 더욱 마음이 갔다.

은안의 진심이 통한 것인지, 현식은 힘든 투병 생활에 은안이 많은 힘이 된다고 했다. 그렇게 현식은 무언가를 쥐고 놓지 않듯 몇 년간 삶을 유지했다.

하지만 인간의 의지도 결국 한계가 있었고, 현식에게도 죽음을 목전에 둔 순간이 왔다.

침대 밖으로 잘 나서지도 못할 정도로 쇠약해진 어느 날, 현식이 처음으로 은안에게 제 옛이야기를 꺼냈다.

"재하 엄마가 죽던 날, 내가 장례식장에 늦게 왔어요. 공연 때문에. 재하는 그런 날 원망했죠."

"……."

"차라리 원망만 하게 만들면 좋았을 텐데, 내가 그 자리에서 쓰러졌어요."

현식의 목소리가 순식간에 가라앉았다.

"근데, 내가 암이라는 거예요, 허허."

그의 목소리를 끝으로 잠시 정적이 공기를 가득 지배했다.

"……아픈 것도 죄예요, 부모는. 자식은 부모의 짐이 되어도 되지만, 부모는 그러면 안 되는 건데…… 내가 아들한테 너무 큰 짐을 지게 했어요."

삶의 마지막 지점에 닿은 아버지가 아들에게 속죄하는 모습에, 은안의 눈에서 눈물이 왈칵 차올랐다. 그때, 감정을 추스른 현식이 은안을 보며 말했다.

"염치가 없다는 거 알지만, 부탁 하나 하고 싶어요. 내가 지금까지 본 은안 씨는 누구보다 좋은…… 사람이라."

"……."

"내가 아들한테 따듯하게 살아가는 법을 보여준 적도, 가르쳐준 적도 없어요."

말하는 사람의 눈에서도, 듣는 사람의 눈에서도 눈물이 흘러내렸다.

"아마 내가 가고 나면, 재하는 또다시 힘들어할 거예요. 나를 미워하기도 할 거고, 미안해하기도 하겠죠."

"……."

"부탁할게요, 내 아들이 너무 세상을 삐뚤게 보지 않게 해줘요. 친구가 되어줘요."

이미 눈물에 젖어 희미해진 목소리는 볼품없이 툭툭 끊겼지만, 은안은 그 어느 때보다 그 말들을 묵직하게 귀에 새겼다.

그를 사랑하게 된 제 마음과 현식의 부탁. 그리고 재하의 엄마에게서 받은 새로운 세상에 대한 고마움. 그 마음들이 한데 모여 끊임없는 냉대에도 그를 사랑하는 유은안을 만들어낸 것이었다.

　재하를 부탁할 당시, 현식은 하유라가 재하를 버릴 것을 예상이라도 한 사람처럼 그녀의 존재는 없다는 듯이 얘기를 이어 나갔었다. 그리고 현식이 유명을 달리한 직후, 하유라는 정말 감쪽같이 사라져버렸다.

　그 후, 자옥의 주관 아래 둘의 결혼이 빠르게 진행되었다. 이미 옥상에서 만났을 때부터 그를 사랑하게 된 은안에게 결혼은 큰 문제가 아니었다. 하지만 그의 마음을 돌리는 건, 시든 꽃을 살리듯 어려운 일이었다.

　은안은 그의 옆에서 끊임없이 사랑을 줬다. 처음부터 현식의 부탁을 받았다는 것도, 그의 엄마에게 눈을 받았다는 것도 말하지 않았다. 심지어는 제가 그 옥상에서 만났던 환자라는 것도. 재하가 현식과 관련해 엉킨 감정과 엄마의 눈을 받았다는 동정심 어린 마음으로 저를 대하지 않았으면 했기 때문이었다.

　그에게 속박된 모든 감정을 벗어던지게 하고, 자연스레 자신을 향한 감정을 사랑으로 만들려고 했다. 감정을 잃은 그에게 사랑이란 이런 것이라고 차근차근 알려주고 싶었다. 훗날의 그가 보통의 사람처럼 울고, 웃고, 사랑했으면 하는 마음이었다.

　그렇게 언젠가 그가 저를 사랑하게 될 날을 꿈꾸며, 아이를 낳아 행복하게 사는 모습을 머리에 그렸었다. 물론 지금 아이가 생겼다고 말하면 그는 책임을 질 것이다. 저도, 아이도. 하지만 그에게 아이에 대해 말을 하려 해도 '이게 맞는 걸까?'라는 생각이 자꾸만 물밀 듯 올라왔다.

어떤 상황 앞에서도 그를 바꾸겠다는 마음은 흐트러진 적이 없었지만, 지금만큼은 저와 아이에 대한 걱정이 앞서며 늘 굳세던 그를 향한 마음이 조금씩 무너지고 있었다.

힘들게 출근 준비를 마친 은안이 1층으로 내려왔다. 소파에 앉아 그녀를 기다리고 있던 재하가 벌떡 일어나며 은안에게 말을 걸었다.

"같이……."

"저 먼저 출근할게요."

하지만 은안은 그의 목소리를 듣지 못하고 쌩하니 지나쳐갔다. 은안이 옅은 바람을 일으키며 사라져버린 그 순간, 재하의 심장 한쪽이 욱신거렸다.

"하아……."

공기 중으로 뜨거운 한숨이 흩어지고, 주먹을 꽉 쥐었다.

만약 은안이 이대로 제게 영영 등을 돌리고 저를 떠나겠다고 하면 저는 어떻게 해야 할까. 기꺼이 보내줘야 할까.

어쩌면, 아직 어린 그녀에게 새 출발이 더 잘 어울릴지도 모른다는 쓴 생각이 슬며시 올라오기도 했다. 그녀를 더는 볼 수 없다는 건 답답했지만, 그것이 은안이 행복해지는 길이라면 보내줘야겠지.

하지만 이때만 해도 그는 전혀 모르고 있었다. 은안이 눈앞에서 사라지는 게 저를 어떻게 미쳐버리게 할지. 그리고 은안을 향한 마음의 크기가 얼마나 커졌는지도.

은안이 사진을 숨기던 그날 이후, 두 사람의 거리는 더 멀어지지도 더 좁아지지도 않은 채 며칠이 흘렀다.

계속해서 이유 없이 아침 식사를 피하는 것도 더 이상 무리라는 생각이 든 은안이 오늘은 식탁에 앉았다. 다행히 걱정한 것과 달리, 식사 중에 입덧이 올라오지는 않았다.

며칠 만에 아침 식사 자리에 온 은안을 본 자옥과 상훈의 낯빛에 반가움이 감돌았다. 하지만 재하와 은안의 이상한 기류를 감지하고는 조용히 눈치를 살폈다.

무슨 말을 꺼내야 그나마 자연스러울까를 고민하던 자옥이 식사 중반쯤 운을 뗐다.

"오늘 자선 음악회 있는 거 알지?"

자옥의 물음에 은안과 재하가 동시에 고개를 끄덕였다.

성은병원에서는 1년에 한 번 자선 음악회를 열었다. 지친 병원의 직원들과 환자들에게 조금이나마 기운을 북돋아주기 위해서였다. 그리고 수익금을 기부 받아 환경이 어려운 환자들에게 전달했다. 자옥이 중요하게 생각하는 행사였기에, 재하는 물론 은안도 그와 결혼을 한 뒤에는 꾸준히 참석했던 행사였다.

자옥의 말에 고개만 끄덕인 두 사람은 다시 말없이 밥을 먹기 시작했다. 잠시 붕 떴던 어색함이 그들을 지배했고, 상훈이 두 사람을 보며 뭐라 말을 하려고 하자, 자옥이 식탁 밑으로 손을 잡으며 고개를 저었다. 무슨 일인지는 모르겠으나, 지금은 외부의 힘이 개입된다고 풀릴 분위기가 아니라는 것을 감지한 탓이었다. 그 후, 자옥은 두 사람을 조용히 관찰했다.

'고지가 보인다고 생각했었는데, 아직은 아닌가.'

자옥의 눈매가 한껏 가늘어졌을 때쯤, 은안이 먼저 자리에서 일어났다.

"저 먼저 일어나볼게요."

밥을 거의 먹지 않다시피 한 은안이 자리에서 먼저 일어났고 재하의 걱정 어린 시선이 그녀를 쫓았다. 하지만 은안은 그에게 눈길 한 번 주지 않고 부엌을 나섰다. 두 사람을 지켜보던 자옥이 속으로 생각했다.

'이거, 분위기가 심상치 않은데……?'

식사가 끝나고, 자옥이 제 방으로 재하를 불렀다. 방 한쪽의 테이블에 자옥과 재하가 마주 앉았다. 불러놓고 아무 말도 하지 않는 자옥에, 결국 재하가 입을 열었다.

"하실 말씀 없으신 거면, 먼저 가볼게요."

재하가 자리에서 일어나려 하자 자옥이 드디어 입을 열었다.

"재하야."

자옥의 목소리에는 평소와 다른 무거움이 감돌았다. 자옥의 진지함이 예사롭지 않다는 걸 느낀 재하가 다시 제자리에 앉았다. 그가 다시 의자에 착석하는 순간, 자옥이 말했다.

"네가 은안이한테 뭘 잘못한 건지는 모르겠다만, 무조건 사과해."

"……."

"사과하기조차 미안해도, 그래도 해."

재하의 마음을 읽기라도 한 것인지 자옥은 그가 숨겨둔 감정을 쏙쏙 꼬집어 냈다. 결국, 공허한 눈빛을 한 그가 처음으로 제 안에 있는 마음을 툭 터놓고 얘기했다.

"……저한테 미안하다고 말할 자격이 있는 걸까요."

잘 안다. 은안에게 제 존재 자체가 상처였고 잘못이라는 것을. 한순간에 제가 싫어졌대도 할 말이 없다는 것도. 사과하는 것조차 죄스럽게 느껴지기만 했다.

재하의 말에 자옥의 눈매가 축 처졌다. 다 커버린 손주지만, 이렇게 아직 모르는 게 많은 모습을 볼 땐 저라도 옆에 있어 다행이라는 생각이 들었다.

자옥이 유유히 다시 입을 열었다.

"사과에 자격을 따지는 것만큼 바보 같은 짓도 없어. 말 그대로 사과는 사과야. 한 번이 안 되면 두 번 용서를 빌고, 두 번이 안 되면 세 번, 네 번 그렇게 빌어."

"······."

"네가 몇 번을 빌어도, 은안이가 널 감내한 것만큼은 안 될 거야. 용서를 받지 못한대도 그건 네가 견뎌야지."

"······."

"그리고 용서를 받고 싶은 게, 그냥 미안하기만 해서인지 아니면 다른 마음이 들어서인지 잘 생각해봐. 그게 너희한테 가장 중요할 테니까."

거의 정답을 다 풀어준 자옥이 고개를 절레절레 저으며 나가라는 듯 손을 휘휘 저었다. 자옥의 충고에 멍해진 재하가 고개를 끄덕인 뒤 방을 나섰다. 그가 나선 방문을 보던 자옥이 짙은 한숨을 뱉어냈다.

공부 머리만 똑똑하면 뭐 할까, 제 마음 하나 제대로 들여다볼 줄 모르게 바보 어른으로 자랐는데.

자옥은 간절히 바랐다. 이번에야말로 재하가 제 마음을 제대로 돌아볼 줄 아는 진정한 어른이 되기를.

그날 오후, 생각보다 일찍 오후 외래를 끝낸 재하가 교수실로 들어왔다.

그는 회진을 돌고 외래를 보는 내내 자옥의 말을 곱씹으며 제가 은안에게 느꼈던 감정들을 차근차근 되뇌었다.

처음엔 혼란스러웠고, 그다음엔 걱정이 됐다. 고맙기도 했고, 예뻐 보였고…… 또 안아주고 싶었다.

두서없이 나열한 제 감정들을 둘러보던 그에게 한 가지 의문이 들었다. 그런데, 단순히 이런 감정이 사랑이라고 할 수 있나? 그가 깊은 한숨을 뱉으며 관자놀이를 지그시 눌렀다. 제 마음을 착각해서 은안이 또 상처를 받을까 봐 신중해질 수밖에 없었다.

확실히 성북동에 들어간 뒤 은안과 가까워졌고, 제게 중요한 사람이 됐다. 하지만 익숙지 않은 이 두근거림이 낯선 상황에 놓였기 때문인지, 아니면 정말 사랑에 물든 건지 쉽게 판단을 내릴 수 없었다.

누군가에게는 쉬운 문제였지만, 그에게는 아니었다.

오랫동안 학습된 감정의 틀을 깨는 건 생각보다 쉽지 않았다. 사람들의 입에서 흔히 나오는 그 '사랑'이라는 단어를 계속 생각하던 그가 의문으로 눈썹을 들썩였다. 사랑이 뭘까. 반복해서 사랑의 의미를 되뇌다보니 오히려 헷갈렸다. 사랑의 의미가 무엇인지.

결국, 그는 사랑의 근원적 의미를 찾기 위해 관자놀이를 누르던 손을 떼어서 홀리듯 마우스를 쥔 뒤 포털 사이트로 들어갔다.

딸깍―.

그는 국어사전을 켜 '사랑'이라는 단어를 검색해 정의를 찬찬히 읽어 내려갔다.

[사랑]
어떤 사람이나 존재를 몹시 아끼고 귀중히 여기는 마음.
또는 그런 일.

"어떤 사람이나 존재를 몹시 아끼고 귀중히 여기는 마음. 또는 그런 일……."

사랑의 정의를 읽어 내려가는 그의 목소리가 짙은 안개처럼 깊게 내려앉았다.

"사랑……."

재하가 다시 '사랑'이라는 단어를 읊조렸다.

'아끼고 귀중히 여기는 마음.'

이 부분을 계속해서 노려보던 그가 조금은 허탈한 듯 실소를 터트렸다. 순간, 어두웠던 마음속 세상이 조명이 터지듯 밝아졌다. 그러고는 진짜 제 마음을 깨달았다.

"하……."

저는 지금까지 우물 안 개구리처럼 사랑을 바라봤다. '사랑'이라는 거창한 단어가 중요한 게 아니었는데, 정작 중요한 것을 잊고 있었다.

제가 조금 전 나열했던 감정들이 그냥 모두 사랑이었는데. 저는 언제인지도 모를 순간부터 은안을 사랑하고 있었는데. 그걸 몰랐다. 마치 박이 터지듯 마음이 펑 하고 터지자, 스스로가 한심해 견딜 수 없었다.

"하, 멍청한 놈."

은안을 보고 있으면 아껴주고 싶고, 지켜주고 싶었다. 눈물을 흘릴 때면 닦아주고 싶었고, 어깨를 떨 때면 안아주고 싶었다. 웃는 모습을 계속 보고 싶었고, 그녀가 행복했으면 했다.

……부정할 수 없는 사랑이었다.

재하는 자리에서 벌떡 일어나 교수실을 나섰다.

이젠, 제 마음을 알았으니 은안을 붙잡아야 했다.

성은병원의 지하 강당.

저녁 6시가 조금 넘은 시각, 은안이 공연장으로 들어섰다.

공연이 시작하려면 30분도 더 남았지만 공연장은 이미 사람들로 북적북적했다. 요즘 이런저런 일로 신경을 많이 쓴 탓인지, 아니면 사람이 많아 기가 빨리는 것인지 눈앞이 아득했다. 컨디션 조절이 잘 되지 않아 아이에게도 무리가 갈까 걱정된 은안이 조심스럽게 배를 만지며 속으로 얘기했다.

'아가야, 엄마가 미안해.'

그때, 민혁이 은안에게 다가왔다. 민혁의 반가운 표정에 은안은 억지로 입꼬리를 휘어 올렸다.

"은안 씨! 오랜만이네요."

"아, 그렇죠?"

"은안 씨, 오늘 공연에서 피아노 독주자가……."

오늘따라 신나 보이는 민혁이 신나게 공연 내용에 관해 얘기했고 은안은 애써 웃으며 맞장구를 쳤다. 한편, 홀로 들어와 멀리서 은안을 찾던 재하의 눈에 민혁과 살갑게 이야기를 나누는 둘의 모습이 들어왔다.

이제 막 마음을 자각한 재하의 눈에는 친구마저 거슬렸다.

마치 뒤늦게 찾아온 강력한 가을 태풍처럼 그의 마음이 주체할 수 없이 휘몰아쳤다. 스스로를 치졸한 놈이라고 생각하면서도 재하는 구겨진 미간을 필 수 없었다. 두 사람의 중간으로 온 재하가 은안에게 말했다.

"나, 당신한테 할 말이 있어. 잠깐 괜찮을까?"

"……지금은 곤란해요. 곧 공연도 시작할 거고."

"10분. 아니, 5분이면 돼."

저를 피하는 은안의 시선을 놓치지 않고 따라가던 그가 단호히 말했다. 그때, 공연 관계자가 객석의 중앙 통로에 우뚝 서 있는 세 사람에게로 와 주의를 줬다.

"저…… 곧 공연이 시작됩니다. 앉아주세요."

주위를 둘러보니 대부분의 사람이 착석을 마친 상태였다. 어수선한 분위기에 세 사람은 하는 수 없이 좌석에 앉았다. 곧 공연이 시작됐고, 오케스트라 단원들이 무대를 꽉 채운 뒤 처음으로 흘러나온 노래는 비발디의 '사계'였다.

화려하면서도 긴장감 넘치는 선율이 공연장을 가득 채웠지만, 은안은 음악을 제대로 감상할 수 없었다.

지금껏 숨겨온 비밀과 진지한 얼굴을 한 그의 대화 시도가 이내 압박감으로 변해 심장을 짓눌러 급작스러운 어지럼증을 느꼈다.

"하……."

은안은 팔꿈치를 무릎 위로 올려 무너져 내리는 상체를 지지했다. 순간, 쑥 내려간 은안의 모양새에 공연 내내 그녀에게 온 시선을 집중시켰던 재하가 놀란 듯 속삭였다.

"당신, 왜 그래?"

"아, 아무것도……."

어지러움에 이명까지 더해져 은안은 더 이상 입 밖으로 말을 꺼낼 수 없었다.

"하아……."

다시 한 번 은안의 짧은 한숨이 공중에 흩뿌려지자 재하가 참지 못하고 그녀의 귀에 대고 소곤소곤 말했다.

"나가자, 여기 더 있다간 쓰러지겠어."

혼미한 정신을 붙잡은 은안은 어렵게 고개를 끄덕였다. 애써 준비한 공연이 저로 인해 망가지는 걸 원하지 않았기에 은안은 자리에서 순순히 일어났다.

"조금만 참아. 곧 괜찮아질 거야."

재하가 은안을 부축해 빠르게 공연장을 벗어났다.

"너……무, 어지러……워……."

괜찮아질 거라는 그의 말과 다르게 은안은 공연장 밖으로 나와 상쾌한 공기를 들이마시자마자 정신을 잃고 말았다.

한적한 응급실에 은안을 안은 재하가 다급한 표정으로 들어왔다.

"한 선생, 이 선생한테 간단한 피 검사 진행해달라고 전해줘. CT랑 엑스레이는 깨어나면 찍자고."

은안을 안아 들고 응급실로 들어온 재하가 능숙하게 지시를 내렸고, 그의 옆으로 온 레지던트들이 일사불란하게 움직였다. 곧 은안이 새하얀 시트가 덮인 침대 위로 눕혀졌고 재하가 간단하게 상태를 체크했다. 어지러움, 숨을 빨리 쉬는 증상, 그리고 정신을 잃기 전 하던 약간의 구역질.

"산소 호흡기 가져오고 심전도 검사 준비해."

아마 그때 경주에서처럼 과호흡인 것 같았다. 재하는 은안에게 능숙하게 산소마스크를 부착했다.

이론상으로, 극도의 스트레스를 느끼거나 불안 증세를 보일 때 과호흡이 일어난다.

도대체 뭐가 은안을 그렇게 힘들게 한 걸까.

산소마스크에 의존해 숨을 쉬던 은안이 이내 안정된 호흡을 찾았고, 재하가 보조 의자에 앉아 그녀의 뺨을 스치는 머리칼을 살짝 쓸어냈다. 까만 머리칼을 치우자 그녀의 홀쭉해진 볼이 단번에 눈에 들어왔다.

"밥도 잘 못 먹는 거 같던데……."

오늘 아침에도 은안은 거의 밥을 먹지 않았다. 억눌려져 있던 마음을 인정하자 그녀를 향한 마음과 걱정이 주체되지 않을 만큼 넘쳐흘렀다.

사전에서도 알려주지 않은 사랑의 개념이 하나 있있다. 핑생 똑같이 보이던 세상 전체가 뒤틀릴 만큼 어떤 강한 힘이라는 것. 지금, 그녀를 제외한 온 세상이 거꾸로 뒤집어진 것처럼 현실 감각이 없었다. 은안을 빤히 바라보던 그가 약한 손길로 그녀의 뺨을 살짝 어루만졌다.

"미안해. 당신 상태가 좋지 않다는 걸 미리 못 알아채서."

그때, 은안에게 온 신경을 집중하던 재하에게 응급실 간호사가 다가왔다.

"교수님, 응급 환자입니다!"

다급한 목소리에 겨우 은안에게서 시선을 거둔 재하가 자리에서 일어나 응급 환자가 있는 쪽으로 향했다.

재하가 잠시 자리를 비운 사이, 은안이 눈부신 빛에 얼굴을 찡그리며 자리에서 일어났다.

"아……."

그리고 곧 제 얼굴에 쓰인 산소마스크를 보고 속눈썹을 파르르 떨었다. 병원, 응급실, 누워 있는 저. 모든 것이 제게 위험 경보를 울렸다. 본능적으로 배에 손을 얹은 은안이 주위를 살폈다.

아이, 아이가 있다는 걸 아직 그에게 들켜서는 안 되는데……

생각 정리를 마친 은안이 급한 마음으로 침대에서 몸을 일으켰다. 그때, 은안이 깨어난 것을 본 간호사가 그녀의 곁으로 왔다.

"깨셨어요?"

"어, 어떻게 된 거죠?"

"갑자기 과호흡으로 쓰러지셔서 오셨어요."

"아……."

은안은 흐릿하게나마 쓰러지기 전 기억을 떠올렸다. 익숙한 그의 체향, 자신을 안던 부드러운 손길. 아무래도 그에게 안겨서 응급실까지 온 듯했다. 그때, 간호사가 입을 열었다.

"아, 남 교수님은 잠시 응급 환자 때문에 가셨는데 곧 오실 거예요. 그리고 기본 검사 진행하셔야 하는데, 잠시만요."

간호사가 차트를 뒤적이자 초조해진 은안이 침대 밑으로 발을 내렸다. 늘 침착하려 했던 은안이지만, 지금만큼은 이성적인 판단이 서지 않았다. 그저 이 공간을 벗어나야 한다는 생각뿐이었다.

"저, 잠시 화장실 좀……."

"아, 네! 다녀오세요!"

어느새 산소마스크까지 벗어 던진 은안이 신발을 구겨 신고 응급실을 빠져나갔다. 그런 은안의 모습에 간호사는 화장실이 아주 급했나 보구나 생각했다. 은안이 금방 돌아올 거라고 믿었던 간호사가 차트를 넘기며 혼잣말을 중얼거렸다.

"아, 그러고 보니 채혈은 벌써 해서 엑스레이랑 CT만 찍으면 되는데. 좀 있다가 오시면 다시 말씀드리지, 뭐."

이때까지만 해도 은안은 모든 걸 완벽히 숨길 수 있다고 생각했다. 하지만, 그건 혼자만의 큰 오산이었다.

재하는 급한 환자를 보고 다시 은안이 있던 자리로 향했다. 그때, 응급 의학과 이 선생이 재하를 부르며 다가왔다.

"남 교수님."

"이 선생, 결과 나왔어?"

"아, 네. 뭐 간단한 검사라 그런지 다른 데는 이상이 없는데⋯⋯."

이 선생이 말꼬리를 늘리자, 재하의 눈썹이 날카롭게 휘었다. 문제가 없으면 간결하게 대답이 나왔을 텐데, 말끝에 여지가 있다는 건 뭔가 좋지 않은 구석이 있다는 뜻이었다. 이 선생의 모습이 제가 환자에게 병명을 전해야 할 때의 모습과 비슷해 마음이 불안함으로 달아올랐다.

"뭐야, 어디가 안 좋은 거야?"

"그게 아니라⋯⋯."

순간, 온 세상의 시간이 멈춘 듯 고요했다.

"사모님, 임신인 거 같습니다. 축하드립니다! 남 교수님!"

생각지도 못한 진단이 그의 귀로 흘러들어왔다. 순식간에 그의 미간이 의문으로 좁혀졌고, 한쪽 머리가 망치로 내려친 듯 얼얼해졌다.

임신. 모든 부부에게는 축복이 될 소식. 하지만 우리에게는……

순간, 그의 머릿속은 흙이 나부끼는 냇가처럼 혼탁해졌다. 그리고 어지러운 정신을 집중하자 흐릿하던 잔상들이 조금씩 선명해지기 시작했다. 술에 취해 객실로 들어간 저와 그녀. 그리고 그곳에서 울리던 그녀의 목소리. 그리고 제게 입을 맞춘 그녀.

─……후회해도 소용없어요. 당신이 먼저 시작한 거예요.

따듯하게 내려앉은 입술, 서로를 탐하던 손길, 데일 듯 뜨겁던 몸의 촉감. 이마를 짚은 그가 급작스럽게 찾아든 기억에 혼란스러운 듯 손을 떨었다.

"설마……."

오랫동안 자리를 잃었던 기억이지만, 다시 돌아오는 건 순식간이었다. 마치 한편의 영화처럼 머릿속에서 그날의 일이 차례로 재생되자, 그의 동공이 심하게 흔들렸다.

그와 은안이 같이 보낸 밤…… 저는 꿈이라 여기며 의심했고, 그녀는 그렇게나 부정하던 그 밤이……. 진짜였다. 순간 머리가 핑 돌았다. 당황스러운 상황에 잠시 말문이 막혔지만, 겨우 침착함을 찾은 재하가 대답했다.

"검사 결과지 좀 줄 수 있어?"

"아, 네. 교수님이 살펴보세요. 전 봐야 할 환자가 있어서 먼저 가보겠습니다!"

이 선생이 결과지를 남기고 사라지고, 재하가 우두커니 서 검사 결과지를 확인했다. HGC 수치가 100이 훌쩍 넘어 있었다. 그렇다는 건 큰 이변이 없는 한 임신이 맞을 것이다.

"이게 무슨……."

그때, 한 간호사가 재하에게 달려왔다.

"교수님! 사모님이 사라지신 거 같아요!"

"그게 무슨 말이에요?"

"그게…… 화장실에 가신다고 했는데 30분째 안 오세요. 혹시나 해서 화장실에도 가봤는데 안 계시구요."

기억을 찾고 나니 머릿속에 모든 상황이 엉성한 퍼즐처럼 들어맞았다.

요 며칠간 은안이 저를 피한 이유도, 이곳에서 사라져버린 이유도 모두 아이 때문이었을까?

그때, 조금 전 은안이 사라졌다고 알려준 간호사가 그를 다시 불렀다.

"교수님! 어떻게 하죠?"

"제가 찾아보겠습니다."

정신을 붙잡은 재하가 겨우 이성을 찾고 대답한 뒤 응급실을 벗어났다. 이곳을 벗어난 것이면, 병원 안에 있을 거 같지는 않았다. 주차장으로 향하면서 은안에게 이미 여러 번 전화를 시도했지만 받질 않았다.

차에 탄 재하는 목적지도 모른 채 차를 출발시켰다. 한참을 달리다 신호를 받아 잠시 차가 멈춘 사이, 재하가 크게 심호흡하며 갓길에 차를 세웠다. 도저히 떨리는 손으로 운전을 할 수 없을 거 같았기 때문이었다. 은안을 생각하기만 해도 심장 한쪽이 뻐근해졌고, 폐부에서는 연신 깊은 한탄이 흘러나왔다.

"하아."

재하는 스스로를 용서할 수 없어 저 자신에게 욕지거리를 내뱉었다.

"미친놈."

어떻게 잊을 수가 있어. 아무리 은안이 숨겼다지만, 어떻게 의심조차 안 할 수 있어.

타악—.

스스로에게 향하는 분을 삭이지 못한 재하가 거칠게 핸들을 내려쳤다. 중요한 사실을 까맣게 잊고 있었다는 사실과 그녀에 대한 미안함으로 인해 자괴감에 휩싸인 그가 내리쳤던 핸들에 그대로 고개를 묻었다.

이제야 제 마음을 제대로 깨달았는데, 지금 당장이라도 사랑한다고 말해줄 수 있는데. 마음을 깨닫고 기억을 찾은 지금, 그녀가 옆에 없었다.

모든 게 너무 늦어버린 걸까.

지금의 저는 염치없게 용서받고 싶다는 소리도 할 수 없었다. 그저, 이젠 그녀가 저를 좋아하지 않아도 되니 떠나지만 말아달라고 빌어야 했다.

띵동.

예고 없는 벨 소리에 은진이 무거운 몸을 이끌고 현관으로 나섰다. 택배는 집 앞에 두고 가달라고 배송 요청을 해뒀고, 태수는 아직 퇴근 시간이 아니었다.

"은안인가?"

은진이 설마 하는 얼굴로 현관문을 열자, 역시나 은안이 서 있었다. 얼굴에는 눈물이 진하게 번진 채로.

쓰러질 것 같은 얼굴로 집으로 들어온 은안은 소파에 앉아 30분가량을 아무 말 없이 눈물만 흘렸고, 은진은 그저 옆에서 묵묵히 등만 두드려줬다. 다만, 은안이 우는 이유가 재하 때문일 거라고 확신했다.

시간이 얼마나 지났을까, 은안이 먹먹한 목소리로 겨우 입을 열었다.

"언니, 나 어쩌지……."

"무슨 일인지 말해봐. 난 네 편이니까."

단단한 은진의 눈빛에 은안이 한층 진정된 듯 고개를 한 번 끄덕인 뒤 다시 입을 열었다. 언니라면 모든 걸 털어놓을 수 있을 거 같았다. 제 안에 깊숙이 숨어 있는 못난 마음까지도.

"나 재하 씨 아이 가졌어."

"뭐?"

은진이 진심으로 놀란 듯 눈을 한껏 치켜떴다. 제 언니의 놀란 표정에 은안은 그날 밤부터 오늘의 일까지 하나도 빠짐없이 설명했다.

은안은 여태껏 결혼 생활에 대해서 일언반구도 하지 않았었다. 괜한 걱정을 끼치기 싫어서였다. 하지만 지금은 이 사실을 누구에게라도 털어놓지 않으면 견딜 수 없을 거 같았다.

"하……."

얘기를 다 들은 은진이 답답한 듯 가슴을 두어 번 내려쳤다. 사랑 없는 사이에 생긴 아이, 계획하지 않은 아이. 몇 년간 연애하고 신혼을 실컷 즐긴 저 같은 사람도 아이를 가졌을 때 덜컥 겁이 났는데 은안은 어땠을까 싶어 마음이 아렸다.

처음부터 제 동생의 남편이라는 인간이 마음에 들지 않았다. 제 동생을 보는 무감한 눈빛도, 냉정한 말투도. 그래도 3년간 결혼 생활을 유지하는 거로 봐서는 꽤 잘 지냈다고 생각했었는데 그게 아니었다는 생각에 이마의 핏대가 섰다. 곧 임산부라고는 믿을 수 없는 거친 육두문자들이 거실을 한참 동안 채웠고, 보다 못한 은안이 은진을 말렸다.

"언니, 개똥이 들어."

"난 내 자식만큼 너도 소중해."

은진이 두 손으로 은안의 얼굴에 남은 눈물을 닦아주며 말했다. 제 언니가 저를 각별히 생각한다는 걸 잘 알기에, 은안의 마음이 찡해졌다. 최대한 걱정을 끼치고 싶지 않았지만, 지금 은안은 기댈 곳이 절실히 필요했다. 응급실을 나와 거리를 배회하며 가장 먼저 생각난 것도 은진이었다. 그때, 은진이 격정스러운 얼굴로 입을 뗐다.

"그래서, 넌 어떻게 하고 싶어?"

아무리 사랑 없는 결혼이었다지만 아이를 보고 사는 부부도 많다. 제 동생이 그렇게 살길 바라는 건 아니었지만, 최소한 부부 관계를 유지하며 아이를 키우려 생각했다면 남편에게 그 사실을 알렸을 것이다.

굳이 임신 사실을 숨겼다는 건, 도망이라도 치겠다는 걸까.

제 동생의 속을 읽을 수 없어 답답해진 은진의 눈이 미세하게 가늘어졌다. 은진의 속마음을 읽기라도 한 건지 은안이 물음에 대한 대답을 내놓았다.

"언니, 내가 무서운 건……."

"……."

"나랑 아이가, 그 사람의 책임이 되는 거야."

이 사실을 숨긴 가장 큰 이유였다.

어리석다고 할지도 모르고 이기적이라고 할지도 모르지만, 책임감과 의무감으로 점철된 가정을 꾸리는 게 무서웠다. 아직 그가 저를 사랑한다는 확신이 없었기에 두려움은 제 안에서 점점 몸집을 불려나갔다. 무섭다는 이유로 이런 어마 무시한 사실을 숨긴 게 누군가의 눈에는 한심해 보이겠지. 하지만, 나는…….

자꾸만 삐져나오는 부정적인 마음들을 다시 밀어 넣던 은안의 눈에 금세 눈물이 맺혔다.

"그런 재하 씨를 보고 살 자신이 없어. 그래서 입이 안 떨어졌나 봐……."

결국, 끝까지 숨기지 못할 거라는 걸 알면서도 입이 떨어지지 않은 이유는 단 한 가지.

사실, 아이가 생겼다는 걸 알고 나서부터 그가 책임이 아닌 사랑으로 저를 대할 거라는 선택지는 그녀의 상상 속에서 애초에 존재하지 않았다. 머릿속 회로는 제 의지와 상관없이 늘 부정적인 쪽으로 돌아가고 있었으니까. 그리고 책임감으로만 저를 대하는 그를 보고 살 자신이 없었다.

사실 성북동으로 들어간 뒤의 저는, 그가 진정으로 저를 사랑해주기를 생각보다도 더 간절히 원하고 있었던 것 같다.

차를 세운 그 자리에서 한참이나 넋을 놨던 재하가 정신을 차린 뒤 떨리는 손으로 휴대폰을 들어 은안에게 다시 전화를 걸었다.

은안에게 전화를 하는 중에도 그는 끊임없이 생각했다. 은안이 왜 이 사실을 숨긴 것인지. 여러 가지 추측이 머리를 배회했지만, 결국 마지막으로 드는 생각은 그녀가 저를 못 미더워 했다는 것, 그것뿐이었다.

제게 아무 말도 하지 못한 그녀가 느꼈을 심적 무게가 온몸을 짓누르는 것 같았다. 얼마나 무섭고 혼란스러웠을지, 차마 가늠조차 할 수 없었다.

재하가 저를 탓하는 사이에도 휴대폰에서 딱딱한 신호음이 연신 이어졌지만, 은안은 끝내 전화를 받지 않았다. 그 뒤의 두 번째 전화도, 세 번째 전화도 받지 않았다. 재하는 철저히 외면당하는 것이 어떤 느낌인지, 처음으로 뼈저리게 느꼈다.

"하아."

그가 고통스러운 듯 한숨을 뱉어내며 이를 악물었다. 제가 느끼는 이 아픈 감정을, 온몸이 아프다 못해 머리카락 한 올 한 올마저 당겨오는 이 느낌을 결혼 생활 내내 느꼈을 은안을 생각하니 가슴이 아팠다.

지난날에 대한 후회가 물밀 듯 밀려오고 나서야 깨달았다. 후회는 살아 있는 사람에게 주어지는 가장 지독한 형벌이며, 지옥이라는 것을.

잠시 후, 은안에게 몇 통의 전화를 더 하던 재하는 뒤늦게 은안의 가족들을 생각해냈다. 그녀가 갈 곳이 그리 많지 않다는 사실을 깨달은 그가 진태의 전화번호를 찾아 전화를 걸었다.

경쾌한 신호음이 끊기고, 수화기 너머에서 진태의 당황스러운 목소리가 흘러나왔다.

[남 서방이 웬일인가? 이 시간에?]

생전 전화를 하지 않던 사위가 갑자기 늦은 시간에 전화하니 놀랄 법도 했다. 하지만 온통 머릿속에 은안의 생각뿐이던 재하는 염치를 무릅쓰고 입을 열었다.

"아버님, 혹시 은안이 그곳에 갔습니까?"

318

[아니. 여긴 안 왔어. 무슨 일이라도 있는 건가?]

재하의 물음에 진태의 목소리가 급작스럽게 무거워졌다. 티만 내지 않을 뿐, 진태는 재하를 그리 탐탁지 않게 생각했다. 아무리 눈치가 없다 해도 제 딸의 결혼 생활이 그리 행복해 보이지 않는다는 걸 알고 있었기 때문이었다. 그런데 이 시간에 전화해 대뜸 은안을 찾는 모양새라니, 목소리가 가라앉을 수밖에 없었다.

진태의 물음에 잠시 움찔한 재하가 솔직하게 말했다.

"……제가 잘못을 좀 했습니다."

[그럼 은진이한테 한번 가봐. 여기에도 안 왔으면 거기 갔을 테니까.]

'내 딸이 쉽게 화를 내는 애가 아닌데, 어떻게 했길래 말도 없이 어디를 가버렸어?'라고 한소리를 하려던 진태는 말을 꾹 참은 뒤 재하의 질문에 답했다. 무슨 일인지는 몰라도, 두 사람의 일에 상세히 관여하는 건 제 딸이 원하지 않을 것 같아서였다.

"네, 알겠습니다."

[그래. 잘 달래주고. 천천히 얘기를 나눠봐.]

무겁지만 부드러운 진태의 목소리에, 재하의 마음 한쪽이 저렸다.

"아버님. 감사합니다. 그리고…… 죄송합니다."

[그래, 다음에 보세. 이만 끊겠네.]

은안이 있는 곳을 알아낸 재하가 굳은 의지와 함께 다시 차를 출발시켰다.

은진의 집 앞으로 온 재하는 은진의 남편인 태수에게 먼저 전화를 걸었다. 은진보다는 대학 선배였던 태수와 그나마 친분이 있기 때문이었다.

"선배, 혹시 집이에요?"

[남재하, 너 이 나쁜 자식아!]

그때, 전화를 받은 태수가 격양된 목소리로 다짜고짜 욕을 날렸다. 태수의 거친 언사에도 재하는 그저 은안이 이곳에 있는지가 궁금했다.

"선배네 집 앞이에요. 은안이 거기 있습니까? 지금 집 앞인데……."

[안 보내. 아니, 못 보내. 나, 지금 너 아주 마음에 안 들어. 우리 처제 눈에 눈물 나게 하면 내가 네 눈에 피눈물 나게 한다고 했지?]

스피커를 타고 흐르는 태수의 까칠한 목소리에 재하가 마른세수를 했다. 처가댁 입장에서는 자신이 개차반에 망나니라는 걸 잘 알기에 태수의 욕을 그대로 듣고 있을 수밖에 없었다.

한참이나 재하를 나무라던 태수가 소강상태가 되고, 그제야 재하가 다시 입을 열었다.

"만나게 해주세요, 은안이."

[안 돼.]

"은안이 아이 가진 거 다 알았습니다. 저, 은안이 만나야 해요."

[하……, 잠시만. 내려갈게, 기다려.]

잠시 정적으로 일관하던 태수는 깊은 한숨을 내쉰 뒤 내려오겠다는 말과 함께 통화를 종료했다.

끊긴 전화를 대충 조수석에 던진 그가 고통스러운 듯 눈을 찔끔 감았다. 계획 없이 생긴 아이에 많이 놀랐을 은안을 당장이라도 품에 안아 진정시켜주고 싶었다. 그녀가 저를 원망해도 좋으니, 얼굴만이라도 볼 수 있었으면 했다. 그거면 되는데, 기다림의 시간은 더디기만 했다.

그때, 선팅이 강하게 된 창문으로 인영이 드리우고 곧 창문을 두드리는 노크 소리가 들렸다.

철컥—.

차 문을 열고 나간 재하의 눈썹이 비쭉 솟았다.

"왜, 선배가 나옵니까?"

"은안이, 울다 지쳐서 잠들었어."

"아……."

당장 눈에 그녀를 담을 수 없다는 것에 잠시 절망했던 재하는 이내 다시 생각을 고쳤다.

'그래도, 여기 있어서 다행이잖아. 기다리면 돼.'

두려움에 떨던 그녀가 만약 다른 곳으로 숨어버렸으면 더 찾기가 힘들었을 테니까. 멍해진 재하를 보던 태수가 뾰족한 눈으로 손을 휘이휘이 저으며 말했다.

"일단 가, 처제 자니까. 가고 내일 다시 얘기를⋯⋯."

"기다리겠습니다."

재하가 한 치의 흔들림 없이 말했다. 은안을 만나기 전엔 이곳에서 한 발자국도 움직이지 않겠다는 표정이었다. 굳건해 보이는 그의 태도에, 태수의 속에서 열이 올라왔다. 조금 더 빠르게 이런 모습을 보여줬다면, 은안이 이곳에 울며 찾아오진 않았을 테니 말이다. 화가 나 귀 끝이 붉어진 태수가 쉬지 않고 재하를 몰아붙였다.

"네가 우리 처제한테 그러면 안 되지. 얼마나 무서웠겠어? 얼마나 두려웠겠어?"

태수가 은안의 감정을 하나하나 짚어주자, 재하의 심장에 찢기는 듯한 고통이 찾아왔다.

"왜 숨기게 만들어, 어? 처제가 너한테 얼마나 확신이 없었으면, 아이 가졌다고 말도 못 꺼내냐고!"

지난날을 상기하니 괜히 심통이 밀려온 태수가 조금 더 흥분한 목소리로 소리쳤다.

"그래서, 이제 와서 다 알았으니 책임이라도 지겠다고 말하려고? 그래 책임, 책임져야지. 근데 결혼 생활은 그게 다가 아니라⋯⋯!"

잠시 숨이 찬 태수가 쉬어가는 사이, 그가 고개를 들어 제 마음을 뱉어냈다.

322

"좋아합니다."

"······뭐?"

한밤중의 고백에, 돌진하던 태수의 기세가 수그러들었다.

태수가 얼떨떨한 듯 눈을 깜빡이자, 재하는 더욱 굳건한 표정으로 말했다.

"제가, 은안이를 진심으로 좋아하게 됐습니다. 책임이 아니라 사랑을 주고 싶어요. 늦었지만 지금부터라도."

"······."

"그러니까, 은안이 나올 때까지 기다리게 해주세요, 선배."

태수가 집 안으로 들어오자, 목 빠지게 기다리던 은진이 그를 재촉했다.

"신태수, 빨리 불어! 그 자식이 뭐래?"

이내 은진은 불같은 성격을 한껏 폭발시키며 큰소리로 태수를 채근했다.

"그게 말이야······."

태수는 곤란한 듯 뒷머리를 긁적였다.

"처제를 좋아한대."

"헛소리."

태수가 재하의 말을 전하자 은진의 눈이 뾰족하게 가늘어졌다.

"진심이래? 하, 믿을 수가 있어야지."

세상에서 가장 믿을 수 없는 게 밤중 집 앞으로 찾아온 남자 놈의 고백이다. 더더욱 이제까지 제 동생을 홀대하던 놈이 뭐, 갑자기 내 동생을 좋아해?

그간 성북동에서 두 사람이 어떻게 지냈는지 모르는 은진이 웃기지도 않는다는 듯 코웃음을 쳤다.

"하, 참! 어이가 없어서! 이제 와서 뭐?!"

"자기야, 흥분하지 마. 그러다 개똥이 나와요!"

안절부절못하는 태수의 팔을 뿌리친 은진이 무거운 배를 들어 올리며 소파에서 일어났을 때, 잠들어 있는 줄 알았던 은안이 방문을 열며 거실로 나왔다.

"아니, 언니 내가 가볼게."

은안은 애써 입꼬리를 휘어 올리며 말했다.

"재하 씨랑 내 일이잖아. 내가 다녀올게."

사실 은안은 알고 있었다. 놀라서 무작정 도망치긴 했지만, 도망치는 게 능사가 아니라는 걸.

chapter 11

먼저 키스했잖아

엘리베이터를 타고 로비를 나서자 익숙한 검은색 세단이 눈에 가장 먼저 들어왔다. 그리고 두 번째로 보이는 건 자신을 기다리는 재하. 곧 잘게 떨리는 눈을 애써 진정시킨 은안이 그의 앞에 섰다.

"재하 씨."

그는 이미 모든 걸 다 알고 있다. 그런 그의 입에서는 어떤 말이 나올까. 책임? 아니면 다른 어떤 감정?

사실 '책임'이라는 단어 외에는 아무것도 떠오르지 않았다. 이미 그가 저를 사랑할 거라는 희망 회로는 다 망가진 지 오래였으니까. 이젠 혼자서 마음을 졸이는 것도 무언가를 숨기는 것도 지쳤다. 그의 입에서 '사랑'이 아닌 '책임'이라는 단어가 나와도 겸허히 받아 들일 수 있을 거 같았다.

차분히 마음을 정리한 은안이 바싹 말라버린 입술을 뗐다.

"재하 씨, 나는, 난……."

말끝을 흐리며 머뭇대는 은안을 보던 재하가 그녀를 품 안 가득 끌어안았다. 그리고 은안이 말을 이어갈 틈 없이 제 마음을 뱉어냈다.

"좋아해."

은안이 그토록 기다렸던 답을, 내내 제 속에 고여 밖으로 나오지 못했던 그 말을.

"좋아해, 내가 당신을."

그의 고백에 은안이 멈칫했다. 마치 뇌가 고장 난 것처럼 어떤 반응도 할 수 없었다. '좋아해.'라는 말이 그저 현실감 없이 귓가를 맴돌 뿐이었다. 그때, 재하가 얼어버린 은안을 품에서 살짝 떼어내며 말했다.

"왜 아무것도 말해주지 않은 거야. 왜 혼자 그 짐을 다 떠안았어."

그의 물음에 은안은 떨리는 목소리를 최대한 가다듬으며 말했다. 좋아한다는 그의 고백을 온전히 받아 들이기 위해서는 제 속에 있는 감정부터 꺼내야 할 것 같았다. 주먹을 꽉 쥔 은안이 고개를 들어 그와 시선을 맞췄다.

"······일부러 숨겼어요."

'일부러'라는 단어가 그의 심장을 무참하게 찔렀다. 은안의 대답에, 재하는 금방이라도 무너져 내릴 듯 위태로웠다. 스스로에 대한 원망, 은안에 대한 미안함이 마치 거대한 줄이 되어 저를 옥죄는 것 같았고 숨이 막히는 듯한 착각까지 일었다. 차마 말을 잇지 못한 재하가 제 눈을 피하는 은안을 떨리는 눈빛으로 내려다보았다.

"일부러라니. 대체 왜……."

"기억나요? 우리 이혼하기로 한 날, 내가 마지막으로 당신이랑 술 마시고 싶다고 했던 거. 그땐, 정말 그게 마지막이라고 생각했어요. 그래서 그런 말을 할 용기도 났고."

지난날을 상기하는 은안의 입가에는 아픈 미소가 걸려 있었다.

"이혼이 당신을 행복하게 해주는 일이라면 기꺼이 할 가치가 있다고 생각했어요. 그런데, 그날 당신과 하룻밤을 보내고……."

"……."

"당신이 그런 말을 했죠. 무슨 일이 있었다면 책임지겠다고. 그런데…… 난 그게 싫었어."

결국 감정을 이기지 못한 은안이 작게 울음을 터트렸고, 곧 눈물이 뺨을 흥건히 적셨다. 속은 썩어들어 가고 있었지만 은안은 눈물을 닦아내며 침착함을 유지했다.

"솔직히, 당신 옆에 있고 싶었고 이혼도 싫었어요. 그렇지만 책임이라는 단어로 엮여서 우리가 이혼하지 않는 건 더 싫었어요. 난 우리가 서로 사랑하길 바랐던 거지, 마지못해 살아가는 부부가 되길 바란 게 아니었으니까."

처음이자 마지막이었던 그와의 하룻밤. 그땐 저만 모르는 척하면 없었던 일이 될 줄 알았다. 제게 아이가 생길 줄은 꿈에도 몰랐으니까. 계속 말을 이어가는 은안의 목소리가 잘게 떨렸다.

"아이가 생긴 걸 알고 나서는…… 두려웠어요."

은안이 뜨겁게 흘러넘치는 눈물을 두 손으로 열심히 닦으며 말을 이어갔다.

세상 사람들은 사랑이 세상 둘도 없는 고결한 감정인 것처럼 말하지만, 때로는 생각보다 초라한 감정이기도 했다. 물론, 아름다운 사랑이 더 많겠지. 하지만 적어도 허허벌판에 자리 내려 비 한 번 맞지 못하고 말라버린 고목나무 같은 제 사랑은, 초라했다. 그래서 그에게 말 한번 꺼내보지 못하고 여기까지 온 것이었다.

"당신 마음도 모르는 상태에서 아이가 생겼다고 하면 그때처럼 당신이 나한테 가질 감정이 책임일까 봐, 그게 무서워서 아무것도 말하지 못했어요."

포기하려 해도 포기할 수 없고, 억만금을 줘도 가질 수 없는 사랑. 그 사랑 때문에 참 많이도 마음을 졸였다. 하지만 응급실에서 빠져나오면서 다짐했다.

"하지만, 여기까지 오면서 마음먹었어요. 당신 대답이 어떻든……."

이제 그의 대답을 상상하며 제 마음을 아프게 하는 일 따위는 하지 않기로.

"더는 상처받지 않겠다고, 그리고 우리 사이에 남을 수 있는 게 책임뿐이라면, 그냥 그렇게 살겠다고."

단전에 깊이 박혔던 감정을 다 토해낸 은안이 살짝 숨을 몰아쉬었다. 그녀의 말을 다 들은 재하가 제 손을 은안의 볼로 가져가 눈물을 쓱 닦아주며 입을 열었다.

"아니, 그럴 일 없을 거야."

쌀쌀한 밤공기를 타고 그의 애틋한 고백이 다시 은안에게 닿았다.

"내가 당신을 좋아하게 됐으니까. 내 마음을 너무 늦게 깨달았어, 바보같이."

은안을 향한 그의 목소리가 가늘게 떨리고 있었다.

"은안아, 나한테 한 번만 기회를 줘, 제발."

눈물로 흠뻑 젖은 은안의 뺨에서 손을 거둔 그가 다시 입을 열었다.

"내가 당신한테 상처를 줬던 것만큼, 당신도 나한테 그렇게 해."

그의 목소리는 여전히 미세하게 떨리고 있었고, 표정은 가슴을 저미게 할 정도로 애처로웠다.

"웃어주지 않아도 좋아. 날 사랑하지 않는다고 해도 좋아."

재하는 제 안에 담긴 모든 것을 쏟아냈다.

"그래도 당신에 대한 내 마음은 변하지 않을 거야, 평생."

은안에 대한 감정, 미안함, 마지막으로 간절히 해보는 부탁. 그 모든 게 끈끈하게 엉겨 은안에게로 전해졌다. 그의 연이은 고백에, 은안은 잠시 혼란에 빠졌다. 수없이 꿈꾸었던 장면인데, 훨훨 날아갈 듯 기뻐야 하는데. 왜 마음껏 기뻐할 수 없는 건지. 잘게 떨리는 눈을 한 그녀가 그에게 조심스레 물었다.

"나를…… 좋아한다고요?"

이미 그에 대한 마음을 거의 포기하고 있어서인지, 아니면 오랫동안 기다린 대답이 실제로 다가오자 현실감이 없어서인지 그의 고백이 좀처럼 온전하게 받아 들여지지가 않았다. 모든 게 기억나버린 그가, 아이를 가졌다는 것을 알고 제게 견고한 책임감을 발휘하려는 것은 아닐까 하는 의구심이 들었다. 그때, 은안의 속마음을 알 리 없는 그가 조심스레 말을 덧붙였다.

"당신이랑 아이, 그리고 나. 좋은 가족을 만들고 싶어."

좋은 가족을 만들고 싶다. 이 소원은 그가 어릴 적부터 막연히 바라던 꿈이었다. 이제 제 마음을 가득 채운 은안과 삶의 남은 시간을 채워가고 싶었다.

하지만, 그의 말에 은안의 얼굴이 티 나지 않을 정도로 미세하게 굳었다. 그간 심적 혼돈을 겪던 그녀는 재하의 말을 아이 때문에 감정을 가지겠다는 식으로 해석해버리고 말았다. 은안이 마른침을 한 번 삼킨 뒤 입술을 달싹였다.

"재하 씨, 아이 때문에 나에 대한 감정까지 그렇게 속일 필요 없어요. 좋은 가족은 노력만으로도 충분히 만들 수 있으니까."

생각지 못한 은안의 대답에 그가 아차 하는 표정을 지었다. 좋은 가족을 만들고 싶다는 말이, 그녀에게 다른 의미로 다가갈 수 있다는 걸 미처 생각지 못했다. 어쨌든 그 또한 지금껏 신뢰를 주지 못한 제 탓이었다. 재하가 단호한 표정으로 다시 입을 열었다.

"속인 적 없어. 당신이랑 내 사이에 아이가 있든 없든, 내 마음은 똑같아."

"⋯⋯."

"지금 나한테는 당신이 가장 중요해."

그의 확인 사살에, 은안의 표정이 다시 놀라움으로 번졌다.

그리고 그가 처음으로 다정하게 은안의 이름을 불렀다.

"은안아, 제발 한 번만 내 옆에 있어주면 안 될까?"

그 달콤하면서도 쌉싸래함이 느껴지는 목소리가 그녀의 귓가로 닿았다.

쿵쿵.

그의 연이은 고백에 은안의 심장이 온 세상에 들릴 듯 크게 울렸다. 저를 아프게 한 남자지만, 의지와 상관없이 그의 앞에서 또 심장이 뛰었다. 내내 바랐던 대답을 듣자 어두운 세상이 환한 낮이 되는 것 같은 착각마저 일었다. 꺼지지 않는 불씨 같은 사랑을 마음에 두고 그를 밀어낼 수 있을 리 없었다. 그는 삶의 벼랑 끝에서, 제 인생의 의미를 다시 다지게 해준 사람이었으니까.

결국, 답은 정해져 있었다.

"재하 씨, 나는⋯⋯."

마음이 어느 정도 진정된 은안이 입을 열려 하던 그때⋯⋯.

"아악!"

익숙한 목소리로 내뱉어지는 아득한 고성이 그들 사이를 파고들었다.

"자, 자기야, 미안!"

"신태수, 이 개자식아!!!!!! 뭐? 차가 방전돼?"

대답을 하려던 은안과 대답을 기다리던 재하가 동시에 고개를 돌렸다. 그리고 놀란 표정을 한 은안의 입에서는 대답 대신, 다른 말이 튀어나왔다.

"⋯⋯언니?"

저 멀리, 은진이 태수에게 부축을 받으며 걸어가는 모습이 보였다. 급박해 보이는 상황에, 은안과 재하가 발걸음을 옮겼다. 늘 은안을 기다리게 한 벌이라도 받는 걸까. 결국, 재하는 그녀의 대답을 몇 시간이나 더 기다려야 했다.

잠시 후, 재하의 차를 타고 모두가 병원으로 향하고 있었다.

은안의 이야기 때문에 흥분한 탓인지, 은진은 출산 예정일보다 조금 더 빠르게 산통을 느꼈다. 그 와중에 남편인 태수의 차가 방전됐고, 은진은 그런 그를 보며 준비성이 없다며 흥분했다. 그 장면을 은안과 재하가 목격했고, 결국 재하의 차를 타고 병원으로 향했다.

병원으로 향하는 내내, 뒷좌석에서 통증에 허덕이는 은진의 살벌한 목소리가 흘러나왔다.

"신태수! 너 진짜 흐, 하⋯⋯. 애 낳고 죽여⋯⋯버릴 거야!"

"자기야, 죽여도 되니깐 제발 일단 개똥이부터 건강하게 낳고, 응?"

"하아…… 너무 아파, 진짜."

아이를 낳기 위해 고통을 무릅쓰고 있는 언니의 모습이 남일 같지 않아, 은진이 아파할 때마다 은안의 콧잔등이 함께 찡그려졌다. 그때, 재하가 상황을 진정시키려 입을 열었다.

"다 와갑니다. 조금만 참으세요."

다 와간다는 소리에 은진은 다시 고통을 삼키려는 듯 이를 악물었고, 은안은 그런 언니의 모습을 보며 미세하게 손을 떨었다. 그 모습을 흘끗 살핀 재하가 허벅지 위에서 가련히 떨리는 그녀의 손에 제 손을 포개며 말했다.

"금방 도착하니까, 괜찮을 거야."

병원에 도착한 뒤, 은안이 발을 동동 구르며 가족 분만실 앞에서 울상을 지었다. 감염 위험 때문에 은진의 곁에 있을 수 있는 보호자는 한 명이었고, 그 자리는 당연히 태수가 채웠다. 한쪽에서는 진태와 태수의 부모님이 기도하고 있었다.

"아악!"

은진의 날카로운 비명이 들릴 때마다 은안이 눈을 꽉 감았다.

"하, 어쩌죠?"

그때, 그가 안절부절못하는 은안의 어깨를 살짝 감싼 뒤, 무릎을 살짝 굽혔다. 그리고 제가 여기 있으니 불안해하지 말라는 듯 단단하고 부드러운 눈빛으로 말했다.

"아직 개똥이 나오려면 멀었어. 일단, 집에 가서 좀 쉬다 오자. 당신 많이 피곤해 보여."

"하지만, 집에 가면……."

그의 달램에 은안이 입술을 살짝 깨물었다.

집에 갔다가 갑자기 개똥이가 나오기라도 하면? 아니면 제 언니가 갑자기 위험해지기라도 하면?

그리고 무엇보다 제 첫 조카의 탄생을 꼭 함께하고 싶었다. 이곳을 떠나기 싫어하는 듯한 은안의 표정에, 재하가 다른 대안을 제시했다.

"그럼 내 방으로 가자."

"당신 방이요?"

"당신도 무리하면 안 돼. 가뜩이나 얼굴도 안 좋은데, 지금."

"그렇지만……."

한발 물러난 설득에도 은안이 계속 고민하자 재하는 마지막 보루로 남겨둔 말을 꺼냈다.

"당신이랑 배 속에 있는 우리 아이도 중요해."

"아, 우리 아이."

그제야 은안이 제 배를 한 번 내려다봤다. 은진의 출산에 제 배 속 아이를 잠시 잊고 있었다. 은안이 제 배에서 분만실 앞 의자에 앉아 있는 진태 쪽으로 시선을 옮겼다.

'아빠한테는 어떻게 말하지.'

은안이 머뭇대는 표정을 하자 재하의 느린 시선이 그녀를 샅샅이 살폈다. 그리고 은안의 생각을 전부 읽은 것인지 차분한 말투로 다시 입을 열었다.

"아버님껜 그냥 피곤해서 쉬다 온다고 말씀드릴게. 안 그래도 걱정 많으실 텐데, 당신한테 아이가 생겼다는 건 차차 말씀드리자."

노트 정리라도 한 듯 일목요연한 그의 대답에 은안이 홀리듯 고개를 끄덕였다. 그는 걱정하지 말라는 듯 눈을 한 번 더 맞춘 뒤 발걸음을 옮겼고, 은안은 멍하니 재하의 뒷모습을 바라봤다.

오늘따라 그의 등이 더욱 넓어 보였다.

정신없는 상황 덕에 제 속에 담겼던 불안이 어느 정도 휘발된 건지, 이제야 제대로 보였다. 저를 바라보는 그의 반짝이는 눈빛도, 저를 향하는 안정감 있는 목소리도 이전과 달리 조금 더 깊어졌다는 걸. 잠시 후, 여러 생각으로 멍하던 은안의 귀에 그의 나직한 목소리가 감겼다.

"가자. 아버님께는 말씀드렸어. 내 방에 있다가 오겠다고."

은안이 고개를 끄덕이자, 그가 자연스럽게 제 손을 은안에게 포갰다. 급작스레 들어온 온기에 은안이 토끼처럼 눈을 번뜩 뜨자, 그가 비칠 듯 말 듯 웃음을 머금으며 말했다.

"그렇게 멍하니 따라오다가, 딴 길로 샐까 봐. 지금 정신없잖아, 당신."

"아."

반박할 수 없는 그의 말에, 은안은 고개를 끄덕인 뒤 재하의 손을 잡고 천천히 복도를 걸어갔다. 조용한 병원 복도에 두 사람의 차분한 발걸음 소리와 미약한 심장 소리가 울려 퍼졌다.

재하의 교수실은 두 개의 공간으로 나누어져 있었다. 한쪽은 책상과 컴퓨터, 주로 논문을 쓰거나 수술 준비를 하는 곳이었고, 한쪽은 슈퍼 싱글 사이즈의 침대가 있었다.

재하는 절대 안정을 취해야 한다며 은안을 눕혔다. 몇 년 전, 병원 리모델링을 진행하면서 교수실마다 최고급 침대를 넣어 준 자옥의 선견지명이 빛나는 순간이었다. 보조 의자를 당겨와 은안의 곁에 자리를 잡은 재하가, 걱정으로 가득 찬 은안의 밤색 눈망울을 한참이나 바라보다가 조심스레 입을 달싹였다.

"당신, 아직 대답 안 해줬어."

"……."

"내가 당신 옆에 있어도 되는지."

은안은 대답을 갈구하는 그의 얼굴을 또렷이 바라보았다.

어느 순간부터 제 전부가 된 사람이었다. 사실, 이미 답은 정해져 있었다. 하지만, 조금 두렵긴 했다.

"사실 조금 두려워요. 언젠가 당신한테 또 상처를 입게 될까 봐."

너무 큰 행복은 막연한 불안감을 함께 가져오기 마련이었으니까. 은안의 솔직한 대답에, 재하가 조금 씁쓸한 미소를 흘렸다.

"당신이 날 못 믿는 거 당연해."

그의 내려간 눈초리가 꼭 주인을 기다리는 큰 강아지 같았다. 잠시 입을 닫았던 그가, 다시 눈매를 끌어당기며 말했다.

"당신 옆에 있게만 해줘. 믿게 할게, 내가."

오디션 프로그램에서 패자 부활전에 붙고 싶은 사람들의 마음이 이런 것일까. 인생을 살면서 기회에 연연해본 적 없었던 그였다. 좋은 집안, 똑똑한 머리, 우월한 외모. 재하가 가진 것들은 인생의 결정적 순간에서 '기회'에 연연하게 만들기보단, 선택지를 고를 수 있는 상황을 만들어줬으니까. 하지만 지금은 단 한 번의 기회가 절실했다. 그녀의 옆에 있을 기회.

"절대 당신이 상처받을 일 만들지 않을 거야."

태양 같은 그의 눈빛에, 은안에게 그림자처럼 따라붙었던 두려움이 서서히 옅어졌다. 그때, 그가 다시 한 번 물었다.

"나, 당신 옆에 있어도 될까?"

"⋯⋯네."

결국, 은안이 고개를 끄덕이며 그가 원하던 대답을 건넸다.

잠시 후, 서로의 마음을 확인한 은안과 재하가 좁은 침대 위에서 서로를 바라보며 누워 있었다. 숨결이 오롯이 느껴지는 한 뼘의 거리에, 서로가 서로에게만 집중할 수밖에 없었다. 물론 이전에도 안거나 손을 잡은 적이 있었지만, 이렇게 서로의 눈을 오래 마주한 적은 처음이었다. 그것도 이렇게 가까운 거리에서.

은안은 좋으면서도 심장 한쪽이 자꾸만 두근댔고, 불편했다. 물론 기분 좋은 불편함이었지만, 휴식에는 방해가 되는 그런 불편함이랄까.

"근데 꼭 이렇게 누워 있어야 해요?"

"왜, 싫어?"

"싫은 게 아니라⋯⋯."

은안이 입매를 어색하게 말아 올렸다.

"조금 어색해서⋯⋯."

뜸을 들인 끝에 나온 은안의 대답에 재하의 눈썹이 살짝 구겨졌다. 제게 늘 마음을 주며 직진할 때는 언제고, 막상 자신이 한 발 다가가니 두 발 멀어진다. 아무래도 제 아내는 밀당의 귀재인 것 같았다. 하지만 저는 당길 생각뿐이었다. 늦어버린 만큼 빠르게, 그리고 확실하게.

"뭐가 불편해."

"그, 그게 눈을 너무 오래 마주치고 있으니까 좀 그래요."

"우리 맨날 같이 잤잖아. 근데 뭐가 어색해."

재하가 은안을 뚫어져라 바라보며 말했다. 그리고 동시에 한 뼘 정도 떨어져 있던 그녀의 허리를 부드럽게 휘감아 제 쪽으로 당겼다.

그의 손짓 한 번에 둘의 몸이 한 치의 틈도 없이 밀착한 상태가 되었다. 몸이 맞붙은 걸로는 만족하지 못한 건지, 그가 은안의 코앞까지 얼굴을 당겼다.

"그리고 그날 우리 더한 것도 했잖아."

"그, 그건!"

눈썹 하나 깜빡이지 않고 훅 들어오는 얼굴에 은안이 그의 가슴팍을 살짝 밀어냈다. 하지만 단단한 나무에 묶인 것처럼 꼼짝도 할 수 없었다.

"잠시만요!"

은안이 겨우 지척에 있는 그의 얼굴에서 조금 떨어져 거리를 만들었다. 막상 재하의 머릿속에 그날의 기억들이 전부 돌아왔다고 생각하니 뒤늦게 부끄러움이 몰려들었다. 귀 끝이 불그스름해진 은안을 본 재하의 입에 웃음기가 스몄다. 괜히 장난을 걸고 싶게 만드는 얼굴이었다. 그가 속눈썹을 내리깔며 은안의 얼굴을 느릿하게 훑었다.

"그때는, 당신이……."

그리고 그의 손가락이 소중한 것을 다루듯 은안의 붉은 입술을 살짝 쓸었다.

"나한테 먼저 키스했잖아."

그리고 다시 제 얼굴을 은안의 코앞까지 들이밀었다. 조금만 입술을 달싹이면 서로의 입술이 맞물릴 정도로 가까이.

"그, 그만!"

수줍음에 얼굴이 터져버릴 것 같아 은안이 작게 소리쳤다.

"그날은 술에 취해서! 나도 모르게……."

술에 취하지 않았다면, 그에게 먼저 과감하게 입 맞추지 못했을 것이다. 시선을 피하는 은안을 보는 그의 입매에 짙은 호선이 그려졌다. 시작은 그녀의 돌발적인 입맞춤이었지만, 그 뒤는 아니었다. 서로가 서로를 원했으며 함께 열락에 빠져들었다.

어쩌면, 저는 늘 은안에게 마음을 내어줄 준비가 되어 있었던 것 같다. 제게 늘 최선을 다했던 그녀의 모습은 이미 알게 모르게 저를 흔들고 있었으니까. 그때, 은안이 부끄러움에 횡설수설 아무 말이나 꺼냈다.

"그날은 그냥 사고……."

"나한테는 사고 아니었어. 당신한테는 그저 사고였어?"

"아니, 그게 그런 뜻이 아니라……."

은안이 작게 입술을 달싹이며 혼잣말을 중얼거렸다. 묻어두려 했던 그날을 다시 떠올리니 얼굴이 터져 없어져버릴 것만 같았다. 그때, 붉어진 은안의 얼굴을 빤히 바라보던 재하가 진지하게 물었다.

"그럼, 안 취한 채로 하면 안 부끄러워할 거야?"

은안이 무슨 말이냐는 듯 살짝 틀었던 고개를 정면으로 돌리자, 그의 시선이 단번에 느껴졌다. 제 입술에 닿은 뜨거운 시선이.

"키스."

그가 목적을 뒤늦게 밝히자, 은안의 입술이 파르르 떨렸다. 잠시 망설이던 은안이 대답 대신 두 눈을 감았다. 그 모습에 재하가 조용히 웃으며 은안의 입술에 제 입술을 겹쳤다.

말캉하고 뜨거운 감촉이 순식간에 그녀를 옭아맸다. 입맞춤의 농도가 짙어질수록 그의 옷깃을 쥔 은안의 손에 힘이 들어 갔다.

키스가 길어질수록 처음의 달콤한 맛과 다르게 알싸한 맛이 느껴졌다. 그저 키스일 뿐인데, 애간장이 녹다 못해 닳아 없어 질 것 같았다.

한참을 물기에 젖은 소리가 방 안을 채웠고, 은안의 호흡이 가빠지자 그제야 재하가 그녀를 놓아주었다.

"하아."

"이제 안 부끄러워할 거지?"

그가 밭은 숨을 몰아쉬는 은안을 보며 말했다. 홍시처럼 얼 굴을 붉힌 은안은 소심하게 고개를 끄덕일 수밖에 없었다. 조 금 전, 그의 격렬한 입맞춤에 자신도 함께 격하게 응답했으니 까.

"그럼 됐어."

입매를 말아 올린 그가 이번에는 은안을 품에 가득 안았다. 그대로 잠시 정적이 찾아왔다. 그리고 곧 재하의 나긋한 목소 리가 은안의 귀로 감겨 들어왔다.

"미안해, 바보 같은 상처에 갇혀서 당신 아프게 한 거."

"괜찮아요, 이제 거기서 빠져나왔으니까."

재하는 은안을 아프게 한 죄를 평생 갚아나갈 생각이었다.

"그리고 아까, 이 말을 빼먹었어."

"무슨 말을요?"

"사랑해, 은안아."

제가 할 수 있는 온 힘을 다해서 그녀를 사랑하며.

은안과 재하의 관계가 새로운 날을 맞고 은진의 아들이 태어난 지도 일주일이 지났다.

은안과 재하, 그리고 진태가 면회 시간에 맞춰 산후조리원을 찾았다. 방금 방에 도착한 조카를 안은 은안이 포대기 사이로 살짝 삐져나온 얼굴에 홍분했다.

"어떡해! 너무 작아!"

작아도 너무 작은 신생아의 크기에 은안이 귀여움을 느끼는 것도 잠시, 이 작은 아이가 엄마의 배 속에서 세상으로 나오느라 얼마나 힘들었을까를 생각하니 눈물이 핑 돌았다. 은진은 눈물이 그렁한 제 동생에게서 시선을 돌려 멀찍이 떨어져 있는 재하를 불렀다.

"어이, 남 서방. 우주 한번 안아볼래?"

말투는 다소 차가웠지만 은진으로서는 비호감인 제부에게 꽤 큰 호의를 건넨 것이었다. 재하가 고개를 끄덕인 뒤, 좀처럼 보기 힘든 긴장된 얼굴로 조심스레 다가왔다.

곧 은진이 조심스레 재하에게 우주를 넘겼고.

"아……."

아이를 받아 든 재하는 자신도 모르게 작고 말랑한 감촉에 감동의 탄성을 내뱉었다.

"어때, 귀엽지?"

은진의 물음에 재하가 우주에게서 시선을 떼지 못한 채 고개를 끄덕였다. 그때, 우주가 눈을 떴고 재하는 신기하다는 듯 아기의 얼굴을 뚫어져라 바라봤다.

작고 사랑스러운 얼굴에 까만 콩 같은 두 눈이 빛나고 있었다. 세상의 때가 하나도 묻지 않은 청정한 두 눈은 세상 그 어느 보석보다도 영롱했다. 그때, 그를 가만히 보던 진태가 말했다.

"자네도 그렇게 안겨서 부모님의 그런 표정을 마주했을 걸세."

그가 고개를 찬찬히 들어 제 장인어른을 바라보았다. 진태의 묵직한 목소리가 재하의 가슴을 진하게 울렸다. 부모가 된다는 건, 어떤 기분인 걸까. 조카를 안고 있는 지금도 이렇게 벅찬데, 제 아이는…….

"자식이 주는 기쁨은 세상 그 어떤 것과도 비교하지 못하니까."

진태의 말이 그의 심장에 큰 괘종처럼 진한 울림을 남겼다.

그의 짙은 눈빛이 다시 품에 안긴 아기에게로 옮겨진 그때.

은진의 한마디에, 감동적이던 분위기가 깨지고 말았다.

"이제 곧이죠, 곧. 우리처럼 감동도 느끼고, 뒤따라서 육아 지옥 길로 들어오는 게."

"……!"

"자, 자기야?"

진태가 무슨 소리냐는 듯 눈을 커다랗게 떴고, 태수가 식은 땀을 흘리며 은진의 어깨를 톡톡 쳤다. 누구보다 놀란 건 은안이었다.

"아, 아빠!"

안 그래도 오늘 언니를 만난 뒤 식사라도 하며 임신 사실을 알리려고 했었는데, 타이밍이 엉켜버렸다. 생각지도 못한 소식에 놀란 진태가 재하와 은안을 한 번씩 바라보며 시선을 맞췄다.

"은진이 말이 진짜니?"

"네."

재하가 담담히 고개를 끄덕였다. 그리고 얼굴이 살짝 굳어진 진태가 그를 다시 불렀다.

"크흠, 남 서방. 잠시 나 좀 보지."

산후조리원의 휴게실 안, 장인과 사위가 테이블을 중간에 두고 얼굴을 정면으로 마주한 채 앉아 있었다. 재하가 저도 모르게 마른침을 삼켰다. 사랑하는 여자의 아버지 앞에 있는 게, 이렇게 긴장되는 일이었다니.

결혼 전, 명목상 상견례를 하긴 했지만 재하는 그마저도 바쁘다는 핑계로 빠르게 자리를 떴었다. 제가 생각해도 참 못난 인간이었다, 저는.

옛날 기억들이 스치자 얼굴이 화끈거렸다.

그때, 진태의 목소리가 재하의 귀에 스쳤다.

"사실 난 자네가 그렇게 마음에 들진 않았네."

신사다운 말투였지만, 그 속에 숨겨진 칼날을 느낄 수 있었다.

"그럼에도 내가 별말 않은 건 자네가 내 딸을 소중히 여겨주길 바라서였어."

"죄송합니다, 아버님."

"죄송하다고 말할 거 없네. 무슨 일인지는 몰라도 자네의 눈빛이 이전과는 다른 게 느껴지더군. 은진이가 우주를 낳는 날 말이야."

은안 때문에 애써 모른 척한 것이지, 진태도 재하가 제 딸을 홀대한다는 걸 모를 수가 없었다. 그런데 그날, 진태는 제 사위의 눈빛에서 그동안 보지 못한 진심을 봤다.

―아버님, 은안이가 좀 피곤해하는 거 같아서요. 제 교수실에서 쉬다가 다시 오겠습니다.

―아, 그러게.

늘 무표정하던 제 사위가, 걱정스러운 표정으로 제 딸의 손까지 꼭 잡고 분만실을 나서는 뒷모습을 보며 내일은 해가 서쪽에서 뜨겠다고 생각했다.

진태는 둘 사이에 무슨 극적인 일이 있었을 거라고 짐작했다. 그렇지 않고서야 하루아침에 저렇게 사이가 가까워질 리가 없었으니까.

어쨌든, 결론적으로 오늘 마주한 제 딸의 얼굴이 이전보다

행복해 보이니 그걸로 됐다는 생각이었다. 잠시 정적으로 일관하던 진태가 입을 열었다.

"3년 전, 상견례 자리에서 하고 싶었던 말을 지금 해도 되겠나?"

진태는 3년 전 상견례 날, 재하가 너무 빨리 자리를 떠서 하지 못한 말을 이제야 할 수 있게 됐다.

"난 내 딸을 담보로 삼아서 결혼시킬 마음이 없었네. 아무리 돈과 명예가 소중해도 자식보단 소중하지 않아."

"알고 있습니다. 그런 의도로 저희 결혼을 허락하신 게 아니라는 거."

재하의 얼굴에는 지난날의 회한이 가득했다.

"은안이 힘들게 한 거, 제 잘못입니다. 누군가와 마음을 주고받는 게 두려워서……. 그래서 은안이가 저한테 준 마음이 얼마나 소중한 건지 너무 오랫동안 깨닫지 못했습니다."

머릿속에 그간의 결혼 생활이 파노라마처럼 스쳐 지나갔다.

생각해보면, 어느새 은안의 순수한 마음은 흰 눈처럼 제 마음에 소리 없이 쌓이고 있었다.

소복소복, 그녀는 흰 이불처럼 자신을 포근하게 감싸주었다. 그리고 그 이불이 걷히려 할 때에서야 알았다. 자신이 덮고 있던 그 소복소복한 흰 이불이 제 세상을 얼마나 따듯하게 달구고 있었는지.

그의 말에, 진태가 다행이라는 듯 느릿하게 고개를 끄덕였다. 그리고 애틋한 목소리의 진태가 다시 말을 꺼냈다.

"이건, 내가 3년 전에 자네한테 직접 해야 했던 말일세."

진태가 운을 떼자, 재하가 준비가 됐다는 듯 다시 경건하고 바른 자세로 고쳐 앉았다.

"……사실 은안이는 내 친딸이 아니야. 은안이는 15살 때 우리 집으로 입양됐네."

생각지도 못한 말에 재하는 놀란 듯 눈을 크게 떴다.

웃는 게 닮아 있는 진태와 은안을 보며 단 한 번도 피가 섞이지 않은 관계일 거라고 생각해본 적이 없었다.

놀란 표정을 감추지 못한 그에게 진태는 한참이나 은안의 지난 인생에 대해 자세히 얘기해주었다. 과거 부모님의 일, 제게 왔던 일, 실명했던 일, 다시 각막을 기증받은 일까지.

희로애락이 진하게 압축된 은안의 지난 인생 이야기에, 재하의 얼굴도 이리저리 구겨졌다 펴지기를 반복했다. 진태가 마지막 말을 당부하기 위해 재하의 눈을 똑바로 바라봤다.

"난 은안이에게 최고는 아니어도 최선의 가족을 만들어주고 싶었어."

제 곁으로 와 점점 웃음을 찾는 은안을 보고 진태는 세상 어떤 것과도 바꿀 수 없는 기쁨을 느꼈다. 갓난아이를 낳아 울음을 그치게 하고, 첫걸음마를 떼는 것을 보고, 처음으로 말을 하는 것을 보는 것만큼, 아니면 어쩌면 그것보다 더한 벅찬 기쁨이었을지도 모른다.

그렇게 은안은 정말로 제가 마음으로 낳은 딸이 되어갔다.

뒤늦게 제게 와준 딸을, 그는 심장도 떼어줄 수 있을 만큼 사랑했다. 정말로 가장 소중한 것까지 망설임 없이 모두 내어 줄 수 있는 것. 그것이 부모의 사랑이었다.

"이젠, 자네한테 내 임무를 넘기겠네."

진태의 눈시울이 조금 붉어진 것도 같았다.

"내 딸을 최고로 만들어달라는 말은 안 하겠네."

그는 오늘에서야 정말로.

"다만 세상에서 가장 행복한 사람으로 만들어주게."

"걱정 마세요, 아버님. 은안이 꼭 행복하게 해주겠습니다."

마음속으로 딸을 보냈다. 아빠가 아닌 다른 남자의 품으로.

"이제 정말로 자네 사람이야. 우리 딸. 잘 부탁하네."

하지만, 진태는 진정으로 재하에게 은안을 보내면서도 다짐 했다.

'은안아, 만약 힘들어도 돌아올 곳은 있으니 혹시라도 돌아 오고 싶으면 돌아와도 된단다. 그러니, 이제 아무 걱정 없이 행복하자. 우리 딸.'

딸의 뒤를 굳건히 지키겠다고.

면회가 끝난 뒤, 병원 밖으로 나온 재하와 은안이 두 손을 꼭 붙잡고 거리를 걸었다. 그때, 은안이 초롱초롱한 눈빛으로 재하를 올려다봤다.

"아빠랑 무슨 얘기했어요?"

348

"음, 비밀이야."

"네?"

"나중에 말해줄게. 오늘의 대화는 아빠들의 비밀 대화거든."

재하가 한쪽 눈썹을 까딱하고 올리며 능청스럽게 대답했다.

"그래요? 궁금한데."

은안이 귀가 처진 토끼처럼 울상을 짓자 재하가 그녀의 머리를 쓰다듬었다. 그 모습이 너무 귀여워서 자꾸만 웃음이 새어 나왔다.

그때, 재하가 은안의 동그란 이마 위에 제 입술을 맞붙였다. 촉 소리와 함께 떨어진 입술에 은안이 놀란 듯 멀뚱멀뚱 그를 바라봤다.

"길에서…… 뭐 하는 거예요?"

"이 정도는 할 수 있는 거 아닌가? 우리 사이에."

날이 갈수록 뻔뻔해지는 그의 태도에 은안이 헛웃음을 흘렸다. 하지만 그는 은안이 헛웃음을 흘리든 말든 상관없다는 듯 은안의 볼에 한 번 더 입을 맞췄다.

촉, 하는 가벼운 소리가 떨어지고, 그가 뒷말을 덧붙였다.

"이제, 익숙해지는 게 좋을 거야. 시도 때도 없이 할 거거든. 이런 거."

그의 능청을 이길 재간이 없던 은안이 붉어진 얼굴을 홱 돌리며 말했다.

"밥이나 먹으러 가요."

"그래, 가자. 짜장면 먹고 싶다고 했지?"

은안이 눈을 마주하지 않은 채 고개를 주억였다.

분명 길에서 뽀뽀한 것에 대해 따지려 했는데, 뭐에 홀린 듯 고개를 끄덕이고 말았다. 사실, 은안도 자꾸 시도 때도 없이 들어오는 그의 입술이 싫지만은 않았다. 그런데 며칠 전부터 묘하게 사육당하는 것 같은 기분이 들었다.

"짜장면 말고 다른 건 먹고 싶은 거 없어? 다 사줄게."

아이를 가진 걸 알게 된 이후로, 그는 낮과 밤을 가리지 않고 제게 먹고 싶은 것이 있냐고 물었다.

딸기가 먹고 싶다고 하면, 딸기부터 딸기 케이크, 딸기 사탕, 딸기 젤리, 딸기우유를 대령했다. 마치, 세상에 있는 딸기의 씨를 모조리 말려버릴 기세로 '딸기' 자가 박힌 건 모두 쓸어왔다. 지금도 식당에 가면 아마 2명이 먹기 벅찬 메뉴 주문을 할 터였다.

제 손을 잡고 먼저 앞서나가는 그의 뒷모습을 빤히 바라보던 은안이 실소를 뱉었다. 좀 과하긴 했지만 그에게 처음 받아보는 이런 관심이, 이런 사랑이 나쁘지 않았다.

'뭐, 사육당하는 것도 나쁘지는 않네.'

은안은 제 아빠의 바람대로 가장 행복한 사람이 되어가는 중이었다.

다음 날 아침, 부엌 안에서는 훈훈한 씨름이 한창이었다.

"어머, 아가. 그만하렴."

"작은 사모님, 제가 할게요. 큰 소리 나는데 멀리 가 계셔 요."

바나나를 믹서에 갈려고 하는 은안과, 그녀의 움직임을 사 수하려는 충주댁과 자옥이 대치했다.

"이 정도는 제가 할 수 있어요."

은안이 믹서 볼을 잡은 손에 힘을 주었다.

진태에게 아이가 생겼다고 말한 날, 은안과 재하는 집으로 돌아와 자옥과 상훈에게도 사실을 털어놨다.

─저희 아이 생겼어요.

상훈은 먹고 있던 사과를 떨어트렸고, 부엌에서 접시를 옮 기던 충주댁은 접시를 깼다. 그리고 자옥은 약해진 무릎 관절 을 까맣게 잊고 펄쩍 뛰고 말았다.

정신을 차리고 무릎을 부여잡은 자옥이 홀로 말했다.

─천리장성을 쌓으랬더니, 언제 만리장성까지 쌓았담?

의문을 가진 것도 잠시, 자옥은 진심으로 기뻐했다.

그렇게 아이를 가진 은안은 집안의 보호 대상 1호가 되었 다. 그때, 출근 준비를 하던 재하가 부엌으로 내려와 그녀의 앞에 섰다.

"내가 할게."

급히 내려와 고정하지 못한 그의 까만 생머리가 눈 끝에 닿 을 듯 흐드러졌다.

게다가 와이셔츠의 단추는 채 잠기지 못해 단단한 가슴팍

이 보일 듯 말 듯했다. 아침부터 맨살을 살짝 드러낸 그의 모습에, 괜히 얼굴이 붉어진 은안이 말했다.

"괜찮은데……."

"이리 줘."

그가 고개를 까딱한 뒤 싱긋 웃으며 큰 손을 은안을 향해 뻗었다. 재하의 미소에 손의 힘이 스르르 풀리고만 은안은 그에게 믹서 볼을 뺏기고 말았고, 옆에서 둘을 지켜보던 충주댁과 자옥은 왜 이솝 우화에서 나그네의 도포를 벗긴 게 바람이 아니라 태양인지를 깨달았다.

자옥이 고개를 저으며 실소를 뱉었다. 눈이 부시다 못해 사람의 마음을 녹이는 미소에 어쩔 도리가 있겠는가. 새삼 제 손자가 이렇게 다정해질 수도 있구나 하는 생각이 들었다. 둘을 흐뭇하게 보던 자옥이 은안에게 물었다.

"그러고 보니, 사돈처녀는 몸조리 잘하고 있고?"

"아, 네. 언니는 몸조리하고 곧 회사로 복귀할 거 같고 형부가 육아 휴직을 낼 거라고 하더라구요."

은안의 말에 자옥이 아쉬워하며 고개를 끄덕였다.

"신 교수가 없으면, 내분비내과에 아쉬워할 환자가 많을 텐데……. 그래도 어쩔 수 없지, 가정이 먼저니."

그때, 곱게 갈린 바나나 주스를 컵에 예쁘게 옮겨 담은 재하가 웃으며 입을 열었다.

"이사장님, 저도 쓰게 해주실 거죠? 육아 휴직."

이미 마음만큼은 1등 아빠인 그였다.

그날 저녁, 퇴근 후 저녁을 먹고 샤워까지 마친 두 사람은 침대에 나란히 앉아 있었다.

재하는 논문을 살피고 있었고, 은안은 태교 도서를 읽고 있었다. 그때, 은안이 책을 그만 읽으려는 듯 표지를 덮은 뒤 협탁에 올려놓았다. 그러고는 손가락으로 재하의 팔을 콕콕 찔렀다.

은안의 손길에 그가 곧바로 반응하며 고개를 돌렸다.

"응, 왜? 뭐 가져다줄까? 필요한 거 있어?"

그의 물음에 은안이 고개를 도리도리 저었다. 재하는 손에 있던 서류를 옆에 놓고 은안 쪽으로 몸을 틀었다.

"그럼, 다른 할 말 있어?"

이번에는 은안이 고개를 끄덕이자 그가 다정한 손길로 그녀의 옆머리를 귀 뒤로 넘겨주며 물었다.

"뭔데?"

잠시 머뭇대던 은안이 고개를 살짝 들고 입을 열었다.

"재하 씨는, 우리 아이가 딸이면 좋겠어요, 아들이면 좋겠어요?"

"음……."

뜻밖의 질문에, 재하가 잠시 생각에 잠겼다.

은안과 저 사이에 아이가 생겼다는 그 자체가 기쁜 거지, 성별은 상관없었다.

"난 상관없을 거 같은데. 당신 닮은 딸이어도 좋고 나 닮은 아들도 좋아."

"음, 난 나 닮은 딸이면 좋겠어요."

"나 닮은?"

생각지 못한 대답에 재하가 웃음을 터트렸다.

"하하, 보통 이럴 땐 빈말이라도 남편 닮은 아들 낳고 싶다고 해주는 거 아니야?"

"음, 당신 닮았으면 너무 무뚝뚝할 거 같아서요."

은안이 어깨를 까딱였다.

"누가 그래, 내가 무뚝뚝하다고."

"음, 내가요?"

재하가 은안의 장난에 웃음을 터트렸다.

제가 많이 편해진 건지 은안은 종종 오늘처럼 말장난을 치고는 했다. 그 모습이 귀여워 재하는 저도 모르게 볼에 쪽 소리가 나게 입을 맞추고 말았다. 기습 뽀뽀에 벙찐 은안이 그를 멍하니 바라보자 재하가 뭐가 문제냐는 듯 대답했다.

"간단하네, 그럼 둘 다 낳으면 되잖아. 첫째는 아들, 둘째는 딸 이렇게."

간단명료한 해답에 은안의 눈이 동그래졌다.

눈을 말똥히 뜬 은안을 사랑스럽다는 듯 바라보던 재하가 그녀의 뺨을 가볍게 어루만지며 말했다.

"나중에, 아이 낳으면 여기처럼 정원 있는 집으로 이사 가서 그렇게 살자. 둘째도 당신이 원하면 낳고. 아니면 하나만 낳아도 좋고. 난 당신 의견을 전적으로 따를 거야."

"그래요."

그의 구체적인 미래 계획에, 마음이 몽글몽글해진 은안이 고개를 끄덕이며 대답했다. 그리고 곧 눈빛이 그윽해진 그가 은안을 끌어당겨 품에 안으며 조용한 목소리로 속삭였다.

"내가 당신 인생의 마지막 장, 행복으로 만들어줄게, 꼭."

어딘가 익숙한 말에 은안의 눈썹이 곱게 휘어졌다.

─인생의 마지막 장이, 꼭 행복이길 바랄게요.

그날, 그가 했던 말 하나하나가 온몸에 각인되어 있기에 곧 바로 깨달았다. 그가 옥상에서의 일을 알게 됐다는 걸.

은안이 재하의 품에서 살짝 빠져나오며 물었다.

"재하 씨, 어떻게…… 알았어요?"

"당신이 호텔에서 했던 말 하나하나까지 다 기억났거든."

은안과 하룻밤을 보냈던 기억이 돌아온 날, 재하는 당시의 세세한 대화까지는 전부 기억해내지 못했었다. 하지만 산후조리원에서 진태가 대화 중 흘리듯 말한 게 미처 찾지 못한 대화를 기억해내는 단서가 되었다.

─은안이가 결혼 전부터 자네를 마음에 담은 거 같더군. 대체 어디서 본 건지는 모르겠지만…….

그 순간, 거짓말처럼 은안이 털어놓은 모든 말들이 비어 있던 기억 사이로 들어찼다. 그리고 제가 옥상에서 만났던 그 환자가 은안이라는 것을 깨달았다.

"왜 못 알아봤을까. 당신이 그 사람이었다는 걸."

재하의 자책에, 은안이 그의 손을 잡아주며 비교적 담담하게 과거를 회상해 나갔다.

"그때가 이식 받기로 한 각막을 뺏긴 직후였어요. 살 의미가 없다고 생각했죠. 근데, 진짜 죽으려던 건 아니었어요. 당신이 착각했던 거지."

과거를 얘기하는 은안은 담담하다 못해 조금은 후련해 보이기까지 했다.

"사실, 죽은 거나 다름없다는 마음으로 숨만 쉬고 살았어요. 그때의 난, 끝이 보이지 않는 터널에 있는 거나 마찬가지였으니까."

"……."

"근데 그날 당신이 그랬잖아요. 행복이 올 때까지 버티면 이기는 거라고."

은안이 얕은 미소를 지으며 말을 이어갔다.

"그 말을 곱씹으면서 터널에서 버텼고, 빛을 봤어요. 그리고 지금은 당신 말처럼 행복해요, 나."

아팠을 과거의 은안을 생각하던 재하의 손이 미세하게 떨렸다. 옥상에서 마주했던 그녀와 저. 그리고 결혼 후 늘 그녀를 아프게 했던 저와 그런 그를 늘 기다렸던 그녀. 모든 게 머릿속에서 복잡하게 엉켰다.

이내 다짐을 하듯 한숨을 들이쉰 재하가 은안을 다시 힘껏 끌어안으며 말했다.

"이제, 다시는 울게 만들지 않을게. 당신한테 웃을 일만 있게 할 거야, 내가."

은안이 말없이 재하의 등을 토닥이며 고개를 끄덕였다.

두 사람은 그렇게 말없이 서로의 체온을 온전히 느끼며 한참을 끌어안고 있었다.

그리고 재하는 품 안에 안긴 은안을 가득 느끼며 조심스럽게 생각했다. 감히 운명이라는 게 있다면, 그녀와 제가 운명일 거라고.

며칠 후, 성은병원.

오늘은 산부인과 정기 검진이 있는 날이었다.

휴가를 낸 은안은 재하의 비는 시간에 맞춰 병원을 찾았고, 먼저 필요한 검사를 마친 뒤 초음파실 앞에서 대기했다. 은안은 긴장이 되어 손가락을 꼼지락거렸다. 병원에 처음 오는 것도 아닌데, 왜 이렇게 번번이 긴장이 되는지 모를 일이었다.

그때, 고개를 숙여 제 신코만 빤히 보던 은안의 옆으로 인기척이 느껴졌다. 그리고 불안정함을 가득 드러내는 손을 부여잡아주는 익숙한 체온에 은안이 반색하며 고개를 돌렸다.

"재하 씨, 왔어요?"

은안이 눈을 말똥히 뜨며 재하를 반기자, 그의 입매가 부드러운 곡선으로 휘었다.

"응, 혼자 기다리느라 힘들었지?"

"조금요?"

은안이 입매를 어색하게 당겨 웃으며 대답했다. 그가 오니 긴장감이 단번에 눈 녹듯 사라졌다. 시간 가는 줄 모르고 이 런저런 이야기를 하다 보니 금방 차례가 돌아왔다.

"유은안 산모님!"

"네!"

긴장을 잔뜩 머금은 예비 엄마, 아빠가 씩씩하게 발걸음을 옮겼다.

초음파로 아이의 얼굴을 보던 의사가 흐뭇한 표정으로 화면 을 바라보았다.

제 배 속에서 제대로 자리 잡은 아이가 신기해, 은안 또한 넋을 놓고 화면을 바라봤다. 처음 봤을 때 콩알만 했던 점이 그새 자라 있었다.

"선생님, 정말 신기해요."

은안이 저도 모르게 감탄을 뱉어내자, 의사가 뭉근한 표정 으로 답했다.

"저는 매일 여러 명의 태아를 보는데도 매번 신기해요."

초음파 화면을 확인한 두 사람은 곧이어 들리는 심장 소리 에 눈을 맞추며 말없이 미소를 머금었다. 작지만 강하게 울리 는 심장 소리에, 뭉클함이 차올랐다.

잠시 후, 초음파를 다 본 은안과 재하가 진료실로 향했다.

화면을 열심히 들여다보던 산부인과 교수가 입을 열었다.

"아기 심장도 잘 뛰고, 5주 차인데 난황까지 잘 보입니다. 아주 좋은 경우네요."

다행히, 산모도 아이도 건강하다는 진단을 받고.

"다 좋지만, 그래도 초기니 조심 또 조심하셔야 합니다."

그 뒤로는 주의할 점을 들은 은안과 재하가 진료실을 빠져나왔다.

쿵쿵 울리는 아이의 심장 소리, 희미하게 보이는 아기집. 그리고 은안과 함께 진료까지 보니 재하는 이제야 아빠가 되었다는 실감이 제대로 차올랐다.

태어나서 처음 느껴보는 묘하고 귀한 기분이 내내 떨어질 줄 몰랐다.

좀처럼 보기 힘든 상기된 얼굴을 한 그가 은안의 손을 꼭 붙잡고 병원을 활보하자, 병원 사람들이 뒤에서 수군댔다.

"남 교수님 저렇게 웃는 거 본 적 있어?"

"아니 없지."

사람들의 시선이 어떻든, 재하는 제가 아빠가 된다는 생각에 그저 하늘을 날 듯 기쁘기만 했다.

모처럼 오후 시간이 여유로운 그는 진료를 마친 은안을 집까지 데려다주기 위해 함께 주차장으로 향했다.

은안에게 조수석의 문을 열어준 그가, 그녀의 정수리에 손을 대 차에 머리가 부딪히지 않게 보호했다. 은인은 그의 사소한 배려 하나하나에도 왠지 모르게 심장이 간지러웠다. 문을 닫아준 뒤 옆 운전석에 탄 그에게 은안이 얼굴을 살짝 붉히며 말했다.

"고마워요."

은안의 인사에, 그가 짐짓 진지한 표정으로 말했다.

"고맙단 말, 금지야. 당신이 당연하게 받아 들였으면 좋겠어. 내가 해주는 모든 것들."

"그래도!"

은안은 '나도 모르게 자꾸 그 말이 나오는 걸 어떡해요!'라고 말하려다 참고 입술을 삐쭉 내민 뒤 고개를 끄덕였다.

은안이 입술을 모으며 고개를 끄덕이자 재하의 등줄기로 찌릿하고 전율이 스쳤다. 그녀는 알까, 본인이 귀엽다는 걸. 그가 달아오른 마음을 진정시키며 가만히 은안을 바라보았다.

결혼한 지 3년이 지났지만, 지난 세월을 흘려보낸 덕분에 이제 막 연애를 시작한 느낌이었다.

같은 공간에 있기만 해도 설레고.

"왜요? 내 얼굴에 뭐 묻었어요?"

"아니."

"그럼 왜 그렇게 빤히……"

"키스하고 싶어서."

눈만 마주쳐도 입 맞추고 싶은 욕망이 이는 그런 시기.

과감한 말과 은근한 그의 시선에, 은안은 온몸의 털이 쭈뼛쭈뼛 서는 걸 느꼈다.

그는 눈빛 하나만으로도 사람을 긴장시키는 재주가 있었다.

"아, 아니, 여기서요?"

"응, 안 돼?"

허락을 구하는 그의 눈이 활처럼 부드럽게 휘었다.

"안 되는 건 아닌데……."

마침 차는 지하 주차장 가장 구석진 자리에 주차되어 있었고, 그의 차에 강력한 선팅이 되어 있다는 건 이전부터 잘 알고 있었다. 그래도 왠지 모르게 부끄러움이 밀려오는 건 어쩔 수 없었다.

"안 되는 게 아니라는 건, 된다는 거잖아."

현란한 말솜씨와 함께 재하가 부드럽게 그녀의 턱을 잡아 고정시켰다. 슬금슬금 도망치던 시선이 고정되자, 은안은 제게 내려지는 뜨거운 그의 눈빛을 모두 흡수해야만 했다.

"그렇지?"

재하가 다시 한 번 다정하게 되묻자, 은안은 그의 미소에 홀려 고개를 끄덕였다.

허락과 동시에 입술이 맞물리고, 그는 능숙하게 그녀를 파고들었다. 차 안이라 가볍게 입을 맞출 거라 생각했던 은안의 예상은 완벽히 빗나갔다. 그의 입맞춤은 생각보다 짙었다. 따라가기가 벅찬 듯 은안이 숨을 헐떡였지만, 그는 쉴 틈을 주지 않았다. 아니, 오히려 그 소리가 시작의 총성이라도 되는 듯 거칠게 그녀를 집어삼켰다.

"하아……."

얕게 흘러나오는 벅찬 숨소리에 재하가 더욱 구석구석 그녀를 탐했다. 아무것도 모르는 순한 양처럼 자신을 볼 때마다, 이렇게 키스하고 싶다는 걸 그녀는 알까. 그 마음을 다 보여주면, 그녀가 놀랄 거 같으니 당분간은 조금 감춰둬야겠다는 생각이 들었다.

뜨거운 입맞춤이 계속해서 이어지고, 그는 차 안의 공기가 녹녹해지고서야 그녀를 놓아주었다.

그가 제게서 멀어지자, 은안이 한숨과 함께 입을 열었다.

"하아, 다…… 했어요?"

"왜, 더 할까?"

산소가 부족해 정신이 흐릿한 상태에서 아무 말이나 내뱉었는데, 그걸 귀신같이 낚아채다니. 은안이 뜨거워진 얼굴에 손부채질을 하며 그에게서 몸을 틀었다.

"추, 출발해요."

은안의 귀 끝이 빨갛게 익어버린 걸 봐버린 재하가 입가에 미소를 지우지 못한 채 시동을 켜 조심스레 차를 출발시켰다.

Chapter 12

좋은 남편, 좋은 아빠

일주일 후, 회사에 임산부 단축 근무를 신청한 은안이 일찍이 일을 마치고 성은병원으로 왔다. 어젯밤 재하가 내일 갈 곳이 있다며 잔뜩 바람을 잡았기에, 은안의 기분도 살짝 들떠 있었다.

은안은 로비의 카페에서 따듯한 차를 마시며 이어폰을 꽂고 음악을 들으며 가방에 넣어두었던 책을 읽었다. 엄마가 되기 위해서는 알아야 할 것도, 준비해야 할 것도 많아 그녀는 시간만 나면 틈틈이 부지런하게 공부를 했다. 그때, 누군가 뒤에서 은안의 어깨를 톡톡 두드렸다.

재하라고 생각한 은안이 고개를 돌리는 동시에 이어폰을 빼며 그의 이름을 불렀다.

"재하 씨!"

"하하, 어쩌죠. 남편이 아니라 남편 친구라?"

하지만 그곳엔 재하가 아닌 장난기 섞인 얼굴을 한 민혁이 서 있었다.

"민혁 씨?"

"지나가는데 익숙한 얼굴이 보여서요."

동그랗게 눈을 뜬 은안의 맞은편에 민혁이 자연스레 앉았다.

"아, 소식 들었어요. 아이 가진 거, 축하해요."

"고마워요, 민혁 씨."

"제가 본 은안 씨 얼굴 중에, 오늘 표정이 제일 좋아 보이네요."

"그래요?"

민혁의 말에 은안이 쑥스러운 듯 괜히 손바닥으로 뺨을 만지작거렸다. 누군가에게 얼굴이 좋아 보인다는 말을 들은 건 처음이었다.

은은한 미소를 띤 민혁이 다시 입을 열었다.

"근데, 은안 씨만큼 재하도 요즘 행복해요. 시도 때도 없이 빙구처럼 웃는다고 다른 과 사람들이 구경까지 가잖아요, 흉부외과로. '그 로봇 같은 남 교수님이 바보처럼 웃는다고?' 이러면서."

"하하하, 정말요?"

병원에서의 모습 하나하나를 다 알지는 못하는 은안이 그의 새로운 모습에 웃음을 터트렸다.

잠시 후 은안의 웃음이 잦아들 때쯤, 민혁이 다시 다행이라는 얼굴로 말을 이어갔다.

"절대 다시 저렇게 못 웃을 줄 알았는데, 웃더라고요."

"재하 씨한테 민혁 씨 같은 친구가 있어서 참 다행이에요.

이렇게까지 걱정도 해주고."

"에이, 너무 선 긋지 맙시다. 나 은안 씨랑도 친구인 거 알죠?"

민혁이 어깨를 까딱이며 능청을 떨자 은안이 민망한 듯 목덜미를 문질렀다.

"알잖아요, 나 은안 씨한테 마음의 빚 있는 거. 그러니까, 음…… 나중에 힘든 일 생기면 언제든 얘기해도 돼요."

아버지가 돌아가신 뒤 은안의 위로가 제게 큰 힘이 된 만큼, 민혁은 그녀를 특별히 생각해왔다. 하지만, 고마움으로 시작되어 무엇인지 모를 미미한 감정을 우정으로 치부해버린 탓에 뒤늦게 제 마음을 깨달았었다.

그리고 깨닫게 된 순간 곧바로 그 마음을 다시 마음속 깊은 곳에 묻었다.

그 마음을 알게 되었을 땐, 은안이 재하의 아내가 된다는 소식을 들었을 때였으니까.

"어? 저기 재하 오네요."

민혁이 은안의 뒤로 팔을 쭉 뻗었다.

재하가 왔다는 소리에 은안이 활짝 웃으며 고개를 쭉 돌렸다. 그리고 시선을 살짝 들어 카페 쪽으로 걸어오는 재하를 바라봤다. 서로를 눈에 담은 두 사람의 얼굴이 반짝반짝 빛나고 있는 모습이 진심으로 좋아 보였다.

민혁은 이제 두 사람의 앞길이 평탄하기만 하길 간절히 빌었다. 두 사람의 친구로서.

병원을 빠져나온 두 사람은 차를 타고 도로를 달렸다.

은안은 계속해서 목적지를 물었지만, 그는 쉽게 답을 알려주지 않았다.

"우리 어디 가요?"

"쉽게 알려주면 재미가 없어서. 조금만 참아."

"그래도 궁금한데……."

그때, 신호에 걸려 차를 멈춘 재하가 은근슬쩍 화제를 돌렸다.

"아까 민혁이랑은 무슨 얘기했어?"

"아, 민혁 씨가 우리 아기 가진 거 축하해줬어요. 그리고……."

"그리고?"

"병원에서 당신이 바보처럼 계속 웃어서 다른 과 사람들이 구경 온다고 하던데요?"

은안이 웃음을 꾹 참으며 말했다.

금세 초록 불로 신호가 바뀌고, 재하가 다시 차를 출발시켰다. 살짝 창피했던 건지, 그의 귀 끝이 불그스름해져 있었다.

"진짜예요?"

"……."

"푸훗―."

은안이 결국 웃음을 참지 못하고 터트려버렸다.

부정하지 않는 걸 보니, 병원 사람들이 그를 구경하러 온다는 말이 진짜인 듯했다. 은안은 여전히 아무 말 없이 운전에만 집중하는 그를 빤히 바라봤다.

처음으로 그가 귀엽다고 느껴지는 순간이었다.

B 스튜디오. 재하가 은안을 데리고 온 곳은 성북동 집 근처의 한 사진 촬영 스튜디오였다.

차에서 내린 은안이 간판을 보며 예상치 못한 곳이라는 듯 눈을 끔뻑였다.

"여긴 왜……."

"여기야. 오늘 오려고 했던 곳."

손을 잡은 재하와 은안이 자동문을 통과해 스튜디오 안으로 들어갔다.

"그러니깐 스튜디오를 왜……?"

그가 갈 곳이 있다고 했을 때, 은안의 머릿속 상상력의 최대치는 멋진 레스토랑 정도였다. 야경을 보며 맛있는 식사를 할 줄 알았는데 스튜디오라니. 생각했던 것과 너무 괴리가 있어 멍해졌다. 보통 이런 스튜디오는 증명사진, 가족사진, 돌 사진 같은 중요한 사진을 찍을 때나 오는 곳이었다. 근데 지금의 저와 그는 딱히 사진을 찍을 구실이 없었다.

아직 아무런 말도 해주지 않는 그를 보며 은안이 물었다.

"우리 사진 찍어요?"

"응, 가족사진."

'가족사진'이라는 말에, 그녀의 동공이 크게 벌어졌다.

웨딩 사진도 2시간 만에 식장에 걸 사진만 찍었던 그였다. 그래서 은안은 당연히 재하가 사진 찍는 걸 싫어한다고 생각했었다.

"당신, 사진 찍는 거 싫어하는 거 아니었어요?"

"좋아하진 않는데, 당신이랑 찍는 건 좋아."

은안의 조심스러운 질문에, 그가 솔직하게 답했다.

어릴 때부터 자옥이 카메라를 들이대면 열심히도 피했던 저였다. 굳이 좋아하는 쪽과 좋아하지 않는 쪽을 고르라면 후자에 가깝긴 했다. 하지만 모든 상황에 예외는 있는 법이었다.

어느 순간부터 내내 마음에 걸렸었다. 저와 은안의 방에 걸린 어색하기 짝이 없는 웨딩 사진. 물론, 값비싼 스튜디오에서 최고의 사진작가가 찍어줬지만 은안과 저의 표정은 웨딩 사진이라고 말하기 무색할 정도로 어색했다. 그래서 아무 감정도, 의미도 담기지 않은 사진을 다 없애버리고 그 자리에 새로운 순간들을 채워 넣기로 마음먹었다. 저와 은안, 그리고 배 속에 있는 아이까지. 함께 찍은 오늘의 사진을 시작으로, 해마다 달라지는 가족의 모습을 기록하고 싶었다.

그때, 그가 은안의 어깨를 살포시 그러쥐고 분장실 쪽으로 몸을 살짝 틀었다.

"분장실로 가봐. 내가 준비해둔 게 있으니까."

아직 얼떨떨한 은안은 그의 말에 겨우 분장실 앞으로 발걸음을 옮겼다. 그때, 보이지 않는 구석에서 메이크업 아티스트가 튀어나왔다.

"유은안 님 맞으시죠? 이쪽으로 앉으세요."

"아, 네."

"오늘 메이크업을 맡은 손연주입니다."

순간 메이크업 아티스트를 알아본 은안의 동공이 바짝 커졌다.

"어? TV에 나오시는 분이 여길 어떻게!"

"하하, 맞습니다. TV에 나오는 사람! 저도 이 스튜디오도 사진작가님도 남편분이 다 직접 섭외하셨어요. 저랑 작가님 꽤 비싼 인력인데, 과감하시더라고요. 하하하! 아주 사랑꾼이시던데요?"

농담 반 진담 반이 섞인 유쾌한 메이크업 아티스트의 장난에 놀란 은안의 입이 살짝 벌어졌다. 사진작가와 메이크업 아티스트까지 직접 섭외하다니, 바쁜 와중에 촬영을 위해 촘촘하게 준비를 한 그의 진심이 느껴져 마음이 몰랑해졌다.

그때, 메이크업 아티스트가 옷걸이에 걸린 원피스를 빼내어 은안의 앞에 내밀었다.

"이거 남편분이 미리 준비하신 의상인데, 입고 나오시면 메이크업 시작하겠습니다."

"아, 감사합니다."

탈의실에서 옷을 갈아입고 나온 은안이 전신 거울 앞에서 제 모습을 체크했다.

재하가 준비한 건 옅은 핑크 파스텔 톤의 하늘하늘한 시폰 원피스였다. 그가 준비한 의상은 꼭 꽃 내음이 나는 것 같은 착각이 일 정도로 아름다웠다.

그때, 잠시 뒤돌았던 메이크업 아티스트가 옷을 보며 감탄에 빠져 있던 은안에게 진한 노란색의 프리지어 꽃다발을 내밀었다.

"이건 남편분이 따로 준비한 소품이에요."

"아, 감사합니다."

연달아 나오는 선물에, 은안의 얼굴에 점점 짙은 미소가 번졌다. 프리지어 꽃다발을 얼굴에 가까이 가져가자, 달큰한 꽃향기가 코끝을 스쳤고 그 꽃향기는 곧 설렘으로 번져 은안의 마음을 일렁이게 했다.

'어쩐지 꽃향기가 난다 했더니, 착각인 줄 알았는데 진짜 꽃이 있었네.'

꽃다발을 요리조리 돌리며 한참 감상하던 은안의 마음에 살랑살랑한 바람이 불어왔다. 은안은 오늘 찍을 사진의 결과물뿐만이 아니라, 그가 선물해준 오늘의 모든 시간을 가슴속에 꼭꼭 새기겠다고 마음먹었다.

잠시 후, 단장을 마친 은안이 촬영장 쪽으로 걸어 나오자 재하는 작게 입을 벌린 채 그녀가 제게 걸어오는 모습을 뚫어질 듯 바라봤다. 옷이 사람발을 받는다는 느낌이 이런 건가. 지금 당장 하늘에서 천사가 내려온대도 은안보다 눈이 부시지는 않을 것 같았다.

은안을 보며 낯간지러운 생각을 하던 재하가 진한 미소를 머금었다. 더할 나위 없이 행복했다. 만약 누군가가 행복이라는 게 뭔지 묻는다면 이날을, 이 순간을 오롯이 설명해주겠다 생각할 정도로.

그때, 황홀한 표정을 한 재하의 옆으로 은안이 다가왔다. 은은한 향기를 코에 잔뜩 머금은 은안이 꽃을 닮은 웃음을 지으며 말했다.

"꽃다발, 고마워요."

재하에게 받은 꽃은 처음이라 은안도 들뜸을 감출 수 없었다. 은안이 즐거워하는 모습에 순간적으로 꽃집을 통째로 그녀 앞에 옮겨다주고 싶은 충동을 자제한 그가 매끈한 입술을 달싹였다.

"프리지어의 꽃말이 뭔지 알아?"

부드러운 재하의 목소리에, 은안이 고개를 들어 그와 눈을 맞췄다.

"뭔데요?"

"새로운 시작."

뜬금없는 꽃말의 설명에 은안이 눈을 동그랗게 뜨자, 그가 다시 기분 좋은 목소리와 함께 말을 이어갔다.

"우리, 이제부터 다 다시 시작하는 거야."

일렁이는 눈빛을 한 그는, 누구보다 부드러워 보였지만 또 누구보다도 굳건해 보였다. 어떤 돌풍이 와도 흔들리지 않을 정도로.

"그러니까, 앞으로 잘 부탁해. 여보."

사진 촬영은 아주 순조로웠고, 두 사람은 지난날 웨딩 촬영과는 완연히 다른 모습을 보였다. 플래시가 터지지 않을 때도 서로를 바라보며 자잘한 웃음을 터트렸다. 사진 찍는 것을 좋아하지 않는 쪽에 더 가깝다던 그는 의외로 프로답게 포즈를 취했다. 거기에 더해 빠르게 촬영을 끝내기 위해 은안을 리드하기까지 했다. 사진작가도 모델이 좋아 신이 난 것인지 열심히 포즈를 주문했다.

"자, 웬만한 포즈는 다 해본 거 같은데, 마지막으로 백 허그 포즈 한 번 해볼까요?"

사진작가의 요청에, 재하가 은안의 뒤로 와 허리를 감싸 안고 목덜미에 자신의 얼굴을 기댔다.

"네, 네! 아주 좋습니다!"

자연스러운 포즈와 분위기에 사진작가는 만족한 듯 연신 셔터를 눌러댔고, 은안의 몸에 무리가 가지 않는 선에서 촬영이 마무리됐다. 그렇게, 사랑이 넘치는 두 사람의 제대로 된 결혼 생활은 이제부터 시작이었다.

일주일 뒤 아침, 아침 일찍 일어난 재하는 은안이 일어나기 전에 간단히 아침상을 차려 2층으로 향했다. 아이를 가진 뒤 유독 아침에 일어나기 힘들어하는 그녀를 위한 작은 배려였다. 물론 충주댁이 해놓은 음식을 담아내기만 한 것이지만, 왠지 모르게 뿌듯했다.

그동안은 좋은 의사가 되기 위해 대부분의 시간은 책을 보거나 연구를 하는 데 썼다. 하지만 재하는 아침을 차려내며 처음으로 진지하게 고민했다.

'요리 학원이라도 다녀야 하나.'

나중에 아이가 다 컸을 때, 밥 한 끼 해 먹이지 못하는 무능한 아빠가 되고 싶지는 않았다. 은안에게는 최고의 남편, 아이에게는 최고의 아빠가 되고 싶었다. 요리 학원에 다니기 위해서 어떻게 시간을 배분해야 할까 고민을 하며 그가 어느새 방안으로 들어왔다.

그는 트레이를 테이블에 내려놓고 은안을 깨웠다.

"일어나, 아침 먹자."

재하가 은안의 뺨을 어루만지며 부드러운 목소리로 말했다.

제 목소리에 움찔거리는 은안의 모습을 바라보던 재하가 그녀의 이마에 가볍게 입을 맞췄다.

결국, 가벼운 키스에 눈을 뜬 은안이 배시시 웃자 재하가 그녀의 등을 받쳐 상체를 일으켜주었다. 그 상태로 안기듯 재하에게 기댄 은안이 테이블 위로 언뜻 보이는 접시들을 발견하고서 물었다.

"아침을 여기까지 들고 왔어요?"

"응, 여기서 먹자."

"내려가서 먹어도 되는데 번거롭게……."

"내려가고 올라갈 시간에 좀 더 잘 수 있잖아."

은안이 뻑뻑한 눈을 비비며 묻자, 그가 명쾌하게 답했다.

"마음 같아서는 24시간 붙어 다니면서 이것저것 다 해주고 싶은데, 그건 현실적으로 불가능하니까."

나긋한 목소리로 말을 하며 그가 은안의 다리에 걸쳐진 이불을 젖힌 뒤 다리 밑으로 손을 넣어 은안을 번쩍 들었다.

"집에서만이라도 그렇게 하려고."

은안은 아침부터 정신이 어질할 정도로 사랑스러운 말을 내뱉는 그가 싫지 않은 듯 재하의 목을 살짝 끌어안았다.

테이블 앞으로 온 그가 의자에 은안을 앉힌 뒤 숟가락을 건넸다. 그리고 그 순간, 은안은 숟가락을 받아 들지도 못한 채 화장실로 직행했다.

"우욱."

본격적인 입덧이 시작된 덕분에.

결국 은안의 입으로 들어간 것은 재하가 정갈하게 차린 한식이 아닌, 새빨간 포장지에 쌓인 햄버거였다. 다람쥐처럼 오물대는 은안의 볼을 빤히 보던 재하가 물었다.

"맛있어?"

"네, 재하 씨도 좀 먹어볼래요?"

"아냐, 당신 많이 먹어."

배가 고팠던 건지 은안은 쉼 없이 햄버거를 입에 넣었다.

세상이 어찌나 좋던지, 주문 후 30분 내로 배달이 왔기에 다행히도 출근 시간 전에 여유 있게 밥을 먹고 나갈 수 있었다.

재하는 의자에 앉아 신문을 읽으며 힐끔힐끔 그녀의 먹는 모습을 관찰했다. 동그란 이마와 높은 건 아니지만 정성 들여 빚은 것 같은 코. 그리고 햄버거를 작게 베어 무는 입술까지. 곧 아이 엄마가 된다고는 믿을 수 없을 정도로 귀여운 구석이 있었다.

그때, 은안이 미안한 기색을 듬뿍 담은 눈빛으로 재하를 바라보았다. 그가 정성스레 차려 온 밥을 입에도 대지 못한 게 미안했지만, 햄버거가 너무 맛있었다.

은안은 자신의 입맛 변화에 놀라워했다.

"신기해요, 원래 햄버거 안 좋아하는데, 아기가 먹고 싶은가 봐요. 임신하면 입맛이 많이 바뀐다고는 하던데……."

스스로를 신기해하는 그 모습에 재하가 피식 웃으며 보던 신문을 접고 은안의 옆으로 다가왔다.

그리고 은안의 입술에 묻은 흰 소스를 엄지로 부드럽게 닦아주며 말했다.

"어쩌겠어, 우리 아이가 먹고 싶다는데."

그의 손이 살짝 입술을 스쳤을 뿐인데, 온몸의 세포 하나하나가 꿈틀거렸다. 그리고 소스를 닦아준 손을 스스럼없이 제 입술로 가져가는 모습에 괜히 발끝이 곱아들었다. 그는 큰 의미를 두지 않고 한 행동이겠지만, 은안에게는 많은 기억을 불러일으켰다. 가령 그에게 온몸을 맡겼던 밤이라던가, 정신을 혼미하게 만들었던 입맞춤이라던가. 점점 붉어지는 머릿속 장면들에, 은안이 급히 생각을 환기하며 대화 방향을 틀었다.

"그러고 보니까, 우리 아가 태명을 얼른 정해야 하는데……."

태명을 어떻게 지을지 고민하던 은안은 여러 가지 후보를 두고 몇 날 며칠을 고민했다. 하지만 너무 공을 들이다 보니, 오히려 쉽게 지어지지 않았다.

이러다가는 배가 불러올 때까지 태명을 지어주지 못할 거 같아 은안이 결국 그에게 중대 임무를 넘겼다.

"그냥 당신이 지어줄래요?"

은안의 말에 그는 아주 잠시 고민하더니, 생각보다 쉽게 태명을 지어주었다.

"태명은 찰떡이 어때?"

"찰떡이요?"

찰떡 파이도 아니고. 저도 모르게 아재 개그가 생각난 은안이 웃음을 터트렸다.

"푸힛."

"왜 웃어? 얼마나 고심해서 지은 건데."

악의 없는 비웃음에 재하는 진지하다는 듯 눈썹을 꿈틀거렸다.

376

며칠 전, 병원 검진에서 약한 피 고임이 있다는 진단을 받고 은안은 바로 휴가를 쓰고 며칠 내내 집에 누워만 있었다. 많이들 겪는 증상이니 큰 걱정은 하지 않아도 된다는 의사의 진단이 있었지만, 재하는 밤낮으로 그녀를, 그리고 아이를 걱정했다. 아빠가 된다는 건 벅차면서도 쉽지만은 않은 일이었다.

"딱 붙어 있으라고 지은 거야."

찰떡이. 엄마의 배 속에서 딱 붙어 있다 나오면 좋겠다는 생각이 들어 생각난 태명이었다.

"……별로야?"

"좋아요, 당신이 지어준 거라면 뭐든. 그리고 의미도 마음에 들고."

은안이 괜찮다는 듯 고개를 저은 뒤, 배를 어루만지며 다정한 목소리로 아이를 불렀다.

"찰떡아, 마음에 들어? 아빠가 지어주신 태명이야."

아이에게 다정하게 말을 거는 은안의 모습에 왠지 모르게 벅차올라, 재하가 그녀의 작은 손 위에 제 손을 겹쳤다. 아직 너무 작아 찰떡이의 움직임이 느껴지진 않았지만, 처음으로 세 사람이 함께 만들어낸 온기는 재하와 은안의 마음을 따뜻하게 데웠다.

집에서 24시간 붙어서 이것저것 해주고 싶다던 그의 말은 빈말이 아니었다. 재하는 정말 은안의 손과 발이 되었다. 심지어는 새벽에 스무 발자국이면 도착하는 화장실을 갈 때도 그녀의 손과 발이 되려 했다.

"어디 가?"

"화장실 좀 가려고요."

"데려다줄까?"

"아니요."

"아니야, 같이 가. 미끄러지면 어떻게."

"뭘 미끄러져요."

성북동에 있는 화장실은 모두 건식이었다.

또 어떤 하루는, 새벽에 몰래 냉동실을 뒤지는 은안을 발견하고 그녀가 소프트아이스크림을 먹고 싶어 한다는 걸 눈치챈 재하는 지체 없이 24시 편의점으로 향했다. 그리고 아이스크림의 신선도 유지를 위해 아이스박스에 얼음 팩까지 가득 채워서 바닐라 콘, 초코 콘, 딸기 콘까지, 콘이란 콘은 전부 구매해왔다.

재하가 본의 아니게 요란스럽게 집을 휘젓고 다닌 덕에 집안 사람들이 다 깨버린 건 덤이었다.

"뭐 먹을래? 바닐라, 초코, 딸기, 반반 다 있어."

"바, 바닐라요."

은안은 꿀이 뚝뚝 떨어지는 남편이 된 재하가 좋으면서도 가끔은 과하다 싶을 정도로 저를 걱정하고 보호하는 모습에 그를 저지시켰다. 이러다 정말 병원까지 그만두고 24시간 내내 저를 따라다닐 것 같았다.

　재하는 세상의 중심축이 은안이 된 듯 하루하루를 보냈다.

　가끔은 밖에서조차 너무 과보호가 심해 다른 사람들 보기가 조금 낯부끄럽기도 했지만, 사실은 기분이 매우 좋았다. 호수의 물결에 햇살이 비치듯 반짝이는 그 눈빛은 오롯이 저만을 향했으며, 그의 입술은 매일 사랑을 말했다. 때로는 아직 그와 제 마음이 같다는 게 신기하게 느껴지며 지난 3년의 일들이 모두 꿈처럼 느껴졌다. 하지만, 꿈이 아닌 현실이었다. 더할 나위 없이 행복한 현실.

　날이 갈수록 그가 심각한 팔불출이 되어가자, 자옥과 충주댁, 그리고 상훈은 혀를 내둘렀다. 어느 날, 아닌 척하며 그녀의 뒤만 졸졸 따라다니는 재하의 모습에 과일을 먹던 충주댁이 실소를 터트렸다.

　"하핫, 도련님 팔푼이 다 됐네, 다 됐어."

　"그동안 한 거 생각하면 평생 저렇게 팔푼이처럼 모셔도 모자라지, 뭐."

　커피를 한 모금 들이켠 자옥이 콧방귀를 뀌며 말했다. 하지만 두 사람을 보는 자옥의 얼굴에는 늘 은은한 미소가 걸려 있었다. 늘 회색빛이었던 제 손주의 표정이 꼭 흰색 물감이라도 섞은 듯 부드러워져 있었기 때문에. 둘의 모습을 지그시 바라보던 자옥은 혼잣말을 읊조렸다.

　"현식이가 원하는 대로 됐네, 됐어."

　집안에 만연한 이 웃음소리를, 제 아들 부부가 하늘에서 들고 있길 바랐다.

평화로운 날이었지만 은안의 입덧이 점점 심해지던 며칠 후의 아침.

아직 잠자리에 든 은안을 두고, 재하가 방을 나섰다. 은안의 아침을 손수 챙기기 위해서였다. 입덧 후, 한식은 거의 입에도 못 대는 은안은 아침을 거의 토스트로 때웠다.

재하는 그런 은안을 위해 여러 가지 레시피를 섭렵해 며칠 새 그 어떤 장인이 와도 이길 수 없을 토스트의 신이 되어 있었다. 그리고 입덧이 심한 은안도 그가 해준 토스트만큼은 하나도 남기지 않고 다 먹었다.

어느새 부엌으로 내려온 재하가 등을 지고 있는 충주댁을 발견하고 인사를 건넸다.

"아주머니. 좋은 아침이에요."

"어이쿠, 깜짝이야. 오, 오늘 왜 이렇게 일찍 내려오셨어요?"

재하의 가벼운 인사에 충주댁이 기함했다. 꼭 뭐라도 숨긴 사람처럼.

"좀 일찍 나가봐야 해서, 은안이 아침 미리 만들어 두게요."

"아…… 그렇구나."

충주댁이 놀란 가슴을 다시 한번 쓸어내리자, 그가 의아한 눈빛으로 물었다.

"뭐 하세요?"

물음과 동시에 재하의 시선이 죽이 엉망으로 쏟아진 싱크대로 향했다. 누가 봐도 잘 끓여진 죽을 버리는 것도, 제가 인사를 건넸을 때 평소와 달리 깜짝 놀라던 모습도 어딘가 모르게 수상했다. 재하의 눈썹이 점점 의문으로 둥글게 휘자, 충주댁이 잠시 머뭇거리다 꾹 다물고 있던 입술을 달싹이며 그간 숨겨왔던 이야기를 시작했다.

"하이고, 이거 작은 사모님이 말하지 말라고 하셨는데……."

토스트와 햄버거만 먹던 은안이 너무 한 종류의 음식만 먹는 것이 혹시 아이에게 좋지 않을까 걱정하며 그나마 먹을 수 있을 것 같은 다른 음식을 생각해낸 것이다.

어릴 적 엄마가 해줬던 야채 죽. 은안은 가물가물하게 혀끝에 남아 있는 그 맛이 이상하게 당긴다고 했다. 은안은 충주댁에게 그와 비슷하게 죽을 끓여달라고 부탁했다. 그리고 엄마의 음식을 그리워한다는 걸 알면 가족들이 신경을 쓸 거 같다며 충주댁에게 이 일을 비밀로 해달라고 부탁했다.

"그 맛이 자꾸 생각난대요. 그래서 제가 죽을 몇 번 끓여봤는데 전혀 못 드시더라고요. 아마, 그 맛이 나지가 않나 봐요. 아기를 위해서 뭐라도 더 드시려고 하는데, 안쓰러워서…… 나원 참."

숨겨졌던 모든 얘기를 듣자, 재하의 가슴 한쪽이 큰 돌덩이를 얹은 것처럼 무거워졌다. 다시는 찾고 싶지 않았을 엄마의 음식이 그리워진 것도, 아이를 위해 그 맛을 다시 찾아보려는 것도 그의 심장을 미친 듯 아리게 했다.

이 세상에서 은안이 먹지 못할 음식은 없어야 했다. 그게 무엇이건 간에, 제가 어떻게든 그녀의 앞에 대령할 생각이었으니까. 은안이 그리워한다는 그 맛을 위해서, 그녀의 엄마를 찾아주고 싶었다.

그녀를 버렸다던, 친엄마를.

근교의 한 카페.

재하가 긴장되는 얼굴로 앞의 물을 한 모금 들이켰다.

은안이 엄마의 음식을 찾는다는 걸 알게 된 그날부터 재하는 자옥의 수행 비서를 통해 비밀리에 은안의 친엄마를 찾아나섰다. 저를 두고 간 엄마가 원망스러우면서도 엄마가 해준음식을 입덧 때문에 찾게 된 은안이 안쓰럽다던 충주댁의 목소리가 재하의 귓가에 감돌았다.

은안의 마음속, 엄마를 향해 뭉쳐진 응어리가 그리움이건원망이건 풀어주고 싶었다. 더는 그 기억에 마음 쓰지 않을 수있게. 아무리 자신을 버리고 간 엄마라지만, 아무리 미운 사람이라지만, 피는 물보다 진하다는 말처럼 한 번쯤은 얼굴을 보고 싶을 것 같았다. 물론 그녀가 만나고 싶지 않다고 말하면, 자리를 주선하지 않을 생각이었다.

하지만 입덧에 힘들어하는 그녀에게 그리움의 맛은 찾아주

382

고 싶었다. 아이를 가졌을 때, 먹고 싶은 음식을 먹지 못하면 평생 한으로 남는다는 얘기를 들은 적이 있었다. 재하는 그저 은안이 그 당사자가 되지 않길 바랄 뿐이었다.

한창 생각에 잠긴 재하의 앞으로 한눈에 봐도 고와 보이는 중년 여성이 다가왔다.

"은안이…… 남편 되는 분 맞으시죠?"

은안과 아주 많이 닮은 그녀의 엄마, 유진이었다.

재하가 자리에서 일어나며 간단하게 인사를 건넸다.

"안녕하세요, 남재하입니다."

김 비서에게 대강의 설명을 듣고 온 유진이 굳은 표정으로 고개를 끄덕였다.

재하는 자리에 앉은 유진을 조심스레 바라봤다. 만약, 깊은 사정을 모르는 사람이 그녀를 본다면 꽤 유복한 가정을 꾸린 중년 여성으로 생각할 것 같았다. 얼굴에 묻어나는 약간의 죄책감을 덜어내면, 누가 봐도 행복해 보이는 사람의 얼굴을 하고 있었으니까. 재하가 비릿한 미소를 머금으며 입을 열었다.

"결혼을 다시 하셨다고 들었습니다."

성은그룹의 정보망으로 은안의 친엄마를 찾는 것은 그리 어려운 일이 아니었다. 결혼을 새로 했다는 것도, 그리고 슬하에 다른 딸이 있다는 것도. 하지만 모든 게 은안이 알면 지독히도 힘들고 슬퍼할 사실들이었다.

재하의 말에 유진은 아무 대답도 하지 않았다. 딸을 버린 엄마. 그건 어떤 변명으로도 제 인생에서 지울 수 없는 낙인이라는 걸 잘 알기 때문이었다. 유진이라고 그러고 싶었던 건 아니었다. 그저 당시에는 제가 먼저 살아야겠다는 단편적인 생각뿐이었다.

재하의 시선을 피하던 유진이 처음으로 고개를 들었다.

"당시에는 내가 제대로 자리를 잡아야겠다, 그래서 우리 딸을 데리러 가야겠다 다짐했어요. 적어도 그 금수만도 못한 놈이 은안이는 나만큼 괴롭히지 않을 거라는 얄팍한 믿음이 있었거든요. 그래도 자식이니까."

"……."

"어서 돈을 벌어서, 빨리 찾으러 가면 되겠지. 그렇게 생각했어요. 아주 어리석게."

기억 속 어린 은안이, 유진의 눈물방울이 되어 흘러내렸다. 그 모습을 보던 재하가 어렴풋이 짐작했다. 떠날 수밖에 없었던 사람도, 남겨진 사람만큼이나 무거운 무게를 견뎠을지도 모르겠다고. 그리고 은안이 마음 한구석에 늘 잔상처럼 남아 있었을 거라고.

"그럼, 왜 상황이 나아진 다음에 제 아내를 찾으러 오지 않은 겁니까."

낮게 가라앉은 재하의 물음에, 유진이 당시의 기억을 상기했다. 당시 집을 나왔던 유진은 혼자 근근이 일하며 방 한 칸을 얻을 돈을 벌게 되면 다시 은안을 찾아오겠다고 다짐했다. 하지만 그사이 좋은 사람이 다가왔고 유진은 결혼을 하게 됐다. 지금의 남편에게 제 과거를 다 밝힌 유진은 은안을 찾아오고 싶다고 말했고, 남편도 흔쾌히 동의했다. 하지만, 유진은 은안을 찾아올 수 없었다.

"그땐, 이미 너무 늦었더라고요. 은안이가 이미 입양이 된 후라."

말하는 중간중간 짓눌렀던 유진의 입술이 약하게 터져 있었다.

단지 피가 섞였다는 사실만으로 제가 은안을 되찾아 오려는 건 너무나도 이기적인 짓이라는 걸 깨달았다. 잘 살고 있는 딸의 세상을 다시 엉망으로 만들어놓을 수 없다고 생각한 유진은 은안의 앞에 나타나지 않기로 결심했다.

"어정쩡하게 다시 나타나 상처를 주느니 아예 미움받는 게 낫다고 생각했어요. 용서를 바라는 것도 사치라고 생각했고."

제가 나쁜 사람임을 인정하는 것, 그리고 먼 곳에서 은안이 자신을 미워하길 바라는 것. 지금까지 이 두 가지가 제가 할 수 있는 최선이라고 굳게 믿어왔다.

순간적으로 재하의 머릿속에 경주에서 품 안에 안겨 울던 은안의 모습이 생생하게 떠올랐다. 그날, 아직 10대에서 벗어나지 못한 그녀의 울부짖음은 애절했고, 처절했다. 마치 온 세상을 다 잃은 듯이. 그가 옅은 한숨과 함께 입을 열었다.

"그래도, 은안이가 엄마를 보고 싶어 했을 거라 생각……안 해보셨습니까?"

지금까지 은안이 저를 미워하며 보고 싶어 하지 않을 거여겼던 유진이 덜덜 떨리는 목소리로 말을 토해냈다.

"은안이가, 저를 많이 보고 싶어 했나요……?"

"……글쎄요, 엄마를 그리워하는지는 모르겠지만, 엄마와의 추억은 그리워하는 거 같았습니다. 그래서 서유진 씨를 찾은 거고요."

재하는 은안이 원하는 건 뭐든 가져다줄 생각이었다. 그게 음식이건, 사람이건.

H 육아 체험 센터.

한편, 예비 엄마, 아빠를 위한 육아 클래스를 예약해둔 은 안은 오랜만에 주말 외출을 했다. 재하는 약속이 있다고 해서 센터로 먼저 도착한 은안이 교실에 앉아 그를 기다렸다.

낮게 콧노래를 부르며 발로 리듬을 타던 그때, 어두운 인영 이 그녀의 위로 드리웠다. 익숙한 느낌에 은안이 고개를 들자, 재하가 그녀의 머리를 가볍게 쓰다듬었다.

"나 왔어."

방긋 웃던 은안이 그를 반기며 물었다.

"만나야 한다는 사람은 잘 만났어요?"

"아, 응. 부탁할 일이 있어서."

"그래요? 그래서 부탁은 들어준대요?"

"응, 다행히도. 근데……."

"그런데요?"

한 템포 쉰 뒤, 무언가 말하려던 재하가 잠시 멈칫했다.

이어질 말이 궁금하다는 듯 입술을 삐죽이는 은안을 바라보던 재하가 결국 본래 하려던 말과 다른 말을 뱉어냈다.

"우리 오늘 수업 내용, 책자로 주신다는 거 챙겼었나?"

아직은 입 안에 고인 그 말이 쉽게 뱉어지지 않았다. 당신의 엄마를 찾았고 만났다고. 그리고 당신은, 엄마를 만나고 싶냐고.

곧 교실에 사람이 모두 도착하고, 수업이 시작됐다.

첫 수업 내용은 기저귀를 가는 법이라든지, 젖병을 제대로 쥐는 법 같은 아주 기초적인 것들로 구성되어 있었다. 부부가 같이 듣는 수업이라 예비 아빠들의 열정이 넘쳐났다. 그리고 재하도 그 열정 어린 예비 아빠 중 한 명이었다.

그때, 강사가 알려준 방법으로 포대기를 다 싼 재하가 여유롭게 손을 들어 강사를 불렀다.

"선생님, 다 됐습니다."

"어머, 아주 잘하셨네요!"

재하가 칭찬을 받아내자 다른 예비 아빠들도 앞다투어 강사에게 칭찬을 받으려 했고, 교실 안에 묘한 경쟁심이 차오를 때쯤⋯⋯.

"조금만 쉬겠습니다!"

10분의 휴식 시간이 주어졌다.

잠시 휴식을 취하던 재하가 만족스러운 미소를 머금은 채 입을 열었다.

"당신 말 듣길 잘한 거 같아. 확실히 책으로만 보는 거랑 수업 듣는 건 다르네."

살짝 상기된 얼굴을 한 재하가 말했다.

"들어오면서 보니까, 예비 아빠 수업도 따로 있던데 그것도 신청해야겠어."

초롱초롱 빛나는 그의 눈빛을 보던 은안이, 재하가 언젠가 자기 전에 해줬던 말을 기억에서 꺼냈다.

―아이가 태어나서 아빠가 되는 게 아니라, 아빠가 될 준비
를 완벽하게 마치고 우리 찰떡이를 맞고 싶어.

그리고 그에 걸맞은 노력을 하겠다며 시간이 날 때마다 요리 교실을 다니고, 육아 관련 서적을 저 못지않게 많이 읽었음을 알기에 은안의 마음이 뭉근해졌다. 몇 달 전까지만 해도 차마 상상해 보지도 못한 일들이 펼쳐지는 게 신기하기도 하고 벅차기도 했다.

기분이 좋아진 은안이 시선을 내리깐 뒤 배에 손을 올리며 아이에게 말했다.

"찰떡이는 좋겠네, 아빠가 이렇게 사랑도 많이 주고."

그런 그녀를 보던 재하가 은은한 미소와 함께 말했다.

"그래도 나한테 1순위는 당신인 거 잊지 마."

제 말 뒤에 덧붙여진 그의 단단한 목소리에 은안이 고개를

바짝 들었다.

"내가 이렇게 열심인 이유는 찰떡이 때문도 있지만, 당신이 육아에 너무 큰 부담 가지지 않았으면 해서니까."

"아……."

그의 노력에 숨겨진 생각지 못한 이유에, 은안의 코끝이 찡해졌다.

아이보다도 제가 먼저라고 말해주는 그가 고마웠다. 언제까지고 저를 1순위라고 말해줄 남편이 있다는 건 생각보다 꽤 든든한 일이었다. 그때, 흐뭇한 표정으로 교실을 둘러보던 강사가 소리쳤다.

"자, 쉬는 시간은 이쯤 하고! 이 반은 유독 아버님들의 열기가 뛰어나서요. 오늘 수업에서는 최고의 아빠를 뽑아볼까 하는데요!"

강사의 목소리에 예비 아빠들의 눈이 단숨에 뜨겁게 타올랐다.

"상품으로 배냇저고리 세트를 드릴 거예요!"

본디 남자란 그런 족속이지 않은가. 경쟁이 붙으면 끝을 봐야 하는. 그리고 무엇보다 가장 잘 보여야 할 아내들 앞에서 붙여진 경쟁은 남자들을 한없이 유치하게 만들기에 충분했다. 재하 역시 다른 예비 아빠들처럼 소매를 걷어붙이고 있었다.

"재, 재하 씨?"

그가 이런 이벤트에 열을 올릴 거라 생각지 않았기에, 은안의 찡했던 얼굴이 금세 당황스러움으로 물들었다. 은안이 당

황한 듯 재하의 팔을 쥔 채 살짝 흔들자, 그가 결연한 의지를
내비치며 말했다.

"꼭, 1등 해야겠어."

은안은 몰랐다. 의외로 그가 승부욕이 강한 남자라는 걸.

"그렇게까지 안 해도 돼요, 집에 배냇저고리 있는데!"

"이건, 단순히 배냇저고리의 문제가 아니야."

어딘가 모르게 집요한 시선이 책상 앞 아기 인형의 발끝으
로 향했다. 한쪽 입매를 끌어올린 그가 말했다.

"이건 자존심 싸움이야."

'유치하다, 유치해.'라는 말이 목 끝까지 차오른 은안이 겨우
다시 말을 삼켰다. 제가 유치하다고 해도 아마 그는 열의를 꺾
지 않을 것이다.

"그럼 하는 김에……."

그렇다면 차라리 응원하는 게 낫겠지.

태세를 전환한 은안이 빙긋 웃으며 엄지를 들어 올렸다.

"꼭 1등 해요!"

"당연하지, 난 살면서 2등은 해본 적 없는 사람이야."

은안의 응원에 그가 씨익 웃으며 고개를 끄덕였다.

그렇게 상품을 건 예비 아빠들의 목욕 시연이 이어지고 결
국 재하의 손에 배냇저고리가 들어왔다.

수업이 끝나고 자리를 정리한 뒤 짐을 챙기던 은안이 고개
를 살짝 돌려 그를 바라봤다. 배냇저고리를 획득한 게 그리
좋은지, 그의 얼굴에 만족감이 가득했다.

다른 예비 아빠들과 스파크를 튀기며 경쟁하던 그의 모습에 자꾸만 바람 빠진 웃음이 흘렀다. 왠지 그간 제가 알던 그와 달리 오늘따라 조금 유치하다는 느낌도 들었다.

"당신, 갑자기 왜 이렇게 유치해진 거예요?"

유치하다는 그녀의 말에 잠시 멈칫했던 재하가 입을 열었다.

"당신이랑 찰떡이가 날 이렇게 만들었어."

솔직히, 배냇저고리 자체가 탐났다기보다는 찰떡이 아빠라는 이름을 달고 1등을 하고 싶었을 뿐이었다.

최선보다는 최고. 그것이 아빠로서 제 아이에게 주고 싶은 수식어였으니까.

수업을 마친 은안이 센터의 안내실로 와 책자를 꼼꼼히 살펴보고 있었다.

오늘은 시험 수업이었고, 앞으로 계속 수업을 들을 건지 아닌지 결정해야 했다. 재하는 응급 환자 때문에 병원으로 가고, 은안 혼자 상담실에 앉아 있었다.

"은안님, 잠시만요. 따듯한 차 한 잔 내드릴게요."

"아, 네 감사합니다."

안내 직원이 잠시 차를 가지러 간 사이, 테이블 위에 책자를 내려놓은 은안의 눈에 다른 잡지가 들어왔다.

월간 클래식

"클래식 잡지네요?"

"아, 네. 제가 클래식 듣는 걸 좋아하거든요."

강사가 차를 준비하며 대답했다.

그런데, 미소 띤 얼굴로 잡지의 표지를 눈으로 훑던 은안의 표정이 한순간에 빳빳이 굳었다.

3년 전 홀연히 사라졌던 피아니스트 하유라,
세상으로 다시 나오다.

잡지의 표지에 적힌 타이틀에, 은안이 떨리는 두 손으로 잡지를 집어 들었다. 그리고 유라의 인터뷰가 있는 페이지를 펼쳤다.

확실한 일정은 나오지 않았지만, 곧 세계 투어를 할 예정이에요. 아마, 마지막 공연은 한국에서 하지 않을까 싶어요. 이제 타국 생활을 끝내고 고국으로 돌아가고 싶기도 하고요.

인터뷰를 찬찬히 읽어 내려가던 은안의 얼굴이 삽시간에 굳고 말았다. 은안은 잘게 떨리는 눈으로 인터뷰의 뒷 내용을 읽어 내려갔다.

있던 자리로 돌아가야 한다고 생각해요, 사람은.

은안이 저도 모르게 신경 쓰이는 부분을 작게 읊조렸다.

"있던 자리……."

과해석인지는 모르겠지만, 그녀의 인터뷰는 꼭 한국을 두고 한 말이 아니라 재하를 두고 하는 말 같았다. 심장이 팽팽하게 당겨지는 느낌에, 은안이 옅은 숨을 내쉬었다. 그때, 차를 내온 강사가 은안에게 말을 걸었다.

"어머, 은안님도 클래식 좋아하세요?"

"아, 아니요. 그냥 봤어요."

떨리는 마음을 애써 말아 넣은 은안이 테이블 위로 잡지를 내려놓았지만, 강사는 이야기를 멈추지 않았다.

"'하유라'라는 피아니스트요, 유망한 신인이었는데 무슨 일인지 3년 전에 쥐도 새도 모르게 사라졌었거든요. 듣기로는 작곡에도 능하다고 하던데, 왜 활동을 중단한 건지……."

한참이나 유라 얘기를 하던 강사는 뒤이어 은안에게 클래스에 관한 설명을 해주었다. 하지만 은안은 좀처럼 집중을 할 수 없었다.

'돌아온다' 이 네 글자가 만들어낸 불안의 소용돌이는 강력했다.

떠난 순간부터 그와 남남이 된 사람이다, 그저 그렇게 여기면 될 뿐인데 왜 이렇게 불안한 걸까. 은안은 알 수 없는 걱정에 잠식당할 것 같은 마음을 겨우 부여잡았다.

Chapter 13

나랑 평생 함께해줄래?

미국의 G 에이전시, 뉴욕 중심가에 위치한 한 공연 에이전시 회의실 앞. 흰 피부에 다갈색의 긴 생머리를 한 여자가 총기 있는 눈빛으로 회의실 앞에서 이야기를 주고받고 있었다.

"인터뷰 하나만으로도 엄청 난리예요, 유라 씨! 천재 신인의 3년 만의 컴백이라니!"

"하하하, 이제부터 다시 시작이니까 오 실장님이 많이 도와주세요."

이런저런 얘기를 나누던 그때, 오 실장이 유라에게 물었다.

"아, 근데 개인적으로 궁금한 건데, 한국에서 꼭 피날레 공연을 하고 싶은 이유, 고국이 그리웠다는 이유 말고 다른 이유가 있으신 거죠? 그 말씀 하실 때, 표정이 비장해서서! 제가 궁금한 건 잘 못 참는 편이거든요. 하하하."

오 실장의 질문에 가벼웠던 그녀의 표정이 순식간에 진지하게 변했다. 그리고 곧 진지한 기운을 지운 유라가 누군가를 회상하며 눈꼬리가 한껏 휘어지게 웃었다.

"확실히 그리운 게 고국뿐만은 아니죠."

"하하, 뭐 숨겨둔 꿀단지라도 있어요?"

장난스러운 질문에, 유라가 고개를 끄덕이며 나지막하게 말했다.

"꿀단지는 아니고 사람이요. 사랑했던, 아니 사랑하는 사람이요."

"아, 한국에 연인이 계셨구나? 3년 동안 미국에 쭉 계셨던 걸로 아는데⋯⋯!"

"제가 잘못을 좀 했거든요. 그래서 돌아가서 사과하려고요."

별일 아니라는 듯, 사과하면 된다는 유라의 표정에는 강한 희망이 깃들어 있었다.

3년. 길고도 짧은 시간이었다. 미국이라는 이 땅에서 꼼짝없이 갇혀 있어야 했던 시간. 그리고 믿어 의심치 않았다. 그 3년 따위의 시간이 재하와 저 사이에 균열을 만들 수는 있어도 관계를 파멸시킬 수는 없을 거라고. 유라는 언제나 그랬듯 그의 끝에는 제가 있을 것이라 확신했다. 그에게 아내가 생겼다는 것을 알면서도.

병원에서 일을 끝내고 돌아온 재하가 집 안으로 들어서자마자 은안을 찾았다.

"은안이는요?"

차를 마시던 자옥이 고개를 들며 읽던 책을 덮은 뒤 안경을 벗었다.

"은안이는 자. 피곤했던 건지, 안색이 별로 좋지 않더구나."

"아, 네. 저 먼저 올라가볼게요."

"잠깐만, 재하야."

"네."

서둘러 2층으로 발걸음을 옮기려던 재하는 자옥의 부름에 멈칫했다. 조급해 보이는 재하에게 자옥이 곁으로 다가오라며 손짓했다.

"이거 좀 보렴."

그리고 어느새 자옥의 옆으로 다가온 재하가 자옥이 건넨 것을 받아 들었다. 자옥이 보고 있었던 건 유라의 인터뷰가 실린 잡지였다. 의문으로 삐뚜름해졌던 그의 눈썹이 곧 놀라울 정도로 차분해졌다. 표지를 살피던 그의 눈에 익숙한 이름이 들어왔기 때문이었다.

3년 전 홀연히 사라졌던 피아니스트 하유라, 컴백.

'하유라'라는 이름 석 자를 눈에 담은 재하의 얼굴이 순식간에 냉랭하게 변했다.

"걱정되는구나. 이렇게 요란스럽게 한국으로 돌아올 줄은 몰랐는데."

자옥의 얼굴에는 근심이 그득했다.

조금 전까지 인터뷰의 전문을 읽은 자옥은 어렴풋이 생각했다. 유라가 마지막 공연지가 한국이었으면 좋겠다고 인터뷰한 것도, 돌아오겠다는 말을 한 것도, 재하를 염두에 두고 한 말이라는 걸. 좋은 말로 포장된 인터뷰에서 제 손자를 흔들어 놓겠다는 속내를 자옥은 미약하게나마 감지했다.

제 손자가 세상을 다 줄 듯 사랑했던 사람. 그렇지만 매정하게 말 한마디 없이 떠나가 제 손자를 아프게 만든 사람이었다. 순간 자옥의 마음 한구석에 괜한 노파심이 차올랐다. 과거의 길고 길었던 인연의 감정이 어떤 형태로든 부스러기처럼 남아 있을까 봐. 그래서 유라에게 모질지 못한 순간이 온다면 그걸로 인해 은안이 상처를 받을까 봐.

그때 자옥을 감싼 짙은 상념의 막을, 재하의 단호한 목소리가 깼다.

"할머니가 걱정하시는 일 없을 거예요. 하유라랑 저 완벽히 남남이니까."

재하의 눈빛은 그 어느 때보다 올곧았다.

"그러니까 요란스럽게 한국에 오든, 조용히 한국에 오든 저희랑은 상관없는 일이에요. 은안이가 알게 된다 해도 제가 잘 설명할 거예요, 우리랑은 아무 상관 없는 일이라고."

재하의 단호한 목소리에 자옥이 한결 시름이 놓인 표정을 했다. 하지만 자옥의 기억 속 유라는 그리 호락호락하지만은 않은 성격이었다. 좋게 말하면 열정과 강단. 솔직히 말하면 자기가 취하고자 하는 것에 꽤나 집착이 있는 성격이었다.

물론 그 성격이 자신의 꿈을 향한 것이라면 괜찮겠지만, 사람을 향한 거라면…….

자옥이 고개를 바짝 들어 재하를 바라보았다.

유라의 얘기에 무표정해진 재하의 표정은 할머니인 자옥의 목덜미마저 서늘하게 할 정도로 냉철했다.

'그래, 너무 깊게 생각하는 거야.'

노파심의 영역이 너무 쓸데없이 커져 잠시 이성이 자리를 잃었다. 저런 표정을 하는 재하를 두고 무슨 생각을 한 건지, 정신이 든 자옥이 한숨으로 걱정을 털어버렸다.

"그래. 올라가보렴. 내가 너무 쓸데없이 깊이 걱정을 했구나."

자옥의 손짓에 고개를 까딱한 재하가 발길을 돌렸다.

2층으로 올라온 재하가 조심스레 방문을 열었다.

어둠이 짙게 깔린 방 안에는 은안의 규칙적인 숨소리만 가득했다. 간접 조명을 켠 그가 은안이 깰세라 조심스레 침대에 걸터앉았다. 옆으로 돌아누워 곤히 잠이 든 그녀의 모습에, 재하는 피곤함을 다 잊은 듯 나른한 웃음을 지었다.

그때, 은안이 아주 작은 신음을 터트리며 미간을 좁혔다.

"으……."

그녀는 무언가에 억눌린 듯한 고통스러운 표정을 지었다.

재하가 은안의 잔머리를 쓸어 넘겨주며 걱정이 가득 묻은 목소리로 중얼거렸다.

"무슨 꿈을 꾸길래."

추측하건대, 아마 과거의 기억 한 조각이 그녀의 꿈을 찾아든 듯했다. 최근에 엄마의 음식을 그리워하며 생각을 많이 했을 테니, 옛꿈을 꾸는 것도 이상한 일은 아니었다. 걱정스러운 마음에 그의 입에서 짙은 한숨이 새어 나왔다.

왜 사람의 감정은 다른 사람에게 덜어낼 수 없는 걸까. 그게 가능하다면, 제가 그녀의 감정을 고스란히 끌어안아 대신 슬퍼할 텐데. 대신 아파할 텐데. 현실적으로 그럴 수 없다는 사실이 답답하기만 했다. 지금 해줄 수 있는 건 은안이 조금이나마 온기를 느낄 수 있게 뺨을 어루만져주고, 등을 쓸어주는 것뿐.

은안의 귓가에 다가간 재하가 속삭이듯 말했다.

"당신이 원하는 게 뭐든, 내가 다 가져다줄게. 조금만 기다려."

하루빨리 은안을 괴롭히는 그 감정들을 터트려줘야겠다는 생각과 함께, 은안에게 엄마 이야기를 꺼낼 적당한 타이밍을 머릿속으로 그렸다. 정작, 은안이 진짜 인상을 찌푸리는 이유가 유라 때문이라는 걸 새까맣게 모른 채.

약 30분의 시간이 흐른 뒤, 은안이 잠에서 깨어났다.

"재하…… 씨?"

눈을 뜨자마자 마주한 재하의 얼굴에 은안이 벌떡 일어나 그의 목을 휘어 감으며 품을 파고들었다. 눈빛에 불안함이 맺힌 그녀가 걱정돼 재하가 은안을 꼭 안아주었다.

"괜찮아, 나 여기 있어."

목덜미로 은안의 불안하고 거친 숨결이 닿았지만, 재하는 아무것도 묻지 않고 은안을 토닥일 뿐이었다.

그의 심장 박동을 한참이나 느끼던 은안이 조심스레 그의 품에서 떨어졌다. 세차게 굽이치던 마음이 진정되자, 경직되었던 은안의 표정도 많이 풀어져 있었다. 여러 감정이 일렁이는 눈빛을 한 은안이 조심스레 손을 올려 그의 뺨을 쓰다듬었다.

안정을 찾자, 은안은 스스로가 바보 같아서 견딜 수 없었다. 그가 이렇게 제 옆에 있는데, 왜 바보같이 그 이름 하나에 벌벌 떨었던 걸까. 그가 하유라 그 여자에게로 가는 말도 안 되는 꿈까지 꾸며.

하지만 그런 꿈을 꿨다고 말하고 싶지 않았다. 제 귀에 감겨오는 그의 목소리가 너무 포근해서, 저도 모르게 그런 꿈을 꾼 제가 미워져서.

왠지 모르게 가련해 보이는 은안을 바라보던 그가 조심스레 입을 열었다.

"난 당신이 그런 표정을 지으면, 어떻게 해야 할지를 모르겠어."

재하가 제 뺨을 어루만지는 은안의 손 위로 제 손을 포갰다.

"당신한테 1분 1초라도 슬프거나 괴로운 일이 없었으면 좋겠어."

그의 애절한 목소리가 은안의 심장을 스치고 지나갔다. 어떻게 사람이 살면서 웃을 수만 있을까. 그럴 수 없다는 걸 알면서도 재하는 은안만큼은 그러길 바랐다.

그의 말에 은안이 옅은 웃음을 겨우 머금었다.

인정하고 싶지 않았지만, 은안에게 하유라라는 존재는 그랬다. 이름만으로도, 돌아온다는 예고만으로도 불안함을 만들어내는 존재. 한때, 그의 마음을 알지 못하던 아주 옛날, 그가 그녀를 잊지 못한 걸까 생각하며 마음을 졸였던 시간도 있었고 그녀가 그의 인생 깊숙이 자리 잡았던 여자라는 것도 알고 있었다. 그를 믿는 것과 별개로 미세한 연기처럼 피어오르는 불안감은 스스로 제어할 수가 없었다.

약하게 남아 있는 불안한 표정을 눈치챈 재하가 은안에게 물었다.

"내가 없는 사이에 무슨 일이라도 있었던 거야?"

그의 물음에 촘촘한 은안의 속눈썹이 파르르 떨렸다.

그리고 잠시 망설이던 은안이 입을 열었다.

"사실은……."

조금은 솔직할 필요가 있는 타이밍이라고 생각하며.

큰 결심이라도 하듯 주먹을 말아 쥔 은안이 입을 뗐다.

"낮에 우연히 하유라 씨 인터뷰를 봤어요. 월간 클래식에 실린……."

생각지도 못한 은안의 말에 재하의 눈썹에 힘이 바짝 들어갔다. 은안이 평소에 클래식에 지대한 관심을 가진 것이 아니었기에 어쩌면 하유라가 돌아온 것을 모른 채 지나갈 수도 있지 않을까 생각했다. 그런데 저보다도 먼저 그 소식을 알았다는 사실에 심장이 덜컥 내려앉았다.

은안이 겨우 입매를 말아 올리며 말을 이어갔다.

"그냥, 그러지 않으려고 하는데. 신경이 쓰여서요."

그리고 이상한 불안감이 자꾸만 기어 올라와서, 그래서 무서워요.

은안은 마음 끝에 있는 감정을 솔직하게 내보내지 못했다. 하지만 마음 한쪽에 있는 솔직함이란 감정을 밀어 넣자, 곧 충동이라는 새로운 감각이 자리를 잡았다. 결국 마음의 자극을 참지 못한 은안이 그의 얼굴을 부여잡고 가볍게 입을 맞췄다. 촉, 소리를 내며 보드라운 입술이 떨어지고, 예고 없이 맞닿은 짧고 굵은 촉감에 재하가 놀란 듯 눈을 깜빡였다.

"근데 아까 당신이 안아주니까 조금 사그라들더라고요. 불안이."

놀란 그의 표정에, 조금 전까지만 해도 과감했던 은안이 민망한 듯 중얼거렸다.

"그래서, 이렇게 하면 더 괜찮아질 거 같아서……."

솔직하고 용감하게 먼저 입을 맞춘 것까진 좋았는데, 뒤이어 따라온 민망함이 문제였다. 부끄러움에 관자놀이를 긁적이는 은안을 보던 재하의 눈빛이 순식간에 변했다. 놀람에서 욕망으로. 재하가 순식간에 은안의 코앞까지 다가왔다.

"그럼, 이렇게 하면 더 괜찮아지겠네?"

그러고는 은안에게 입을 맞췄다. 조금 전 은안이 도장 찍듯 입술을 가볍게 누른 것과는 비교도 할 수 없을 정도로 깊게.

저로 인해 불안감이 사그라들었다는 은안의 말에 자극을 받은 재하가 부드럽게 그녀의 등을 쓸어내리며 구석구석 입을 맞췄다. 천천히, 그리고 깊게.

어느새 등에 머물던 그의 손이 은안의 귓바퀴를 부드럽게 쓸어내렸다. 그녀를 안심시키기 위한 입맞춤이었는데, 갈수록 짙어지는 입 안의 달큰한 향에 두 사람은 이성을 잃고 있었다.

어느새 은안의 상의에 손을 밀어넣던 재하가 번뜩 정신을 차리고 입술을 떼어냈다.

—부부 관계는 중기부터 기능하시지만 현재 상태로는 조심하시는 게 좋을 것 같습니다.

지난번 검진에서 들었던 말을 기억해낸 그가 아쉬운 마음을 숨기며 은안의 둥근 이마에 가볍게 입을 맞춘 뒤 말했다.

"어때, 이제 확실히 알겠어? 당신이 불안해하지 않아도 된다는 걸."

얼굴에 발그레한 홍조를 띤 은안이 고개를 끄덕였다. 확실히 그의 입맞춤에 미약하게 번져 있던 불안감이 어느새 존재한 적도 없다는 듯 사라졌고, 오늘의 제 걱정이 괜한 기우였다는 걸 깨달았다.

"우욱."

은안의 입덧은 하루가 다르게 심해지고 있었다.

화장실에서 나는 소리를 듣고 있던 재하의 얼굴에 초조함이 번졌다.

좀처럼 은안이 나오지를 않자, 결국 재하가 휴대폰을 꺼내어 유진에게 문자를 보냈다.

어제 부탁드린 거, 오늘 가능할까요?

원래는 은안에게 엄마를 만나보겠냐는 의사를 먼저 물으려 했는데 나날이 입덧이 심해지니, 일단 뭐라도 먹여야겠다는 생각이 앞섰다.

문자를 보내자마자 곧바로 답장이 왔다.

알겠어요.

재하가 메시지를 확인하는 사이, 은안이 화장실 밖으로 나왔다. 그가 급히 휴대폰을 주머니에 넣은 뒤 은안을 살폈다.

"괜찮아?"

"하, 괜찮아요."

머리를 쓸어 넘기는 은안의 눈동자가 창백했다.

마치 폭탄주를 잔뜩 마신 뒤 다음 날 찾아오는 숙취처럼 내내 속이 울렁거렸고 이젠 머리까지 띵했다.

"좀 누워서 쉬면 괜찮을 거 같아요."

말할 힘도 없는 건지 은안의 목소리에 공기가 잔뜩 섞여 있었다. 재하가 그녀를 부축해 침대에 눕히고 이불을 꼭 덮어주

404

며 말했다.

"일단 한숨 자. 자고 나면 컨디션이 괜찮아져서 뭐라도 먹을 수 있을 거야."

"알았어요."

왠지 모르게 확신이 담긴 그의 목소리에, 은안은 메슥거리는 속을 겨우 달래며 눈을 붙였다. 이상하게도 정말 잠에서 깨어나면 뭐라도 먹을 수 있을 거 같은 기분이 들었다.

시간이 얼마나 흘렀을까. 잠에서 깨어나 부스스 눈을 뜬 은안이 한결 개운해진 몸을 일으켜 부엌으로 향했다.

그때, 물을 마시기 위해 정수기 앞에 서 있는 은안의 뒤로 인기척 없이 다가온 재하가 그녀의 허리를 감싸 안았다. 그에게서 묻어나는 미세하게 차가운 공기에, 은안이 뒤를 돌아 물었다.

"어디 갔다 왔어요?"

"응."

대답과 함께 재하가 은안의 손을 잡아 식탁으로 이끌어 앉혔다. 그리고 쇼핑백 하나를 식탁 위에 내려놓았다.

"이게 뭐예요?"

"당신이 먹고 싶어 하던 거."

"내가 먹고 싶어 하던 거요?"

아직 잠기운이 덜 빠져 몽롱한 은안이 두 눈을 끔뻑였다.

최근에 그에게 뭘 먹고 싶다고 딱히 말한 적이 없는 터라, 쇼핑백 안에 든 것이 무엇인지 감이 잡히지 않았다. 은안이 고개를 갸웃거리며 쇼핑백을 들추었다. 그리고 아직 따스한 기운이 채 가시지 않은 찬합을 꺼냈다.

은안이 내용물을 꺼내는 동시에, 그가 입을 열었다.

"야채 죽이야."

그의 대답에 은안의 동공이 확장됐다.

"당신 어머니가 만든 죽."

그리고 곧 깨달았다. 충주댁 아주머니가 저와의 비밀 약속을 깼다는 걸. 쇼핑백에 든 음식의 정체를 알게 된 은안의 눈이 흔들리기 시작했다.

아무리 오랜 시간이 지나도 선연하게 남는 기억들이 있다.

제겐 어린 시절에 보냈던 엄마와의 시간이 그랬다.

인생을 통틀어 얼마 되지 않는 단편의 기억들이라 그런 걸까. 시간이 지날수록 몇몇 장면과 감각들은 뚜렷하게 기억 속에 새겨졌다.

잠시 멍해졌던 은안이 겨우 말을 뱉어냈다.

"재하 씨가 엄마를…… 찾았어요?"

그에게 굳이 엄마의 음식이 그립다고 말하지 않은 건, 구할 수 없는 것 때문에 굳이 신경 쓰이게 만들고 싶지 않아서였다. 그런데 이렇게 엄마를 찾아내다니. 마음이 복잡했다.

"……응."

그때, 잠시 뜸을 들였던 재하가 고개를 끄덕였다.

복잡한 표정으로 찬합을 빤히 바라보던 은안이, 건조하게 내뱉은 첫마디는 엄마의 안부에 대한 것이었다.

"······어때 보였어요?"

잊으려고 해도 절대 잊을 수 없었고, 미워하려 노력해도 절대 미워할 수 없었던 엄마.

세월의 풍파가 기억을 어느 정도 깎아준 줄 알았는데, 아니었나 보다. '엄마'라는 단어에 아직 심장이 짓무르는 느낌이 드는 걸 보면.

"아니다, 대답하지 마요. 알고 싶지 않아. 그래도 이건 먹을 거예요. 당신이 구해 온 거니까."

발긋한 눈가를 쓱 닦아낸 은안이 숟가락을 들어 죽을 한 숟갈 크게 퍼 입 안으로 가져갔다.

그립던 맛 앞에서는 입덧도 힘을 쓰지 못했다.

어린 시절 제가 먹던 맛. 특별한 맛은 아니었지만 제 엄마가 아닌 다른 사람은 흉내 낼 수 없는 맛. 어쩌면 제가 원했던 건 단순히 음식이 아니라, 엄마였던 걸까. 아무렇지 않은 척했지만, 눈물이 자꾸 새어 나오고, 목구멍은 솜이 걸린 것처럼 뻑뻑했다.

천천히 죽 한 그릇을 싹 비운 은안이 터져 나오려는 울음을 꾹 누르며 말했다.

"재하 씨······ 나 엄마 만나게 해줄 수 있어요?"

"당신이 원한다면, 자리 만들게."

"그렇게 해줘요."

은안은 죽을 먹으며 내내 생각했다. 내내 곪은 채로 방치해 왔던 엄마라는 상처를, 이제는 치료해야 할 것만 같다고.

3일 후, 시내의 한 한정식 집.

유진과의 만남은, 재하의 진두지휘 아래 빠르게 진행됐다.

진태에게 그간의 이야기를 설명하고, 유진에게 은안의 만남 의사를 전했다. 모든 상황을 정리하고 약속을 잡는 데 딱 3일이 걸렸다.

평일이라 은안과 재하의 퇴근 시간에 맞춰 약속을 잡았다. 그런데 두 사람이 오는 길 도로 앞쪽에서 사고가 났고, 재하는 유진과 진태에게 조금 늦을 거 같다는 메시지를 보냈다.

결국 약속 시간에 맞춰 먼저 도착한 진태와 유진은 밀폐된 방 안에서 어색하게 서로를 마주 봐야 했다. 들어온 직후에는 어색함에 눈을 맞추지 못하던 진태가 곁눈질로 유진을 살폈다. 죄책감을 가득 머금은 얼굴이, 어쩐지 조금은 안쓰럽게 느껴졌다. 그때, 어색함을 타파할 생각이 번뜩 떠오른 진태가 가방에서 주섬주섬 무언가를 꺼냈다.

"이것 좀 보시겠어요?"

진태가 꺼내놓은 건, 작은 앨범이었다.

딸을 두고 갔다는 죄책감 속에 살았을 유진에게 은안이 지금껏 잘 살아왔다고, 그러니 무거운 마음을 조금은 내려놓아도 된다고, 그렇게 말해주고 싶어 은안의 인생이 응축된 앨범을 들고 온 터였다.

"은안이가 어떻게 살아온 건지 궁금해하실 거 같아서요. 혜

어질 때 드리려고 했는데, 허허. 시간이 남는 김에 좀 보여드리 겠습니다."

앨범의 첫 장을 넘긴 진태가 사진 하나를 손가락으로 가리 켰다.

"이건 저희 집에 거의 처음 왔을 때예요. 파티를 열어줬죠."

벽에 잔뜩 붙인 풍선들, 무엇을 좋아할지 몰라 한 상 가득 차린 음식들. 그리고 그 중간에 누구보다 사랑스러운 은안이 있었다. 뒤이어 여러 장의 사진들을 넘기며 진태가 부연 설명 들을 늘어놓았고, 앨범을 끝까지 본 유진은 결국 눈물을 터트 리고 말았다.

상처를 잔뜩 머금은 표정을 한 첫 장의 사진과 달리, 마지막 장의 사진 속 은안은 따사로운 봄날처럼 웃고 있었다. 유진은 차마 울음소리도 내지 못하고 눈물을 뚝뚝 흘렸다. 그런 유진 에게 진태의 안타까운 시선이 내려앉았다.

은안의 사정도, 유진이 도망칠 수밖에 없었던 이유도 잘 알 기에 유진이 원망스럽진 않았다. 물론 어렸던 딸을 두고 간 것 이 무결한 행동이라고는 할 수 없겠지만, 누구도 그런 상황에 서 도망친 유진에게 손가락질할 수만은 없을 것이다. 인생의 모든 일을 어떻게 흑백으로 선명하게 나눌 수 있을까. 그저, 조금이나마 옅은 회색이기를 바랄 뿐이었다.

"은안이, 제가 잘 데리고 있었습니다. 그러니까, 조금은 홀홀 하게 털어놓으세요."

진태의 말에 유진이 눈물을 멈추지 못하던 그때, 미닫이문이 드르륵 소리를 내며 열렸다. 그리고 유진을 정면으로 마주한 은안이 저도 모르게 입술을 달싹였다.

"……엄마?"

근 10년 만에 입에 담아보는 '엄마'라는 말. 그것은 은안에게 알 수 없는 거대한 울림을 주었다.

가늘게 떨리는 목소리에, 유진은 시선을 들어 올려 어른이 되어버린 은안과 눈을 맞췄다.

"……은안아."

잠시 망설이던 유진도 조심스레 딸의 이름을 입에 담아보았다. 서로의 존재를 확인한 두 사람 사이에 찰나의 적막이 감돌았다. 이윽고 의례적인 인사와 안부 묻기도 잊어버린 은안의 입에서, 지난 세월 동안 늘 묻고 싶었던 질문이 흘러나왔다.

"왜 날 혼자 두고 갔어요?"

처음엔 원망으로, 나중엔 진정한 궁금증으로. 제 엄마가 어떤 마음으로 어린 저를 두고 갈 수 있었는지 궁금해졌다. 제가 아이를 가진 뒤 더욱더.

은안의 물음에, 마음이 아려온 재하와 진태도 고개를 떨궜다. 그 누구도 은안의 상처를 치료해줄 수 없었고. 아픔으로 물든 시간을 보상해줄 수 없었다. 그 어떤 변명도, 이유도 입에 담을 수 없었던 유진이 은안에게 천천히 다가와 그녀를 조심스레 끌어안았다. 그리고 울음과 함께 사과를 토해냈다.

"미안해, 엄마가 미안해."

미안하다는 한마디에, 그간 견고히 쌓아왔던 은안의 마음속 미움은 모래성처럼 무너졌다.

"흐엉, 으흐흑."

엄마라는 이름을 하고 이기적으로 혼자 도망쳤던 유진도, 버려졌다 여기며 내내 엄마를 미워했던 은안도. 두 사람은 서로를 품에 안고 오랫동안 농축된 그 감정들을 조금이나마 털어버렸다.

한참을 서로를 안고 울던 모녀는 간단한 안부를 물은 뒤, 다음을 기약하고 헤어졌다. 아무리 친부모와 자식 간이지만, 오랜 세월 시간을 공유하지 못한 그들에게는 시간이 필요했다.

집으로 돌아가는 길. 조수석에 앉은 은안이 창밖의 푸른 하늘을 응시하고 있었다.

재하는 식당에서부터 차에서까지, 그녀에게 한마디의 말도 걸지 않았다. 은안이 먼저 제 감정을 말해주길, 옆에서 묵묵히 기다렸다.

상념에 잠겼던 은안이 바싹 마른 입을 뗐다.

"어쩌면, 그 상황에서는 나도 엄마처럼 도망쳐버렸을지도 몰라요."

어느새 물기에 젖은 은안의 목소리에, 재하가 담담히 그녀를 달래듯 말했다.

"힘들면 애써 이해하려고 하지 않아도 돼."

"억지로 이해하려는 건 아니에요."

은안이 다시 차오른 눈물을 급히 훔치며 차분히 말을 이었다.

"솔직히 말하면 그동안 엄마를 아예 이해 못한 건 아니었어요. 엄마라는 존재도 두려움을 느끼고 약해지기도 하는 사람이니까. 다만, 내 감정이 엄마를 용서 못했던 것뿐이에요."

은안의 대답에도 아직 걱정을 다 떨치지 못한 재하가 든든한 목소리로 말했다.

"그래도 힘들면 언제든지 나한테 얘기해, 알았지?"

"알았어요."

재하가 제 입장에서 생각하고 말해주는 게 고마워 은안의 입가에 엷은 미소가 번졌다. 어쩌면 평생을 안고 가야 했을 몹쓸 감정의 덩어리를 제거해준 그가 고마웠다.

"고마워요. 엄마를 찾아준 거. 재하 씨가 아니었으면, 엄마가 어쩔 수 없었다는 걸 알면서도 조금은 미워했을 거예요."

재하가 대답 대신, 부드러운 미소를 지어 보였다.

그 순간, 은안의 심장이 추를 단 듯 무겁게 내려앉았다.

예고 없이 찾아온 감각에, 숨을 들이켠 은안이 곧 깨달았다. 조금 전 심장에 가해진 무게는, 조금 더 커져버린 그를 향한 마음의 무게라는 걸.

그리고 이제 영영 돌이킬 수 없이, 그에게 더 빠져버렸다는 걸. 앞으로도 그와 함께라면, 더할 나위 없이 행복하기만 할 것 같았다.

6개월 후, 화려한 조명의 주얼리 매장 안. 태교 여행을 목전에 둔 재하가 이벤트를 위해 들른 곳이었다.

6개월이라는 시간 동안 두 사람은 평범해서 더 소중한 일상을 보냈다. 재하는 그간 은안에게 못한 것을 해주려 각고의 노력을 펼쳤다.

그리고 얼마 전, 함께 TV를 보며 제가 빼먹은 게 하나 있다는 걸 깨달았다. 바로 프러포즈였다.

당시에는 남들과 달리 정략결혼으로 시작한 사이였으니, 프러포즈를 할 생각도 하지 않았었다. 하지만, 지금은 달랐다. 남들이 하는 것은 은안에게도 다 해주고 싶었고, 남들이 하지 않는 것도 다 해주고 싶었다. 이미 결혼했지만 순서는 중요하지 않다고 생각하며 재하는 프러포즈를 차근차근 준비했다. 물론, 서프라이즈로 할 계획이었다.

재하가 반지를 포장하러 간 직원을 기다리는 사이, 며칠 후의 계획을 되새기며 집중하던 그때.

익숙한 손길이 그의 등을 톡톡 건드렸다.

"재하 씨?"

너무나 익숙한 목소리에, 재하는 돌처럼 굳고 말았다.

그가 뻣뻣한 나무토막 같아진 몸을 겨우 돌렸다.

"당신이, 왜……?"

"당신이야말로 왜 여길?"

은안이었다. 재하의 등을 두드린 사람은.

은안의 회사 팀에서는 돈을 모아 팀원들의 생일 선물을 사는 자은 이벤트가 있었다. 보통 선물을 사러 가는 사람을 그때그때 정하고는 했는데, 이번에는 은안이 선물 사기를 자처했다. 백화점 푸드 코트의 아이스크림이 먹고 싶다는 이유에서였다.

그렇게 점심시간에 잠시 시간을 내 백화점에 온 은안이 같은 층에서 선물을 사고, 재하를 발견한 것이었다.

잘게 떨리는 눈을 한 재하가 마른침을 삼켰다.

'서프라이즈는 실패인 건가?'

눈치를 살피던 가운데, 어느새 재하의 앞으로 온 직원이 포장된 쇼핑백을 건넸다.

"제품 드리겠습니다."

뜬금없이 주얼리 매장에 있는 재하의 모습에 은안의 눈매가 의문으로 휘어졌다.

"뭐 샀어요?"

"어…… 그러니까."

눈을 굴리던 재하가 조심스레 입을 뗐다.

이렇게 된 거, 그냥 솔직하게 밝혀야 하나 싶었다. 당신에게 줄 반지를 샀다고. 사실대로 말하라는 목소리와 잠시 거짓말을 하라는 내면의 목소리가 교차했다.

"이거, 황 교수가 부탁한 거."

그리고 결국은 거짓말의 목소리가 이기고 말았다.

그의 핑계에, 은안은 여전히 무언가가 해소되지 않은 듯한 표정을 지었다.

"황 교수님이 뭘 부탁했는데요?"

"어, 황 교수가 좋아하는 사람이 생겨서 고백을 한다네? 반지를 예약해뒀는데 급하게 수술이 잡혀서."

황 교수는 5년째 솔로였다. 재하는 미안함이 스멀스멀 차올랐지만, 이미 시작한 거짓말을 멈출 수는 없었다.

은안은 여전히 쇼핑백을 의심스럽게 바라보며 말했다.

"고백이요?"

'미안하다, 황 교수.'

속으로 용서를 빌던 재하가 크게 고개를 끄덕였다.

"완전히 빠졌거든, 고백할 여자 친구한테."

다행히, 제 입에서 나온 말 중 한마디 정도는 거짓말이 아니었다. 저는 은안에게 푹 빠져 있었으니까.

나름의 양심을 챙긴 재하는 겨우 한고비를 넘겼다.

아니, 넘겼다고 착각했다. 하지만 재하는 몰랐다. 그녀가 제 변명을 마뜩잖아 한다는 것을. 그리고 이 작은 오해가 풀릴 때까지 내내 등을 돌리고 자게 될 거라는 것도.

며칠 후 김포 공항.

따사로운 봄 날씨 덕분일까, 공항 내부는 여행을 가려는 사람들로 북새통을 이루었다. 일찍이 도착해 수속을 마친 재하와 은안이 게이트 쪽으로 향했다.

　요 며칠, 은안은 그에게 대부분 무심한 표정을 지었다. 그리고 웬만하면 먼저 말을 걸지 않았고, 잘 때도 등을 돌렸다.

　재하는 우연히 주얼리 매장에서 마주친 뒤부터 은안의 태도가 달라졌다는 걸 인지했다. 아무래도 제가 뭔가를 숨긴다고 생각하는 것 같았다. 그날의 저는 스스로 생각해도 어색한 구석이 없지 않았으니까.

　하지만, 모든 걸 사실대로 털어놓기엔 지금껏 버틴 시간이 아까웠다. 재하는 지금 와서 김을 빼는 것보다 은안의 냉랭함을 조금 더 견디는 쪽으로 가닥을 잡았다. 그래도 그녀의 삐친 모습은 나름의 귀여움이 있었다. 잘 때 등을 지고 자야 하는 건 좀 싫었지만. 슬쩍 은안의 눈치를 보던 재하는 마실 것을 사 오겠다며 자리를 떴다.

　한편, 멀어져가는 재하를 보던 은안이 혼잣말을 읊조렸다.

　"도대체 뭐지?"

　며칠째였다. 그가 뭘 숨기는 건지 궁금해한 게. 주얼리 매장에서 마주친 그날, 아주 찰나였지만 그의 동공은 세차게 흔들렸었다. 황 교수의 얘기를 하는 그의 모습은 어설프기 짝이 없었다. 분명, 무언가를 숨기는 것 같은데 그게 무엇인지 감조차 오지 않았다.

　"아니면, 내가 괜히 예민한 건가. 그냥 내가 갑자기 나타나서 놀란 거고? 황 교수님 얘기가 진짜인가."

요 근래 호르몬 때문에 종종 심한 감정의 격변을 겪고 있기는 했다. 때때로 유치하게 심통이 올라오기도 했고, 또 가끔은 맥없이 눈물이 흐르기도 했다. 지금 뻗쳐 나온 의심과 감정도 호르몬에 의한 것일까.

"하, 모르겠다."

잠시 고민했지만 은안은 확실하게 고개를 끄덕일 수 없었다.

탑승 시각이 다가오고, 은안과 재하는 비행기에 탑승했다.

어느새 이륙 시간이 다가오고, 안전벨트를 매라는 방송이 기내에 울려 퍼졌다. 부쩍 불러온 배 덕분에 은안이 허둥거리자, 재하가 웃으며 안전벨트를 해주었다.

"나한테 해달라고 하면 되잖아."

"혼자 할 수 있었어요."

"힘들어 보이던데?"

"힘들고 시간은 좀 걸려도, 혼자 할 수 있어요."

은안이 입을 삐죽대자, 재하가 크게 터져 나오려는 웃음을 꾹 참았다.

"알았어, 미안해."

그가 사과하는 동시에 비행기가 움직이기 시작했다. 지상에서 가속도가 붙자 기내가 살짝 덜컹거렸고, 재하는 그 틈에 은안의 손에 제 손을 포개 손가락 사이로 깍지를 꼈다. 제 손에서 온기가 느껴지자 은안이 고개를 홱 돌렸다. 은안의 시선을 느낀 새하가 능청스레 말했다.

"무서워서. 난 이륙할 때 누가 손을 잡아줘야 하거든."

하나도 무섭지 않은 표정으로 무섭다고 말하는 재하를 보자, 은안의 입에서 실소가 튀어나왔다.

"하, 당신 정말."

"그러니까, 놓지 마."

눈을 감으며 시트에 등을 기대는 재하를 보던 은안은 그의 뻔한 수작에 넘어가주었다. 그와 손을 잡고 있으니 왠지 모르게 서운하고 뾰족해졌던 마음이 다시 완만해졌다. 덜컹대던 비행기는 곧 하늘로 떠올랐고, 결국 두 사람은 비행기가 착륙할 때까지 손을 놓지 않았다.

약 1시간 후, 제주공항에 도착한 은안과 재하는 곧바로 점심을 먹기 위해 식당으로 향했다.

재하는 제주의 맑은 공기를 쐬고 나니 마음이 근질거려 미칠 지경이었다. 빨리 이벤트를 끝내고, 은안이 빙그레 웃는 모습을 보고 싶었다.

'서프라이즈가 원래 이렇게 힘든 거였나.'

며칠간 제게 등을 돌리고 자던 모습이 파노라마처럼 스치며 잠시 울컥한 마음이 차오르기도 했다. 하지만, 고진감래라고 했다. 조금만 더 참으면 해가 질 무렵에는 은안의 함빡 웃는 미소를 볼 수 있을 터였다. 마음을 겨우 다스린 그가 핸들을 꽉 움켜쥐었다.

잠시 후, 고기 국수를 파는 식당에 도착한 두 사람은 배가 고팠던 건지 별 대화 없이 식사에 집중했다.

하지만, 재하의 시선은 계속해서 은안을 향해 있었다. 이번 여행 계획을 전적으로 제가 짠 만큼 은안의 만족도가 신경이 쓰였다. 밥은 입에 맞는지, 숙소는 편안한지, 볼거리는 만족스러운지. 다행히도 첫 식사는 은안의 마음에 쏙 드는 듯했다.

식사를 마친 은안과 재하는 차를 타고 다음 코스인 함덕 해수욕장으로 향했다.

함덕 해수욕장의 한 카페.

재하가 두 번째로 고른 장소는 바다 가까이 테라스가 있는 카페였다. 마치 바다 앞에서 차를 마시는 기분을 느낄 수 있는 곳으로 유명한 곳이었다. 운 좋게 테라스 자리에 앉은 두 사람은 나란히 앉아 멍하니 바다의 수평선을 바라봤다. 살랑살랑 불어오는 바람을 타고 바다 향기가 번져왔다. 햇살과 바람에 몸을 맡기니 온몸이 나른해지는 기분이 들었다.

서울에서 출발할 때만 해도 조금 경직되었던 은안의 표정도 어느새 부드러워져 있었다.

"아, 좋다."

"카페, 마음에 들어?"

옆자리에 앉은 재하가 바람에 흩날리는 머리를 넘겨주자, 은 안이 고개를 돌려 그를 바라봤다. 두 사람의 시선이 맞닿고, 아주 잠깐의 정적 사이에 파도 소리가 들어찼다. 은안이 잠시 입술을 움츠리며 시선을 내리깔았다.

애정이 그득한 그의 표정을 보고 있자니, 확실치 않은 상황 에서 내내 옹졸하게 군 것이 미안해졌다.

'그냥 처음부터 제대로 물어봤으면 됐을 텐데, 왜 괜히 혼자 얄궂게 군 거야.'

속으로 자신을 채근하던 은안이 고개를 들어 그와 눈을 맞 추고 입을 열었다.

"당신, 그날 정말 황 교수님 때문에 주얼리 매장 간 거 맞아 요?"

카페가 마음에 드냐는 물음에 돌아온 건, 질문에 대한 답이 아닌 또 다른 질문.

"그거 황 교수님 거 아니죠? 당신이 다른 거 산 거죠? 그때, 당신 표정이 얼마나 어색했는데요."

마치 탐정에 빙의한 것 같은 은안의 모양새에, 재하가 말려 올라가려는 입술을 꽉 붙잡았다.

"내가 당신한테 뭘 숨기겠어? 그런 거 없어."

거우 평정을 찾은 그가 대답하자, 은안이 이번엔 다른 추론 을 내놓았다.

"아니면, 당신. 혹시 형부한테 시계 사달라고 부탁받았어 요?"

"응?"

갑자기 엉뚱한 방향으로 튄 얘기에, 재하가 벙쩐 표정으로 그녀를 바라보았다.

하지만 은안은 꽤 진지했다. 얼마 전, 은진에게 들은 바로는, 태수가 고가의 시계를 갖고 싶어 한다고 했다. 그리고 은진은 그 시계를 사는 걸 허락해주지 않았다고 했고.

신혼 초, 태수는 카드 내역을 들키지 않기 위해 고가의 피규어를 친구를 통해 구매했던 전적이 있었다. 은진은 은안에게도 한 차례 경고를 했었다. 혹시나 태수가 찾아와 몰래 부탁해도 들어주지 말라고.

'내가 아니라 재하 씨한테 부탁한 거 아니야?'

그렇게 은안의 추리는 먼 곳까지 다다랐다. 완벽히 틀린 것인지도 모르고.

"형부죠? 형부가 비밀로 해달라고 했죠?"

확신에 찬 은안을 보던 재하가 바람 빠진 웃음을 내뱉으며 흘끗 하늘을 살폈다. 지금쯤 숙소로 출발하면, 제가 했던 계획을 완벽히 이행할 수 있을 것 같았다. 이제 이 재미없는 거짓말을 끝내고, 엉뚱한 탐정님에게 진실을 밝혀야 할 시간이었다.

다시 은안에게로 시선을 고정한 재하가 나지막한 목소리로 대답했다.

"태수 형 시계, 그건 진짜 아니야."

대답을 들은 은안이 눈썹에 힘을 잔뜩 주자, 재하는 그 모습이 귀여워 그녀를 조금 놀려주고 싶은 마음이 들었다.

"사실은 숨긴 게 하나 있긴 해. 숙소 가자. 가서 다 얘기해 줄게."

말하지 않아도, 숙소에 가면 다 알게 되겠지만. 뒷말을 꾹 참은 재하가 은안의 손을 잡고 자리에서 일어났다. 굳이 숙소에 가서 말하겠다니, 은안의 눈썹이 더 큰 궁금증으로 꿈틀댔다. 그리고 그런 그녀를 티 나지 않게 바라보던 재하는 문득 생각했다. 아, 아내를 놀리는 게 이렇게 재밌는 일이었던가, 하고.

함덕에서 약 1시간가량 차를 타고 달려 도착한 곳은 협재. 재하가 예약한 숙소가 있는 곳이었다. 차가 숙소에 가까워질수록, 은안의 상상력은 폭발하고 있었다.

'내 추리가 맞으면 맞다고 하면 되지, 왜 시간을 끄는 거지? 설마, 형부 일이 아니라 다른 걸 숨긴 건가?'

곧 재하가 모는 차가 숙소 앞에 멈춰 섰다. 그가 예약한 곳은 바다가 보이는 곳에 독채로 지어진 빌라였다. 재하가 차에서 내린 뒤 은안이 탄 조수석의 문을 열었다.

"들어가자."

다정한 그의 말투에도 불구하고, 은안은 샐쭉한 표정을 지으며 차에서 내렸다. 은안이 건물의 현관을 향해 앞서 걸어갔다. 울 타이밍이 아닌데, 자꾸만 코끝이 시큰해졌다. 잔디를 가로질러가던 은안은 문득 깨달았다. 저는 지금 호르몬의 노예고, 그에게 느끼는 조그마한 서운함이 호르몬이라는 기폭제로 인해 쓸데없이 몸집을 키웠다는 걸.

'대체 뭘 숨긴 거야.'

이제 무엇을 숨긴 건지는 궁금하지도 않았다. 그냥 지금의 이 모든 상황이 짜증 날 뿐이었다. 기분 좋은 태교 여행을 하고 싶었는데, 왠지 모르게 다 엉망이 된 것 같았다. 결국 은안은 걸음을 멈추고 우두커니 서서 뺨으로 흘러내린 눈물을 닦았다.

그때, 무언가 잘못됐다는 걸 감지한 재하가 은안에게로 달려왔다.

"당신, 울어?"

"흐윽, 그러게 왜 아까 숨긴 게 뭔지 바로 말 안 했어요!"

"미안해, 당신이 이렇게 속상해할 줄은 몰랐어."

서러워 보이는 은안의 얼굴에, 재하가 안절부절못하며 그녀를 살폈다. 작은 장난이었는데, 그녀가 이렇게까지 크게 반응할 줄은 몰랐다. 은안의 홍건한 눈물을 닦아준 재하가 급히 은안을 이끌었다.

"가자, 보여줄 게 있어."

오면서 여러 추측을 하고, 도착하자마자 울음을 터트리느라 진을 뺀 은안이 힘없이 그를 따랐다. 재하가 은안을 이끈 건 집 안이 아닌, 별채와 별채 사이의 구석 뒷길이었다.

코를 훌쩍이던 은안은 곧 제 앞에 펼쳐진 동화 같은 풍경에 입을 다물지 못했다. 그가 저를 이끈 곳은 지독히도 낭만적인 장소였다. 노을이 만들어낸 낭만적인 분홍빛의 하늘. 그에 어우러지는 무성한 잔디와 나무로 초록빛이 드리운 정원. 그리고 그 중앙에는 미리 세팅된 테이블과 촛불과 꽃들이 한데 어우러져 있었다.

많이 놀란듯한 은안의 표정에, 재하가 입을 열었다.

"원래, 깜짝 놀라게 해주고 싶었는데."

"대체 이게 다……."

"은안아, 나랑 평생 함께해줄래?"

인생의 처음이자 마지막, 너무 늦어버린 프러포즈였다.

"아니……."

갑작스러운 상황에 은안의 사고 회로가 완전히 멈춰버렸다.

덕분에 제 앞에 펼쳐진 상황을 이해하지 못한 은안이 말을 더듬자, 재하가 다시 입을 열었다.

"사실, 마음에 걸리는 게 하나 있었거든."

그의 부드러운 목소리가 은안의 귓가를 파고들었다. 은안이 그의 쪽으로 몸을 틀었다. 동시에 재하가 주머니에 넣어둔 반지 케이스를 꺼냈다.

"당신에 대한 내 마음을 안 순간부터, 늘 미안했어. 한 번뿐인 결혼인데 내가 너무 무심했던 거 같아서."

그의 시선이 은안의 손가락을 향했다.

남들과 달랐던 시작. 그래서 은안에게 모질게 대했던 나날들. 모든 걸 지울 수 있다면, 지우고만 싶었다.

"남들처럼 제대로 하고 싶었어. 평생 함께해달라고 허락 맡는 일."

이윽고 그가 반지 케이스를 열어 은안의 앞으로 내밀었다.

그의 말뜻을 이해한 은안의 눈에, 짜증의 눈물이 아닌 감동의 눈물이 들어찼다.

"나를 사랑해줘서 고마워. 그리고 내가 당신을 사랑할 때까지 기다려줘서 고마워."

보통의 프러포즈와는 달랐지만, 진심이 그득한 마음만큼은 세상 그 어떤 것보다 묵직했다.

"어쩌면 나도 모르게 당신을 서운하게 할 때도 있을 거고, 당신의 성에 다 차지 못하는 남편이 될 수도 있어. 그래도, 난 어느 순간에도 당신을 사랑할 거야. 그건 잊지 마."

어쩐지, 그의 마음의 무게가 고스란히 전해지는 것만 같았다.

"내가, 당신 옆에 있어도 될까? 평생."

그녀가 고개를 저을 일이 없다는 걸 알면서도 마음 한쪽이 떨렸다. 그를 반증하듯 반지 케이스를 낀 그의 손이 미세하게 떨리고 있었다.

"반지, 끼워줄래요?"

눈물이 번진 얼굴로 해사하게 웃은 은안이 손을 내밀었다.

그 모습에 비장하게 고개를 끄덕인 재하가 반지를 조심스럽게 케이스에서 빼내어 은안의 네 번째 손가락에 끼워주었다.

그가 저를 위해 이런 이벤트를 준비하고 있다는 것도 모르고, 혼자 북 치고 장구 치고 한 시간들이 머리를 스쳐갔다. 민망함에 얼굴이 살짝 불그스름해졌지만, 다행히 노을 덕분에 티가 나진 않았다. 제 손에 완벽히 들어맞는 반지를 지그시 보던 은안이 행복이 묻은 목소리로 말했다.

"그러니까, 이걸 사려고 거기 갔던 거예요?"

"응, 거기서 당신을 만나게 될 줄은 몰랐어."

제가 그때 그를 발견하지 않았다면 그가 마음을 졸이고 거짓말하는 일도 없었을 테고, 제가 엉뚱한 상상을 하는 일도 없었을 텐데. 이상하게 흘러가버린 타이밍에, 웃음이 새어 나왔다.

"당신은 서프라이즈하고는 인연이 없나 봐요."

"큼, 뭐 어때. 당신하고만 인연이면 됐지."

완벽한 성공이라고 하기에는 2% 부족한 청혼이 되어버린 걸 알기에, 재하가 목덜미를 더듬으며 말을 돌렸다.

그 모습에 피식, 하고 웃음을 터트린 은안의 눈에 그제야 그가 준비한 것들이 들어왔다. 정원 한가운데에 펼쳐진 작은 식당이라고 해야 할까, 파티장이라고 해야 할까. 난생처음 보는 어여쁜 광경이라, 무어라 표현을 해야 할지 감이 오지 않았다.

정원 중앙에 자리 잡은 기다란 흰색의 테이블. 그리고 그 주변과 테이블을 장식하고 있는 많은 꽃과 조명들. 그 위를 지붕처럼 감싸고 있는 바람에 펄럭이는 흰 천들.

은안은 찬찬히 발걸음을 옮겨 그가 준비한 이 동화 속 같은

426

공간을 열심히 살폈다.

"이걸 다 당신이 직접 준비했어요?"

재하가 고개를 끄덕였다.

세팅을 제 손으로 하지는 못했지만, 구상부터 배치까지 준비해주시는 분들께 소상히 설명해드렸다. 뭐, 이 정도면 제가 직접 준비했다고 해도 되지 않을까 생각한 그는 씨익 웃으며 은안의 곁으로 다가갔다. 그가 의자를 빼내어 앉으라고 눈짓하자, 은안이 의자에 착석했다.

이 공간에 있다는 것만으로도 은안의 입에서 자잘한 웃음이 계속해서 터져 나왔다. 이 세상에 이렇게까지 어떤 근심도 걱정도 없는 공간이 있을까. 미리 셰프를 섭외해둔 재하 덕분에 식사까지 마친 두 사람은 밤늦게까지 정원에서 둘만의 시간을 보냈다.

고요한 행복의 구름이 그들의 위를 지나가는 중이었다. 곧 태풍이 다가올 거라는 생각은 꿈에도 하지 못하고.

Chapter 14

폭풍이 오기 전

프랑스 샹젤리제 극장.

프랑스 공연을 막 끝낸 유라가 대기실로 들어섰다.

기다리고 있던 에이전시 직원이 그녀에게 다가왔다.

"고생하셨어요! 이제 마지막 공연만 남았네요!"

"그러게요, 오 실장님도 고생 많으셨어요."

피곤함을 숨기며 싱긋 웃은 유라가 고개를 까딱했다.

"하, 이제 한국 갈 일만 남았네요. 정말 기대가 됩니다."

"그러게요, 저도 얼른 가고 싶어요."

오 실장과 이런저런 이야기를 나누던 유라가 곧 대화를 정리했다.

"실장님. 호텔로 먼저 돌아가세요, 저는 여운을 좀 더 느끼다 가려고요."

"아, 그러시겠어요? 그럼, 먼저 가보겠습니다."

오 실장이 대기실을 벗어나고, 유라는 홀로 남았다.

얼굴에서 대외용 미소를 거둔 유라가 피로한 얼굴로 화장대 앞에 앉았다. 그녀는 대기실 안 수많은 꽃바구니와 화장대 위 편지에는 관심 없다는 듯 거울을 바라보았다. 무대 의상을 입고 짙은 메이크업을 한 제 얼굴을 쓰다듬은 유라가 픽, 웃음을 내뱉었다.

숨죽여 살아야 했던 3년, 무대가 얼마나 그리웠는지 모른다. 그리고 곧 돌아갈 한국도, 재하도. 지난날을 돌이켜보던 유라의 폐부에서 깊은 한숨이 흘렀다.

"하아."

그녀는 자신이 떠난 지 오래되지 않아 재하가 제약 회사 차녀와 결혼한다는 소식을 듣게 되었다. 그가 다른 여자와 식장에 들어가는 모습을 상상하자 마음이 타오를 듯 질투가 일었지만, 이내 괜찮아졌다. 재하가 정말 사랑하는 사람은 저뿐일 거라는 견고한 믿음 때문이었다.

재벌가에서는 사업을 위한 정략결혼을 하는 경우도 많았으니까. 재하도 그런 결혼을 한 거라고 생각했다. 하지만 확실한 확인을 위해 그의 주변에 심복을 심었다. 재하와 같은 흉부외과에서 일하는 인턴을 매수하는 건 어렵지 않았다. 제 아빠가 양심을 버리고 받았던 돈이, 생각보다 꽤 요긴하게 쓰인 순간이었다. 그리고 그의 결혼 초반, 제가 어렵게 심은 심복이 알려준 얘기에, 그녀의 가슴 한구석에서는 희망이 솔솔 피어났다.

─남 교수님, 아내분이랑 사이가 그렇게 좋으신 것 같지는 않습니다. 집에 잘 안 들어가시더라고요.

그때부터였다. 작은 희망의 씨앗이 어느새 큰 나무가 된 게.

'그래, 재하는 내가 다시 나타나면 날 선택할 거야.'

그 이후로 굳게 믿어왔다. 남재하라는 남자는 저 아닌 다른 여자를 사랑할 수 없다고. 어차피 지금 한 결혼도 애정 없는 정략결혼일 뿐이니, 제가 나타나면 모든 상황이 역전되리라 생각했다. 그런데, 얼마 전 들은 소식에 유라는 입을 다물 수 없었다.

─아이를 가지셨어요. 남 교수님 아내분이. 병원에 소문이 났어요.

그 이야기를 듣자마자 가슴이 찢어발겨지는 것만 같았다.

믿어 의심치 않았던 그의 마음이 이런 식으로 허무하게 바뀔 줄은 몰랐기에. 제가 아는 그는 다른 여자를 사랑할 수 없을 정도로 절 사랑했으니까. 비록, 저를 미워하는 일이 있대도 다른 여자를 사랑하는 일은 없을 거라 여겼다.

하지만 그것은 크나큰 착각이었다.

"하, 아이를 가졌다고."

유라가 한숨을 내뱉으며 읊조렸다.

"괜찮아, 어떻게 하든 그 여자만 떼어놓으면 돼."

아이 따위는 상관없었다. 그의 마음만, 제게로 다시 온다면.

자신만의 세계에 빠져버린 유라는 저만의 계획을 되새기며 비릿한 웃음을 머금었다. 곧 그녀가 휴대폰을 들어 어디론가 문자를 보내고 만족스러운 듯 머리를 쓸어 넘겼다.

그녀의 비틀어진 마음은, 이미 다시 되돌릴 수 없을 정도로 어그러져 있었다.

　분당의 H 백화점.

　은안과 재하는 주말을 맞이해 진태에게 들러 점심을 함께 먹은 뒤 백화점에 들렀다. 밥 먹은 걸 소화시키자는 의도였는데, 어쩌다 보니 어느새 재하의 손에 여러 개의 쇼핑백이 들려 있었다.

　아이를 가진 초반, 주로 장난감이나 육아용품을 신나게 사던 재하는 아이의 성별이 아들로 확실해지자 쇼핑의 영역을 늘려가며 더욱더 폭주했다. 마음으로는 자제해야지, 생각하면서도 그게 쉽게 되지 않았다. 그리고 은안은 그런 그를 늘 채근했다.

　"이미 찰떡이 방에 옷이랑 신발이랑 장난감이 한가득인데."

　다시 분가를 하기 위해 집을 알아보던 중, 은안이 아이가 어느 정도 클 때까지는 성북동 집에 있는 게 좋을 거 같다는 말을 했고 재하는 매물을 찾는 것을 멈췄다. 대신 그날부터 아이의 방을 열심히 꾸미기 시작했다.

　"살면서 쇼핑을 이렇게 많이 한 건 처음인 거 같긴 해."

　은안의 말에 진지한 얼굴로 눈썹을 모은 재하가 말했다.

　제 물건에 한해서는 그리 물욕이 있는 편이 아니었는데, 아이의 물건에 있어서는 그렇지 않았다. 전에 없던 물욕이 마구

솟았다.

"이러다 당신 통장 거덜 나겠어요."

"걱정 마, 당신 남편 그 정도로 못 벌진 않으니까."

"어휴. 정말."

말이나 못 하면 밉지나 않지.

은안이 입술을 삐죽이자 재하가 사랑스러워 죽겠다는 표정으로 그녀의 귓가에 입술을 가져다 댔다.

"당신, 그렇게 입 삐죽일 때마다 키스하고 싶은 거 알아?"

탁 트인 곳에서 들리는 은근한 귓속말에, 은안의 얼굴이 확 붉어졌다.

"빠, 빨리 가요. 옷이든 장난감이든 사게!"

틈만 나면 들어오는 그의 능청에, 은안이 급히 손깍지를 빼고 배를 부여잡고 빠르게 걸음을 내디뎠다.

"같이 가, 여보!"

그가 그런 은안이 귀엽다는 듯 한껏 웃음을 머금으며 은안의 뒤를 따라갔다. 그렇게 투닥이며 아동 의류 매장에 들른 두 사람은 옷을 구경했다.

"이 옷도 예뻐요."

방에 아이의 옷과 장난감이 한가득이라며 그를 채근한 것과 다르게.

"이것도!"

은안은 예쁘고 귀여운 아이들의 옷에서 눈을 떼지 못했다.

"어머, 이건 꼭 사야 할 것 같아요!"

"그래 당신이 마음에 들면 다 사."

그 모습을 지켜보던 재하가 은은한 미소를 띠며 고개를 끄덕였다. 다양한 옷의 종류와 디자인에 은안은 매장을 이리저리 더 둘러보았다. 그리고 계산대 앞에 섰다.

"아, 너무 많은가? 좀 뺄까요?"

폭풍 쇼핑을 한 은안이 산처럼 쌓인 옷에 뒤통수를 긁적였지만, 재하는 개의치 않아 하며 곧바로 카드를 내밀었다.

"여기 계산이요."

며칠 치 매출을 채운 점원이 입꼬리를 씰룩이며 계산을 하고 포장을 했다. 옷이 많아 포장이 한참 걸리는 것을 보던 은안과 재하가 고민했다. 아들을 패션모델로 키워야 하나 하고.

쇼핑을 마친 은안과 재하가 백화점의 맨 위층 식당가의 카페로 올라가 잠시 휴식을 취했다.

오늘따라 목이 타 중간중간 물을 많이 마신 은안이 자리에 앉은 지 얼마 되지 않아 화장실을 가겠다며 자리를 떴다.

"아, 나 잠시 화장실 좀 다녀올게요."

"같이 갈까?"

"곧 음료 나올 텐데, 혼자 갈 수 있어요."

늘 저를 과보호하려는 그의 모습에, 은안이 고개를 저으며 괜찮다는 손짓을 했다.

하지만 화장실 앞에 다다른 은안은 앞에 크게 쓰어 있는 안내를 보고 발길을 돌려야 했다.

공사 중입니다. 아래층 화장실을 이용해주세요.

은안이 아래층으로 내려가기 위해 에스컬레이터로 향했다.

참 이상하게 그런 날, 그런 순간이 있었다. 이상하게 신경이 곤두서고 마치 꼭 무슨 일이라도 날 것 같은 근거 없는 불안이 희미한 연기처럼 피어오르는 그런.

"이상하네."

갑자기 찾아온 불청객 같은 기분에, 은안이 심장 부근을 조심스레 문질렀다. 그때, 뒤쪽에서 소란스러운 구두 굽 소리가 들려왔다.

타탁, 타다닥.

몸이 무거운 은안은 뒤를 돌아보려다 말았다. 급한 발소리가 점점 가까워졌지만, 그 소리가 저를 지나쳐 멀어질 것이라 예상했기 때문이었다.

하지만 뜻밖에도 조금 전의 막연히 불안했던 기분은 점점 현실이 되어 다가오는 중이었다.

"어, 어!"

여자의 혼란스러운 외마디 비명에 은안이 본능적으로 고개를 꺾었다. 뒤로 돈 순간, 은안의 눈에 높은 하이힐을 신은 여자가 들어왔다. 위태로운 상황이었지만, 여자는 중심을 잡을 생각이 없어 보였다. 마치 꼭 이곳에서 넘어지기로 한 사람처럼.

하지만 급박한 상황에 놓인 은안은 그 사실을 눈치채지 못했다. 너무 다급한 상황이 오면 오히려 옴짝달싹할 수 없다는 얘기를 어디선가 들은 적이 있었다. 피해야 하는데. 옆으로 비켜나야 하는데. 이 생각이 머릿속을 맴돌았지만, 온몸이 굳고 말았다.

그때, 중심을 잃고 은안 위로 넘어지려던 여자가 제자리를 찾았다. 그 여자 뒤에 있던 사람의 손이 흔들리던 여자의 어깨를 꽉 잡은 덕분이었다.

"아이고, 괜찮으세요?"

"아, 네, 네."

위에서 넘어지려던 여자가 균형을 잡자 슬로 모션으로 움직이던 은안의 세상이, 다시 제 속도로 돌아왔다.

"가, 감사합니다."

어딘가 매우 당황스러워 보이는 여자가 재빠르게 은안을 지나쳐갔다.

"괜찮아?"

그리고 여자가 사라지자, 뒤에서 그녀를 붙잡아준 사람의 모습이 보였다.

"엄……마?"

은안이 놀란 듯 눈을 번뜩 떴다.

뒤에서 여자를 잡아준 사람은 제 엄마 유진이었다.

은안은 우연히 만난 유진과 함께 재하가 있는 카페로 다시 돌아왔다. 유진과 함께 들어온 은안을 보며 재하는 놀란 듯 눈썹을 들썩였다.

"어떻게 같이?"

"아, 에스컬레이터에서 우연히 만났는데, 은안이가 넘어질 뻔해서요. 혼자 보낼 수가 없더라고요."

조금 전 놀랐던 것 때문인지 아직 멍한 은안 대신 유진이 대답했다. 아직 재하와 어색한 유진은 그에게 존댓말을 썼다.

"당신, 괜찮아? 화장실 가는데 왜 에스컬레이터를……!"

유진의 얘기를 들은 재하가 놀란 눈으로 은안을 구석구석 살폈다.

"여기 층 화장실이 공사 중이더라구요. 재하 씨, 나 괜찮아요."

이내 정신을 차린 은안이 차분한 음성으로 말했다.

"하."

제가 여기서 더 큰 반응을 보이면 은안이 더 놀랄 것 같아 재하는 애써 표정을 갈무리했다.

"장모님은 여기 어쩐 일이십니까?"

"아, 잠시 살 게 있어서 나왔는데 다시 들어가보려고요."

은안과 유진이 만난 뒤, 재하는 그녀를 꼬박꼬박 장모님이라 불렀다. 유진은 아직 어색해서 '남 서방'이라는 호칭을 입에 담지 못했지만.

"바쁘신 일 없으시면, 같이 차 한잔하실래요?"

재하의 제의에 유진이 놀란 듯 눈을 끔뻑였다. 그리고 은안의 반응을 살폈다. 이 상황을 어색해하는 건 비단 유진뿐이 아니었다.

"당신은 괜찮아? 어머님이랑 차 같이 마시는 거."

은안도 마찬가지였다.

미워하던 마음을 놓아주는 것과 친근한 마음을 가지는 건 엄연히 다른 영역이었다. 전자는 성공했지만, 후자를 실행하기엔 두 사람의 세월의 골이 깊었다. 그런 둘의 관계를 알기에, 재하는 가려던 유진을 붙잡은 것이었다.

"……그럴까요?"

다행히 은안과 유진은 재하의 제의를 받아 들였다.

"커피 괜찮으시죠?"

유진이 고개를 끄덕이자 재하가 카운터로 향했다. 재하가 사라지자 어색한 공기가 한층 더 강해졌다. 유진이 그 공기를 뚫고 겨우 먼저 말을 꺼냈다.

"앉을까?"

고개를 끄덕인 은안이 자리에 조심스레 앉자, 유진도 뒤따라 맞은편 자리에 앉았다.

은안이 재하 쪽을 곁눈질했다. 주문 줄이 길어 그가 자리로 돌아오려면 시간이 좀 걸릴 것 같았다. 재회 이후로 종종 엄마를 만나기는 했지만, 막상 이렇게 둘만 있으니 무슨 얘기를 해야 할지 막막했다.

어색한 침묵이 테이블을 가득 채우고, 이번에도 유진이 먼저 운을 뗐다.

"어…… 그러니까. 몸은 좀 괜찮니?"

"네, 이제 안정기라 지낼 만해요."

"먹고 싶은 건 없고?"

"네, 이제는 뭐 입덧도 끝났으니까……"

은안이 저도 모르게 눈을 내리깔았다. 은안의 대답 이후로, 다시 대화가 끊겼다. 보통의 엄마와 딸은 이럴 때 어떤 대화를 할까, 은안은 머리를 굴려보았다. 하지만, 딱히 생각나는 말이 없었다. 엄마와의 대화는 마치 큐브를 이리저리 돌려 같은 색을 만들어내는 것과 같았다. 그러니까, 한마디로 어려웠다.

결국 다시 입을 연 건 유진이었다.

"입덧 끝나도, 먹고 싶은 거 있으면 말해. ……엄마가, 해줄 게 그런 거밖에 없네."

제 엄마의 아릿한 미소에 굳어 있던 은안이 천천히 고개를 끄덕였다. 그제야 유진은 안도하는 표정을 지었다.

"그리고 은안아. 저기…… 조심해."

조금 전, 넘어질 뻔한 상황에 대한 얘기라고 생각한 은안이 고개를 끄덕였다. 그런데 유진이 뒷말을 덧붙였다.

"그게……"

'중심을 잡을 수 있는 상황이었는데, 꼭 일부러 넘어지려는 사람 같았어.'

"왜 그러세요?"

"아, 아니야."

유진은 그 여자의 이상한 점을 은안에게 말하려다 멈칫했다.

'그냥, 진짜 균형 감각이 없었던 걸지도.'

확실치 않은 얘기로 괜한 걱정과 불안만 심어주는 건 아닌가 해서였다. 어쩌면 제가 잘못 본 걸지도 모르고.

그때, 마침 주문을 마친 재하가 테이블로 돌아왔다.

"나오는 데는 시간이 좀 걸린다고 하네요."

유진은 괜히 차오르는 노파심을 잠재웠다.

늘하 추모 공원.

프랑스 공연을 마치고 마지막 공연을 위해 한국으로 돌아온 유라가 가장 먼저 찾은 곳은 경기도의 한 추모공원. 미국에서 돌아가신 직후, 아빠의 유골은 한국의 납골당에 안치했다.

일정보다도 빠르게 극비리에 입국한 유라는 제 아빠를 찾아왔다.

"아빠가 죽고 나서야, 지긋지긋한 미국에서 벗어날 수 있었어."

혼잣말을 읊조리는 표정에는 비정함이 감돌았다.

"그깟 돈, 받지 말지 그랬어. 재하랑 계속 만나고 결혼까지

했으면, 그깟 돈은 아무것도 아니었을 텐데……."

아빠에겐 재하를 소개한 적이 없었다. 그에게 경비 일을 하는 제 아빠를 보여주기 싫어서였다. 제가 어떤 사람을 만나는지도 모른 채 아빠는 검은돈을 받아버렸다.

순간, 아빠가 받은 그 돈 때문에 한국을 떠나야 했던 과거가 주마등처럼 스쳐 지나갔다. 가난하게 음악을 하면서 힘들었던 저를 생각해 돈을 받은 아빠를 이해했다. 하지만 저를 생각했던 행동은 결국 저를 더 큰 수렁에 빠트렸다. 그 일 때문에 저는 재하를 떠나야 했으니까.

그렇지만 이제 그런 기억들은 고이 접어버리기로 했다. 어쨌든, 지금 이 순간 제가 한국 땅을 밟고 있다는 게 중요했다. 괜찮다는 자기 위로에도 씁쓸한 표정을 쉬이 지우지 못한 유라가 입술을 살짝 짓씹던 그때.

누군가가 그녀를 불렀다.

"……하유라?"

여린 입술을 놓아주는 동시에 고개를 돌린 유라가 뜻밖의 인물에 놀란 듯 눈을 치켜떴다.

"……주민혁?"

저를 부른 건, 민혁이었다.

잠시 후, 건물 밖으로 나온 두 사람이 벤치에 앉았다.

민혁과 재하 그리고 유라, 세 사람은 학창 시절을 함께 보낸 친구였다. 그렇기에 민혁이 이곳에서 유라를 바로 알아보는 것도 무리는 아니었다.

어색한 기운이 감도는 가운데, 민혁이 입을 열었다.

"미안해. 들으려고 한 건 아닌데, 들어버렸어. 너네 아버지랑 돈? 네가 사라진 거랑 관련 있는 거지?"

민혁의 질문에, 유라는 제 사정을 말하고 그에게 재하와 저를 다시 밀어달라는 식으로 말하는 것도 나쁘지 않겠다는 생각이 들었다.

그렇게 지난날의 얘기를 시작했다. 민혁이 은안과 친하다는 것도, 이제 막 잘 살기 시작한 두 사람을 가장 응원하는 사람이 민혁이라는 것도 모른 채.

"있잖아, 사실 우리 집 많이 가난했어."

"……."

"재하는 내가 평범한 줄 알았을 거야. 티를 안 내려고 노력했거든."

세상을 보는 눈을 넓혔으면 좋겠다는 현식의 의견으로, 재하는 여타 재벌들과 달리 평범한 교육을 받았다. 거기에 악기를 하나쯤은 다룰 수 있어야 한다는 현식의 제안으로 다니기 시작한 학교 근처의 피아노 학원에서 재하와 유라는 처음 만났다.

그녀는 동네 피아노 학원도 사치였던 제 형편을 재하에게 들키지 않기 위해 부단히도 애를 썼다. 그녀는 가난이 추하다고 생각했고, 추한 걸 보여주고 싶지 않은 건 인간의 본능이라며 제 행동을 애써 합리화했다. 그리고 모두의 앞에서 평범함을 연기했다.

그렇게 제 모습을 감추던 유라는 타고난 재능에 피나는 노력을 더해 유명한 피아니스트가 되려고 애썼다. 그렇게만 된다면 지긋지긋한 현실에서 벗어날 수도 있었고, 가난이라는 제 치부를 없던 일로 만들 수도 있었다.

하지만, 운명은 얄궂었다.

3년 전, 유영고등학교에서 경비로 일하던 유라의 아빠는 그곳의 입시 비리를 우연히 알게 됐다. 중요한 증인이 된 상황에서 경찰 조사가 들어가기 직전, 그녀의 아빠에게 재단 이사장의 검은손이 뻗쳤다. 결국 유라의 아빠는 비밀을 지키는 값으로 돈을 받았다.

"아빠도 돈을 받을 때까지는 몰랐대. 돈을 받은 대가로 한국을 잠시 떠나 있어야 한다는 걸."

돈을 받고 입만 다물면 될 줄 알았던 것과는 달리, 이사장 측에서는 그에게 가족과 함께 한국을 떠나 있기를 권유했다. 사실 권유보다는 강요에 가까웠다. 한국을 떠나는 게 대가라면 돈을 다시 돌려주겠다던 유라의 아빠는 역으로 협박을 받았다.

이제 막 뜨기 시작한 피아니스트였던 유라의 인생을 망치겠다는, 그런 치졸한 협박을.

선택지가 없어진 유라의 아빠는 결국 무릎을 꿇으며 미국으로 떠나겠다고 했다. 하지만 차마 딸에게 뇌물을 받았다는 사실을 말할 수 없던 유라 아빠는 본의 아니게 이 일을 끝까지 함구했다.

결국 유라의 아빠는 제가 일하는 곳에서 포상으로 여행을 보내준다는 교묘한 거짓말로 그녀를 데리고 미국으로 향했다.

유라는 미국으로 가서야 한국으로 돌아갈 수 없다는 사실을 알게 됐다. 그리고 그 안에 얽힌 사정을 알게 된 유라는 처음에는 절망했고, 그다음에는 억울해했다. 제 아빠가 제게 말하지 않고 돈을 받은 사실도, 그걸로 인해 협박을 받고 미국으로 와야 했던 것도. 그리고 그것 때문에 재하를 떠나야 했던 것도.

유영재단 측에서는 이 일이 잠잠해질 때까지 한국으로 들어오지 말라고 했지만 세상이 잠잠해졌음에도 불구하고, 한국으로 들어오라는 얘기를 선뜻 꺼내지 않았다. 말이 잠깐이지 평생을 한국에 들어오지 못하게 할 기세였다.

그렇게 어영부영 3년이란 세월이 흘렀다.

그리고 얼마 전 그녀의 아빠가 교통사고로 세상을 등진 뒤, 유라는 유영재단 쪽의 사람을 만났다. 아빠의 유품을 정리하면서 발견한 증거 때문이었다. 비리에 얽힌 선생이 시험지를 바꿔치기하는 모습이 담긴 CCTV 영상.

제 아빠가 말하기로는, 이 장면을 목격한 것을 들켜 입막음을 당했고, 당시 일을 벌인 사람들은 일부러 CCTV를 고장 냈었다고 했다. 하지만 제 아빠가 몰래 CCTV의 영상을 복원했다는 걸 유라도 유영재단 측도 까맣게 모르고 있있다. 아마 혹시나 올지 모르는 위협의 상황에 대비한 마지막 무기인 듯했다.

실질적으로 영상을 유포하는 건 유라에게 이득이 되지 않았다. 그저 유영재단이 타격을 입을 뿐. 그렇다고 아무런 대가 없이 정의롭게 영상을 풀 만큼의 여유도 없었다. 그래서 그녀는 아빠가 남기고 간 영상을 협상의 카드로 쓰기로 마음먹었다. 유영재단 측에 영상의 존재를 알리고, 한국으로 가게 해주지 않으면 이 영상을 유포하겠다고 했다.

결국 유라는 협상에 성공했고, 그 영상을 넘기는 조건으로 한국으로 돌아올 수 있었다.

과거를 떠올린 유라의 눈망울에서 분노와 억울함이 일렁였다. 모든 일이 마무리되고 아무렇지 않은 척하며 그에게로 오면 예전으로 돌아갈 수 있을 거라고 생각했다.

누가 들으면 말도 안 되는 소리라고 하겠지만, 유라는 믿었다. 재하가 저를 받아줄 것이라고. 왜냐면 그는 그런 미친 믿음을 갖게 할 만큼 저를 사랑했었으니까. 아니, 그렇다고 믿었으니까.

믿음은 여전했다. 하지만 한 가지 거슬리는 게 있었다.

재하의 아내.

아이까지 가졌으니, 일이 꽤 복잡하게 되어버렸다는 생각에 유라가 저도 모르게 한숨을 내뱉었다. 그런 그녀를 보던 민혁

444

이 조심스레 입을 열었다.

"재하 앞에 다시 나타날 건 아니지?"

잠시 뜸을 들이던 그녀가 입을 열었다. 까만 속내를 감추고 동정심을 불러일으킬 만한 눈빛으로.

"그러면 안 되는 거니? 친구로서도 나타나면 안 되는 걸까? 민혁아, 네가 말 좀 잘해줘."

유라의 물음에, 민혁의 얼굴이 빳빳이 굳었다. 그녀의 눈빛과 기억은 3년 전에 머물러 있는 듯했다.

사정은 안타까웠지만, 은안과 재하 사이에 유라가 끼어들 자리는 없었다. 왠지 모르게 불안한 기분이 든 민혁이 충고를 건넸다.

"유라야, 재하 이제 겨우 삶의 궤도를 찾았어."

"……."

"나타나지 마. 너도 새로운 인생 살아. 그게 맞아."

지금은 유라에게 이 말이 모질게 들릴지 몰라도, 결국엔 도움이 되는 충고일 거라 여겼다. 지나간 인연을 붙잡는 건 모두에게 힘든 일이 될 테니까.

유라의 입가에 언뜻 쓴웃음이 스쳐갔다.

민혁이 제 뜻대로 반응하지 않자, 부아가 치밀었다. 그렇게 재하를 되찾고 말겠다는 오기는 한층 더 강해졌다.

'아니, 어떻게든 찾을 거야. 내가 잃어버린 것들 모두.'

민혁의 충고는 충고일 뿐, 그녀는 그것을 받아 들일 의지가 조금도 없었다.

다음 날, 성은병원 흉부외과 외래 진료실.

"교수님, 마지막 환자입니다."

간호사의 알림에 재하가 고개를 끄덕였고, 곧이어 환자가 진료실로 들어왔다.

또각또각.

컴퓨터 화면에 시선을 고정했던 재하는 선명한 구두 굽 소리에 고개를 돌렸고.

"오랜만이야."

절대 보고 싶지 않던 얼굴을 마주하고 말았다.

"재하야."

예상치 못한 유라의 등장에, 순간 재하의 숨이 턱 막혔다.

3년 전에 저를 버리고 떠났던 여자가, 지금 제 앞에 있었다.

그 사실을 깨닫자, 곧 그의 얼굴이 분노 어린 표정으로 달아올랐다.

잠시 할 말을 잃은 재하가 첨예한 시선으로 유라를 바라보았다. 지난번 자옥이 보여준 잡지를 보고 곧 한국에 들어온다는 건 알고 있었지만, 일말의 양심이 있다면 저를 찾아오지 못할 거라고 생각했는데, 기어이 자신의 앞에 나타나고야 만 것이었다.

처음 보는 그의 싸늘한 표정에, 유라가 얼어붙었다.

어느 정도 예상은 했지만, 상상보다도 더 시렸다.

"재하야⋯⋯. 오랜만이야."

"내 외래 시간, 아무 증상도 없는 사람한테 할애하는 시간 아니야."

겨울바람보다 시린 그의 목소리에 순식간에 그녀의 눈에 눈물이 가득 찼다.

"재하야, 나도 알아. 내가 너한테 못 할 짓 한 거."

그녀가 제 손에 걸쳐져 있던 클러치 백을 꼭 쥐며 어렵게 말을 이어나갔다.

"근데, 한 번만. 한 번만 내 얘기 좀 들어줘. 응?"

"아니. 들을 얘기도, 할 얘기도 없어."

"⋯⋯."

"먼저 떠난 건 너였어. 그 사정이라는 거, 얘기하려면 떠나기 전에 했어야지."

"내가 미운 거 알아. 그래도!"

"결혼했어, 나."

유라의 호소에 재하가 비소를 머금으며 말을 끊었다.

"물론, 결혼하지 않았다고 해도 널 다시 받아주는 일은 없겠지만."

그는 참 매몰찼다. 한때 열렬하게 사랑했다는 사람이 앞에 있다는 사실이 믿기지 않을 정도로.

"넌, 날 사랑한 게 아니야. 그랬다면, 그렇게 상처 주지도 않았겠지."

유라의 사랑이, 사랑이 아님을 알게 된 것은 은안 덕분이었다. 오로지 저를 향한 은안의 눈빛, 행동, 말투에 그는 사랑이라는 걸 다시 정의할 수 있었다. 사랑이라는 건, 어떤 상황에서도 저 자신도 내어줄 수 있을 만큼 상대를 위하는 것이다.

은안이 3년간 제게 준 그 마음이 사랑이었다. 어떤 이유든 저를 버리고 떠난 하유라는 자신을 사랑한 게 아니었다. 치고 들어갈 틈 없는 그의 태도에, 유라가 미세하게 온몸을 떨었다.

"내가 너한테 쓸 수 있는 시간은 여기까지야."

"제발, 한 번만……."

유라가 끊어질 것 같은 목소리로 읊조리자, 그는 더욱더 단호하게 말했다.

"환자분, 따로 해드릴 처방은 없으니까 다신 오지 않으셔도 됩니다."

3년 만의 재회. 유라가 내내 꿈꿨던 장면과는 너무나 달랐다. 그가 저를 미워한다는 현실이 그녀의 피부로 와닿았다.

허탈하게 진료실에서 나온 유라는 로비까지 비척비척 걸음을 옮겼다. 그리고 벤치에 쓰러지듯 앉아 아주 굵은 눈물을 후드득후드득 흘렸다.

"허윽."

겉으로는 울고 있었지만, 유라의 마음속에는 억울함과 분통함이 더 크게 자리 잡혀 있었다. 그리고 그녀가 느끼는 갖가지 감정들은 삭여지지 못하고 괴이하게 섞여 증오심으로 변했다.

그 여자만 없었어도. 아니, 결혼만 하지 않았어도 재하가 저를 그렇게까지 미워했을까, 다 잊을 수 있었을까, 그런 생각들이 차올랐다. 결국 분노의 화살이 향한 곳은 은안. 양심이 증발해버린 유라의 눈에는 은안이 그저 눈엣가시로 여겨질 뿐이었다.

"끼어들질 말았어야지."

도리어 제가 불청객이라는 걸 인정하지 못한 그녀는, 은안을 향해 날카로운 감정을 겨누기 시작했다.

오전 외래를 끝내고 교수실로 돌아온 재하가 어디론가 전화를 걸었다.

"여보세요? 최 변호사님."

[예, 교수님.]

"부탁드린 후견인 관련 자료 언제쯤 받아볼 수 있을까요?"

짐짓 심각한 얼굴을 한 그가 책상을 탁탁 내리치며 물었다.

[곧 보내드리겠습니다. 제가 급한 재판이 생겨서.]

"그럼, 기다리고 있겠습니다."

수화기 너머의 답을 듣고서야, 그의 얼굴 근육이 조금이나마 풀어졌다. 전화를 끊은 동시에, 문밖에서 노크 소리가 들려왔다.

"들어오세요."

들어오라는 소리에 문이 열리고 고개를 빼꼼 내민 사람은 은안이었다.

"재하 씨."

빵긋 웃은 은안이 그를 불렀다.

"당신이 웬일이야?"

기별 없이 병원으로 온 은안을 본 재하가 놀라움과 반가움이 번진 얼굴로 문 앞으로 달려나갔다.

"점심이나 같이 먹을까 하구요."

얼마 전 회사에 출산 휴가를 신청한 은안은 자유로운 시간을 만끽했다. 그리고 가끔 이렇게 예고 없이 그를 찾아오고는 했다.

"전화하고 오지 그랬어."

그가 은안의 등을 감싸며 조심히 걸을 수 있게 부축했다.

"그냥요. 오늘따라 몰래 오고 싶었어요."

은안의 웃는 얼굴과 부드러운 목소리에, 재하는 마치 고효능의 영양제라도 먹은 것처럼 몸이 가뿐해지는 걸 느꼈다. 정신없던 와중에 나타난 그녀가 마치 한 줄기의 빛처럼 느껴졌다.

"그래, 가자 밥 먹으러."

어느새 가운을 벗은 재하가 은안의 옆에 바짝 붙어 손을 포갰다. 교수실을 나서던 두 사람은 아주 소소한 대화를 나누며 로비 쪽으로 발걸음을 옮겼다. 평일이나 주말이나 늘 북적이는 외래동의 로비를 지나던 그들은 잠시 발걸음을 멈췄다. 푸

룻푸릇해 보이는 얼굴로 파이팅 있게 인사하는 인턴 때문이었다.

"교수님! 안녕하십니까!"

"어, 그래. 한선아."

"교수님! 여쭤볼게 있는데, 늘 바빠서서!"

노트를 든 초롱초롱한 인턴의 눈빛에, 재하가 잠시 고개를 돌려 은안에게 양해를 구했다.

"잠깐 봐줘도 괜찮지?"

"네, 천천히 봐줘요."

은안의 허락에 재하가 다시 인턴에게로 눈을 돌린 사이, 심심해진 은안은 로비를 쓱 훑었다. 누군가를 발견한 은안의 잇새에서 시끌시끌한 로비에서 들리지 않을 낮은 탄식이 새어나왔다.

"아."

웃기게도, 단 한 번도 실제로 마주쳐본 적 없는 사람이지만 알아볼 수 있었다.

사진으로만 봤던 그 여자, 하유라.

저 멀리 로비 벤치에 앉아 있는 그녀의 모습에 은안의 동공이 탁해졌다. 그녀는 고개를 슬쩍 내렸다. 동시에 깊은 상념에 빠져버린 은안이 재하와 맞잡지 않은 쪽의 손으로 주먹을 쥐었다.

저 여자가 어떻게 여길 온 거지. 재하 씨를 만나러 온 건가. 아니, 이미 재하 씨를 만난 걸까.

잠시 잊고 있었던 그녀의 존재가 예고 없이 수면 위로 드러나자 심장이 쿵쿵 뛰었다.

'벌써 세계 투어가 끝난 건가.'

은안이 눈매를 살짝 찡그리며 생각에 잠겼다.

유라가 한국에 들어왔다는 기사는 본 적이 없었는데, 왜 저 여자가 이곳에 있는 것일까. 그때, 깊은 생각에 빠져 먹먹해졌던 소음을 뚫고 그의 목소리가 닿았다.

"은안아."

"……."

"은안아?"

"아."

허공을 응시하던 은안이 고개를 들었다.

재하에게 인사를 하던 인턴은 어느새 사라지고 없었다.

"무슨 생각을 그렇게 해?"

"아, 아무것도 아니에요."

은안은 소란스러워진 마음을 애써 진정시켰다.

그래, 아플 수도 있는 거잖아. 아니면 가족을 만나러 왔다든가. 게다가 그렇게 떠나놓고 그의 앞에 나타나겠어? 라는 마음도 조금은 들었다.

병원은 누구나 올 수 있는 공간이고, 그가 이렇게 아무렇지 않은 걸 봐서는 아직 그녀를 만나지 못한 것 같았으니까. 설사 만났다 하더라도, 재하가 제게 그 사실을 말하지 않을 이유가 없었다.

'신경 쓰지 말자. 그럴 필요 없어.'

저는 그가 제게 주는 사랑을 기억하며, 그를 믿으면 될 뿐이다. 은안이 그를 살짝 잡아당기며 재촉했다.

"갈까요? 이러다 밥 먹을 시간 부족하겠어요."

"응, 얼른 가자."

불안함을 애써 지워 버린 은안이 그와 함께 병원을 나섰다.

병원에서 호텔로 돌아온 유라는 분을 참지 못하고 방 안의 물건을 죄다 던지기 시작했다. 한참을 둔탁한 소리와 날카로운 파열음이 방 안을 채우고.

"하아, 하아."

그제야 조금 분이 풀린 듯한 유라가 침대에 털썩 주저앉았다.

"말도 안 돼."

로비에서 유라를 본 건 은안뿐만이 아니었다. 어딜 가나 눈에 띄는 재하 덕분에, 그를 마주하고 충격에 휩싸여 한참을 로비 벤치에 앉아 있던 유라도 멀리서 두 사람을 봤다.

병원에서 봤던 장면을 떠올리던 유라가 어금니를 세게 물었다. 은안과 재하의 다정한 모습이 뇌리를 떠나지 않았기에.

반대로 제게 티끌만 한 감정도 남아 있지 않은 듯한 그의 태도 또한 연속해서 떠올랐다.

"왜, 왜 이렇게 된 거냐고!"

저를 보는 그의 눈빛에서는 분노조차 느껴지지 않았다. 좋은 것이든, 나쁜 것이든 감정이 있어야 어떤 불씨라도 만들어 볼 텐데. 지금의 그는 아주 차가운 물에 젖어버린 장작이나 다름없었다. 유라가 눈을 찔끔 감으며 한숨을 토했다.

"하."

내 세상만 무너지면 안 되지. 그럴 수는 없는 거잖아.

"그 여자가 사라지면, 나한테 돌아오겠지."

어느새 표독스러운 표정을 한 유라가 차갑게 웃으며 읊조렸다.

한편, 식사를 마친 은안과 재하는 식당을 나서 병원 앞 택시 승강장으로 향했다. 재하는 은안을 직접 태워다 주고 싶었지만, 오후 외래 시간이 빡빡하게 잡혀 있어 그럴 수 없었다.

초여름에 가까운 날씨에 강한 햇빛이 두 사람을 향했다. 은안은 눈이 부신 건지 인상을 살포시 찡그렸다. 그걸 알아챈 재하가 한쪽 손으로 은안의 얼굴에 그늘을 만들어주었다.

"눈부시지?"

"뭐예요, 팔 아프게."

제 얼굴 위로 올라온 그의 손을 본 은안이 팔을 내리라는 듯 말했다.

"당신, 더우면 안 되는데."

"아직은 괜찮아요. 햇빛만 좀 따갑지 공기는 시원하니까."

"그래도."

"됐어요. 이제 금방인데 뭐."

결국 은안이 그의 손을 잡아 끌어내렸다.

"병원 근처인데, 또 팔불출이라고 소문나면 어떡해요."

"이미 한 번 나서 괜찮아."

태연하게 대답한 그가 다시 은안에게 그늘을 만들어주었다. 결국 은안이 졌다는 듯 그가 내어준 호의를 순순히 받아 들였다.

잠시 후, 택시 승강장에 거의 다다른 재하가 무언가 생각났다는 듯 입을 열었다.

"참, 주말에 가고 싶은 곳이 있는데 시간 돼?"

"어딘데요?"

"아버지 작업실."

"작업실이요?"

생전 현식이 작업하던 스튜디오가 남양주에 있다는 걸 은안도 들은 적이 있었다.

"응. 한번 가보고 싶어서. 당신이랑."

3년간의 결혼 생활 내내 그가 그곳에 방문하는 것을 한 번도 본 적이 없었다. 그런데 갑자기 가겠다니, 무슨 바람이 분 걸까. 그의 속마음에 대한 궁금증이 바짝 고개를 들어 올렸다. 하지만 쉬이 입이 떨어지지 않았고, 은안은 그 상태로 택시 승강장에 도착했다. 은안을 뒷좌석에 태우고, 문을 잡아준 재하가 허리를 굽혀 그녀와 눈을 맞췄다.

"집에서 봐, 여보."

부드럽게 웃는 그의 미소에, 은안이 약간은 수줍은 표정으로 고개를 끄덕였다. 그가 대놓고 싱그럽게 웃으며 '여보'라고 부를 때는 머릿속의 모든 생각이 지워지고는 했다. 그렇게 은안은 유라로 인해 생긴 근심도, 왜 현식의 작업실을 가려는 건지에 대한 궁금증도 잠시 잊어버리고 말았다.

G 호텔 로비 카페, 묵고 있는 호텔 로비의 카페 구석 자리에 유라가 앉아 있었다. 맞은편에 수상한 사람을 두고.

"여기 있습니다."

왠지 모르게 어두운 기운을 풍기는 남자가 유라의 앞으로 노란 봉투를 내밀었다. 그녀는 기다란 손가락으로 서류 봉투를 쓱 낚아채 열었다. 종이에 빼곡히 적힌 정보들을 슥 훑은 유라가 만족스럽다는 듯 고개를 끄덕였다.

"시간이 단축된 만큼, 자료가 깊은 만큼 돈은 더 주셔야겠는데요."

"30%."

여전히 서류에 눈을 고정한 유라가 낮은 목소리로 대답했다.

"30% 더 얹어서 이체할게요. 자료는 아주 마음에 드네요."

이내 종이를 내려놓은 유라가 형형히 웃으며 말을 이었다.

곧 수상한 남자가 떠나고, 그녀가 테이블에 놓인 봉투를 흘 끗 살폈다.

지금, 재하와 은안을 떼어놓기 위해서라면 못할 일이 없을 거 같았다. 그들의 틈에 균열이 간다면 재하가 다시 저를 봐줄 지도 모르니까. 만일 재하의 옆으로 갈 수 없다고 해도 은안 이 옆에 있는 꼴은 보지 못할 것 같았다. 고로, 어떻게든 은안 을 흔들어 그에게서 떼어놓을 작정이었다. 그러기 위해서는 은 안과 재하에 대한 면밀한 자료가 필요했다.

그때, 다시 찬찬히 서류를 읽던 유라가 흥미로운 것을 발견 한 듯 눈썹을 추켜올렸다.

"재밌겠네, 이걸 이용하면."

순식간에 머릿속에서 완성되어가는 시나리오에 희열감마저 들 정도였다. 게다가, 완벽한 준비물까지 있었다.

"그걸 이렇게 쓰게 될 줄은 몰랐네."

제 방에 고이 모셔진 노트 하나를 떠올린 그녀가 한쪽 입꼬 리를 말아 올렸다.

돌아온 주말, 재하는 예고했던 대로 은안을 데리고 남양주 에 있는 현식의 스튜디오로 향했다.

한쪽 면이 통유리창인 스튜디오는 아담하면서도 따듯한 분위기를 자아내었다. 은안이 신기한 듯 내부를 둘러보다 책장 앞에 멈춰 섰다.

"우와, 책이랑 노트가 엄청 많아요."

은안이 눈을 크게 뜨며 놀란 듯 말하자, 재하가 곁으로 다가와 입을 달싹였다.

"이쪽 칸에는 아버지가 전부 나를 위해서 작곡했던 악보가 있어."

공책이 꽂힌 순서대로 조금씩 색이 바래 있었다. 아들을 사랑했던 세월을 보여주듯, 맨 끝의 종이는 깊은 색감을 드러냈고 책장에는 연도 별로 라벨링이 되어 있었다.

그런데 현식이 유명을 달리하던 해의 공책이 있어야 할 자리는 빈칸으로 남아 있었다.

"돌아가시던 해에는 곡을 안 쓰신 거예요?"

많이 힘들어하면서도 마지막까지 곡을 쓰는 걸 멈추지 않았던 현식이 문득 생각난 은안이 물었다.

은안의 물음에, 책장의 끝으로 시선을 돌린 재하가 고개를 끄덕였다.

"응, 남기고 간 게 없으셨어. 돌아가시던 해에는."

그의 대답에, 은안의 얼굴에 짙은 의문이 드리웠다.

은안에게 대답해준 재하가 몸을 틀어 책상 쪽으로 걸음을 옮겼다.

하지만 여전히 무언가가 해소가 되지 않은 얼굴을 한 은안이 과거를 되짚으며 저도 모르게 속삭이듯 중얼거렸다.

458

"분명 본 거 같은데……."

숟가락 들 힘이 없다며, 밥도 자주 거르던 현식이 제 앞에서 마지막까지 연필을 쥐었던 모습들을.

완성하지 못해서 이곳에 보관하지 않은 건가?

아니면, 병실을 정리하면서 유실된 건가.

그것도 아니면 자옥이 가지고 있을 수도 있겠다는 생각이 든 그때, 재하가 그녀의 눈앞에 손을 휘둘렀다.

"무슨 생각을 그렇게 골똘히 해?"

"아, 아니에요. 그냥요."

동공에 초점을 찾은 은안이 옅게 미소 짓자, 이번엔 재하가 잠시 생각에 잠겼다. 곧, 그가 은안을 내려다보며 입을 열었다.

"예전의 나는 아버지가 미웠어. 근데 미웠던 만큼 또 미안하기도 했고."

갑자기 솔직한 제 감정을 털어놓는 그의 모습에, 은안이 놀란 듯 눈을 깜빡였다. 그는 제 앞에서 부모님의 얘기를 먼저 꺼낸 적이 없었다.

그래서 이렇게 현식의 스튜디오까지 와 옛날의 감정을 돌이켜보는 그가 낯설게 느껴졌다. 혹, 무슨 일이라도 있었던 건가 싶어 은안이 조심스레 물었다.

"당신…… 무슨 일 있어요?"

"아니, 그냥 당신한테 말해주고 싶어서."

가볍게 고개를 턴 그가 다시 입술을 달싹였다.

"누군가를 미워했던 감정을 마음에서 비워내고 나면, 그 자리에 다른 감정을 어떻게 채워야 할까, 고민하게 되거든."

어쩐지 철학적인 것 같기도 하고 추상적인 것 같기도 한 그의 이야기에 은안이 대답 없이 눈만 동그랗게 떴다.

"내가 그랬어. 아버지가 아프다고 해서, 당장 친근하게 다가가긴 어렵더라고. 그동안 어색했던 시간이 있으니까."

그는 도대체 무슨 말을 하고 싶은 걸까. 어쩐지 핵심 없이 삥그르르 주변만 도는 듯한 얘기에 은안의 눈매가 점점 더 가늘어졌다. 그때, 그가 핵심을 콕 집어냈다.

"아직 장모님이랑 많이 어색하지?"

그의 말에, 내내 가늘게 떴던 은안의 눈이 커졌다.

얼마 전 백화점에서 유진과 차를 마신 날, 재하는 두 사람이 아직 서로를 어색해한다는 걸 느꼈다. 아무리 부모와 자식 사이라지만, 가까워지는 시간이 필요한 건 당연했다.

문제는 은안이 조급해한다는 것이었다. 오죽했으면, '엄마와 친해지는 법'을 포털 사이트에 검색해봤을까. 은안의 노트북에 남아 있던 검색 기록을 보지 않았다면 그녀가 조급해한다는 것을 전혀 몰랐을 것이다.

그런 은안에게 걱정하지 않아도 된다고, 마음을 급히 먹지 않아도 된다고 말해주고 싶었다. 보통 이런 어색한 감정들은 시간이 해결해주기 마련이었으니까.

"당신만 그런 거 아니야. 나도 그랬어. 그러니까 조급해하지 마."

마음속 깊이 꼭꼭 숨겨 뒀던 감정을 갑자기 들켜버려 당황스러운 것도 잠시. 찬찬히, 부드럽게 말해주는 그의 목소리가 은안의 마음에 안정감으로 내려앉았다.

"고마워요."

어떻게 그는 늘 제 마음의 가장 깊은 곳의 생각까지 읽어내는 것일까. 그리고 또 그것을 집어내 위로해주기까지 하고. 제가 그에게서 무조건적인 관심과 사랑을 받고 있다는 사실이 새삼 실감 났다.

그가 은안을 가볍게 안아주며 말했다.

"당신 어머니는, 당신 곁에 오래 계셔주실 거야."

그의 개인적인 후회가 조금 담긴 말에, 은안이 그의 어깨에 콕 박힌 고개를 살짝 떼어냈다. 그리고 그의 뺨을 감싸며 말했다.

"당신 옆에는, 내가 평생 있을게요."

그녀의 맑고 투명한 미소에, 재하가 잠시 넋을 잃었다.

은안과 함께하는 이 순간이 비현실적으로 느껴졌다.

큰 창 안으로 쏟아지는 햇살. 저를 오롯이 바라보는 그녀의 눈길. 그리고 그녀와 제가 지금 발을 붙이고 서 있는 아버지의 스튜디오.

문득 그런 생각이 들었다.

모두가 저를 떠났다고 여겼을 때, 제 세상에 들어와 저를 기다려준 그녀. 은안이 제 곁에 있어준 덕분에, 다시 웃을 수 있었다.

이상하게도 오늘따라 그녀가 꼭 세상을 떠난 아버지가 보내준 선물같이 느껴졌다. 아니, 어쩌면 선물이라는 말보다는 기적이라는 말이 더 어울릴지도 몰랐다. 그녀는 제 삶의 기적, 그 자체였으니까.

야경이 내려다보이는 호텔 객실의 통유리창 앞, 유라가 보드카가 든 잔을 비스듬히 기울였다. 투명한 액체가 그녀의 손길에 따라 이리저리 흔들렸다.

"이렇게 손안에 넣고 흔들 수 있을 거 같단 말이지."

재하 옆의 그 여자를.

일단 은안을 떨어뜨려놓으면, 재하를 다시 손에 넣는 것도 수월해질 터였다. 만약 재하가 제게 돌아오지 않는다고 해도 은안은 사라져야만 했다. 제가 가지지 못한 걸 남이 가지고 있는 걸 볼 아량은 없었으니까.

비소를 머금은 그녀가 액체를 들이켠 뒤 테이블로 걸어가 빈 잔을 내려놓았다. 그리고 테이블 위에 가지런히 놓여 있는 노트를 집어 들었다. 현식이 세상을 떠나기 직전까지 쓰던 작곡 노트였다.

당시 유라는 피아노를 전공하며 작곡을 부전공으로 선택했다. 단순한 흥미로 시작했지만, 갈수록 완벽하게 하고 싶다는 욕심이 솟았다.

하지만, 천부적인 재능이 있는 피아노 연주 실력과 달리 작곡에서는 그다지 두각을 드러내지 못했다.

그러던 어느 날, 피아노 연주 실력에 비해 뒤처지는 작곡 실력을 갖고 있다며 저를 비웃는 동기들의 뒷얘기를 듣게 됐다. 그날 이후, 약간의 욕심은 강한 압박감으로 변했다. 그런데 그 압박감을 견디지 못해서일까, 결국 유라는 저질러서는 안 될 일까지 저지르고 말았다.

졸업 작품으로 인한 유라의 초조함이 극에 달한 시점에 마침 재하가 그녀를 데리고 현식에게 인사를 하러 갔었다. 당시만 해도 재하는 당연히 유라와 결혼할 거라 생각했다. 그래서 그는 현식의 상태가 더 나빠지기 전에 정식으로 그 사실을 말하고자 했다.

그렇게 인사를 하러 갔던 그날, 병실에 들어선 유라는 현식의 병상 옆에 놓인 작곡 노트를 보고 알 수 있었다. 현식이 아직 작곡에서 손을 놓지 않았다는 걸.

현식은 훌륭한 연주 실력으로도 유명했지만, 스스로 작곡을 하는 피아니스트로도 저명했다. 그 사실을 되뇐 순간, 저걸 가지면 1등을 할 수 있겠다는 생각이 섬광처럼 유라의 머리를 스쳤다.

유라는 성공에 대한 욕망이 컸다. 늘 저를 작아지게 하는 가난이 싫었고, 돈 때문에 고민해야 하는 구질구질한 현실이 싫었다.

재하는 괜찮다고 하겠지만, 그의 옆에 서기 위해 비슷한 수

준의 여자가 되고 싶었다. 그러기 위해서는 최고의 피아니스트가 되어야만 했다.

그렇게 그녀는 그날 현식의 병실에서 몰래 노트를 가져왔다. 재하가 현식을 부축해 화장실을 데리고 간 사이, 서랍에 있던 노트를 제 가방에 넣었다.

어차피 곧 세상을 떠날 사람이었다. 정식으로 곡을 발표할 수도 없을 테고 그냥 끄적인 것일 테니, 과제로 낸대도 큰 문제는 없을 터였다.

게다가 이 병실에는 여러 사람이 드나들었기에 노트가 없어졌다고 해도 제가 의심을 받을 확률은 낮았다.

나름의 치밀한 계산 후, 그녀는 훔친 노트의 곡을 베껴 무사히 졸업 작품 곡을 제출했다. 재하를 사랑하지 않은 건 아니었다. 다만, 그 순간만큼은 사랑보다 성공의 욕망이 좀 더 본능을 감싸고 있었을 뿐.

다행인지 불행인지, 다음 날 아침, 현식의 상태가 급격히 나빠졌다. 노트가 사라졌다는 것을 알기도 전에. 모든 상황의 아귀가 제게 유리하게 딱딱 맞아떨어졌다. 물론, 그 뒤에 모든 게 어그러져 아빠를 따라 미국으로 가야 하는 불행이 왔지만 말이다.

당시 상황을 곱씹던 유라가 중얼거렸다.

"그때, 이 노트의 가치는 끝난 줄 알았는데."

어쨌든, 이 노트는 한 번 더 가치를 발휘할 수 있을 것 같았다. 이 노트는 현식의 유작이었다. 제게 자신의 유작을 줄 만큼 현식과 가까운 사이였다는 걸 알려주고, 저와 재하의 세월을 강조해 은안에게 조금의 불안함을 싹 틔우게 할 수 있다는 생각이었다.

호랑이 굴에 잡혀 들어가도 정신만 바짝 차리면 산다고 했다. 그 속담을 반대로 생각하면, 살 수 있는 상황에서도 정신이 흐트러지면 죽을 수도 있다는 거 아닌가?

일단 은안의 믿음에 균열을 만들고, 틈을 이용해 덫을 놓은 뒤 그녀를 없애버릴 계획이었다.

"미리 축배라도 들어야겠네. 실패할 일은 없을 테니까."

이번에도 모든 일이 제게 유리하게 돌아갈 것만 같은 느낌이 강하게 왔다.

chapter 15

나 얼마나 사랑해요?

며칠 후 성북동 집.

마당에 앉아 책을 읽던 은안에게 밖에서 장을 보고 온 충주댁이 바삐 걸어왔다,

"작은 사모님, 액자 왔어요!"

"어, 정말요?"

은안이 되묻는 사이, 활짝 열린 대문으로 커다란 액자를 든 두 명의 기사가 들어왔다.

"이거 어디로 놔드리면 될까요?"

얼마 전, 재하와 스튜디오에서 찍었던 사진이 바닥으로 떨어져 액자가 파손됐었다. 다행히 사진은 멀쩡했지만 액자는 다시 쓸 수 없을 정도로 망가져 다시 주문 제작을 해야 했다.

"아이고, 저 따라오세요."

몸이 무거운 은안을 대신해 충주댁이 다시 집 현관 쪽으로 종종걸음 쳤다.

천천히 발걸음을 뗀 은안도 2층 방으로 향했다.

466

잠시 후, 은안이 느릿한 걸음으로 방에 도착했을 때는 이미 액자 설치가 완료된 후였다. 액자를 설치한 기사들이 떠나고, 충주댁도 장 봐 온 것을 마당에 내팽개치고 왔다며 다시 급히 내려갔다.

방에 혼자 남은 은안은 다시 온 액자의 프레임을 손으로 쓸 었다. 어색하기 짝이 없던 웨딩 사진이 사라진 자리에, 재하와 저의 다정한 모습이 담긴 사진이 걸렸다는 건 볼 때마다 늘 새 로운 감회로 다가왔다.

사진을 보던 은안이 유유히 몸을 돌려 방을 쭉 둘러보았다. 성북동에 처음 들어올 때와 달리, 이 방도 마치 저와 그의 관 계처럼 처음보다는 조금 더 포근하게 변해 있었다.

벽을 차지한 사진과 육아 관련 서적으로 꽉 찬 책장. 저와 그가 함께 고른 침구. 지난 제주 여행에서 사 왔던 자잘한 기 념품들.

누가 보면 별거 아니라고, 평범하다고 생각할 것들이 제게는 너무나 소중했다. 이렇게 되기까지 수많은 산을 넘어야 했으 니까.

방을 쭉 보던 은안이 다시 몸을 틀어 사진을 바라봤다. 텅 비어 있던 벽이 차서 그런지, 괜히 뭉클한 감정이 피어올랐다. 내내 사진을 지그시 바라보며 싱긋 웃던 은안이 사진 속 재하 에게 말했다.

"우리, 늘 이렇게만 웃어요."

그녀의 세상은 태풍이 오기 직전의 여름날처럼 완벽하게 화창했다.

그날 오후, 점심을 먹은 은안은 문화 센터에 방문했다.

집에만 있으려니 답답해서, 최근 임산부 요가를 막 시작한 참이었다. 수업을 마친 은안이 개운한 몸과 마음으로 건물을 나섰다.

그때.

"유은안 씨."

처음 듣는 목소리가 은안의 귀에 팍 꽂혔다.

가방에 휴대폰을 넣느라 고개를 숙였던 은안이 제 이름을 부른 사람을 확인하기 위해 천천히 고개를 들었다. 그리고 묘하게 익숙한 얼굴을 정면으로 마주했다. 단번에 그 얼굴을 알아본 은안이 굳은 표정으로 이름을 불렀다.

"……하유라 씨?"

그 모습에 유라가 피식, 웃으며 은안의 앞으로 걸어왔다.

화려한 차림의 유라는 입가에 여유로운 미소를 한시도 잃지 않았다. 은안은 왠지 모르게 그 미소가 불편하게 느껴졌다. 그녀가 무슨 연유로 저를 찾아온 건지는 모르겠지만, 좋은 느낌이 들지는 않았다. 그때, 은안의 곁으로 바짝 다가온 유라가 입을 열었다.

"우리, 얘기 좀 할까요?"

주변 카페로 자리를 옮긴 두 사람은 서로를 마주 보고 앉았다. 딱딱한 긴장감이 공기 중에 스며 있어 숨이 막힐 것만 같았다. 두 사람은 초원의 야생 동물들이 적을 탐색하듯 아무 말도 하지 않고 잠깐 서로를 바라봤다.

딱딱하고 날카로운 목소리로 먼저 입을 연 건 은안이었다.

"제가 여기 있다는 건 어떻게 아셨어요?"

"대한민국에선 돈이면 안 되는 일이 없더라고요."

생각보다 강하게 나오는 은안이 흥미롭다는 듯 설핏 웃은 유라가 답했다.

"아, 오해는 마요. 악용할 의도는 아니었으니까. 은안 씨를 만나고 싶은데 방법이 있어야 말이죠."

유라가 생글생글 웃으며 변명을 늘어놓았다. 당당한 위용을 뽐내는 유라의 모습에, 은안의 마음속에는 한 가지 생각밖에 떠오르지 않았다.

어떻게, 아버지를 잃은 재하의 곁을 아무런 말 없이 홀연히 떠나버릴 수가 있었을까. 한때 저런 여자를 사랑하며 가슴앓이를 했을 그가 안쓰럽다는 생각이 들었고, 어쩐지 당시 그가 받은 상처가 고스란히 제 심장에 느껴지는 것만 같았다.

'어떻게 이렇게 뻔뻔한 얼굴을 할 수 있는 거지?'

소리 없는 분노가 실시간으로 쌓여가자, 은안의 표정도 더욱 무거워졌다.

"절 왜 만나고 싶으셨는데요."

은안의 물음에, 유라가 눈을 두어 번 깜빡이며 입을 열었다. 꽤나 뻔뻔한 말이 그녀의 도톰한 입술을 타고 흘렀다.

"글쎄요, 본능이겠죠? 한때 사랑했던 남자가 누구랑 결혼했는지 궁금해하는 건."

말을 마친 유라는 여전히 생긋 웃고 있었다.

무례를 본능으로 포장하는 그녀의 행태에, 은안은 잠시 말을 잃었다. 하지만 다시 마음을 침착하게 다잡고 유라의 말을 맞받아쳤다.

"하지만, 보통 사람들은 궁금해하는 것에서 끝내죠. 이렇게 예고 없이 불쑥 나타나는 게 아니라."

강하게 나오는 은안의 태도에도 유라는 내내 미소를 유지했다. 그럴수록 표정이 구겨지는 쪽은 은안이었다. 순간 유라가 은안의 얼굴에서 배 쪽으로 시선을 슬쩍 내렸다.

저 안에, 제가 사랑하는 남자의 아이가 있다. 알고 있었던 사실이지만, 이상하게 실제로 보니 더욱 기분이 좋지 않았다. 저의 시간은 3년 전에 멈춰 있었는데, 그사이 재하와 재하를 둘러싼 모든 것은 이미 너무 변해버리고 말았다.

역시 얼른 은안을 치워버려야겠다는 생각이 더욱 강하게 올라왔다.

유라의 불순한 속마음을 아는 건지 모르는 건지 은안은 침착하게 말을 이어갔다.

"좋아요. 내가 궁금해서 나를 보러 온 것까지는. 하지만 재

470

하 씨 앞에는 나타나지 말아요. 지금껏 나타나지 않았던 것처럼, 쭉."

은안의 입에서 흘러나온 말 중에 한 단어가 유라의 귀에 팍, 하고 꽂혔다.

지금껏.

'병원으로 내가 찾아갔었다는 걸 아직 모르는 모양이네.'

은안을 흔들기 위해 준비한 본론은 가방 안에 있었다. 하지만, 본인이 알아서 떡밥을 던져주니 이 사실을 이용해서 먼저 혼선을 주는 것도 나쁘지 않을 것 같았다. 제 앞에 놓인 잔을 만지작거리던 유라가 쓴 커피를 한 모금 들이켰다. 그리고 약간의 웃음기가 서려 있는 목소리로 말했다.

"사실 은안 씨가 궁금하다는 건 핑계고, 부탁할 게 있어서요."

"……부탁이라니요?"

"며칠 전에 재하를 만났어요."

유라의 말에 은안이 잠시 흠칫했다.

은안은 그녀가 아직 재하를 만나지 않았다고 생각했다. 지금까지 그가 제게 유라를 만났다는 얘기를 한 번도 한 적이 없었기 때문이었다. 하지만 유라의 얘기를 들은 지금, 하나의 생각이 은안의 머릿속을 스쳤다. 제가 로비에서 유라를 봤던 그때는 이미 재하가 그녀를 만난 뒤였을지도 모르겠다고.

잠시 머릿속이 혼란스러웠지만, 은안은 이내 평정심을 찾았다. 그가 말하지 않은 것에는 이유가 있을 테니까. 그를 믿으니까. 그사이, 유라가 능청스레 말을 이어갔다.

"재하가 절 아주 미워하더라고요. 당연해요."

"……"

"그만큼 날 좋아하고 믿었을 테니까. 떠났을 때의 배신감도 컸겠죠."

재하에게 돌아가겠다는 유라의 모습을 상상했던 은안은 의외로 솔직하게 감정을 터놓는 그녀의 모습에 조금 놀랐다. 덕분에 경계심으로 그득했던 표정이 조금 뭉툭해져 있었다. 표정을 확인한 유라가 이제 슬슬 다음 단계로 넘어가기 위해 가방 쪽으로 손을 옮겼다.

유라가 가방에서 노트 한 권을 꺼내어 테이블 위에 놓았다. 그 노트가 무엇인지 단번에 알아본 은안의 눈이 당황스러움을 감추지 못하고 커다랗게 벌어졌다.

제 기억이 맞다면, 저건 현식의 노트일 텐데.

그때, 은안의 추측이 틀리지 않았다는 듯 유라의 입에서 노트에 대한 이야기가 나왔다.

"재하 씨 아버님이 생전 마지막으로 쓴 곡들이에요."

상상도 못 한 사람의 손에서 그 노트가 나오자 은안의 미간이 좁혀졌다. 노트 밖에 쓰인 글씨체는 현식의 것이 확실했다.

현식의 스튜디오에 갔던 날, 노트가 없는 것에 의문을 품은 은안은 집에 돌아와서 자옥에게 물었다. 현식이 세상을 떠나기 직전까지 작업했던 노트의 행방을.

―할머니, 혹시 아버님이 마지막까지 쓰던 작곡 노트, 할머

니가 갖고 계세요?

—아니, 현식이가 마지막까지 곡을 썼어? 난 본 적이 없는
데.

자옥에게도 없었다. 심지어 자옥은 그 노트의 존재 자체를
몰랐다.

'그럼 이 노트의 존재에 대해서는 나만 아는 건가?'

당시 병실을 가장 자주 찾았던 사람은 저와 자옥이었다. 자
옥이 노트의 존재에 대해 모른다면, 그걸 아는 사람은 저뿐
일 텐데, 왜 이 노트가 유라의 가방에서 나오는 것인지 도무지
이해할 수 없었다. 순식간에 많은 생각으로 머리가 띵해진 은
안이 물었다.

"이게 왜 그쪽한테 있는 거예요?"

유라가 희고 긴 손가락을 뻗어 테이블 위의 노트를 쓰다듬
으며 아련한 표정을 듬뿍 머금었다.

"아버님이 이 노트를 주면서 그랬어요. 본인이 세상에서 사
라지면 이 노트를 재하한테 전해주라고."

"……."

"이 속에는 아버님이 생전 마지막으로 하고 싶었던 말과 재
하를 위한 곡이 들어 있어요."

유라는 제가 가진 패를 은안 앞에서 마음껏 뽐냈다. 은안을
한껏 흔들어놓은 유라는 그녀가 제가 놓은 덫에 걸리기를 간
절히 바랐다. 다행히, 제 예상대로 은안이 걸려드는 듯했다. 가
늘게 떨리는 은안의 목소리에 혼란스러움이 묻어 있었으니까.

"……아버님이 당신한테 준거라고요?"

유라의 바람대로, 은안의 머릿속에서 모든 상황이, 모든 기억이 뒤죽박죽 섞이고 있었다.

현식이 살아 있던 당시, 그는 유라의 얘기를 입에 담았던 적이 거의 없었다.

그래서 현식이 유라를 어떻게 생각하는지 잘 몰랐다. 하지만 만난 지 얼마 안 된 저에게 재하를 잘 부탁한다고 말했던 걸 생각하면, 유라에게 유작 노트를 줄 사이까지는 아닌 것 같았는데.

"재하랑 나. 거의 10년 이상을 안 사이에요."

유라의 말들이, 은안도 모르는 새에 약한 독처럼 온몸을 타고 흘러들었다. 그리고 그 독은 티 나지 않을 정도로 조금씩 은안을 갉아먹기 시작했다.

"그중에 반 이상은 연인으로 지냈고."

사실과 거짓을 교묘히 엮은 유라의 말들이 은안의 생각들을 조금씩 엉키게 하고 있었다. 은안에게 유라는 존재 자체가 위협이었고, 불안이었다.

"이 정도면, 은안 씨도 재하랑 내 사이가 얼마나 깊었는지 대충은 이해가 가죠?"

현식이 제게 재하를 부탁한다고는 했지만, 결국 재하가 사랑한 여자에게 저 노트를 맡긴 것일까. 중요한 물건 하나가 유라의 손에 있다는 이유 하나만으로, 현식과 저의 시간 그리고 친밀했던 관계까지 뿌리째 흔들리는 느낌이었다.

"시간의 힘이라는 거, 절대 무시 못 하는 거잖아요."

유라의 계속되는 첨언에 상념에 빠졌던 은안이 입을 열었다.

"그래서, 하고 싶은 말이 뭐예요."

유라는 은안이 흔들리고 있다는 걸 확신했다. 이곳에 들어올 때까지만 해도 기개 높던 은안의 표정이 마치 두려운 것을 마주한 사람처럼 변해 있었으니까. 아무리 재하가 은안을 사랑한다고 해도 그들이 보낸 시간은 고작 3년 반 정도였다. 지나가버린 시간이라지만, 10년이라는 세월을 함부로 무시하기는 쉽지 않을 터였다.

유라는 얼굴에 약간의 애처로운 표정을 섞어 말했다.

"사실, 재하 옆으로 돌아가고 싶었어요. 미안하다고, 용서해 달라고 그렇게 말했죠."

영악하게 사람 심리를 잘 이용할 줄 아는 그녀의 작전은 이랬다. 일단은 재하에게 미련이 없는 척 경계를 허문다.

"그런데, 불같이 화를 내면서 말하더라고요. 자기는 지금 결혼했고, 사랑하는 건 은안 씨라고. 그때 깨달았죠. 재하를 붙잡을 수 없겠구나."

그녀의 말에 심하게 경직됐던 은안의 얼굴이 아주 조금 풀렸다. 조금은 경계가 풀렸다는 뜻이었다. 제 뜻대로 되고 있다는 느낌에 유라가 보일 듯 말 듯 웃음을 머금었다.

"재하를 말없이 떠난 건, 내 나름의 사정이 있어서였어요. 그렇다고 용서를 바라는 건 아니에요."

"……"

"다만……"

말꼬리를 늘리자, 궁금함에 은안의 눈매도 덩달아 가늘어졌다.

"나도 재하를 정리할 시간이 필요해요. 내 시간은 3년 전에 멈춰 있거든요."

유라가 화려한 언변을 뽐내며 은안을 교란하기 시작했다.

"이해하죠? 10년 넘는 세월이 보통 시간은 아니니까."

10년의 세월을 강조하는 그녀의 말에, 은안의 촘촘한 속눈썹이 파르르 떨렸다.

유라가 잠시 말을 끊고 가방에서 2장의 표를 꺼냈다. 경계를 허물었으니, 이제 미끼를 던질 차례였다. 클라이맥스가 펼쳐질 무대로 이끌 미끼. 유라는 가방에서 꺼낸 표를 은안 쪽으로 건넸다.

"얼마 뒤에 있을 내 독주회 티켓이에요."

"이걸 왜……."

"난 이번 공연이 끝나면 미국으로 돌아갈 생각이에요."

은안의 눈이 테이블 위의 티켓을 향했다.

"독주회, 재하랑 같이 보러 와줄래요?"

"독주회를 와달라구요?"

"그때, 이 노트도 돌려줄게요. 재하랑 마지막으로 제대로 작별 인사라도 하고 싶어요. 그리고 말도 없이 떠나서 미안했다는 얘기도 제대로 전하고 싶고."

노트가 유라의 손에 있는 사실과, 그녀가 제대로 작별 인사

476

를 하고 싶다는 말이 머리에서 차례로 정렬되지 못하고 뒤섞였다.

어떻게 해야 하는 거지.

노트를 찾아야 한다는 생각과 독주회에 가야 하나, 라는 생각이 차례로 머릿속에서 점멸했다. 힘겹게 이성을 찾은 은안이 굳게 달혔던 입을 어렵게 열었다.

"……생각해볼게요."

그녀의 제안을 완전히 외면하지도 못한 은안이 결국 표를 집어 들었다.

그날 저녁, 잠들기 전 은은한 조명 아래에서 침대 헤드에 기대어 있던 은안이 재하를 빤히 바라봤다. 그는 옆에서 『잘나가는 아빠의 육아서』를 정독하고 있었다.

유라를 만나고 온 얘기를 해야 하는데, 이상하게 입이 떨어지질 않았다. 오늘따라 뇌와 입의 사이가 좋지 않은 것 같았다.

"재하 씨, 나 얼마나 사랑해요?"

머릿속과 다르게 입이 이런 뜬금없는 질문을 한 걸 보면.

노골적인 질문을 다 뱉어낸 뒤에야 이성과 부끄러움이 동시에 돌아왔다. 어느새 은안의 귀가 붉게 물들어 있었다. 그와 동시에 활자를 읽어 내려가던 그의 시선이 멈칫했다.

순간, 잘못 들은 줄 알았다. 그녀가 이렇게 대놓고 사랑을 확인하려 한 적이 처음이라.

"······뭐?"

은안의 깜찍한 질문에, 허를 찔린 재하가 책을 덮어 협탁에 놓은 뒤 고개를 돌렸다.

"잠깐만, 다시 한 번만 말해줘."

그녀가 이렇게 대놓고 사랑을 확인받으려 하는 모습은 처음이라, 당황스러우면서도 온몸이 저릿저릿할 정도로 좋았다.

그리고.

"무슨 일 있었어?"

분명, 은안에게 이런 말을 하게 된 이유가 있을 거라고 생각했다. 그가 은안의 턱을 살며시 그러쥐어 제 쪽으로 돌렸다. 그리고 은안의 코앞까지 다가갔다. 서로의 콧잔등이 맞닿을 정도로 가까이.

"당신이 나한테 얼마나 사랑하냐고 묻는 건 분명 좋은 일인데."

"······."

"평소랑은 조금 달라서, 혹시나 무슨 일이 있었던 건 아닌지 걱정되네."

제게는 듣기 좋은 귀여운 말이었지만, 은안이 평소와 달라진 건 신경을 곤두세워야 할 일이었다. 마음 같아서는 내내 붙어 있으며 그녀에게 어떤 일들이 일어나는지 알고 싶었다. 하지만 그럴 수 없기에 재하는 함께 있을 때 은안의 말 하나,

행동 하나에 더욱 집중했다.

그를 마주한 은안의 눈이 어느새 차분하게 가라앉아 있었다. 무언가를 말하려는 듯 은안의 입술이 열렸다.

"재하 씨, 하유라 씨 만났어요?"

"⋯⋯그걸 어떻게 알았어?"

은안의 말을 들은 재하의 눈빛이 당혹감에 휩싸였다.

자신을 얼마나 사랑하냐고 묻던 그녀의 질문이, 이 때문이었을까. 유라가 자신의 진료실로 찾아왔던 날 이후로 그녀를 다시 만날 일이 없다고 생각했다. 그리고 제 선에서 그녀를 잘라냈으니 괜히 은안이 신경 쓸 필요가 없다고 여겨 말하지 않은 게 화근이었다.

"은안아, 말하지 않은 건 미안해. 근데, 네가 신경 쓸 가치도 없는 일이라 말하지 않은 거야."

어떤 감정인지 알 수 없는 그녀의 눈빛에, 재하의 말 속도가 조금 빨라졌다.

"저번에도 말했잖아. 우리랑 상관없는 사람이라고. 그날 나한테 찾아온 하유라, 내 진료 시간을 잡아먹은 가짜 환자, 그 이상도 이하도 아니야. 그러니까, 신경 쓰지 마."

차분한 그의 설명에, 유라를 만난 것을 애기하지 않은 이유가 머리로는 이해됐지만 여전히 마음 한쪽은 꾸깃꾸깃해진 종이 같았다. 아무리 펴도 자국이 남아 있는 그런 상태.

"당신 마음 이해하지만, 다음부터는 이런 일 있으면 나한테도 말해줘요."

나중에 아는 건 정말 바보가 되는 기분이란 말이에요.

하고 싶은 뒷말은 꺼내지 않았다. 어차피, 지나가버린 일에 꼬리를 심하게 물고 늘어지긴 싫었으니까.

살짝 무거워진 분위기를 환기하기 위해 은안이 다시 샐쭉한 표정으로 입을 열었다.

"그래서, 얼마나 사랑해요. 나. 당신 아직 대답 안 해……."

뾰로통했던 은안의 목소리는 재하의 입속으로 삼켜지고 말았다. 그는 아마 말이 아닌 행동으로 사랑의 크기를 보여줄 생각인 듯했다.

저돌적으로 은안에게 돌진한 재하는 은안의 아랫입술을 살며시 머금었다. 그녀의 입술은 꼭 솜사탕 같았다. 너무 부드럽고 약해 입에 닿자마자 사라져 자꾸만 더 깊게 베어 물게 되고, 자꾸만 단맛에 중독되게 되는 그런 느낌.

때로 백 마디 말보다 한 번의 행동이 좀 더 마음을 오롯이 전해주기도 한다. 그렇게 재하는 제 마음이 전달되길 바라며 은안에게 부드럽게 입 맞췄다.

"흐……."

은안의 입에서 얕은 숨소리가 터져 나오자, 그는 그제야 그녀를 놓아주었다.

"말로는 다 표현 못 하겠어서. 내가 당신을 얼마나 좋아하는지."

정신을 쏙 빼놓은 입맞춤에, 그의 낯간지러운 말에, 은안의 볼이 불그스름해졌다. 말로 물었으면, 말로 대답을 해야지. 대담하게 입부터 맞추는 그의 행동에 은안이 좋으면서도 어이없다는 듯 물었다.

"……이게, 당신 대답이에요?"

"아니, 아직 한참 멀었어. 내 마음, 다 표현 못 했거든."

은안의 물음에 단정하게 웃은 그가 대답했다. 그리고 다시 입을 맞춰왔다.

그는 입술을 다정하게 쓸어 올리다가도 은안이 틈을 내줄 때마다 더 깊게 침투해왔다. 격렬한 입맞춤에, 숨이 차다는 듯 은안이 재하의 가슴을 살짝 밀어냈지만 그는 멈출 줄 몰랐다. 아니, 오히려 더 큰 자극을 받아 마치 한 곳도 남기지 않겠다는 듯 그녀의 입 안 구석구석을 탐했다.

입술과 손길이 점점 더 녹진해질 무렵, 숨을 참지 못한 은안이 결국 그를 먼저 밀어냈다.

"하아, 하아. 알겠어요, 당신 마음 알겠으니까……."

숨이 찬 은안과 다르게, 그는 아주 멀쩡한 상태였다. 밤새도록 키스를 할 수 있을 정도로. 은안의 입술을 쓱 닦아준 그가 부드러운 목소리로 속삭였다.

"어떤 상황이 와도, 당신이 내 마음 의심하는 일 없게 할게. 매일매일 알려줄게, 내가 당신을 얼마나 사랑하는지."

그는 그 말을 끝으로 은안의 이마와 콧잔등 그리고 볼에 자잘하게 입 맞췄다. 이어지는 재하의 뜨거운 고백과 입맞춤에, 은안은 그에게 제가 유라를 만났다는 얘기를 해야 한다는 것도 아주 잠시 잊었다.

다음 날, 재하의 교수실.

오후 회진을 마치고 방으로 돌아온 재하가 찌푸린 표정으로 의자에 앉았다. 일하는 내내 머리가 지끈거렸다. 아침에 은안에게 전해 들은 말 때문이었다.

—낮에 하유라 씨가 찾아와서 당신이 독주회에 와주면 좋겠다고 말했어요. 당신이랑 제대로 작별 인사를 하고 싶대요. 그리고 노트는…… 독주회에 오면 돌려주겠대요.

제 아버지의 유작이 하유라의 손에 있는 것도 이해할 수 없었지만, 은안에게 작별 인사를 하게 도와달라고 말했다는 것은 상식적으로 더더욱 이해할 수 없었다.

유라는 은안에게 불편한 존재였다. 아무래도 제가 유라로 인해 마음을 다치고, 마음의 문을 닫았다는 걸 알기에 더 신경을 쓰는 것 같았다. 은안이 불편해한다는 걸 뻔히 알 텐데도 굳이 찾아간 유라가 거슬렸다. 애써 다스리던 불씨에 부채질을 하듯, 다시 화가 살아났다.

"하, 다신 내 앞에 나타나지 말라니까."

비웃음이 섞인 한숨과 서늘한 목소리가 공기를 타고 흘렀다. 진료실에서 본 게 마지막이길 바랐는데, 아무래도 그건 어려울 것 같았다. 그가 신경질적으로 차 키를 집어 들고 교수실을 나섰다. 하유라의 말도 안 되는 제안의 싹을, 무참하게 잘라버리기 위해서.

유라의 연습실 근처 카페로 찾아간 재하가 그녀를 기다렸다. 곧 출입구로 유라가 들어왔고 재하가 있는 테이블로 다가와 앉았다.

그는 유라가 앉자마자 거두절미하고 본론을 꺼냈다.

"설명해. 아버지 유작, 그게 왜 너한테 있는지."

"그건……"

유라는 진료실로 찾아온 날과 달랐다. 그때는 어떻게든 재하에게 제 억울함을 호소해보려 감정적으로 다가갔다면, 지금은 놀라울 정도로 차분했다. 그녀는 재하가 찾아올 것을 어느 정도 예측하고 있었다. 은안이 저를 만난 사실을 말하지 않을 리 없었으니까.

정말 재하가 독주회를 보러 와주기만을 원했다면, 그에게 바로 말해도 됐겠지만, 굳이 은안을 먼저 찾아간 이유는 한 가지였다. 은안이 심적으로 흔들리기를 바라는 것. 현식의 노트를 보여주며 재하와 저의 과거를 떠올리게 하고, 조금씩 믿음이 무너지게 만드는 것. 믿음의 골조를 흔들어놔야, 이후에 제가 준비한 것들이 더욱 큰 충격을 줄 테니까.

"말 그대로야. 아버님이, 너한테 전해주라고 하셨어."

"그럼 그냥 지금 주면 되겠네."

"재하야."

유라가 쓴웃음과 함께 그를 불렀다. 목소리를 가다듬은 유

나 얼마나 사랑해요?　483

라가 재하를 지그시 바라보며 입술을 달싹였다.

"사실, 그때 아빠가 받아서는 안 될 돈을 받았어. 일하던 재단의 이사장한테서. 그래서 너한테 말 한마디 못 하고 떠나야 했던 거고."

유라가 그간의 제 사정을 모두 털어놓았다. 재하가 제 사정을 알면 조금이나마 가엾게 봐주지 않을까. 한 번은 돌아봐주지 않을까 싶었다. 이야기를 마무리 지은 유라가 조심스럽게 마지막 말을 덧붙였다.

"인사도 못 하고 떠난 게 미련으로 남았나 봐. 난 한 번도 잊은 적 없었거든, 널."

"……."

"이번 공연이 끝나면 미국으로 돌아가려고. 내가 그리워하던 너도, 한국도 남아 있지 않다는 걸 깨달았거든."

유라가 재하의 눈을 똑바로 바라보며 말을 이어갔다. 마치 지금 제가 하는 말이 모두 한 치의 거짓 없는 진심이라는 듯. 지금은 두 사람을 독주회에 부르는 것, 그것이 제일 중요했으니까.

그녀의 사정을 전부 들었음에도 재하의 표정은 그다지 변하지 않았다. 냉기 어린 표정으로 잠시 유라를 응시하던 그가 천천히 입을 열었다.

"너한테 그런 사정이 있었다고 해도, 내 아내한테 불쑥 찾아가고. 유작을 빌미로 나를 독주회에 부르려는 거 이해할 수 없어."

올라오는 화를 참으려는 듯 잠시 숨을 고른 재하가 말을 이었다.

"네가 정말 나한테 미안했다면, 정말 날 위했다면. 조용히 그 노트를 보내고 내 앞에 나타나지 않았겠지."

핵심을 찌르는 재하의 말에 유라가 고개를 푹 숙이며 울먹이듯 말했다.

"미안해. 근데, 사람 마음이 마음대로 안 되더라. 우리 알고 지낸 시간만 10년이 넘어. 근데 어떻게 그렇게 이성적일 수 있겠어, 내가⋯⋯."

유라가 제 감정을 토해내는 와중에도, 재하의 머릿속에는 단 하나의 생각뿐이었다.

왜 제 아버지가 그녀에게 저 노트를 주었을까. 제가 아무리 아버지와 살갑지 못한 사이였다지만, 아들인 저도 존재조차 몰랐던 물건을 유라에게 맡기다니. 아버지답지 않은 행동이었다.

재하가 제 아버지의 의중을 곱씹어보던 그때, 유라가 입을 열었다.

"재하야, 기억해? 너, 내 졸업 연주회 와서 가장 먼저 축하해 주기로 한 거. 근데 그렇게 못했잖아."

"⋯⋯."

"내가 마지막으로 부탁할게. 독주회, 와줄래? 그럼 너랑 내 사이 제대로 마침표 찍을 수 있을 거 같아."

그녀의 장황한 말을 듣던 재하의 눈이 날카롭게 빛났다. 마침표를 찍겠다는 말과 달리, 그녀의 눈에 든 미련을 보았기 때문이었다.

유라도 나름대로 차분한 척 연기를 했지만, 재하의 눈에는 선명하게 보였다. 어설프게 감정을 숨기려는 모습들이.

잠시 생각을 고른 재하가 낮은 목소리로 말했다.

아버지의 유품을 찾아야 한다는 건 알지만, 옛 감정을 물고 늘어지는 그녀에게 일일이 응해줄 이유는 없었다. 독주회를 가는 행동 자체가 유라에게 여지로 남을 수도 있었으니까.

"네 마음 정리, 나는 못 도와줘."

그건 은안에게도 못 할 짓이었다. 독주회에 다른 사람을 보내든, 아니면 다른 날 다시 그녀를 찾아가든. 유라가 원하는 대로 움직여주고 싶지는 않았다. 재하는 더는 할 말도 들을 말도 없다는 듯 자리에서 일어나 걸음을 뗐다.

"재하야! 재하……!"

유라가 연신 그의 이름을 불렀지만, 재하는 끝내 뒤돌아보지 않았다. 멀어져가는 재하의 뒷모습을 보던 유라가 입술을 짓씹었다.

재하도 현식의 유작에 대해 말하면 은안처럼 마음이 약해질 줄 알았다. 이토록 철벽같은 그의 태도는 유라의 계산에 없었다. 어쩌면 제가 세운 계획이 실행도 전에 어그러질지도 모른다는 불안감이 그녀를 감쌌다. 그리고 역시나 재하의 옆에서 은안을 사라지게 해버려야겠다는 생각이 더욱 강하게 차올랐다.

일주일 뒤 아침, 드레스 룸으로 들어온 은안이 넥타이를 매는 그의 앞으로 가 섰다.

"내가 해줄게요."

재하는 학회가 있는 날은 평소와 달리 슈트를 입곤 했다. 은안은 그럴 때마다 그의 넥타이를 손수 매어주는 걸 좋아했다.

곁으로 온 은안에게 넥타이를 넘긴 재하가 그녀를 위해 다리를 조금 벌려 높이를 맞춰주었다. 익숙한 매너 다리에, 은안의 입에 옅은 미소가 번졌다.

정성스레 넥타이를 매는 은안을 내려다보던 그가 둥그런 그녀의 뺨에 예고 없이 입 맞췄다. 무언가에 집중한 모습이, 아니 저를 위해 집중해주는 모습이 얼마나 사랑스러운지 그녀는 모를 것이다.

"뭐예요, 넥타이 매는데. 망가지잖아요."

기습 뽀뽀에 은안이 입을 삐죽이며 근엄하게 말했다.

"미안, 너무 귀여워서."

능청스러움으로 이 상황을 모면하려는 그가 익숙하다는 듯 은안이 다시 넥타이 매는 것에 집중했다.

어느새 넥타이를 다 맨 은안이 그에게서 한 발자국 뒤로 물러났다.

"다 됐어요."

"고마워."

조금 전과 달리 부드러운 웃음을 머금은 재하가 은안의 머리를 살짝 쓰다듬었다. 그러고는 시계를 차기 위해 잠시 그녀에게서 떨어졌다. 은안은 그런 재하를 멍하니 바라보았다.

유라를 다시 만나고 온 날 이후로, 재하는 더 이상 노트에 대해서도 그녀에 대해서도 언급하지 않았다. 은안도 굳이 그에 대해 다시 말을 꺼내지 않았다. 그가 이미 마무리한 상황에 제가 굳이 덧붙일 말이 없었기 때문이었다. 하지만 마음 한쪽이 자꾸 딱딱한 돌 위에 누운 것처럼 불편하게 배겼다.

사실은, 그가 유라를 만나고 온 날 이후로 귓가에 현식이 생전에 했던 말들이 울려 퍼졌다.

—내가 우리 아들을 생각하면서 쓴 곡인데, 아들은 바빠서 들려줄 시간이 없네요.

—은안 씨라면, 내가 믿을 수 있을 것 같아.

어쩌면 유작을 찾아와 그에게 아버지의 음악을, 그리고 마음을 들려주는 게, 어긋나버렸던 부자(父子)에게 제가 해줄 수 있는 마지막 일이 아닐까 싶었다. 하늘에서 저희를 보고 있을 현식도, 마지막 순간까지 그 노트가 유라의 손에 있길 바라진 않을 테니 말이다.

결국 불편함을 끝까지 견디지 못한 은안이 그의 곁으로 다가가 조심스레 입을 열었다.

"당신, 하유라 씨 독주회에 가지 않겠다고 한 거. 나한테 미안해서 거절한 거예요?"

너무나 정확하게 과녁의 정중앙을 통과한 은안의 추측에,

재하는 아무 대답도 하지 못했다.

"재하 씨, 나 때문에 거절한 거면 나랑 같이 가요."

은안이 주저 없이 말했다.

저 때문에 끝끝내 현식의 유작을 찾지 못하면 자신도 마음이 편하지 않을 것이다.

그리고 재하를 잘 부탁한다는 현식의 마지막 약속을 지키고 싶기도 했고. 어쨌든, 그 물건을 찾아오지 못하면 후회하게 될 거라는 건 분명했다.

"같이 가서, 찾아와요. 당신 아버지 유작."

재하를 안심시키려는 듯 휘어지게 눈꼬리를 접은 은안이 그의 머리를 쓰다듬으며 말했다.

"거기 하루 간다고, 우리가 어떻게 되는 건 아니잖아요."

은안의 설득에, 재하가 착잡한 얼굴로 그녀를 바라보았다. 먼저 독주회에 가자고 말해주는 은안의 배려심이 고마웠다.

그래, 은안의 말처럼 공연을 본다고 무슨 큰일이 나지는 않을 것이다. 하지만 왜인지 모르게 그곳에 가는 것 자체가 찜찜하게 느껴졌다. 재하는 처음으로 은안의 부탁을 들어주고 싶지 않다는 생각이 들었다.

며칠 후 공연 당일, 리허설을 마친 유라가 대기실로 돌아와 메이크업을 받고 있었다. 그녀의 얼굴에는 예민함이 내려앉아 있었다. 일주일 전, 절대 이곳에 오지 않겠다던 재하의 목소리가 자꾸만 귓가에 맴돌아 마음이 답답해져왔다.

유라가 작은 목소리로 중얼거렸다.

"정말 안 오면 어떡하지?"

그가 오지 않을까 걱정되는 한편, 그래도 노트를 찾기 위해서 어쩔 수 없이 오지 않을까 하는 희망이 돋기도 했다. 불안과 희망. 이 두 가지의 감정이 내내 그녀의 마음을 교차했다. 모든 게 준비된 터였다. 은안과 재하가 이곳에 오기만 하면 모든 게 완벽하게 돌아갈 수 있는데.

유라가 어금니를 강하게 물었다.

'이대로 독주회가 끝나면, 지금까지 준비해온 모든 게 무용지물이 되는 거야.'

그때, 유라의 휴대폰으로 문자가 왔다.

오늘 일, 그대로 진행하나요?

제가 한국을 떠나며 성은병원 흉부외과에 심어둔 심복인 한종철이었다.

이 일을 위해 제 수족이 된 한종철은 모든 게 끝나면 돈을 두둑이 챙겨 병원을 떠날 계획이라고 했다. 그래서인지 저만큼이나 열심이었다.

"하, 사람이 와야 뭘 하는데……."

유라가 입술을 짓씹은 그때, 한종철이 아닌 다른 사람에게서 문자가 한 통 더 왔다.

오늘, 독주회 갈게요.
대신 유작은 깔끔하게
돌려주면 좋겠어요.

문자를 보낸 사람은, 은안이었다.

여린 입술을 놓아준 유라가 씨익 미소 지었다. 아, 이렇게
제 발로 걸어 들어와주다니. 역시, 아직 제게 행운이 조금은
남아 있구나 싶었다.

유라가 휴대폰을 들어 한종철에게 문자를 보냈다.

오늘 일, 그대로 진행하죠.

"하아⋯⋯."

유라에게 문자를 전송한 은안이 휴대폰을 꼭 쥐며 한숨을
흘렸다. 공연에 가겠다는 결심은 섰지만, 마음은 개운하지 않
았다.

"아니야. 오늘만 지나면 있어야 할 물건도 제자리로 돌아오
고, 하유라 씨도 떠날 거고."

마음에 드리워지는 실체 없는 찜찜함을 털어버린 은안이 주
문을 외우듯 읊조렸다.

"문제없어."

오늘 밤이 지나면 이런 기분도 먼지가 비에 깨끗하게 씻겨

가듯, 그렇게 씻겨갈 것이라 믿었다. 은안이 마음을 진정시키던 그때. 달칵, 하는 소리와 함께 차 문이 열렸다.

"왔어요?"

"응."

옆자리에 앉은 재하의 얼굴에 딱딱함이 어려 있었다. 두 사람은 그 뒤로 아무 말도 하지 않았다. 다만 평소보다 조금 더 서로의 손을 꼭 잡았다.

"기사님, 출발해요."

은안이 김 기사에게 출발하자는 신호를 보내자, 차가 부드럽게 주차장을 빠져나갔다.

공연장으로 가는 내내 재하는 왠지 모르게 마음이 불편해지는 것을 느꼈다. 가기 싫은 곳에 가기 때문인 건지, 아니면 그저 가끔 이유 없이 찾아오는 불쾌함이 때마침 지금 온 건지.

불편함의 이유를 딱히 짚어낼 수 없었다. 하지만 오늘이 지나고 나서의 그는 이 불편함은 불편함이 아닌 불안함이었다고, 그리고 그걸 알아차리고 그 어떤 일이 있어도 공연장으로 가지 말았어야 했다고, 두고두고 후회했다.

유라의 독주회가 끝난 뒤, 재하와 은안은 대기실로 유라를 찾아갔다. 독주회를 잘 봤다는 인사를 건넨 뒤, 현식의 유작을 찾아 자리를 떠날 작정이었다.

공연이 끝났다는 부담감에서 해방되어서일까, 아니면 마음 정리가 생각보다 빨리 되어서일까. 꽃다발을 들고 있는 유라의 얼굴이 심하게 상기되어 있었다. 발그스레한 볼을 한 그녀가 대기실 맨 안쪽에서 걸어 나왔다.

"재하야, 은안 씨! 와줘서 고마워요."

유라가 은안에게 가볍게 인사했다. 미련이 한 톨도 남지 않은 듯한 가벼운 표정으로. 은안은 내내 긴장하고 있던 마음을 조금이나마 내려놓았다. 그녀의 말대로 제대로 마무리하지 못했던 관계의 끝이, 오늘 재하가 그녀의 연주를 봐줌으로써 정리가 됐다고 믿었다. 그때, 은안과 달리 매서운 표정을 한 재하가 말했다.

"약속한 물건, 돌려주면 좋겠는데."

순간, 대기실에 있던 모든 사람이 그의 위용에 압도되었다. 심지어 은안마저도.

"아, 맞다! 잠시만. 탈의실 안 캐비닛에 있는데……. 잠시, 열쇠 좀."

그의 목소리에, 유라가 조금 전까지 들고 있던 커다란 꽃다발을 걸어 화장대 위에 놓았다. 그 순간, 거추장스러울 정도로 큰 꽃다발이 커피 잔을 건드렸고, 검은색 액체가 유라의 드레스 위로 쏟아졌다.

두 눈을 크게 뜬 유라가 조금 놀란 듯 말했다.

"어머, 어떡해. 옷이 다 젖어버렸네."

능청스레 제 드레스에 쏟아진 커피를 손으로 쓱 털어낸 그녀가 고개를 들어 은안에게로 시선을 돌렸다.

"은안 씨, 탈의실에 같이 가줄래요? 혼자 드레스 지퍼 내리기가 힘들 거 같아서요. 노트도 탈의실 캐비닛 안에 있는데, 같이 받아 가요."

유라의 말에 은안이 대답하기도 전에 먼저 목소리를 낸 사람은 재하였다.

"다른 사람한테 부탁해."

"미안, 어쩌다 보니 방 안에 남자밖에 없네."

유라의 말을 확인이라도 하려는 듯, 재하가 방 안을 살폈다. 그 모습을 보던 은안이 재하의 소매를 살짝 잡아당기며 말했다.

"괜찮아요, 재하 씨. 금방 다녀올게요."

은안의 말에, 재하는 하는 수 없이 그녀의 머리카락을 살짝 넘겨주며 부드럽게 말했다.

"기다리고 있을게."

"금방 올게요."

몇 분 거리의 탈의실을 다녀오는 건데도, 두 사람 사이에 애틋한 기운이 피어올랐다. 이 시끄러운 공간에 마치 둘밖에 없다는 듯.

그 모습을 보던 유라가 거슬린다는 듯 드레스 자락을 살짝 쥐었다. 하지만 이런 모습도 마지막일 터였다. 곧 두 사람은 영영 만날 수 없게 될 테니까. 곧 구겨진 드레스를 놓은 유라가 잔잔한 미소와 함께 은안을 불렀다.

"갈까요, 은안 씨?"

매끈하게 입꼬리를 올려 미소를 띤 유라가 은안의 팔을 잡아 이끌었다.

"이쪽이에요."

대기실 옆 탈의실로 향한 은안과 유라가 문을 열고 안으로 들어섰다. 순간, 탈의실에 아무도 없다는 것을 확인한 그녀의 표정이 완전히 변했다. 조금 전 모든 미련을 놓은 듯한 여유로운 미소와는 사뭇 다르게. 유라가 캐비닛을 열어 현식의 유작 노트를 꺼내 은안 쪽으로 건넸다.

"여기요."

색이 아주 조금 바랜 노트가 유라의 손에서 은안의 손으로 완전히 들어왔다. 노트를 펼친 은안이 내용을 훑었다. 오선지에 가득한 음표들은 현식의 손길이 틀림없었다. 너무 어려운 문제를 쉽게 풀어버려 오답이지 않을까, 하는 마음이 든 것도 잠시, 확인을 마친 은안이 노트를 덮은 뒤 유라를 지그시 보며 말했다.

"고마워요."

모든 게 깔끔했다. 그렇기에 이 상황이 오답일 리 없다고 생각했고 은안은 저도 모르게 긴장의 끈을 놓았다. 그때, 다시 유라가 캐비닛 쪽으로 가 다른 옷을 꺼내며 은안에게 말했다.

"아, 잠시만요. 드레스 지퍼에 손이 안 닿아서, 좀 도와줄래요?"

"네, 도와줄게요."

긴장이 풀어져 둥글어진 은안의 눈매와 달리, 유라의 눈이 날카롭게 빛났다. 태연자약하게 캐비닛 안으로 손을 뻗은 유라가 일부러 손이 미끄러진 척, 무언가를 떨어뜨렸다.

타악.

유라가 과하게 놀란 표정을 하며 만년필을 집어 들었다.

"어, 어머!"

목소리에는 당황스러움과 조급함이 묻어 있었지만, 행동은 느릿했다. 마치 은안에게 그 만년필을 제대로 각인이라도 시키려는 듯이.

그녀는 독주회 전, 한종철에게 부탁해 재하의 방에서 물건을 빼달라고 부탁했다. 꽤나 영민해 시키는 것 이상을 해내는 한종철이 들고 온 건 은안이 선물해줬다던 수제 만년필.

은안이 선물해준 물건이라니, 더할 나위 없이 제격이었다.

역시, 만년필을 본 은안이 그대로 굳고 말았다.

"이거…… 재하 씨 거 아니에요?"

유라의 손에서 살짝 삐져나온 만년필을 가리킨 은안이 떨리는 목소리로 물었다. 현식의 유작 노트를 든 은안의 손이 조금씩 떨리기 시작했다.

왜 제가 선물해준 그의 물건이 그녀에게 있는 걸까. 유라를 언제 또 만난 것일까. 아니, 만날 수는 있다고 쳐도 왜 제게 말하지 않은 것일까. 그렇게 독주회에 가지 않겠다고 하던 사람이.

저를 믿으라던 그의 모습과 유라의 손에 쥐어진 만년필이

496

눈앞에 교차했다. 재하를 믿는 은안이지만, 확실하게 제 눈앞에 보이는 물건 앞에서 숨이 턱 막혀오는 건 어쩔 수 없었다.

"왜…… 재하 씨 물건이 당신한테 있어요?"

없는 침착함을 긁어모은 은안이 겨우 물었다. 마지막 이성의 끈을 겨우 부여잡고 펜이 그녀에게 있는 사정을 들어보려 했다. 하지만 머뭇대던 유라의 입에서 나온 건 펜에 대한 사정이 아닌 다른 얘기.

"은안 씨. 이왕 이렇게 된 거 솔직하게 말할게요."

솔직하게 말하겠다는 유라의 말에, 순식간의 은안의 낯빛이 창백해졌다. 솔직하게 말하겠다는 건, 무언가가 숨겨져 있다는 말과 똑같았으니까.

"사실, 재하 이혼을 준비하고 있어요."

"……거짓말하지 말아요. 재하 씨가 그럴 리가 없어요."

"그렇게 믿고 싶겠지만, 재하가 얼마 전에 연락해서 말하더라구요. 내가 돌아오고 나서야 깨달았대요. 진짜 사랑하는 사람이 나라는 걸."

유라가 캐비닛 안으로 손을 다시 뻗어서 노란색 봉투를 꺼내 은안에게 건넸다.

"재하가 이혼 준비하면서 우리 집에 자주 다녀갔었어요. 이 만년필이랑 서류도 그때 두고 간 거예요."

봉투를 받아 들고 겉면을 확인한 은안이 눈을 찔끔 감아버리고 말았다. 그녀가 건넨 봉투에 정확하게 '최&박 로펌'의 로고가 새겨져 있었기 때문이었다. 재하가 개인적으로 연분을 맺고 있는 변호사 사무실이었다. 마음은 이미 휘청거리고 있었지만, 마지막 지푸라기라도 잡고 싶은 은안이 유라의 말을 부정했다.

"그럴 리가 없어요. 다 말도 안 되는⋯⋯!"

제발, 제발 이 모든 게 악몽이라면 깨게 해달라고 빌었다.

그렇게라도 현실을 부정하고 싶었다.

"봉투, 열어봐요. 그 안에 있는 서류가 이 상황이 거짓말인지 아닌지 알려줄 테니까."

유라의 말에 은안이 홀리듯 봉투를 열었다.

은안의 마음은 마치 위태롭게 흔들리는 돌탑 같았다. 울퉁불퉁한 맨 아랫돌이 윗돌들을 겨우 지탱하고 있는 상태의 돌탑.

안에 든 이혼 서류를 확인한 은안의 눈이 믿을 수 없다는 듯 크게 벌어졌다. 이혼 서류를 빼곡히 채우고 있는 건, 의심할 여지없이 재하의 필체였기에.

"이⋯⋯ 건⋯⋯."

"이제 알겠어요? 이 상황이 진짜라는 거."

결국 겨우 버티던 은안의 마음이 한순간에 와르르 무너지고 말았다. 하지만 유라는 거기서 멈추지 않았다. 은안의 마음을 잘근잘근 짓밟을 거짓말들을 계속 늘어놓았다.

"재하는, 그동안 이혼하고 싶은 마음을 아이 때문에 티 내지 못했어요. 아이는 자기가 책임져야 한다고 생각하고 있으니까."

"……."

그 순간, 은안의 머릿속으로 한 가지의 기억이 빛처럼 빠르게 스쳐갔다. 얼마 전에 이혼 후 양육권에 대한 자료들이 재하의 컴퓨터에 띄워져 있는 걸 본 적이 있었다.

─이혼 후 양육권? 이걸 당신이 왜 보고 있어요?

─아, 환자 보호자가 이혼하려는데, 사정이 여의치 않아서
    대신 좀 알아봐주려고.

그때는 그러려니 했다. 하지만 다시 생각해보니 그의 표정이 꼭 뭔가를 숨기는 거 같기도 했다. 과거를 돌아보던 은안에게 치명타가 될 유라의 말이 쏟아졌다.

"재하, 아이에 대한 책임감이 남달라요. 만약 재하가 아이를 직접 키우고 싶어 한다면 나는 은안 씨 아이까지도 받아 들일 의향이 있어요. 아이도 재하의 일부라고 생각하면 되니까."

그를 위해 제 아이까지 품을 수 있다는 유라의 말에 은안의 심장이 쿵 하고 떨어졌다. 유라의 입에 아이에 대한 얘기가 담긴 순간부터 은안의 이성은 모두 증발해버리고 없었다. 당장이라도 쓰러질 것처럼 머리가 띵했지만, 유라에게 그런 모습을 보여주고 싶진 않았다.

"아니요, 만약 이 상황이 진짜라면 나는 절대 당신 손에 아이를 키우게 하지 않을 거예요. 재하 씨한테 직접 얘기를 들어야겠어요. 당신 말, 믿을 수 없어."

단호하게 대답한 은안이 당장이라도 쓰러질 것 같은 몸을 이끌고 탈의실을 나섰다.

한편, 탈의실을 나서는 은안을 바라보던 유라가 흥미로운 얼굴로 웃음을 흘렸다. 만년필부터 이혼 서류까지, 차례로 무너지는 은안을 보고 있자 그간 묵어 있던 체증이 다 내려가는 것 같았다.

제 작은 장난을 시작으로, 은안에게 재하에 대한 불신을 만들어주면 그 뒤는 제가 굳이 손을 쓰지 않아도 될 터였다. 한번 맺히기 시작한 불신은 커질 수는 있어도 작아질 수는 없었으니까. 늘 그렇듯 작은 금이 큰 균열이 되는 건 순식간이었다. 유라는 간절히 바랐다. 그들 사이에 영영 되돌릴 수 없는 균열이 오기를.

탈의실에서 나온 은안을 기다리고 있는 건 재하가 아닌 같이 온 김 기사였다. 병원에 응급 환자가 생긴 재하가 주차장에 있던 김 기사에게 은안을 부탁하고 떠났다고 했다. 차로 간 은안은 집으로 가겠냐는 김 기사의 말에 병원으로 가달라고 부탁했다. 은안의 한 손에는 유라에게 받은 노트가, 한 손에는 이혼 서류가 들려 있었다. 심상치 않은 기운에, 병원으로 가는 내내 김 기사가 은안에게 괜찮냐는 물음을 던졌지만 은안은 빨리 병원으로 가달라는 말만 반복했다.

결국, 질문을 멈춘 김 기사는 제한 속도 안에서 최대로 엑셀을 밟으며 병원 앞으로 차를 몰았다.

"사모님, 도착했습니다."

"감사해요. 먼저 들어가보세요."

급해 보이는 은안이 빠르게 인사한 후 차에서 내렸다. 차가 떠나고, 은안이 횡단보도를 건너기 위해 기다렸다. 매분 매초 마음이 빠르게 타들어가는 느낌이었다. 은안이 한숨을 쉬며 손에 힘을 주자 이혼 서류가 힘없이 구겨졌다.

"하아……."

저와 이혼을 하고 찰떡이를 데려가기 위해 양육권에 대해서 알아보고 있었던 걸까. 현실적이고 복잡한 생각들이 엉키는 가운데, 심장 부근이 아릿해지며 배신감이라는 감정이 조금씩 들어찼다. 만약 모든 게 진짜라면 저는 그를 용서할 수 없을 것 같다는 생각이 차오를 무렵, 신호가 바뀌었다. 은안이 길을 건너기 위해 도로를 향해 발을 뗐다.

깊은 밤중, 병원 앞 도로는 한산했다. 그때, 고요하던 도로에 방금 코너를 돈 차가 나타났다. 멈춰야 할 차가 속도를 줄이지 않자, 은안이 놀란 듯 고개를 홱 돌렸다.

"아!"

눈부시게 밝은 전조등이 은안을 삼킬 듯 가까워지고 있었다. 차가운 빛이 눈을 사정없이 때리자 은안이 미간을 왈칵 구겼다. 그리고 처절해진 본능이 외쳤다. 피해야 한다고. 내가 움직이지 않으면 아이가 다치게 될 거라고.

하지만 은안은 그 자리에 발이 묶인 것처럼 옴짝달싹하지 못했다. 피해야 한다는 본능이 은안의 머리를 스친 것도 찰나였다. 발을 떼기는 너무 늦어버린 그때, 은안이 본능적으로 배를 손으로 감싸며 몸을 틀었다.

그리고 은안의 몸이 돌아간 순간……

끼익, 쾅—!

달리던 차는 은안을 그대로 들이받았다.

"아……."

희미한 정신의 은안이 제 배를 감싸 안았다.

"안…… 돼……."

은안이 자꾸만 무거워지는 눈꺼풀을 억지로 끌어올리려 노력했다.

은안이 바싹 말라버린 입술을 달싹였다.

"재하 씨……."

그의 이야기를 들어야 하는데. 사실은 다 오해였다고, 사정이 있었다는 얘기를 듣고 싶었는데, 자꾸만 눈이 감긴다. 그리고 그 순간, 눈을 감은 뒤에도 정신만큼은 끝까지 잡으려 노력하던 은안이 저도 모르게 신을 원망했다.

'이제, 행복해질 수 있을 줄 알았어요.'

그의 마음이 달라지고 아이가 생기고, 지난 6개월 동안 이렇게 행복해도 되나 싶을 정도로 행복했다. 지금껏 살아온 인생의 아팠던 기억들을 모두 상쇄시켜줄 만큼. 그의 사랑을 받으며 웃는 날이, 찬란하기만 하던 순간이 영원히 지속될 줄만알았다. 하지만 모든 순간들은 손에 쥔 한 줌의 모래처럼 하릴없이 빠져나가고 말았다.

'저는 행복하면 안 되는 사람인 건가요?'

마치 그런 순간들은 절대 네 손에는 잡힐 수 없다고 하는 것만 같았다. 겨우 버티던 은안의 눈꺼풀이 점점 더 무거워졌다. 신을 향한 원망도 잠시. 얇디얇은 실 같은 정신이 끊기기 바로 직전, 은안은 간절히 빌었다.

'난 어떻게 돼도 괜찮으니까. 제발 찰떡이만큼은, 우리 아이만큼은 살려주세요.'

애절하다 못해 처절한 바람을 여러 번 되뇌던 은안은 결국 눈을 감고 말았다. 어긋나버린 믿음의 조각을 다시 붙일 기회도 없이.

〈2권에 계속〉

마지막 첫날밤 1

초판 1쇄 인쇄 2022년 9월 20일
초판 1쇄 발행 2022년 9월 30일

지은이 임효정 ㅣ **펴낸이** 강성욱 ㅣ **책임 기획** 전주예 ㅣ **일러스트** 김지훈
디자인 김유나 ㅣ **기획 편집** 고현나 이진영 문지현 김지수 ㅣ **교정** 서진영
펴낸곳 테라스북 ㅣ **등록** 제 2021-000006호
주소 (04799) 서울특별시 성동구 아차산로 17길 26, 301호 (성수동2가, 규장각빌딩)
전화 070-4794-5826 ㅣ **팩스** 0505-911-5826
블로그 https://blog.naver.com/terracebook ㅣ **전자우편** terracebook@naver.com
ISBN 979-11-6728-162-3 (04810)
ISBN 979-11-6728-161-6 (SET)